유한성에 관한 사유들

유한성에 관한 사유들

빅터 브롬버트 지음   이민주 옮김

사람의무늬

베티나, 로렌, 마크에게

그리고

H.P.를 추모하며

차례

우리의 무존재를 거부하기 위하여 [1]

"······죽음은 내가 태어난 날부터 내게 배당되어 있었던 것을······." [2]

『일리아드』 중에서

"영혼이 손뼉을 치며 노래를 부르지 않고서야, 결국에는 다가올 죽음이라는 드레스의 해진 조각 하나하나를 위해 더 소리 높여 노래하지 않고서야······." [3]

W.B. 예이츠

나이 여든을 넘기면 신문 부고란을 매일같이 살피며 죽은 사람들의 평균 나이에 신경을 쓰고 죽음을 연기할 방법은 뭐가 없는지 공상에 빠지는 일이 어쩌면 정상인지도 모르겠다. 하지만 이러한 집착이 최근 들어 나타난 증상은 아니다. 잠에서 깬 어린 소년이 전날까지만 해도 새장 창살을 넘어 자기 손가락을 콕콕 쪼던 예쁜 카나리아가 죽어 있는 걸 발견한 어느 날 아침 이후로, 그는 자신도 결국 취약한 존재일 뿐이라는 사실을 알아버렸기 때문이다.

죽음(혹은 인간의 유한성, mortality)에 대한 책은 개인적인 내용을 담기 마련이다. 그건 저자가 글을 읽는 독자들에게 밝혀야만 하는 진실이다. 어떤 책의 주제든 아무 이유 없이 선정되는 법이 없는데, 하물며 우리 인간은 언젠가 죽는다는 사실을 다루는 책이라면 어떻겠는가. 죽은 카나리아를 발견한 그 소년의 이름은 비챠(Vitia)였다. 러시아어를 쓰시던 부모님께서 애칭으로 나를 그렇게 부르셨다. 나는 부엌 탁자 위에 놓여 있던 새장 문을 열고 카나리아를 내 손에 올렸다. 놀랍게도 가볍게 느껴졌다. 나는 몸을 부르르 떨며 흐느끼기 시작했다. 우리 집 요리사 마르타 아줌마는 나를 위로하려고 애를 쓰셨다. 그전에도 1차 세계대전 중에 야간 전투가 잠시 중지된 틈에 밖으로 나섰다가 포탄 파편에 목숨을 잃은 남편 이야기를 참으로 자주 해 주셨던 마르타 아줌마가 말이다.

뻣뻣하게 굳어 무게감도 별로 없던 죽은 카나리아가 원인이 되어 죽은 동물에 대한 나의 해묵은 혐오감이 생긴 게 분명하다. 나는 길을 가다가도 썩어 가는 동물 시체가 있는 것 같으면 겁이 나서 가던 길을 건너편으로 옮기곤 한다. 이 혐오감은 2차 세계대전 당시에도 여전했다. 심지어 길가에 널브러진 시체가 독일 나치 군의 병사여도 눈을 돌리곤 했다.

아마 카나리아의 죽음은 금세 잊어버렸던 것 같다. 하지만 겨우 다섯 살의 나이에 뇌종양으로 내 누이 노라가 맞이한 죽음의 재앙은 쉽게 잊히지 않았다. 나는 그때 일곱 살이었다. 노라의 침대맡에서 어머니가 그 얘기를 하셨을 때만 해도 어머니와 함께 흐느꼈지만, 곧 자기 연민과 죄책감 사이에서 갈등하면서도 나는 비탄에 빠지신 부모님에 대해 분개하기 시작했다. 나는 노라의 병에 대해 어떤 면에선 무심하기까지 했다. 한번은 아픈 노라가 심한 욕지기를 했다는 걸 지각한 핑계로 대기도 했다. 시간이 지나서야 나는 부모님이 결코 누이의 죽음에서 완전히 회복하지 못하리라는 걸 이해할 수 있게 되었다.

세월이 흘러 부모님이 돌아가시고 나서야(어머니가 먼저 돌아가시고 아버지는 오랜 세월 혼자 사시다가 돌아가셨다) 나는 소심하게나마 두 분의 관에 가까이 갈 수 있었다. 장례식장에서 본 어머니의 얼굴은 대리석처럼 부동 상태였다. 당신께서 너무나 좋아하셔서 일요일이면 나를 데려가곤 했던 루브르 이집트관에서 본 고분과 석관이 생각났다. 난 아직도 돌아가신 아버지의 얼굴에서 크게 확대된 모공이 생생히 기억난다. 아버지를 땅에 묻던 어느 눈 오는 날, 그 자리에는 가족들도 몇 명 참석하지 않았다. 그날을 생각하면 나는 여전히 적막감과 회한을 느끼곤 한다.

나는 어렸을 때부터 기차를 좋아했고 지금도 과거의 영광을 그리며 애착을 갖고 있지만, 세계대전이 도래하자 유럽에서 기차는 불길함을 담은 존재가 되었다. 내게 아주 소중했던 사람이 어린 아기와 함께 기차에 실려 추방당했고, 아냐 숙모님도 그와 비슷하게 화차에 실려 아우슈비츠라는 죽음의 수용소로 끌려가셨다. 이 두 사람은 당시 무명으로 죽어간 수백만 명의 사람 중 일부에 불과했다. 나는 나중에야 다른 이들의 이야기를 들었고, 옛날 학교 친구들과 같이 놀던 동무들의 운명을 알게 되었다. 그리고 소설을 읽기 시작하면서부터는, 심지어 문학 작품에서도 기차가 암울한 현실을 상징하는 존재로 쓰이곤 했다는 것을 깨달았다. 에밀 졸라의 『인간 짐승』(보통 '인간 야수'라고 인용되곤 했으나 2014년 최초의 한국어 완역본이 위의 제목으로 발간되었음-역주)에서 기차의 객실은 살인사건이 벌어지는 공간이며, 기관차는 인간의 치명적인 격정의 상징으로서 인격화된 괴물로 묘사된다. 『안나 카레니나』에서 톨스토이는 불길한 기차의 이미지들을 제시함으로써 나중에 기차 바퀴에 깔려 숨을 거두는 여주인공의 참혹한 최후를 암시했다.

과잉보호를 받으며 자란 나는 소년 시절 조금이라도 아팠다가 회복한다는 건 오감을 통해 삶으로 복귀하는 중요한 일이라고 배웠다. 그럴 때면 물의 맛이라든지 공기 중의 냄새 같은 매우 단순한 감각들마저도 재발견하게 되어 큰 기쁨으로 다가왔다. 고등학교 때 선생님들이 '죽은 자들의 대화', 예를 들어 파스칼과 몽테뉴, 혹은 라신과 볼테르가 어떤 대화를 나눴을지 상상해서 써보라고 숙제를 내주었을 때는 그저 지루하고 추상적인 학교 숙제라고만 여겼기에 별로 흥미가 생기지 않았다. 그것보다 훨씬 더 신경 쓰였던 건 사춘기 때 가끔씩 나 자신과 나누었던 대화였다. 왜 나인가? 나라는 존재의 비실재성은 이미 어린 시절부터 각인되어 있었다. 내 어머니가 임신이 가능하도록 힘든 수술을 받으셔야 했으며 그 결정이 없었다면 난 세상에 존재하지도 않았을 거라는 사실을 알고 난 후부터 말이다. 그 사실은 양방향으로 작용해서 나는 살아 있다는 사실에 진심으로 기쁨을 느끼는 사람이 되었다. 그러자 '왜 나인가?' 하는 의문은 '내가 아닐 이유도 없지 않은가?' 하는 생각으로 바뀌었다. 나는 그로 말미암아 다시 한 번 나 자신의 취약함을 깨달았다. 어떤 상처가 되었든 죽음에 이를 정도로 심각해질 수 있다.

전쟁의 실상은 또 어떠한가. 상륙을 앞둔 주정舟艇 위에서 나는 본능적인 공포를 경험했다. 오마하 해변 전투를 겪고서 나는 내가 결단코 영웅감이 아니라는 사실을 확실히 깨달았다. 나는 또한 노르망디의 산울타리 사이에 있던 반쯤 타버린 소와 죽은 사람의 냄새가 얼마나 역겨운지, 또 포탑 위에 포개진 시체나 피난용 비상구로 탈출하려다 실패해서 대부분 알아보기 어려울 정도로 불에 타 훼손된 사격병과 정비공들의 시체가 널브러진 광경이 얼마나 혐오스러운지 직접 목격했다. 그런데 문학은 전쟁 전부터 이미 전쟁의 야만성에 대해 경고하고 있었다. 학교 다닐 때 한 학년 위 상급반에 다니던 친구가 꼭 읽어보라고 권했던 「식인종에 관하여」라는 에세이가 그것이다. 몽테뉴는 이 에세이에서 전쟁이 인간의 악성 질병이라고 강력히 비판하면서, 문명화된 사회 속의 흉포함은 원시 야만인들의 잔혹 행위보다 훨씬 야만적이라고 지적했다. 사실 전쟁의 생생한 잔인함을 보여주는 작품으로 호머의 『일리아드』보다 더 좋은 예를 찾기는 어렵다. 『일리아드』에는 인간의 학살행위에 대한 묘사가 끝도 없이 이어진다. 인간의 육체를 조각내고, 뼈를 부수어버리고, 창으로 눈알을 도려내고, 자신이 죽인 적의 시체를 밟고 서서 흡족해하는 살인자의 모습이 그려진다. 저승의 대문이 입을 떡 벌리고 있는 목전에서도 전쟁에 대한 인간의 욕망은 어찌 전혀 수그러들지를 않는가.

전쟁에서 돌아온 나는 학생 신분이 되어 한 장례식장 옆 건물에 방을 빌렸다. 힘겨운 아침마다 나는 관을 실은 리무진이 시 외곽으로 떠나는 소리를 들어야만 했다. 내 머릿속을 맴도는 생각들은 그 영구차들보다 훨씬 암울한 적이 많았지만, 그 당시 공부하던 책들이 스스로 만든 비참한 시나리오 속을 헤매던 나를 구원해주었다. 비록 그 책들이 존재의 허무함이나 온갖 고난과 이력으로 말미암은 허무감을 논하는 작품이긴 했지만 말이다. 독서는 내 사기를 진작시켜 주었다. 비슷한 맥락으로 나는 나중에서야 어떤 정물화에는 희망을 심어주는 힘이 있다는 사실을 인정하게 되었다. 불어에서 '죽은 자연(natures mortes, 의미상 불어 단어의 1차적 의미를 부각시킬 필요가 있는데, 정물화라는 단어를 직역하면 영어에서는 '정지된 생명'이지만 불어에서는 '죽은 자연'임-역주) 정물화의 특징이 모래시계, 해골, 꺼진 초처럼 암울한 성격을 띠는 상징적 소재들을 쓰는 것인데도 말이다. 앙드레 말로의 표현대로, 모든 예술, 그리고 예술에 대한 사랑이 우리의 무존재를 거부할 수 있게 해준다는 점을 이해하기 시작한 셈이다.

*　　*　　*

내게 있어 죽음이라는 주제는 문학과 특별한 관계가 있다. 내가 아직 어렸을 때, 평화주의자였던 부모님은 내게 에리히 마리아 레마르크의 『서부전선 이상 없다』, 앙리 바르뷔스의 『포화』, 그리고 롤랑 도르줄레스의 『나무 십자가』 등 세계대전을 소재로 한 반전 소설들을 읽어보라고 권하셨다. 하지만 부모님이 기대한 결과가 항상 나오지는 않았다. 나는 오히려 공상에 빠져 전장에서의 전우애와 용기 있는 행동을 부러워했다. 하지만 적진의 참호로 돌진하며 퍼붓는 집중포화를 묘사한 대목이나, 끔찍한 포탄 세례를 묘사한 부분이라든지 무인지대의 철조망에 얽혀서 빠져나오지 못한 채 천천히 죽어갈 수밖에 없는 부상병들의 이야기를 읽다 보면 마음 깊숙한 곳에서 불안함을 느꼈다.

죽음을 논한 문학 중에서도 시를 통한 표현에 처음으로 노출되었던 건 학교에서였다. 선동가적 기질이 있던 젊은 선생님 한 분이 그 당시만 해도

14

부도덕한 시인으로 간주되어 정규 교과과정에서 제외된 보들레르의 작품을 읽어보라고 권했던 것이다. 선생님은 우리에게 해가 쨍쨍한 시골길에 나뒹구는 짐승의 시체를 노래한 〈어느 짐승의 시체(Une Charogne)〉라든지 〈죽음〉이라는 일련의 시 전편을 읽어보라고 귀띔해주셨다. 영어 선생님들로 말할 것 같으면 그분들은 모두 존 키츠의 소네트 〈내가 더 이상 존재하지 않을지도 모른다는 생각이 들 때면〉에 특별한 애정을 보이셨다. 이 소네트는 시인이 궁극적으로 무존재를 직시하며 쓴 작품이다. 또한 선생님들은 테니슨의 〈티토너스(Tithonus)〉에도 각별한 애착을 보이셨다. 이 작품은 한 여신의 연인이기에 영생을 얻었으나 영원한 젊음을 얻지는 못한 한 인간에 대한 시로서, 주인공이 언젠가는 죽게 되는 유한성을 갈망하는 내용을 담고 있다. 내 생각엔 어찌해도 이런 글들로부터 도망갈 구석이 없어 보였다. 나중에 대학에 진학해서 철학을 공부하면서부터는 아예 로마시대 스토아 학자 세네카의 '매일의 죽음(cotidie morimur)'이란 개념을 계속 맞닥뜨리게 되었다.

플라톤은 그의 저서 『파이돈(Phaedo)』에서 소크라테스를 등장시켜 독배를 마시기 전 제자들에게 얘기하는 내용을 통해 자신의 전반적인 논조를 확립했다. 소크라테스는 여기서 진정한 철학자들은 오직 죽어감과 죽음에만 관심을 보이며, 사실상 철학이란 죽음에 대한 연구라고 선언한다. 나는 이게 조금 과한 이야기라고 생각했다. 내가 더 끌렸던 철학자는 몽테뉴였다. 몽테뉴의 유연하면서 곡절이 많은 작품 『수상록』에도 죽음에 대한 생각이 편재해 있지만, 그보단 이행, 경과, 자연스러운 진척, 혹은 과정 등의 영향이 더 크게 나타난다. 스토아학파의 영향을 받았던 초기의 몽테뉴를 보면 플라톤의 가르침을 반영하듯 "철학이란 죽는다는 사실을 아는 것"이라는 제목의 글을 쓰기도 했다. 그러나 얼마지 않아 몽테뉴는 삶은 육체로 살아간다는 사실을 인정하고 노련하게 공존하는 방식을 택했다. 이후 그의 글을 보면 쇠락해지는 자신을 멍멍하게 관찰하면서도 삶에 대한 애착이 암묵적으로 드러내는 것을 확인할 수 있다. 한 세기 이후의 사람이지만 몽테뉴와 철학적 논쟁을 벌였던 파스칼은 더욱 비극적인 어조로 『팡세』를 썼다. 그는 인간들이 자신들이 죽을 수밖에 없는 존재임을 직시하지 않으려고 세속적인 위락(디베르티스망[divertissements], 여기서 위락은 엄밀한 뜻에서의 오락이나 여가활동에 그치지 않고, 인간은 언젠가 죽는다는 진실을 직시하지 않기 위해 사람들은 다른 일들을 벌여 스스로를 바쁘게 만든다는 뜻. 즉 인생의 대부분의 활동이 결국 위락에 해당함-역주)에 정신이 팔린 채 '현실 부정의 상태'로 살고자 한다는 사실을 비판했다.

플라톤, 몽테뉴, 파스칼 이들이 바로 학창시절 내가 떠받들던 주요 철학자들이다. 또한 나는 같은 시기에 문학 강의에서 접한 존 던(John Donne)의 도전적인 소네트 〈죽음이여 자만하지 마라〉 같은 시를 읽고 크게 감동하곤 했다. 존 던의 작품은 모순적이게도 승리에 취한 어조로 마무리되는데, 이는 죽은 자의 입장에서 보면 더 이상 죽음이 존재하지 않으며 죽음 그 자체가 소멸해버리기 때문이다. 추후에 나는 안나 아흐마토바(Anna Akhmatova)의 작품을 접하고 더욱 큰 감동을 받았는데, 아마도 스탈린 정권이 자행한 끔찍한 행위들과 연결해서 생각했기 때문일 것이다. 그녀가 시를 통해 발언한 내용은 죽음이 패배하게 하는 바로 그 말, 시적인 로고스(logos)가 지닌 회생의 힘이었다. 이런 작품들이야말로 내게는 진정한 자유 선언으로 느껴졌다.

인간의 유한함에 대한 문학적 사색에는 물론 낭만적인 구석이 있다. 꿈꾸듯 묘지나 유적의 잔해를 회상하거나, 누군가의 귀환을 기다리는 내용, 독일의 시인 노발리스(Novalis)가 〈밤의 찬가〉를 통해 너무나 유려하게 표현한 바 있는 영원한 휴식에 대한 향수 혹은 동경 같은 요소들 말이다. 본래 나는 인생의 시적 원칙으로서 죽음이 갖는 이러한 개념에 그다지 끌리지 않았다. 하지만 교수가 되어 결국 대부분이 과거의 창작물인 문학을 가르칠 준비를 하면서, 점점 더 내 선생님들과 나 자신이 죽은 자들에게 발언권을 주는 일을 한다는 사실을 깨달았다. 그리고 글쓰기라는 행위 그 자체에 인간의 유한함이라는 주제가 함축적으로 담겨 있다. 아라비안나이트의 셰에라자드가 그 대표적인 예인데, 보통 죽음이라는 불가피한 진리를 애써 피하거나 연기하는 수단으로써 쓰이는 내러티브와 스토리텔링의 요소가 특히나 그러하다.

* * *

여기서 다루는 작가 여덟 명은 다섯 가지 언어와 문화 및 전통을 갖고 있다. 한 명은 러시아인이고, 또 한 명은 프랑스인인데 알제리에서 나고 자랐다. 또 이탈리아 작가가 두 명인데 이들은 유대인 혈통이다. 영어로 글을 쓴 두 작가 중 한 명은 남아프리카공화국 사람이다. 또 독일 작가가 두 명인데 이 중 한 명은 체코어를 사용하는 지방 출신이다.

나는 여덟 명의 작가들을 선정하는 과정에서 이 책의 주제가 지닌 비교

문학적 성격과 이들의 작품을 통해 볼 수 있는 관점의 다양성이라는 두 측면에 주의를 기울였다. 이들 중 일부는 개인의 죽음을 영적이거나 물리적인 방식으로 다루었다. 예를 들어 톨스토이의 주인공 이반 일리치나 토마스 만의 주인공 아센바흐를 생각할 수 있다. 비록 후자의 경우엔 한 도시 전체가 상징적인 불치병을 앓는 것으로 그려지기도 했지만 말이다. 다른 몇몇 작가들은 한 문화 전체, 심지어 한 문명의 죽음에 대해 고찰하기도 했다. 프리모 레비가 묘사한 아우슈비츠의 경우도 있고, 알베르 카뮈는 은유적인 흑사병이 영적 자멸을 불러오는 방식을 통해 인간적인 가치와 인본주의 가치의 생존을 위협하는 세상을 그려냈다. 그리고 카프카나 버지니아 울프, J.M. 쿳시처럼 이러한 주제들 외에도 문학과 죽음 사이에 존재하는 방조라는 암흑의 영역에 대해 고민한 이들도 있었다.

톨스토이에서 프리모 레비에 이르기까지 여기 소개된 작가들은 각자 고민거리도 다르고 그 간극도 크다. 무엇보다 이들의 작품 사이에는 거의 한 세기에 가까운 시간 차가 있다. 이 책에서는 여러 명의 작가들을 소개하면서 전반적으로 시간의 흐름을 따랐다. 하지만 일부 경우에는 사회문화적 배경이나 어떤 집단이 겪은 극적인 사건에 대한 집착이 점점 커지는 상황을 강조하기 위해 근본적인 주제나 주제별 전개상황을 기준으로 해서 글을 이어가기도 했다. 그렇기에 공상과학이라는 소재까지도 다루었던 프리모 레비의 작품이 제기하는 문제들을 이 책의 마지막 장에서 다룬 것은 실로 적절한 결정이었다고 생각한다.

그 본보기적인 내용을 담은 톨스토이의 중편소설『이반 일리치의 죽음』의 주제는 평범한 존재 속에 보이는 공허함과 도의상의 죽음, 그리고 세속적인 가치 추구 가운데 드러나는 맹목성과 이기주의다. 주인공은 어느 날 질병에 걸려 죽음이 목전에 닥쳐서야 비로소 자신의 삶이 허무하다는 사실을 깨닫는다. 그리고는 최후의 순간이 되자 죽음 자체를 삶에 대한 깨달음을 선사하는 순간으로 받아들인다. 이반이 임종의 순간에 기쁘게 스스로에게 던진 말 "죽음은 이제 끝났다. 이제 죽음은 존재하지 않아"는 위에서 언급한 존 던의 소네트에 나오는 유명한 구절처럼 인간을 구제할 힘을 가진 단순한 진리를 반영한 듯하다.

평범한 주인공 이반 개인의 운명을 영적인 관점에서 일반화시켜 보여준 톨스토이의 경우와는 달리 토마스 만은 처음부터 유럽 전체를 휩쓴 재앙을 배경으로 하여 작가인 주인공 구스타브 본 아셴바흐가 맞는 파멸을 그려냈다. 그의 작품 『베네치아에서의 죽음』에서 아셴바흐를 죽음으로 이끈 것은 규범을 뛰어넘는 디오니소스적인 갈망이다. 하지만 이는 악에 대한 근원적인 끌림을 느끼는 집단의 이야기를 어느 심미주의자의 자기 파괴적인 충동을 통해 암시한 것으로도 볼 수 있다. 이 암시는 토마스 만의 후기 작품인 『파우스트 박사』에 등장하는 천재 작곡가 아드리안 레버퀸이 악마의 힘을 빌리는 계약을 맺는 대목에서 정점에 이른다. 이 악마의 힘은 종말론적인 이데올로기에 빠져 불치병에 걸린 듯한 독일 국가 전체뿐 아니라 유럽 대부분의 나라가 겪고 있던 난잡한 파괴의 향연을 상징적으로 보여주는 셈이다.

프란츠 카프카의 작품들을 읽을 때는 카프카 특유의 극단적인 아이러니, 역설에 대한 애착, 그리고 동시적으로 자가당착적인 의미부여 등의 요소로 말미암아 당혹감을 느끼게 된다. 그의 글에서는 존재의 부적응과 스스로 고집한 죽느니만 못한 삶이 끊임없이 재연된다. 게다가 글쓰기라는 행위와 죽음 사이에 불가분의 관계가 형성되는데, 이는 『유형지에서(In the Penal Colony)』에서 정점에 이른다. 이 작품에 나오는 사형을 집행하는 고문기계를 통해 카프카는 섬뜩한 캐리커처를 그려낸다. 이 고문기계는 무시무시한 인쇄기로, 문자 그대로 피해자의 육신에 사형선고를 인쇄해 내는데, 이는 여러 가지 측면에서 이후 시대가 겪게 될 대학살 캠프의 전조를 보여준 것이라 할 수 있다. 이러한 구식 법률과 원형적인 징벌은 카프카의 가장 유명한 소설인 『심판(The Judgment)』과 『변신(The Metamorphosis)』뿐 아니라 『소송(The Trial)』 및 『성(The Castle)』 등의 작품에도 영향을 끼쳤다. 이같이 몽환적 환상을 담은 작품들을 통해 카프카가 역설한 주제는 역병처럼 여겨지는 삶, 끝도 없이 재생되는 죄책감, 실패감, 그리고 자살 충동이라는 유혹 등이었다. 영원히 계속되는 듯한 현재 속에서 죽음과 마찬가지인 나날을 감내하며 현실 속의 고통을 겪는 카프카의 주인공들에게 실제 죽음은 마치 애타게 기다려온 해방과도 같다.

또한 우리는 버지니아 울프가 쓴 작품을 통해 믿기 어려울 정도로 섬세한 픽션의 세계로 들어선다. 감정 상태의 아주 사소한 울림이나 변화에도 민감하게 반응하는 감수성이 엿보이는 울프의 절묘한 시적 산문의 저편에서 그녀가 두려워하던 폭력성의 격렬한 암류를 엿볼 수 있다. 그녀의 작품에서는 무기류, 잔인함과 파괴 등의 이미지가 재차 반복해서 등장한다. 그 이유는 『댈러웨이 부인』에서처럼 불과 얼마 전에 발생한 1차 세계대전에 대한 공동체의 기억에 영향을 받은 데다가 버지니아 울프 자신이 새로운 화마가 일어나 문명의 붕괴를 불러일으킬지도 모른다는 생각에 점점 더 강하게 빠져들었기 때문이다.『등대로』에서는 섬과 관련된 모티브와 흘러가는 시간이라는 주제가 이 작품 특유의 애조 띤 분위기를 통해 모든 사물이 지닌 유한성이라는 의미로 연결된다. 전 세계를 집어삼킬 2차 세계대전이라는 재앙이 코앞에 다가오자 글쓰기야말로 의지적으로 죽음에 대항하는 행위라 믿었던 울프는 결국 이조차 의심하게 된다. 그녀가 가장 두려워했던 것은 구원의 능력을 지닌 예술마저도 자기 자신처럼 무너져 내리거나 온 희망을 배반하여 결국 신뢰를 저버리고 죽음의 공범이 되어버릴 수 있다는 점이었다.

공동묘지라는 소재와 홀로코스트 희생자들에겐 무덤이 없다는 사실은 조르지오 바사니의 작품『핀치 콘티니 가의 정원(The Garden of the Finzi-Continis)』에서 주요 비유로 등장한다. 이탈리아의 페라라 시에 살던 불운한 유대인 공동체의 운명을 소재로 한 그의 작품 세계는 추도의 의미로 해석될 수도 있지만, 동시에 이들의 시적인 부활로 볼 수도 있다. 바사니가 초점을 맞춘 부분은, 기억이 충실하게 작용한다면 사후의 기록을 통해서라도 상실감으로 가득한 이전의 세상을 되살리는 일이 가능하다는 점이었다. 그의 작품에서 다룬 주제로는 사랑의 끝, 한 집단의 죽음,『왜가리(The Heron)』의 주제였던 사회계층과 생활방식의 소멸 등이 있다. 이러한 주제의 특징은 작가가 망자의 세계에서 그들의 메시지를 받아오는 임무를 진다는 점이다. 그러나 그와 같이 미래가 보이지 않는 상황에서, 이제 더 이상 존재하지 않는 삶과 과거의 유물에 대한 향수에 빠진다면 시인은 묘지의 세계, 즉 죽은 자의 세계와 연합하게 되는 위험을 무릅쓰는 셈이다.

그와는 대조적으로 J.M. 쿳시는 『어둠의 땅』나 『야만인을 기다리며』와 같은 작품에서 처음부터 대놓고 폭력, 고문, 육체적 굴욕, 그리고 죽음으로 인해 겪는 치욕 등을 다루었다. 스스로 음울하다고 평가한 자신의 상상력을 통해 쿳시는 잔혹함이 묻어나긴 하지만 윤리적이고 정치적인 문제들을 생생하게 상기시키는 장면들을 만들어냈다. 특히 『철의 시대(Age of Iron)』에서 그는 대학살이 벌어진 나라로 묘사된 아파르트헤이트 시대의 남아공에 대한 비유로 공포와 공포의 냄새라는 표현을 사용했다. 쿳시의 글은 이와 같이 죽음에 대한 파시스트 이데올로기를 포함해 역사에 뿌리를 둔 윤리적 고민을 넘어, 인간의 육체와 영혼이 갖는 고결성에 대한 가해 자체와 모든 의미에서의 권력 행사에 경악을 표시한다. 그의 작품에는 인간의 육체가 지닌 연약함과 죽음의 외설성이 근본적인 진실로 상정되어 있다. 하지만 쿳시가 인간의 육체에 모독을 가하는 데 빠져든 문학을 고발하면서 이는 간접적으로 자기 자신의 글을 향한 공격이 되었고, 그 과정에서 글쓰기 자체를 치명적 독으로 여기게 된다.

알베르 카뮈의 작품 세계에서 죽음은 물리칠 수 없는 대상이지만, 그럼에도 그에 대항하는 싸움은 계속된다. 『페스트』의 화자이자 주인공인 의사는 문제의 치명적인 병균이 절대 사라지지 않으리라는 사실을 너무나 잘 알면서도 그에 맞서 싸우는 데 온 힘을 기울인다. 카뮈가 도덕적이고 정치적 차원의 병으로도 묘사한 이 치명적인 질병은 정기적으로 전염병의 수준으로 확대된다. 사실 카뮈의 작품 세계 전반에는 이러한 죽음의 그림자가 드리워져 있다. 카뮈가 아직 아기였을 때 1차 세계대전에 파병되었던 아버지가 포탄 파편에 의한 부상으로 사망한 기억, 카뮈 자신이 폐결핵을 잃었던 경험, 사형제를 절대 반대하는 그의 신념과 그에 따라 전 생애를 바쳐 기요틴 폐지를 위해 투쟁한 일 등이 작품에 묻어난 것이다. 하지만 그의 글들은 근본적으로 서정적 자극을 통해 활기를 얻으며, 명백하게 표현했든 함축적인 방식으로 표현했든 삶의 찬가다운 면모가 있다. 그는 현실부정이라는 거짓을 포함한 모든 종류의 거짓말에 저항했고, 『반항하는 인간』과 『전락』뿐 아니라 다수의 작품을 통해 모든 형태의 지적 부정행위에 반대했다. 이로 말미암아 카뮈는 동시대 지식인의 세계에서 자기혐오에 빠진 공론가들과 고집스러운 이데올로기의 적으로 부상했다. 역으로 카뮈 자신은 그 같은 사람들이 세상을 '죽음의 왕국'으로 끌어들일 위험이 있다고 표현했다.

이 책에서 소개할 마지막 작가인 프리모 레비는 아우슈비츠 대학살 캠프를 다룬 작품의 한 장에서 놀랍게도 단테의 지옥편 중에 나오는 율리시스에 대한 칸토(장편시의 한 장을 일컫는 말-역주)를 헌정했다. 그렇게 함으로써 레비는 서서히 굶어 죽어 가는 사람들과 가스실이 존재하는 끔찍한 현실 가운데서도 생존이라는 인본주의 메시지를 전달할 수 있었다. 아우슈비츠에서의 경험에 대해 글을 쓴다는 건 레비에게 있어 절망에 대항한 싸움이요, 일종의 살풀이였고, 부활의 한 형태였다. 하지만 간간히 자살에 대한 생각이 그를 괴롭혔고, 결국 나치캠프에서 살아 돌아온 지 40년이 지난 어느 날 스스로 목숨을 끊었다. 모든 인간이 사형수와 같다는 파스칼의 생각대로 레비는 생존에 대해 점점 비관적인 견해를 가지게 되었다. 청년 과학자 시절의 그에게는 인간의 능력으로 인지할 수 있는 것이라면 그에 대한 지식을 쌓는 것도 가능하다는 신념이 있었다. 하지만 나치캠프에서 직접 목격한 광경으로 말미암아 비이성적인 세력에 대한 두려움이 계속 커졌고, 결국에는 과학 자체가 규범을 뛰어넘는 자기 파괴적 존재라고 보게 되었다. 또한 그는 자연이란 인간을 죽이려 드는, 무엇이든 집어삼키는 존재라고 느꼈다. 레비는 무자비한 진화의 법칙, 자연도태를 직접 겪었고 나치 학살 캠프에서 정말 무서운 단어인 '적자생존의 법칙'이 적용되는 것을 실제로 체험했다. 그러한 상황은 그가 안고 있던 최악의 기억, 가장 큰 공포와 일맥상통했다. 레비에겐 대학살 캠프야말로 유일한 진실이었다. 그 일은 이미 한 번 발생한 적이 있으니, 언제든 다시 벌어질 수도 있다. 죽음으로 향하는 열차가 기다린다. 차라리 죽기를 바랐던 욥이 레비의 글 속에서 생존자의 상징인 율리시즈와 대비되듯, 그가 느낀 가장 암울한 예감이 그 자신의 인본주의적 신조와 충돌했던 것이다.

* * *

좀더 깊이 있는 논의는 추후의 장에서 전개하도록 하겠다. 나는 이 책을 위해 선정한 대표적인 작가들을 논함에 있어 항상 개인의 이력과 관련한 세부사항보다는 그들의 작품에 더 무게를 두었다. 그리고 해당 작가의 문학 업적 전반이라는 더욱 큰 맥락을 고려하는 동시에 각 작품 자체로서의 온전함을 존중하는 데 주의를 기울였다. 이 책이 죽음에 대한 사색을 넘어 감수성과 문체, 시적인 비전 등의 문제까지 아울러 다룬 것은 이러한 이유에서다.

또한 톨스토이에서 프리모 레비에 이르는 이들의 작품들은 역사적 시점과 그 당시 일어났던 주요 사건이라는 더 넓은 전후 사정을 감안해서 볼 필요가 있다. 유럽 대륙의 위기라는 우려, 1차 세계대전과 그에 관련한 공동체의 기억, 파시스트 정권하의 재앙과 같은 현실, 2차 세계대전과 홀로코스트, 이데올로기에 기댄 폭정, 문명의 생존 자체에 대한 두려움 등의 요소들을 고려해야 할 것이다.

어떤 경우든 간에 이 책에서는 내가 원작의 언어로 작품을 읽을 수 있는 작가들만 다루었다.

·····

1 본 서문의 제목은 프랑스의 작가이자 정치가인 앙드레 말로(André Malraux)를 인용한 것으로 원래 인용문은 다음과 같다.(최대의 신비는 우리가 수많은 원자와 천체들 사이에 무작위로 던져진 존재들이라는 게 아니다. 가장 엄청난 신비는, 바로 그러한 감옥 속에서도 우리는 우리의 무존재를 거부할 수 있을 만큼 강렬한 이미지를 우리 스스로에게서 이끌어 낸다는 점이다. [Le plus grand mystère n'est pas que nous soyons jetés au hasard entre la profusion de la matière et celle des astres ; c'est que, dans cette prison, nous tirions de nous-mêmes des images assez puissantes pour nier notre néant.])

2 실제로 한 문장의 중간 부분만 인용된 것으로 전략과 후략 표기가 모두 필요하다. 영문본의 전체 문장은 다음과 같다. 해당 문장 전체를 번역한다면 위 인용문은 명사구에 불과하지만, 본 책에서 인용한 부분만으로도 번역이 자연스럽게 느껴지도록 문장화했다.(Grim death, that death assigned from the day that I was born has spread its hateful jaws to take me down.)

3 W.B. 예이츠의 시 「비잔티움으로의 항해」에서 인용된 글이다. (An aged man is but a paltry thing, A tattered coat upon a stick, unless Soul clap its hands and sing, and louder sing For every tatter in its mortal dress)

1장

톨스토이

카이사르도 언젠가 죽는다

관습법

·

　인생의 황혼기에 들어선 톨스토이는 도덕적 교훈을 남기겠다는 의지를 확고히 하게 된 걸까? 그의 작품에 양면성이나 진정한 아이러니가 조금이라도 남아 있는가? 이미 한참 전에 발표한 글에서 에드워드 와지올렉 (Edward Wasiolek, 시카고대학의 명예교수로 슬라브어권 및 비교문학을 가르쳤으며 도스토옙스키와 톨스토이 연구의 권위자임-역주)은 현실이 다양한 형태를 지닌다는 헨리 제임스의 사고방식에 깊이 영향을 받은 자신의 학생들이 톨스토이의 유명한 중편소설 『이반 일리치의 죽음』이 너무나 임의적이고 설교투인 데다 애매함과 '다중의 의미'라곤 찾아볼 수도 없다며 불평한다는 언급을 한 적이 있다.[1]

　1886년 작인 『이반 일리치의 죽음』은 실제로 놀라우리만큼 단순하다. 『전쟁과 평화』, 『안나 카레니나』를 집필한 지 한참이 지난 후에 쓴 이 소설은 죽어감과 죽음에 대한 설득력 있는 내러티브로 오히려 그 간결명료성과 평이성으로 인해 돋보이는 작품이다. 화자 자신도 소설의 초입에서 이 명백한 평범함에 대해 "이반 일리치의 지나온 삶은 지극히 평범하고 일상적이면서 지극히 끔찍한 것이었다"[2]라고 짚어준다. 요컨대 이 작품의 비극적 면모는 처음부터 너무나 평이했던 삶의 체험에서 기인한다. '이반 일리치'라는 제목 자체에도 그런 입장이 분명히 드러난다. 러시아어에서 이보다 더 흔해 빠진 이름이나 성은 찾기 어렵다. 이를 영어에 비유하면 주인공의 이름을 '존 스미스' 혹은 '보통 사람'이라고 짓는 것과 마찬가지다. 또 제목의 첫 번째 실사인 죽음처럼 누구나 겪는 흔한 일도 없을 것이다. 게다가 러시아어 제목은 정관사도 없이 불쑥 '죽음'이라는 단어로 시작되는데, 이는 인간의 유한한 삶이란 삭막하지만 누구에게나 적용된다는 사실을 상기시켜 준다. 진정 너무나 일반적인 진실이기에 정관사가 가져다주는 특이성마저도 배제할 수 있을 만큼 말이다.

  톨스토이는 아마도 우리 모두가 자신이 특별한 존재라는 환상을 품고 있다고 말하고 싶었던 모양이다. 소설에서 이반 일리치는 학교에서 배운 삼단논법, 즉 "율리우스 카이사르는 인간이다, 인간은 죽는다, 고로 카이사르도 죽는다"라는 교과서 내용을 기억해낸다. 그러나 그는 카이사르를 포함해 이 세상의 다른 모든 카이사르에게도 당연히 적용된 그 원칙이 자신에게만큼은 적용되지 않는다고 생각했다. 그는 언제나 자신을 남과 전혀 다른 특별한 존재라고 생각했기 때문이다. 아니, 이반 일리치는 적어도 그때까지는 그렇게 생각했다. 그는 카이사르가 아니었다. 그는 이반, 아니 어머니가 부르시던 애칭에 따르면 '바냐'였다. 아주 특별하기까지 한 바냐 말이다. 그러나 그의 육체가 쇠락해가고 죽음의 공포가 일상적인 현실이 되자, 이반 일리치는 인류 공통의 운명을 직시하는 것을 더 이상 피할 수 없게 되었다. 이렇게 해서 모든 이에게 적용되는 법칙, 모두가 맞게 될 공통의 종말이 새롭게 각인되자 그는 그 어느 때보다도 외로움을 느낀다. 죽음을 맞이하는 침상에 누운 이반 일리치는 집안에서 식구들이 흥에 겨워 웃고 노래하는 떠들썩한 소리를 듣고는 분노로 거의 숨도 못 쉴 지경이 된다. "다 마찬가지다, 저들도 모두 죽을 것이다. 바보들 같으니. 내가 먼저 가고 너희들은 좀 나중일지 몰라도 죽음을 피할 수는 없다."[3] 왜냐하면 그들도 결국 이 끔찍한 법칙이 진리라는 걸 언젠가는 인정해야 하기 때문이다.

이반 일리치가 평생 법률과 관련된 일을 했다는 점은 꽤나 역설적이다. 이반 일리치는 법관이었다. 법관으로서 소위 법을 대표하고 실행하는 역할을 하는 것이 그의 임무였다. 이 소설 자체도 재판소 건물 안에 있는 법을 상징하는 표지판 아래 공간에서 재판 사이에 휴식을 취하는 순간부터 시작한다. 법관 여럿과 검사 한 명이 잘난 체하며 최신 뉴스로 수다를 떨고 승진이나 후임자, 월급 같은 직장 내 소문 얘기로 한창 바쁘게 쉬는 시간을 보내는 광경이다.

여기서 독자는 곧바로 좀더 심도 있는 아이러니에 맞닥뜨린다. 이 소설에서 법률이라는 개념이 여러 수준에서 작용하며, 불균일하고 심지어 상충하는 의미들을 전달하기 때문인데, 이런 모든 면모가 톨스토이의 작품에 일조한다. 엄밀하게 법적인 법률이 있는가 하면 사회적이고 도덕적인 법도 있다. 생물학적이고 물리적인 법도 있다. 그리고 세속적인 사법 관할권에 전혀 좌지우지되지 않고 한 인간의 삶을 심판하는 초월적이며 종교적인 법도 있다.

그날 법정의 집무실에 모여든 법관들이 나눈 대화의 주요 소재는 신문에 실린 그들의 동료 이반 일리치가 죽었다는 소식이었다. 그의 부고에 대해 사람들은 의례적으로 연민을 표시하고 진부한 걱정을 했으며 어떤 이들은 사망 원인을 궁금해 했다. 또한 거기 모인 모든 사람은 그의 죽음으로 자신이 뭔가 이득을 보게 되기를 은밀하게 기대했으며 안일한 태도로 이반 일리치의 죽음이 자기하고는 아무 상관없다고 느꼈다. "어쩌겠어,

죽었는데. 하지만 난 이렇게 살아 있잖아."[4] 그건 이반 일리치의 일이지 자신의 일은 아니었다.

끝이 시작이다

•

이 이야기는 건조한 지식에 따르지 않으면서도 죽어감이라는 임상적 사실에 초점을 맞춘 것 같아 보인다. 그러나 톨스토이가 직접적으로 그렇다고 하지는 않았어도 이 작품에서 묻어나는 문화상의 준거 대상을 통해 이 작품이 인간은 죽을 수밖에 없다는 사실에 대한 사색을 담고 있음을 알 수 있다. 흙에서 와서 흙으로 돌아가는 것이다. 성경의 영향을 가늠할 수 있는데, 특히 전도서, 욥기, 그 외에도 수많은 장에서 인간의 애씀이 다 얼마나 허무한지, 그리고 고통과 죽음의 신비가 어떠한지 이야기한다. 전도서의 화자는 "저가 모태에서 벌거벗고 나왔은즉 그 나온 대로 돌아가고 (성경 개역한글판을 인용함. 전도서 5장 15절의 전반부 구절. 간단하게 이 책의 원문을 직접 번역하면 "벌거벗고 온 자, 그대로 돌아가리"라고 할 수도 있음-역주)"라고 말한다. "지혜자의 마음은 초상집에 있으되 우매자의 마음은 연락하는 집에 있느니라"(전도서 7장 4-5절-역주)라고도 한다. 왜냐하면 결국 "원욕이 그치리니 이는 사람이 자기 '영원한 집'으로 돌아가게" 되어 있기 때문이다(전도서 12장 5절-역주). 욥 또한 사람은 음부로 내려가게 되어 있으며(욥기 7장 9절-역주), 그에게 주어진 날이 정해져 있고(욥기 14장

5절-역주), 그는 결국 죽어 소멸될 거란 사실(욥기 14장 10절-역주)을 잘 알고 있었다. 허나 이 소설에 드러나는 문학적이고 철학적인 영향은 이보다 더욱 분명하다. 플라톤이 『파이돈』에 등장시킨 소크라테스가 "철학자는 무엇보다 죽어감과 죽음에 대해 관심을 가진다"고 주장하지 않았던가? 스토아학파의 전통은 수세기에 거쳐 전승되어 이후 몽테뉴도 그 점을 강조한다. 세네카에게서 영향을 크게 받은 몽테뉴는 "철학이란 죽는다는 사실을 아는 것"이라는 글을 남긴다. 또한 파스칼도 기독교 신앙을 변호하는 글에서 인생을 사형선고에 빗대는 불온한 비유를 사용했다. 우리 인간은 모두 사형선고를 받은 죄수들이라는 것이다. 파스칼은 사형 선고를 받은 죄수들이 사슬에 묶인 채 그들 중 한 명씩 죽음을 맞는 걸 보며 비탄과 절망 속에 자기 차례를 기다리는 모습을 상상해보라고 얘기한다. "이 이미지가 인생의 숙명적 조건이다."[5]

여기서 톨스토이가 이뤄낸 비범한 성과는 다가오는 죽음에 대한 이반 일리치의 공포감을 철학적이거나 추상적인 방식이 아니라 주관적이고 본능적인 체험으로 그려냈다는 점이다. 주인공 이반 일리치는 두려움 때문에 진땀을 흘리는 것으로 자신의 심경을 표시했던 것이다. 톨스토이 자신도 아주 어렸을 때부터 죽음의 망령에 집착했고 죽어간다는 것에 대한 공포에 시달렸다. 마치 안나 카레니나에 등장하는 레빈이 결핵 환자인 형 니콜라이의 육체가 쇠락해가는 최후의 단계를 지켜보는 과정에서 비참하리만큼 구체적으로 겪게 되는 공포감처럼 말이다. 톨스토이의 여러 단편소설들도 죽어감 혹은 죽음을 주제로 하는데, 대표적인 예로 『세 죽음』(1859년 작)이 있고 또한 『사람에겐 얼마만큼의 땅이 필요한가』(1886년 작), 『주인과 인간』(1895년 작), 그리고『노동, 죽음 그리고 병』(1903년 작) 등도 생각해 볼 수 있다. 라이너 마리아 릴케는 톨스토이를 논하면서 그가 뿌리 깊고 속수무책인 공포감에 시달렸으며, "가장 순전한 상태의 죽음"이란 게 존재하고 그 혐오스런 독배에 든 "희석되지 않은 죽음"[6]을 들이켜야만 한다고 확신했다는 점을 지적했다. 그런 뜻에서 죽음이라는 끔찍한 사실은 인간이 가늠할 수 없는 신비의 영역과 대면하는 순간이라는 의미를 담게 된다.

톨스토이는 공포와 떨림이 극도로 개인적인 경험이며 이렇게 완전히 홀로 서 있을 때 죽음을 발견하게 된다는 사실을 알고 있었다. 그걸 아는 상황에서도 자신이 버림받았다는 느낌은 반대로 인간 공통의 운명, 공통의 인간성을 인식하는 데서 비롯되기도 한다. 이반 일리치는 리어왕처럼 비극의 주인공이 아니다. 하지만 점점 광기에 사로잡힌 리어왕처럼 병을 앓게 되면서 그 역시 "죽음을 피할 수 없다"는 것을, 추종자들이 입을 맞추던 그의 손에서 죽음의 냄새가 나기 시작했음을 깨닫는다.

이 작품에서 톨스토이가 핵심적으로 여긴 것은 우리가 이러한 깨달음에 어떻게 대처하는가, 그리고 그 대처 자세로 미루어볼 때, 지금까지 살아온 우리의 삶을 어떻게 평가하는가 하는 점이다. 너무 늦게 얻은 교훈이긴 하지만 이반 일리치는 공허함, 자기 기만, 그리고 가짜 가치들이 자신의 삶에서 중추적인 역할을 했음을 깨닫는다. 또한 모든 사람이 인생을 살아가는 과정에서 인간의 유한성을 부정하려 들고, 죽음을 잊어버린 양 행동하며 자신에게 거짓말을 한다는 사실도 알게 된다. 나아가 그 거짓말은 우리의 도덕적 존재를 해치는 다른 모든 거짓말과 밀접하게 연관되어 있다는 것까지 깨닫는다. 이는 영적인 공동 상태에 대한 고발이라고 볼 수 있다.

톨스토이는 처음엔 말기 질환이 진행되는 이야기를 일인자 화법으로 일기 형식을 빌려 서술하려고 했다. 그러다 생각을 바꾸어 삼인칭 화법으로 소설을 집필했는데, 그 덕분에 복합적인 서술 방식이 가능해졌고 주인공의 내면과 외부를 모두 묘사할 수 있었을 뿐 아니라, 객관적인 면과 주관적인 면을 섞음으로써 본래 극히 개인적일 수밖에 없는 죽어감이라는 체험의 과정을 일반화할 수 있었다. 톨스토이가 수개월에 걸친 병마와의 싸움을 오직 죽어 가는 이의 관점에서만 그렸다면, 그 이야기는 특정한 사례에 머물렀을 테고, 그로 인해 그 체험의 범위와 영향력이 한정되었을 것이다. 또한 독자는 이를 한 환자의 공포와 비통함에 기인한 것으로 치부하고 쉽게 넘겼을 것이다. 삼인칭 서술을 선택함으로써 개인의 체험을 초월해 전반적인 현실로 내용을 재해석하게 되어, 대상과 주체를 갈라놓던 차이점들을 없애고 그로 인해 불편해하는 독자(와 작가)를 이반 일리치의 고통으로 이어줄 수 있게 되었다.

그렇기에 이반 일리치의 죽음은 한 사람의 개인 사례에 그치지 않으며 삼인칭 화법을 통한 중재와 이양을 통해 화자와 독자를 끌어들인다. 그리고 죽음이라는 단어 스메르티(smert')가 여성 명사이므로 러시아어 대명사로는 여성형 오나(Ona)가 쓰였는데, 화자와 독자는 이반 일리치가 바로 '그것', 혹은 '그녀' 즉 죽음이라는 암울한 현실과 맞닥뜨리는 과정에 직접 참여하게 된다. 이미 그전에도 톨스토이의 대표작에서 죽음과의 치명적인 담판이 벌어진 적이 있었다. 『전쟁과 평화』에서, 보로디노 전투에서 부상을 입은 후 오랜 기간 고통스러워하던 안드레이 왕자가 숨을 거두는 순간이 바로 그것이다. "문 뒤에 그것이 서 있다……. 다시 한 번 바깥쪽에서 문에 힘을 주고 있다……. 그것이 이제 안으로 들어온다. 죽음이다. 그리고 안드레이 왕자는 숨을 거둔다."[7] 통찰의 순간이라는 의미를 띤 죽음은 톨스토이의 작품 세계에 끈질기게 나타난다. 이반 일리치의 죽음에서만 찾아볼 수 있는 특징이라면 이러한 암울한 상상력이 교묘하게도 서술상의 시간적 구조에 연관되어 있다는 점이다. 이 소설은 죽음으로 마무리된다. 그리고 이야기의 시작도 죽음과 함께 그려지는데 예를 들어 신문에 난 부고, 재판소 내의 한담, 장례식장에 놓인 시신, 그리고 모여든 문상객들이 하찮게도 가식적으로 점잔 빼는 모습을 보여주는 방식이다.

톨스토이는 시간의 흐름을 따라 서술을 진행할 수도 있었다. 말하자면 이반 일리치의 어린 시절부터 시작해서 십 대 때 장난치던 이야기를 하고, 초창기 직장 생활과 금세 권태에 빠진 결혼생활의 순으로 풀어나갈 수도 있었다. 하지만 톨스토이는 그 대신 이반 일리치가 죽은 직후부터 이야기를 시작한다. 이러한 사후적 관점은 개방형의 구조를 만들어낸다. 비록 주인공의 입장에서는 아니더라도 미래로 향하는 구조가 되는 것이다. 적어도 이야기 속에서 아직 살아 있는 이반 일리치의 가족과 친지들 그리고 나아가 독자들에게는 말이다.

현실 부정의 상태

•

하지만 톨스토이는 우선 이반 일리치가 죽은 직후에 벌어지는 사건들을 사소하게 취급함으로써 산 자들이 얼마나 거짓된가를 보여준다. 톨스토이는 그 산 자들, 즉 한담에 정신이 팔린 법관들과 장례식에 모인 문상객들을 비판하는 의도를 담았으며 처음에는 희극적인 분위기로 출발한다. 톨스토이는 장례식 절차의 묘사 방식이라든지, 공허한 말과 제스처가 그러하고, 죽은 이의 얼굴에서 책망하는 듯한 표정을 눈치챘으면서도 전례진행자의 설교를 듣느니 저녁 카드모임에나 가고 싶어 안달이 난 문상객들의 태도가 그러하다. 그들은 희미한 석탄산 냄새가 풍기는 것 자체도 싫어하며 잔뜩 짜증과 조바심을 내는 모습이다. 심지어 사물들조차 문상객들이 편하게 있지 못하게끔 방해한다. 간이 소파의 용수철 하나가 반항하며 애도의 말을 전하는 친구의 엉덩이를 계속 찌르는가 하면, 시바르쯔라는 이름의 거만한 댄디는 신경질적으로 그의 중산모자를 만지작거리며 클럽이나 다른 재미있는 파티가 아니라 장례식장에 와 있는 것을 억울해한다. 그리고 자기 연민으로 가득한 이야기를 할 때면 프랑스어로 말하는 가식적인 버릇이 있는 이반 일리치의 미망인이 등장한다. 그녀의 가장 큰 관심사는 묘지 한 구역을 사는 데 돈이 얼마나 들어갈까, 정부기관을 어떻게 설득하면 연금 액수를 늘려 받을 수 있을까 하는 것뿐이다.

톨스토이가 이러한 사람들과 대조적으로 등장시킨 유일한 인물이 게라심이라는 농부(부엌 하인)다. 그는 집사의 청년 보조로서 이반 일리치가 병마와 긴 투쟁을 벌이는 동안 간병인으로 일했다. 불쾌한 일도 얼굴 한번 찌푸리지 않고 해냈으며 아주 거북한 임무도 기꺼이 즐거운 태도로 해내곤 했다. 게라심은 지나치게 격식을 차려가며 말하는 문상객들과는 퍽 다르게 죽음에 대해 얘기하는데, 소박한 그의 말을 듣고는 조문객 중 한 명이 크게 놀라는 장면이 나온다. "이건 신의 뜻이지요. 우리 모두 언젠가는 죽는 겁니다."[8] 시바르쯔를 비롯해서 자신이 무엇보다 우월하다고 생각하며 현실 부정의 상태로 살아가는 이들과는 다르게, 게라심은 소박함을 통해 구원을 얻는 듯 자연의 법칙을 받아들인다. 이는 몽테뉴의 글에 나오는 한 농부가 보여준 태도, 즉 죽음은 엄연히 삶의 일부라고 인정하는 자세를 연상시킨다. 톨스토이는 "농부답게 생긴 희고 튼실한 치아를 드러내며……"[9]라고 묘사하는 등 게라심의 힘센 손과 튼튼한 치아에 초점을 맞춘다. 그러나 치아라는 이미지에는 이중적인 의미가 있다. 생기의 상징이기도 한 이면에는 씩 웃음 짓는 해골이 숨어 있는 것이다.

하지만 이반 일리치의 삶을 그렇게도 '평범'하게, 그리고 평범하기에 '끔찍한' 삶으로 만든 건 숨어 있던 이러한 해골의 미소가 아니다. 이반의 삶이 그렇게 된 건 다름 아니라 죽음, 그리고 인생의 유한함이라는 현실을 망각한 채 직장에서의 출세 과정에서 벌어진 일이다. 본인의 야망과 그로 인한 반사적인 행동들, 그리고 권력이라는 환상을 통해 자신의 삶을 비인간적으로 만들어버렸기 때문이다. 그는 사적인 관계와 직장에서의 인간관계가 절대로 어우러지지 않게 하는 기술의 대가가 되었다. 법정을 나선 후에도 법정에서 사용하는 과장된 포즈나 동작을 계속 취하는 버릇이 들었다. 그런데 여기서 드러나는 진리가 뭔가 하니, 이런 태도가 어느 수준을 넘어서면 더 이상 지켜야 할 인간관계 자체가 없어진다는 점이다. 삶의 활력을 잃고, 개인의 양심은 마취된 듯 무감각해진다. 심지어 이반이 느낄 수 있던 일상의 기쁨들조차도 과도한 오만 그리고 허무함이라는 'vanity' 의 두 의미로 인해 변질되고 만다. 원하면 누구든 파멸시킬 수 있는 법관의 권력을 이반이 자각하고 있다는 부분에 대해서 톨스토이는 이를 권력자가 가진 전형적인 착각일 뿐 아니라 판사 직종을 뛰어넘어 사회 전반에 악영향을 끼치고 있는 고약한 병으로 보았다.

여기서 역설적인 부분은 이반 일리치가 병을 앓게 된 후 만난 일련의 의사들이 그를 대하는 태도가 마치 이반 자신이 법정에서 피고인과 민원인을 대하던 자세와 똑같았다는 점이다. 그가 접한 의학 권위자들은 자기가 중요한 사람인 양 행세하며 거만한 태도로 말도 안 될 정도로 부적절하고 모순된 진단을 내린다. 만성적인 카타르 염증, 유주신(floating kidney, 부유 신장-역주)에 대해 떠들어 대는 이 의사들은 이반 일리치가 겪는 고통에 대해서는 사실상 무관심해 보인다. 이반 일리치에게는 사느냐 죽느냐의 문제이지만, 의사의 입장에서는 그저 흥미로운 '사례'에 불과하다. 마치 이반의 눈에 비친 법정의 피고인처럼 말이다.

어느 심각한 질병보다도 더욱 끔찍한 것이 삶이라는 병이다. 『이반 일리치의 죽음』이 프랑스에서 처음 출판되었을 때 서문을 맡은 자크 샤르돈은 "삶보다 더 나쁜 건 없다"라고 적었다.[10] 휴직을 하고 긴긴 몇 달 동안 무위 생활을 하던 이반 일리치는 자신과의 대면을 피할 수 없었고, 그로 인해 결국 심각한 '토스카(toska)'에 빠져버린다. 토스카란 러시아어로 우수(憂愁), 권태감 혹은 멜랑콜리를 뜻한다. 하지만 이를 단순한 지루함으로 치부해서는 안 된다. 이는 삶 자체에 대한 권태, 마음 깊숙한 곳에서 느껴지는 무의미함과 혐오감, 그로 인한 우울감 등을 포괄하는 의미인 테디움 비테(tedium vitae, 스토아학파의 세네카의 철학에 등장하는 개념-역주)에 견줄 법하다. 이내 직장에서의 일상, 사회생활, 브리지 게임 모임 등 그가 습관적으로 해온 모든 부수 활동들이 그에게 전혀 도움이 되지 않은 셈이다.

독자는 다시 한 번 파스칼을 연상해보면 좋을 듯하다. 파스칼은 '위락' 혹은 기분 전환거리를 통해 탈출구 및 망각의 상태를 찾고자 하는 충동을 얼마나 느끼는가를 기준으로 인간의 비참함을 가늠했다. 그는 "죽음, 가엾음과 무지란 치유할 방도가 없는 것들이기에, 행복해지기 위해서 인간은 아예 그런 것들에 대해 생각을 하지 않기로 결심했다"[11]고 기록했다. T. S. 엘리엇 또한 그러한 파스칼의 비판을 기억한 게 분명하다. 〈네 개의 사중주〉에서 그는 낙담한 인물들이 "오락거리 때문에 되레 위락이라는 데 집중하지 못하는" 모습을 그린 바 있다.[12] 톨스토이의 작품에서 토스카와 위락이 주는 고통은 궁극적으로 스스로의 삶과 그의 주변 사람들의 삶을 꼭 규탄하려고 드는 이반의 태도와 관계된다.

이러한 태도는 제8장에서 이제 정말로 죽어간다는 사실을 인식한 이반 일리치가 침상에 누워 부인과 딸, 그리고 딸의 약혼자가 극장으로 외출 준비를 하는 모습을 바라보는 통렬한 장면에서 극에 달한다. 톨스토이는 딸의 데콜테(어깨와 가슴언저리까지의 부분을 의미하는 불어에서 온 단어로, 상체의 어깨 및 가슴 윗부분이 노출된 디자인의 옷을 의미하기도 함-역주)와 노출된 육체, 약혼자의 튼튼한 허벅지와 우아한 장갑을 언급하고, 얄팍한 지식으로 사라 베르나르(19세기 말과 20세기 초를 풍미한 당대 최고의 프랑스 여배우-역주)에 대해 떠들어대는 부인의 모습을 그렸다. 그리고 이를 통해 산 자들의 육체적 욕구와 이기심, 물질주의, 그리고 조바심 내며 환자인 이반 을 대하는 태도, 그리고 죽어 가는 그를 기만으로 상대하는 모습, 심지어 아예 거짓말을 일삼는 모습이 통렬하게 표현되었다. 이반의 병이 악화됨 에 따라 점점 노골적으로 거짓말은 더해 갔다.

저 아래로부터의 빛

·

여기서 우리는 이 소설에 나타난 시간상의 상징주의로 시선을 돌리게 된다. 바로 이 점이 이 소설이 지닌 여러 겹의 의미를 이해하는 데 있어 열 쇠를 쥐고 있는 요소다. 『이반 일리치의 죽음』은 열두 개의 미니챕터로 이 루어져 있다. 이 숫자에는 전통적으로 중요한 의미가 있다. 예를 들자면 소예언서 12권(구약성경 중 선지자들이 기록했으며, 분량이 대예언서 5권보다 상대적으로 적은 12개의 서를 의미한다. 구체적으로는 호세아, 요엘, 아모스, 오 바댜, 요나, 미가, 나훔, 하박국, 스바냐, 학개, 스가랴, 말라기임-역주), 고대 로 마의 12표법, 예수의 열두 제자, 아서 왕이 승리로 이끈 열두 번의 전투(아 서 왕을 앵글로 색슨 족의 침범에 맞서 싸운 로마 계열 혹은 브리튼족의 군주로 보 는 이론에서 그가 색슨 족과 열두 번의 중요한 전투에 출정했다고 함-역주), 십 이야 즉 주현절 전날 밤(크리스마스에서 12일째가 되는 다음해 1월 6일은 동방 박사가 아기 예수를 방문한 날로 기념하는 주현절임-역주), 그리고 이 소설의 구조가 어떻게 조직되었는가를 살펴보면 1년 열두 달과 시계 표면에 그려진 열두 시간이라는 단위들이 중요한 요소임을 알 수 있다. 특히 마지막에 언급되는 열두 달과 열두 시간이라는 두 가지 요소는 계속 순환하고 또 재발한다는 성질을 나타나는 소재다. 그렇기에 시작을 끝에 연결하고, 끝을 시작점에 연결하는 순환성, 만회성, 그리고 연속성이라는 패턴을 내포한다고 볼 수 있다.

시계의 이미지는 '시간이 다 되어간다'는 뜻으로 이해하면 이 이야기와 정말 잘 어울린다. 그리고 소설 속의 시간 구조를 검토해보면 핵심 단계의 이야기들이 시계에 보통 표시되는 네 개의 기본 숫자, 즉 3, 6, 9, 12에 해당한다는 점을 명백히 알 수 있다.

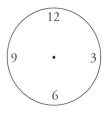

제3장에서 이반 일리치는 자신이 성공의 정점에 이르렀다고 생각한다. 그는 동기들보다 두 단계나 상급인 지위에 임명되었고 보수를 5천 루블이나 받게 된다. 심기가 나빴던 것도 옛일이고 이제는 '완전히 행복'하다고 느낀다[13]. 하지만 이 행복감은 환상에 불과하며 오래 가지도 못한다. 응접실 커튼이 어떤 모양으로 늘어지면 좋겠는지 설명해도 말귀를 잘 알아 듣지 못하는 도배공에게 직접 보여주기 위해 사다리에 올라갔다가 발을 헛디뎌 미끄러져 이반 일리치는 튀어나온 창틀 손잡이에 옆구리를 세게 부

딫친다. 그는 이 부상에서 끝내 회복하지 못한다. 이제 시계는 돌이킬 수 없이 째깍거리기 시작한 것이다.

제6장에 이르자 이반은 이제 병색이 완연했고, 죽음이라는 현실을 마주하게 된다. 이 장의 첫 문장에서 그 상황이 가감 없이 묘사된다. "이반 일리치는 자신이 죽어가고 있음을 알았다. 그는 늘 절망감에 휩싸여 있었다."[14] 바로 이 시점에 그는 사람이기에 카이사르는 언젠가 죽는다는 삼단논법을 학교에서 배웠던 것을 기억해낸다. 그러나 여전히 카이사르와 같은 운명으로부터 자기만 특이하게 면제되었다는 착각에 빠진다. 갑작스레 자신의 어린 시절 소년을 기억해낸 그는 장난감을 가지고 노느라 바빴던 어린 바냐의 모습, 줄무늬가 그려진 가죽 공의 냄새와 어머니 손의 감촉, 어머니가 입으셨던 실크 원피스의 바스락거림을 추억한다. 다 허무한 일이다. '그것/그녀' 때문에 이반은 피할 수 없는 운명과 대면할 수밖에 없다. 그에게 보호막이란 없다.

제9장에 묘사된 이반은 이미 절망의 바닥을 쳤다. 마치 좁고 깊숙한 모양의 새까만 자루 바닥에 던져진 듯한 느낌이다. 어린아이처럼 훌쩍이며 그는 신이 자기를 괴롭힌다고, 자기를 버렸다고 신세 한탄을 한다. 여기서는 성경의 내용이 반영되었음이 분명히 드러나는데, 정말로 현저하게 눈에 띄는 건 제6장에서 제9장 사이의 이행 과정이 마태복음 27장 46절과 마가복음 15장 34절에 나온 대로 예수의 십자가 고난의 제6시에서 제9시 사이의 이행 패턴을 유사하게 답습하고 있다는 점이다. "그리고 제6시가 되자, 9시까지 온 땅에 어둠이 내려앉았다. 그리고 9시에 예수는 큰 소리로 '엘로이, 엘로이, 라마 사박다니?(내 신이여, 내 신이여, 어찌하여 나를 버

리셨나이까?)'라고 외친다. 격한 고통과 철저하게 버림받았다는 느낌이 지배하는 바로 제9시 그 순간에 예수의 인간적인 면이 가장 잘 드러난다. 비록 그리스도의 수난이라는 맥락에는 인간이 느끼는 절망이 끼어들 새가 없더라도 말이다. 이 이야기에는 바로 부활이라는 결말이 포함되어 있기 때문이다.

제12장은 이반 일리치의 생애 마지막 시간에 해당한다. 시계가 한 바퀴를 모두 돌았다. 바로 이 순간에 이반도 새까만 자루의 밑바닥으로 떨어진다. 그러나 어둠이 아니라 오히려 "바닥에는 빛이 보였다." 그리고 다시 "죽음 대신 빛이 있었다."[15] 제12시는 깨달음의 순간이다.

마지막 페이지는 톨스토이가 결정불가능성(undecidability)까지는 아닐지라도 의혹의 분위기를 조성하는 데는 최고의 경지에 이르렀음을 분명히 보여준다. 그의 어조는 전혀 설교적인 투가 아니다. 이반 일리치가 임종의 순간에 보는 환상에 대한 묘사를 하면서도 톨스토이는 능수능란하게 양면적인 소설 상의 장치를 상당히 해두었다. 최후의 순간을 순전히 임상적으로만 해석한다면, 새까만 자루, 자루 바닥으로의 추락, 바닥에서 비치는 빛과의 대면 등 이반 일리치의 머리를 스치는 이미지들은 고열 때문에 겪는 환각 증상이라고 볼 수도 있다. 반면에, 한밤중에 갑자기 이반 일리치의 머리를 스쳐 지나가는 이런 이미지들을 우리가 상징적으로 해석해보면, 바로 이 짧은 순간이 변치 않는 영원한 시간 개념으로 확장된다는 점을 쉽게 알 수 있다. 초자연적인 영역을 간파하게 해주는 통찰력을 삶의 마지막 순간에 갖게 된다는 암시와 함께 말이다. 이 소설의 마지막 페이지는 무존재와의 조우라고 볼 수도 있고 깨달음에 대한 비유라고 볼 수도 있다.

　바로 그러한 깨달음이라는 주제를 위해서 톨스토이는 마지막 몇 페이지에서 위에서 언급한 바와 같은 비유적인 글의 패턴을 사용한 것이다. 이러한 패턴 중에서도 가장 의미 있는 부분은 이반이 검은 자루의 밑바닥에서 놀랍게도 빛을 본다는 내용의 문장이다. 이 문장은 역전 또는 전도의 수사법을 이용한 대표적인 예라고 하겠다. 보통 빛이란 위에서 아래로 내려온다고 생각하기 때문이다. 바로 이런 종류의 전도됨은 9장에서 이반이 절망 속에 지금까지 인생을 어떻게 산 것인가 하는 심한 자책에 빠져 "한 걸음씩 산을 오른다고 생각했지만 사실은 한 걸음씩 산을 내려가고 있었던 거야"[16]라고 한탄하는 장면을 통해 드러난 바 있다.

　이러한 수직적 전도의 원칙뿐 아니라 수평 축을 기준으로 한 전도도 찾아볼 수 있다. 이는 특히 기차를 이용한 비유에서 드러난다. 『안나 카레니나』에서 그랬듯이 톨스토이는 죽음을 논할 때 기차의 이미지를 즐겨 사용했다. 구체적인 예를 들자면 이반이 예기치 않게 맨 바닥에서 빛을 보는 장면이다. "기차를 타고 가다보면 실제로는 앞으로 가고 있는데 뒤로 가는 것같이 느껴지다가 갑자기 진짜 방향을 깨닫게 되는 경우가 있다. 지금 이 순간 이반 일리치의 느낌이 그런 것이었다."[17]

　이러한 전도 혹은 역전의 이미지들이 종국에는 빛의 발견과 연결되어 특히나 의미심장해진다. 빛이란 뭔가 깨달았음을 의미하기 때문이다. 최후의 순간이 되자 이반은 장애물을 극복하고 문턱을 넘어서기를 절실하게 갈망한다. 한마디로, 환각 상태라고 봐도 좋을 지경인 그가 말을 또박또박 하기란 여간 힘든 일이 아니었다. 자신과 부인 두 사람이 다 안됐다고 생각하는 이반 일리치는 애써 아내에게 용서를 구하는 말을 하려고 러시아어로 '쁘로스찌(prosti, 용서해줘)'란 단어를 말하고자 했지만, 막상 중얼거리며 그가 겨우 입 밖에 낸 말은 '쁘로뿌스찌(propoosti, 넘기다, 보내줘', 그리고 '지나가게 두다)'라는 단어였다. 랄프 E. 매틀로는 이 부분이 톨스토이 특유의 섬세한 문체가 드러나는 아주 좋은 예라고 꼽았다.[18] 하지만 여기엔 섬세한 문체라는 요소보다 훨씬 중요한 문제가 있다. 용서하고자 하는 바람과 장애물을 헤쳐 가고자 하는 갈망이 언어, 소통, 그리고 초월이라는 신비로운 영역과 뒤섞여 버린 것이다. 이반 일리치는 자신이 잘못 발음한 단어를 통해 드러나는 신비를 어렴풋이나마 감지한다. 그는 부인과 아들은 자기가 한 말을 이해하지 못했으리라 생각하지만, 정말로 중요한 바로 그 존재만큼은 자신이 한 말을 이해했음을 알고 있다. 러시아어에서 '그 존재(the One)'에 대한 언급은 영어에서의 느낌만큼 압박감을 지닌 뉘앙스는 아니다. 말을 할 수 없는 상태가 가져온 신비는 '그것', 그리고 '그 존재' 특유의 이름 붙이기 불가한 성격과 일맥상통한다.

자기애에서 연민과 동정에 이르기까지 이반 일리치의 궤적의 범위는 방대하다. 그러나 최후에 반짝 지나가는 기쁨은 바로 단 한순간에 체험하는 것이다. "죽음 대신에 빛이 있었다"라는, 시간의 관념을 벗어나 있으며 죽음을 부정하는 아우겐블릭(Augenblick, 독일 철학자 하이데거가 논한 개념으로 문자 그대로는 눈 한 번 깜박임이라는 단어지만 한순간의 비전을 의미함–역주)의 순간에 말이다. 숨을 거두기 직전에 이반 일리치가 스스로에게 되뇐말 "죽음은 이제 끝났다……. 이제 죽음은 존재하지 않아"는 막연하면서도 명쾌하게 들린다. [19]

이 말은 또한 무척이나 문학적이면서도 다른 작가의 글을 어렴풋이 연상시킨다. 구별의 정도는 그때그때 다르지만 작가 톨스토이와는 다르게 설정된 이 소설의 화자는 무존재와 절망을 부정하며 죽음은 비효율적이라 선포하는 오랜 전통이 있음을 아주 어렴풋이나마 자신이 알고 있다는 걸 드러내지 않는다. 그는 존 던의 소네트 〈죽음이여 자랑하지 말라〉를 알고 있던 걸까? 이 소네트에서 시인은 최후 순간에 죽음을 향해 "죽음은 더 이상 없다. 죽음이여, 너는 이제 소멸할 것이다!"[20]라는 승리의 고함을 외친다. 죽는다는 사실에 대한 공포에 쉽게 시달리는 감성을 지닌 톨스토이 같은 이에게 이러한 태도가 깊은 울림을 남겼음이 분명하다. 화자의 목소리 뒤에 숨은 톨스토이는 이 소설의 마지막 문장들을 쓰면서 분명 바로 그 소네트 혹은 비슷한 글을 염두에 두고 있었을 것이다.

주

1. Edward Wasiolek, 「Tolstoy's 'The Death of Ivan Ilyitch' and Jamesian Fictional Imperatives」, 《Modern Fiction Studies 6》, no. 4 (1960): 314-24.

2. Leo Tolstoy, 『The Death of Ivan Ilych and Other Stories』, trans. Aylmer Maude (New York: Signet Classics/New American Library, 1960), 104. 저자는 이 번역을 포함한 다양한 번역본들을 검토했으나, 직접 인용한 문장들은 러시아어 원본을 기준으로 작성했다.

3. 같은 책, 131, 130.

4. 같은 책, 96.

5. Pascal, 『Pensees』, trans. A. J. Krailsheimer (Harmondsworth: Penguin Classics, 1968), 165.

6. 라이너 마리아 릴케의 이 말은 친구에게 보낸 편지에 적은 내용으로, 이를 인용한 책은 다음에 소개된 랄프 E.매틀로의 저서였다.

Ralph E. Matlaw, introduction to Tolstoy: 『A Collection of Essays』, ed. Ralph E. Matlaw (Englewood Cliff s, NJ: Prentice-Hall, 1967), 13.

7. Leo Tolstoy, 『War and Peace』, trans. Constance Garnett (New York: Modern Library, 1931), 925.

8. Tolstoy, 『The Death of Ivan Ilych』, 103.

9. 같은 책.

10. Jacques Chardonne, preface to Tolstoy's 『La sonate a Kreutzer, suivi de La mort d'Ivan Ilitch』, trans. Boris de Schloezer (Paris: Livre de poche, 1958), 6 (my translation).

샤르돈은 톨스토이에 대해 "그는 어디에서든 죽음을 감지했다"고 평가했다. 그리고 바로 그 점이 그의 작품에서 "삶보다 더 끔찍한 것은 없는" 이유였다.

11. Pascal, 『Pensees』, 66.

12. T. S. Eliot, "Four Quartets," in 『The Complete Poems and Plays : 1909–1950』 (New York : Harcourt, Brace, 1952), 120.

13. Tolstoy, 『The Death of Ivan Ilych』, 114.

14. 같은 책, 131.

15. 같은 책, 154, 156.

16. 같은 책, 148.

17. 같은 책, 154.

18. Matlaw, introduction to Tolstoy, 5.

19. Tolstoy, 『The Death of Ivan Ilych』, 156.

20. John Donne, "Death be not proud……" in 『The Complete English Poems』, ed. A. J. Smith (Harmondsworth : Penguin, 1978), 313.

2장

토마스 만

심연으로의 이끌림

Thomas Mann

유럽의 혼

·

분명 러시아 특유의 상황을 배경으로 하는 작품이기는 해도 톨스토이는 이반 일리치 개인의 죽음을 보편화하려는 경향을 보이는 반면, 토마스만은 『베네치아에서의 죽음』에 나오는 주인공 한 사람의 운명을 방대한 사회역사적 맥락, 더 구체적으로는 유럽의 위기감과 연관시키고 있다. 이 소설의 화자에 따르면 구스타프 폰 아센바흐의 파멸은 어느 봄날 오후 뮌헨에서 이미 시작되었다. 마침 전 유럽 대륙이 심각한 외교적 갈등을 겪고 있으며, 심지어 전쟁 가능성이 고조되어가던 시기였다. 이 노벨라(중편 소설을 의미하는 단어로 이하 문맥에 따라 노벨라와 소설로 번역함-역주)의 첫 도입 문장에서 암시한 불길한 조짐의 정치적 사건이란 당시 외교 갈등 문제들 중 아무 사건이나 의미할 수 있다. 하지만 이는 아마도 1912년의 모로코 사태(1911년 프랑스가 대규모 군대를 모로코에 파견함으로써 발생한 국제 갈등으로 그에 대해 독일이 포함을 보내는 등 긴장관계가 형성되었고 결국 1912년 페즈 조약을 통해 모로코는 프랑스의 보호령이 됨-역주)를 의미할 가능성이 가장 크다. 그 사건으로 유럽의 여러 나라가 무력 분쟁의 문턱까지 갔다.

만이 『베네치아에서의 죽음』을 탈고한 것이 1912년 초여름이었다. 그로부터 불과 2년 후에 유럽 전역이 모든 걸 집어삼키는 화마의 무대가 되리란 걸 그가 알 수는 없었을 거다. 허나 시작부터 이 노벨라는 한 남자로서, 예술가로서 겪는 아센바흐의 개인적 비극이 집단이 겪는 재앙과 왠지 깊숙하게 얽혀 있다는 생각에서 출발한 작품이다. 비록 언뜻 보기에는 베네치아에서 아센바흐가 겪는 자기 파괴적이고 동성애적인 체험과 직접적인 관련이 없는 말 같아도, 작품 초반에 작가의 발언에서 앞서 말한 개인과 집단 경험의 연관 관계가 중요하다는 것이 명백히 나타난다. 만은 다음과 같이 기록했다. "가치 있는 지적 산물이 즉시 영향력을 발휘하기 위해서, 또 깊이 있고 지속력 있는 영향을 발휘하려면, 반드시 내부적 관련성, 조화에 기반을 두어야 한다. 그렇다. 작가의 개인적 운명과 그와 동시대를 사는 사람들 전반의 운명 사이에 존재하는 관련성 말이다." 그러나 그보다도 먼저 제1장에서 우연찮게 아센바흐의 두 가지 걱정거리에 대해 언급한 내용이 있다. 우선은 이 문제적인 자신에 대한 근심이요, 두 번째는 유럽의 영혼에 대한 걱정이었다.[1] 이 두 가지 모두 골치 아픈 문제 같아 보인다.

유럽 공동의 운명이라는 주제는 이 이야기의 도입부에 이미 드러난다. 아센바흐는 해외 관광객들이 주로 즐겨 찾는, 리도 섬에 위치한 한 고급 호텔에 여장을 푼다. 잔뜩 격식을 차려가며 그를 맞이하는 지배인이 파리 스타일(검은 수염을 기르고 프랑스풍의 프록코트를 입은 모습)인 모습과 웨이터가 돌아다니며 저녁 식사가 준비되었다고 영어로 말하는 광경이 묘사된다. 또한 이 호텔에서 아센바흐의 귀에 처음 들려온 목소리는 한 우아한 폴란드 여성의 목소리였다. 그녀는 아이들을 돌보는 유모(가정교사)에게 말할 때 언어를 바꾸어 불어를 쓰곤 했다. 이윽고 아센바흐가 호텔 앞 해변에서 시끄러운 러시아인 가족들 옆에 앉은 모습도 그려진다.

토마스 만은 자신의 여러 주요 작품에서 이렇게 국제적인 호텔이나 휴

양지를 배경으로 활용했다. 그러한 설정이 작가의 의도에 제대로 부응하는 요소임이 분명하다. 예를 들어 『마리오와 마술사』의 경우는 이탈리아의 어느 해변 리조트에 자리 잡은 그랜드 호텔이 배경이다. 그리고 비록 『마의 산』(상, 하)의 사건이 스위스 다보스의 스키장에 위치한 요양원에서 벌어지기는 해도 그 분위기나 심지어 베르크호프(berghof), 즉 '산장'이라는 요양원의 이름조차 20세기 초에 호텔이라는 장소가 상징했던 특수한 세상을 암시해준다. 즐비하게 늘어선 근처 묘지의 비석들 또한 다국어로 쓰여 있어 모국에서 멀리 떨어진 이곳 다보스에서 죽어간 이들이 다양한 나라 출신이었음을 대변한다. '죽음의 무도'라는 장의 막바지에 만은 이 공동묘지와도 같은 리조트에서는 다국어가 사용된다는 특징을 다시금 강조한다. "비석 명패에는 세계 방방곡곡 출신의 이름들을 찾아볼 수 있다. 영어 이름이거나 러시아어 이름, 혹은 다른 슬라브어 계통의 이름뿐 아니라 독일, 포르투갈 계통 등의 이름도 보인다."[2]

『베네치아에서의 죽음』에서는 사실 베네치아라는 도시 자체가 죽어가고 있다. 과거 베네치아 공화국의 총독들이 지배하던 이국적 도시, 즉 로맨틱한 관광을 위한 곳이며 신비로운 운하와 물길에 비친 우아한 건물 외장으로 유명한 베네치아를 작가가 이야기의 초입부터 죽음의 이미지에 연결시키는 것은 아니지만 말이다. 허나 풍요로움이 넘치는 그림을 그린 화가들을 배출했고 흥겨운 카니발과 격조 있는 쾌락주의의 본산인 베네치아는 퇴폐의 도시이자 한때 정치적, 문화적인 영화를 누리다 몰락한 도시다. 석호의 혼탁한 물 위에 썩어 들어가는 기반에 지어진 웅장한 궁전들이 자리 잡고 있는 곳이 바로 베네치아다. 고여 있는 베네치아의 운하는 이 소설에서 불안감을 조장하는 미로이며, 온갖 질병을 키우는 존재로 묘사된다. 동쪽으로부터 전파된 콜레라 전염병처럼 그 질병 중 일부는 유럽의 다른 지역에까지 옮겨갈 위험에 직면해 있다.

묘지 기도실

·

베네치아가 과거에 누리던 영화와 붕괴해가는 현재 모습의 대조는 아센바흐 개인이 몰락하는 과정의 상징적인 배경으로 작용한다. 이 얼마나 엄청난 몰락인가. 사람들의 존경을 받는 존재이지만 자신에게는 매우 엄격한 작가 아센바흐는 생전에 이미 자기 작품의 선집이 발간되는 영예를 얻었고, 특히나 자기 조절의 측면에 있어서는 자부심을 갖는 예술가이자 문학적 성취에만 기대어 자신을 엄격하게 다스리며 살아온 사람이다. 하지만 바로 그 자신의 교양과 극도로 세련된 탐미주의의 희생양이 되어 말년에 고비를 맞게 된다. 같은 호텔에서 묵는 한 예쁘장한 폴란드 소년에 대해 병적인 열정을 품게 되고, 그로 인해 철저히 붕괴되는 것이다.

한편 아센바흐의 몰락은 또 다르게 보자면, 예술가다운 비극이라고 할 수 있다. 토마스 만이 작업노트에 적은 표현에 따르면, 아름다움에 대한 본인의 애착 정도가 '심연'[3]으로 이끌 정도로 위험한 중독과 욕망에 시달리는 상태라는 것이다. 바로 그 개인적인 자기 망상과 무질서가 지배하는 수준에서 보면 아센바흐가 베네치아에서 겪은 일은 토마스 만이 탐미주의의 위험성에 대해 오랫동안 품고 있던 우려의 연장선상에 있다고 볼 수 있다. 언제가 되었든 조만간 아셴바흐는 리도에서 겪은 희한한 일과 비슷한 경험을 할 수밖에 없었다. 하지만 우린 아직 베네치아에 도착조차 하지 않았다. 이야기는 뮌헨에서 시작한다. 아셴바흐는 가족들과 함께 살던 독일 북부의 집을 떠나 뮌헨에 자리를 잡았다. 이 소설의 첫 페이지는 어느 후덥지근한 봄날 습관적으로 산책에 나선 아셴바흐의 발길을 따라가는 것에서 시작한다. 몇 시간 동안이나 책상에 앉아 집중해서 작업을 한 그는 몸을 좀 움직여야겠다는 생각에 긴 산책을 하러 나섰다. 아셴바흐는 어느새 멀리 영국 공원과 북부공동묘지역까지 이른다. 그러고는 신관 문자 디자인이 가미된 비잔틴 양식의 묘지 기도실 근처에서 전차를 기다리는 장면이 묘사된다.

거기서, 바로 그날 늦은 오후에 아셴바흐는 이상한 외모를 지닌 사람의 곁을 처음으로 지나친다. 챙이 곧은 밀짚 모자를 쓴 채 계시록에 묘사된 두 괴물의 조각상들 바로 위, 주랑 현관 안에 선 이 남자의 이국적인 용모와 희한한 생김새는 아셴바흐를 매우 불편하게, 그리고 놀라게 한다. 그의 머리카락과 눈썹은 붉은색이었고 코는 들창코인 데다가 입술은 잇몸까지 드러날 정도로 짧아 잇몸이 드러나 있었다. 치아는 길고 뾰족한 데다 태도조차 흉포하게 느껴졌다. 미간에는 깊은 주름이 잡힌 그의 모습을 본 아셴바흐는 악마적인 기운을 느꼈다. 비잔틴 양식의 묘지 기도실이라는 장소가 그를 마치 저 먼 동양에서 온 죽음의 사자같이 보이게 한다. 이 소설의 막바지에 나오는 것처럼 마치 갠지스 강 유역으로부터 옮겨 온 아시아의 콜레라 역병이 베네치아뿐 아니라 유럽의 다른 지역들까지도 위협하는 것과 같이 말이다. 악마적이고, 또 엄청난 유혹을 몰고 오는 이 재앙의 사자는 여러 가지 겉모습으로, 즉 다른 체현의 반복을 통해 이 작품 전반에 등장한다. 예를 들면 염색한 콧수염과 염소수염을 기른 나이든 음탕한 난봉꾼으로 체화되기도 하고, 아셴바흐를 태우고 베네치아 물길을 가르는 불길한 기운의 곤돌라 사공의 모습으로, 그리고 석탄산 냄새가 코를 찌르고 펠리니를 연상시키는 광대 같은 바리톤의 모습으로 재차 나타나는 것이다. 불안감을 조장하는 이 인물들은 모두 들창코에다가 튀어나온 치아의 소유자고, 어떤 방식으로든 '빨간색'이라는 시각적 공통점으로 인해 구별이 가능하다. 여기서 빨강이라는 색은 전염병을 옮긴 농익은 딸기의 짙은 색깔과도 일치한다. 아셴바흐가 리도 해변에서 쓰러져 숨을 거두는 직접적인 원인이 바로 이 병균이었을 것이다.

그날 오후 뮌헨에서 산책에 나섰다가 북부 묘지에서 그 묘한 인물과 마주치고 난 후, 아셴바흐의 내면에 강렬한 갈망이 끓어오르기 시작했다. 그는 거부할 수 없는 훌쩍 떠나고 싶은 강한 욕구에 사로잡혀서 갑자기 이국적인 곳을 갈망하게 되어서 이상하거나 심지어 무서운 풍경에 대한 환상을 보기까지 한다. 아셴바흐는 풍성한 열대 늪지대의 모습, 태고의 수액을 간직한 채 퉁퉁 불어 있는 울창한 초목 한가운데 마치 남성성의 상징처럼 우뚝 서 있는 털북숭이 야자나무의 이미지를 상상해낸다. 그곳에서는 거대한 우유 빛깔 꽃들이 어두컴컴한 고인 물 위로 둥둥 떠다니고, 대나무 숲 뒤에 몸을 움츠린 모습이 어슴푸레 보이는 호랑이가 눈을 번뜩이며 무언가를 응시하고 있다.

죽음을 소망함

•

기초 원소라는 의미로서 진흙의 이미지와 머나먼 땅 동양의 충만하고 비옥한 생명의 이미지는 초월적인 성격을 지니고 있음이 분명하다. 비옥한 생명의 이미지들에는 분명 초월적인 측면이 있다. 이는 벵골 만의 늪지에서부터 시작된 치명적인 콜레라 역병과 연관되어 있다. 마치 이 소설에서 매우 중요한 상징적 역할을 하는 포도주와 흥청거리는 연회의 신 디오니소스도 니체의 영향을 받은 개념으로 보면 인도에서부터 그리스로 이주해온 신으로 해석되는 것과 같은 맥락이다.『베네치아에서의 죽음』을 위한 준비 노트에서 토마스 만은 인간의 희생에 대한 요구와 온 공동체 전체에 광기와 치명적 질병이라는 천벌이 내려지는 사실과 이 술의 신, 그리고 그를 따라 흥청거리는 자들을 분명하게 연결 짓고 있다[4].

지난번의 경험으로 늪지 위에 지어진 베네치아가 자신에게 건강상 그다지 좋은 여행지가 아니라는 걸 잘 알고 있을 법한데도, 아셴바흐는 이 도시에 끌림을 느낀다. 도착한 지 얼마 되지 않아 이미 불안이 엄습했고 종국에는 운명에 굴복하고 만다. 다시 말하자면, 금지된 열정이라는 운명에 항복하여 열정이라는 단어가 가진 고통이라는 어원적 의미를 고스란히 끌어안은 것이다. 그는 장엄함과 퇴폐가 공존하는 이 도시에서 자신을 쇠락으로 이끄는 원인을 만난다. 그리고 베네치아라는 도시도 두려움의 대상인 역병의 희생양이 되고 만다.

죽음을 향한 소망은 만의 작품 세계에 반복적으로 나타나는 모티브다. 『마의 산』의 핵심적인 장인 '눈'에서 한스 카스토르프가 '가공할 무지의 세계'[5]에서 길을 잃으려는 목적으로 일부러 눈보라가 치는 새하얀 무(nothingness)의 공간 속으로 나서는 장면이 나온다. 작가 자신도 수년이 지난 후 카스토르프 특유의 '죽음에 대한 타고난 끌림'[6]에 대해 언급하기도 했다. 분명 자신이 그려낸 젊은 주인공이 요양원의 엑스레이실에서 자신의 해부학적인 이미지를 보고 완전히 매료된 장면을 기억했음이 틀림없다. 스크린을 통해 자신의 뼈대를 알아본 순간 카스토르프는 자신의 무덤을 들여다보고 있는 듯한 느낌을 받는다. 계시와도 같은 순간이다.

하지만 『베네치아에서의 죽음』이나 『마의 산』을 집필하기 오래전부터 만은 죽음에 대한 매혹이 극에 달해 죽음을 소망하는 수준에까지 이르는 상황에 대한 글을 구상해왔다. 불과 22세였던 1897년에 쓴 글 「죽음」에서 만은 자신이 죽는 날짜를 정확하게 예감하는 한 남자의 일기장을 서술한다. 주인공은 그 예감을 너무나 소중히 여긴 나머지 몇 주 남지 않은 여생을 죽음과의 지속적인 연장선상에서 보낸다. 그는 죽음을 일종의 궁극적인 황홀감의 순간으로 여겨 그 예감에 동의하며, 아니 사실 죽음을 의지적으로 원하는 모습을 보인다.

황홀감, 과도함, 심지어 폭력으로 인한 쾌감, 이 모든 것이 무서운 꿈속에 시연되면서 아셴바흐를 미치게 만든다. 이때 이미 베네치아의 거리에는 죽음의 그림자가 잔뜩 드리웠고, 그 자신도 어린 폴란드 소년에 대한 열정으로 인해 파멸의 길을 걷던 참이다. 이 악몽 속에서 그는 나무 비탈길을 따라 굴러 내려오는 흥분한 폭도들을 본다. 거들에 모피 조각을 매단 여인들이 새된 소리를 지르고, 털이 숭숭한 뿔난 남자들은 울부짖으며 북을 미친 듯이 두들긴다. 헐떡대는 육체가 숨 쉬며 뿜어내는 열기와 염소 몸에서 나는 코를 찌르는 악취, 고여 있는 썩은 물이 방사되어 공기는 잔 뜩 탁해져 있다. 발정기 수사슴처럼 과격한 고함소리가 들리고, 난봉꾼들 은 소리를 지르며 음란한 성교 의식을 벌이는 과정에서 각자 지니고 있는 뾰족한 말뚝이 서로의 살을 찔러서 피가 줄줄 흐른다.

　아센바흐는 물론 그가 꿈에서 본 이 거친 행렬이 흥청거림과 드라마, 그리고 생식력의 신인 '타인 신(stranger god)' 디오니소스의 추종자들이 벌이는 것이란 사실을 꿰뚫어보았다. 그는 광란 상태의 여자들(여기서 사용한 미내즈[maenads]라는 표현은 그리스 신화에서 디오니소스의 여자 추종자들을 의미함-역주)과 사티로스들의 무리가 주신제 의식에 참여하는 광분의 현장을 알아보았다. 만약 제어하지 않으면, 이러한 주신의 영향을 받은 흥청거리는 세력은 너무나도 쉽게 철저한 무질서로 변질된다. 그러나 작업 노트에 써 놓은 바대로, 토마스 만은 또한 이와 같은 디오니소스 숭상이『베네치아에서의 죽음』에서 상징적으로 똑같이 중요한 다른 신, 바로 태양신이요. 빛과 음악 그리고 조화의 신인 아폴로에 반하는 행위임을 잘 알고 있었다. 비록 아폴로도 "전염병과 신속한 죽음을 보내오는 끔찍한 자"[7]가 되기도 하지만, 그는 무엇보다 제어와 규율의 신이다. 조화의 유지 여부는 아폴로의 세력과 디오니소스의 세력, 즉 질서와 무질서 사이에 위태롭게 유지되고 있는 힘의 균형에 달려 있다. 아아, 애석하게도『베네치아에서의 죽음』은 작가 토마스 만이『마의 산』의 기원에 대해 쓴 글에서 보는 것처럼 '잔뜩 취한 무질서의 승리'[8]라고 정의한 세력의 이야기를 다룬 소설이다.

자기기만과 인정

●

　심리적 혹은 의학적인 관점에서 보면 아센바흐의 쇠락의 과정은 오랜 기간 동안 이어져 온 자기 억압에 대한 이야기라고 볼 수 있다. 독자들은 아센바흐가 제대로 젊음을 만끽한 적이 없음을 알게 된다. 그는 오직 성취에만 매진하여, 오랜 세월에 걸쳐 본능적인 부분을 억제해 왔다. 그가 글에서 다룬 주제를 보면 오래전부터 '초월적인 것'에 매료되어 있었다는 사실이 명백한데도 말이다.

　하지만 여러 해에 걸친 자기 제어와 훈련으로 인해 그는 자기기만에 빠지고 말았다. 벌꿀처럼 빛나는 곱슬머리를 가진 폴란드 소년을 넋을 잃고 쳐다보면서 아센바흐는 자기가 보고 있는 건 인간의 육체를 지닌 진짜 사람이 아니고 사랑의 신인 에로스의 얼굴과 몸일 뿐이라고 굳게 믿었다. 소년의 피부 빛깔은 대리석을 떠올리게 하고, 그의 완벽하게 균형 잡힌 가슴팍과 아직 보드라운 겨드랑이는 조각상을 연상시킨다. 아센바흐는 이렇게 상상 속에서 이 소년을 예술작품으로 변성시킴으로써 적어도 얼마간은 자신이 매료된 상태가 순전히 심미적인 거라고 생각할 수 있었다. 마치 자기기만에 빠진 사실을 확인이라도 하듯이 아센바흐는 '언어라는 대리석 덩어리'[9]에서 우아한 문장들을 다듬어 내는 문학의 숙련공인 자신의 평생의 업에 이 소년에 대한 끌림을 비유하기도 한다.

　감각으로 느끼는 욕구를 심미의 영역으로 들여옴으로써 눈가림이 가능해진 것이다. 아센바흐는 이 덕분에 적어도 처음에는 진실을 자인하지 않아도 되었다. 하지만 그는 곧 자기 파괴적인 충동과 대면했고, 소년에 대해 품은 열정이 엄연한 사실임을 인정해야만 했다. 아센바흐가 자신의 운명을 받아들였다는 사실, 그것도 기쁜 마음으로 운명을 받아들였다는 사실은 토마스 만이 사랑과 죽음, 그리고 에로스와 타나토스(그리스 신화에서 죽음을 의신화한 개념-역주) 사이에 수립하고자 했던 연결고리를 잘 보여주는 예라고 할 수 있다. 아센바흐는 엄격한 지적 노동자라는 자신의 과거 이미지에서 멀리도 떠나 왔다. 그러한 궤적은 손을 이용한 대조적인 두 묘사를 통해 극적으로 요약된다. 이 소설의 도입부에서 아직 아센바흐가 규범을 준수하는 엄격한 작가로 그려질 때는 한 지인이 그의 성격을 꽉 쥔 주먹으로 비유하는 장면이 나온다. 약 서른 페이지가 지나고 나자 소설의 화자는 어느새 아주 다른 이미지를 언급한다. 이제 아센바흐가 자신의 욕망을 무시하며 살 수 없는 지경에 이르렀기 때문이다. 열린 창문가에 앉아 해변에 있는 소년 타지오를 바라보면서 그는 손바닥을 펴는 동작으로 인정, 체념 그리고 굴복의 감정을 표시한다. "이어 그는 고개를 들고, 의자 팔걸이에 힘없이 늘어뜨리고 있던 두 팔을 포물선을 그리며 천천히 들어 올렸다. 손바닥을 앞으로 향한 것이 마치 가슴을 활짝 펴고 두 팔을 쫙 벌리는 동작 같았다. 그랬다. 그것은 반가운 환영 인사이자 차분하게 소년을 맞는 몸짓이었다."[10] 그 동작과 몸짓은 마치 운명애(amor fati, 니체가 주장한 철학 용어로, 인간의 운명은 필연적이며, 이 필연성을 적극적으로 받아들이고 애정을 가져야 인간의 잠재성을 발휘할 수 있다는 의미임-역주)의 상징과도 같다. 지금 현재의 상황뿐 아니라 앞으로 다가올 일을 기꺼이 받아들이는 자세 말이다.

이러한 아셴바흐의 운명애는 궁극적으로 그다지 비밀스럽지도 않은 죽음의 염원으로 전환될 수 있다. 처음에는 이 염원이 다른 의미의 죽음으로 향하는 것 같았다. 다시 말하자면 아셴바흐는 타지오를 파로스 대리석으로 만들어진 살아 있는 조각상으로 여기기로 결심한 것이다. 그는 금빛 머릿결과 대비되는 소년의 상아빛 뽀얀 피부에 주목하고는 그 피부색에서 병약함을 느꼈다. 아마 이 아이가 성년에 될 때까지 살지 못할 거라는 전조라고 혼자 생각했다. 이야기가 진행되면서 아셴바흐의 눈에는 소년의 대리석 같은 피부가 점점 더 창백하게 보이게 된다. 그는 계속해서 은밀하게 소원하는 것처럼 소년이 죽어간다고 생각한다. 그의 생각은 점점 노골적으로 드러나 소년을 그리스 신화에 나오는 히아킨토스(Hyacinthus), 즉 아폴로와 제피루스 두 신의 사랑을 받다가 죽을 수밖에 없었던 미소년과 비교하기에 이른다.

그러나 한층 깊숙한 죽음에 대한 염원은 아셴바흐 자신에게만 해당되는 바람이다. 그런 의미에서 만의 소설은 마치 느리게 진행되는 자살에 대한 이야기와 같다. 묘하게 생긴 곤돌라 사공의 배를 타고 어두컴컴한 석호를 지나면서 아셴바흐는 베네치아 여정 자체가 불길한 상징이라 느낀다. 예를 들자면 곤돌라는 관처럼 검은색이다. 석호 반대편으로 가는 짧은 여정은 죽음에 대한 환상과 소리 없는 최후의 여행이라는 고대 장례 의식에 대한 환각적 이미지를 불러일으킨다. 아셴바흐는 예상치 못한 나태한 느낌에 사로잡힘과 동시에 리도로의 짧은 여행이 영원히 지속될지도 모른다는 소망을 품는다. 그는 마비되었다 싶을 정도로 소극적인 자세를 취한다. 급기야 소설의 초반에 마주친 악마 같은 생면부지 타인의 또 다른 버전인 야수 같은 외모의 곤돌라 사공이 등 뒤에서 노를 휘둘러 자신을 하데스의 집, 즉 저승으로 보내지 않을까 하고 상상하기 시작한다.

이렇듯 죽음의 이미지들은 물과 연관되어 있다. 그리고 아셴바흐가 오랫동안 대양의 힘에 매료되어 있었다는 사실이 드러난다. 이는 광대함과 어두움으로 가득한 심연에 대한 끌림이요, 정돈되지 않고 가늠도 할 수 없는 존재에 대한 끌림이다. 무존재에 대한 그의 갈망을 드러내는 것이다. 작품 속에서 만은 메어라우쉬(Meerausch, 독일어 단어 중 바다[Meer]와 도취[rausch]의 합성어로서 대양 혹은 바다에 대한 도취라는 뜻-역주)라는 표현을 사용한다. 또한 작품에서는 바다의 격한 움직임과 바스락거림, 노호하는 파도에 대해 언급되어 있는데, 이는 사실 언어유희다. 라우쉬(Rausch)는 취함, 황홀경, 도취, 심지어는 환각이라는 의미 또한 지닌 단어이기 때문이다. 이 단어는 사실상 그 직전 단락에 등장하는 상황, 즉 아셴바흐가 그렇게나 욕심내어 두 팔 벌려서 맞이하는 광란의 상태에 해당한다. 좀더 넓은 맥락에서 보자면 이 단어는 야성의 힘이 지배하는 세계를 의미한다. 토마스 만의 작품 세계에서 라우쉬는 창의성이 불러오는 광기를 의미하기도 하는데, 그 광기가 형상화된 대표적인 예는 『파우스트 박사』의 주인공인 음악 천재 아드리안 레버퀸이라고 하겠다. 나치즘의 대두로 인해 독일이 과잉 흥분과 공포에 빠져드는 상황을 배경으로 하는 이 작품에서 레버퀸이 상징하는 창조의 광기는 나치즘이 상징하는 자멸을 부르는 정치적 광기와 나란히 극으로 치닫는다.

신화들

•

특히 만의 후기 작품 세계라는 맥락으로 살펴보면 『베네치아에서의 죽음』은 억압과 금지된 열정의 사례를 보여주는 소설 그 이상으로 해석할 필요가 있다. 파멸로의 유혹은 여러 차원에서 동시에 작용한다. 작가의 박식함을 다채롭게 보여주기 위해 신화를 여러 차례 걸쳐 언급한 것이 아니다. 에로스의 곁에 포진한 판(Pan, 그리스 신화에 나오는 짓궂고 거친 성격의 괴물로 털이 수북하며 뿔이 달리고 염소다리를 가진 외모로 그려짐-역주), 포세이돈, 히아킨토스, 그리고 나르키소스(Narcissus)의 이름은 사랑의 신이 불러일으키는 신성한 공포감을 고조시킨다. 에로스야말로 가장 건장하고 단호한 영웅들마저도 겸허하게 하고 넘어뜨릴 수 있는 존재이니 말이다. 작가는 신화를 암시적으로 이용함으로써 추종자이자 피해자인 아셴바흐가 마치 어떤 능력자의 마법에 홀린 듯 분별력을 완전히 잃은 것에는 그를 그렇게 만든 악마적인 세력이 있기 때문이라는 데에 신빙성을 부여한다. 게다가 이러한 신화적 모티브들이 아셴바흐의 머릿속에 공명한다는 사실은 그의 인물 설정에 부합한다. 그는 고급문화의 영향을 받은 전형적인 지적 성향의 예술가로 묘사되어 있기 때문이다. 바로 그 고급문화가 이제는 감각들을 가중시켜 그가 가질 수 없고 금지된 세계로 아셴바흐를 이끌고 있다.

물, 공기, 흙 등 세상의 핵심 요소들을 활성화하는 한, 신화 및 신화 관련 주제는 서로 불화 관계에 있는 세력들 사이의 관계를 더욱 극적으로 보이게 한다. 가끔은 조화로울 수 있지만 보통 불화하며, 심지어는 자체적으로도 조화를 찾지 못하는 그러한 세력들 말이다. 양면성은 구석구석에 파고들어 있다. 그렇기에 토마스 만 자신이 작업 노트에 적은 것처럼 아폴로는 빛의 신인 동시에 인간에게 치명적인 질병을 보내는 장본인이기도 하고, 포세이돈은 세상을 강화시키거나 뒤흔들기도 하는 존재이다.[11]

또한 『베네치아에서의 죽음』에서 신화를 이용한 이러한 설정은 특히 예술가의 본질 그리고 아름다움의 문제와 관련해서 철학적 차원에서 작용하기도 한다. 여기에 니체의 영향이 강하게 드리우고 있는데, 이는 만이 생각한 디오니소스의 개념이 니체의 철학에서 왔기 때문이다. 『베네치아에서의 죽음』에 내포된 아폴로와 디오니소스 사이의 이원성은 니체의 『비극의 탄생』에서 직접 파생된 개념이다. 말하자면 니체는 이 두 세력 간의 영구적인 갈등이 모든 예술의 근본적인 원리라고 보았던 것이다.

그러나 니체가 유일한 언급 대상인 것은 아니다. 『베네치아에서의 죽음』에서 다루는 철학의 영역은 플라톤의 『파이드로스』로까지 거슬러 올라간다. 아셴바흐는 플라톤의 작품이 욕망과 덕목에 관해 모순된 메시지를 전한다고 생각한다. 그는 플라톤의 논의가 감각의 영역과 영적인 영역 사이에는 직접적인 연관이 있으며, 욕망은 영원한 아름다움으로 가는 길이요, 모든 사랑이 신성하다는 가르침이라고 이해했다. 하지만 이 소설의 마지막에 다다르면 아셴바흐는 똑같은 플라톤의 논의에서 왔지만 너무나 상이한 내용의 또 다른 교훈을 기억해 내는데, 이는 자신의 사례에 좀더 구체적으로 부합하는 내용을 담고 있다. 플라톤은 사랑에는 치료약이 없으며, 욕망과 아름다움, 그리고 예술의 세계에는 커다란 위험이 도사리고 있다고 생각했다. 또한 시인들이란 가치도 지혜도 없는 사람들이며, 예술은 열정을 찬미하기 때문에 사회에 위협이 될 뿐이고, 예술가들은 과도함으로 전도되기 쉬운 나쁜 교사이며 형식을 사랑하다가는 깊은 구렁으로 빠질 수 있다는 것이다.

아센바흐 혹은 화자가 이런 점을 짚고 넘어가지 않더라도, 이 유혹적이면서도 대단히 날선 비판이 담긴 이원적인 메시지에서 플라톤의 다른 저서『국가(Republic)』의 공명이 느껴진다. 또한 토마스 만이 예술가의 본성과 역할에 대해 품었던 의혹이 드러난다. 이 소설을 쓴 지 얼마 되지 않아서 만이 이렇게 얘기하지 않았던가? 타락을 경험해 보았기 때문에 자신은 바로 그 타락을 기록하는 자일 뿐 아니라, 타락을 고발하는 자가 될 운명을 지닌 작가라고 말이다.[12] 작가의 본질과 가치에 대해 토마스 만이 그저 가끔씩 의구심을 품은 게 아니라는 증거는 이미 드러나 있다.『베네치아에서의 죽음』의 핵심 구절마다 이러한 의구심이 가득하여 마치 독자의 관심을 플라톤의 일부 극단적인 견해들로 돌리려는 것 같다. 즉 플라톤이『국가』에서 주장한 대로 모든 시는 이성을 짓밟는 것이요, 예술이란 남자답지 못하며, 전반적으로 시인과 예술가라는 이들은 해로운 존재이므로 이상적인 공화국에는 그들이 설 자리가 없다는 이야기다.

독자들은 토마스 만의 이 소설을 읽을 때 이러한 자기비판의 요소들을 기민하게 감안해야 한다. 그러한 요소들은 다소 둔감하고 우쭐거리며 설교조로 이야기하는 소설의 화자가 이해할 수 있는 수준을 넘어선 영역에 있기 때문이다. 더 광범위한 문제들에 관해서 이렇게 소설의 화자가 무분별하다는 점에 대해서는 도리트 콘(미국의 저명한 독일어권 문학 및 비교문학 전문가-역주)이 훌륭한 분석을 선보인 바 있다. 그녀는 『베네치아에서의 죽음』의 '제2의 작가'를 다룬 에세이를 통해 대단한 찬사를 받았다.[13] 그리고 그 에세이에서 다룬 광범위한 문제 중에 한 가지가 바로 '예술가의 운명'이다.

악마적인 세력과의 공모

•

『베네치아에서의 죽음』의 첫 몇 장에서 이미 예술가의 운명과 그의 동시대인들의 운명 사이에 연관관계가 성립된다는 점을 상기할 필요가 있다. 우선 이 소설의 화자와 작가를 혼동해서는 안 된다. 그리고 화자가 '유럽의 영혼'을 언급하거나 전 유럽을 위협하는 외교 위기에 대해 얘기하고 있긴 하지만, 사회적·역사적인 주요 맥락에 대해서는 단지 어렴풋이 인지하는 수준에 그친다는 점이 중요하다. 이 소설은 1913년 출간되었는데, 토마스 만 자신도 추후에 1차 세계대전 직전의 시기가 부르주아 세계가 재앙을 향해 가던 찰나에 맞은 전환점이라고 선언한 바 있다.[14] 이 소설에서 유럽에 닥친 분명한 위협은 특정한 형태로 나타난다. 온 대륙을 공포에 떨게 하는 전염병 콜레라라는 모습으로 말이다. 베네치아를 병든 도시로 만든 이 집단적 질병은 우벨(Ubel), 즉 독일어로 '병'과 '악'이라는 뜻을 모두 가진 단어로 표현된다. 전염병은 정부 당국에 의해 은폐되고, 이 과정에서 당국은 침묵, 은폐, 노골적인 거짓말이라는 방법을 동원한다. 이 '사악한 비밀'은 아셴바흐가 품고 있는 자기 파괴적인 비밀과 평행선상에 있으며, 작가는 이를 대재앙을 향해 가는 자기기만적인 사회에서 느낄 수 있는 집단의 불안감이라고 진단한 것이다. 이 작품의 그러한 광범위한 주제들은 그 당시 예언적 경고를 했던 이들의 목소리와 일치한다. 예를 들자면 경제학자 오스발트 슈펭글러의『서유럽의 몰락』은 몇 해 후에야 출판되기는 했으나 글이 완성된 해는 1914년이었다.『베네치아에서의 죽음』의 후반부에 가면 불길한 병원 소독제 냄새는 악성 전염병의 공격을 받은 베네치아 도시 전체로 퍼져나간다. 그 냄새로 인해 무질서와 폭력이 난무하는 모습을 통해 작가가 과숙한 문명의 몰락을 암시함을 알 수 있다.

　토마스 만의 후기 작품 세 권을 참고하면『베네치아에서의 죽음』에서 드러난 역사적, 정치적인 함의를 확인할 수 있다. 시간 순으로 그중 첫 번째가 1924년에 출간된『마의 산』이다. 이 작품의 구성과 내러티브는 1차 세계대전 시기를 가로질러 스위스의 한 요양원이라는 작은 무대를 배경으로 병든 사회에 대한 지적인 드라마를 선보인다. 토마스 만은 이 방대한 작품을 12년에 걸쳐서 집필했다. 그의 이야기에 따르면, 처음에 이 작품은 '죽음에 대한 연민'을 다룬 또 하나의 책이면서『베네치아에서의 죽음』보다는 조금 밝은 느낌으로 유머러스한 동반 작품이 되도록 기획했다고 한다.[15] 계획한 대로라면 풍자적인 단편이었을 이 작품은 결과적으로 부르주아 세계의 최후를 알리는 듯한 내용이 담긴 방대한 장편소설로 변모했다. 토마스 만 자신도 유럽인의 삶의 방식 자체를 철저히 부숴버린 대형 사건이었던 1차 세계대전으로 인해 이 소설이 상상할 수 없을 만큼 풍성해졌다고 언급한 바 있다.[16]

1914년, 귀청이 터질 듯한 폭발을 기점으로 발발한 전쟁은 진정 세상의 종말을 알리는 천둥소리처럼 『마의 산』의 결말 부분으로 침범해 들어온다. 독자들은 여기서 사람을 취하게 할 정도로 새하얗게 눈 덮인 고지대 마을 다보스에서 주인공이 낙하하는 모습에서부터 육박전과 대포탄막의 울부짖음 속에서 펼쳐지는 참호 전투와 총검 공격의 끔찍한 현장을 목격하게 된다. 이 전쟁에서 총알받이 역할을 한 한스 카스토르프와 동세대 청년들은 4년이나 계속된 죽음의 축제에 휘말릴 운명이었던 것이다.

1914~1918년 사이에 일어난 1차 세계대전이라는 화마는 곧 새롭고도 끔찍한 현실을 불러왔는데, 그중 일부는 1930년에 출간된 단편소설 「마리오와 마술사」에서 전조를 보였다. 이때는 무솔리니가 권력을 잡은 지 7년이 지난 시점이었고 이미 위협적인 존재였던 히틀러가 제3제국의 총통으로 등극하기 직전이었다. 이 소설은 『베네치아에서의 죽음』을 연상시키는 이탈리아 바닷가의 어느 리조트를 찾은 한 독일인 가족이 목격하는 극적인 사건을 이야기한다. 또한 파시즘이 만연한 이탈리아의 분위기를 직접적으로 언급함으로써 넌지시 독일에서 세력을 확장 중이던 나치즘을 생각나게 한다. 이탈리아의 파시스트 지도자 총통(The Duce)은 노골적으로 언급되며, 심지어 해변에서 노는 아이들조차 국수주의적인 구호를 내뱉는다. 독일인 가족의 가장이자 관대한 성향의 진보주의적인 화자인 아버지는 이러한 민족주의적 자존심과 인종차별주의의 징후에 대해 처음에는 지나가는 질병이라고 일축한다. 유아기 때 꼭 한 번은 겪어야 하는 질병처럼 말이다. 하지만 소설 속 사건들은 관객 전체의 예속과 굴욕, 살인으로 이어져 그의 이러한 박애주의적인 진단이 틀렸음을 보여준다. 지나

갈 거라던 그 병은 대재앙의 가능성을 안고 있다.

「마리오와 마술사」의 극의 중심에는 시뇨르 치폴라, 즉 미스터 양파라는 터무니없는 예명을 쓰는 어느 마술사의 믿기 힘든 공연이 펼쳐진다. 그는 협잡꾼인 데다 능란한 손재주와 최면술로 관객을 홀린다. 거만하고 권력욕이 강한 이 '마술사'는 이내 공연장에 모인 고분고분한 무리를 지배하게 된다. 그러고는 그들을 모욕하고 모멸감을 주며, 자기의 음악에 맞춰 꼭두각시처럼 춤추게 만든다. 오디세이의 부하들을 돼지 떼로 둔갑시켰다는 키르케가 잠깐 언급되는데, 이는 이 마술사가 관객들을 비인간화하고 있다는 암시라고 해석할 수 있겠다. 최면술사면서 손재주 좋은 마술사인 치폴라는 허무맹랑한 이름과 자기가 고른 기사라는 칭호에도 불구하고 사악함을 표상하는 인물이다. 그는 기형을 안고 있는 장애인으로 쌕쌕거리는 새된 목소리를 지녔다. 그리고 그로 인해 복수심에 젖어 무방비 상태의 사람들을 잔인하게 조종하며, 건강하고 아름다운 것은 뭐든 망가뜨리는 데서 즐거움을 느끼는 뒤틀린 영혼의 소유자이다.

사악하고 과장된 행동을 하는 이 인물이 갈고리 손잡이가 달린 말채찍을 들고 있는 모습은 분명 역사를 자신들의 무대로 여기는 선동적인 지도자, 대중 선동가의 캐리커처라고 볼 수 있다. 그 모습이 정치적 풍자임은 무시할 수 없는 사실이다. 날카로운 분석가인 토마스 만이 콤메디아 델라르테(Commedia dell'arte, 이탈리아의 전통 희극으로 흔히 가면을 활용하는 특징이 있으며 즉흥극이자 배우 개인의 경험이 중요한 유희적 요소가 강한 희극 양식-역주)의 기법을 이용해서 자기극화를 즐기는 전체주의 지도자를 묘사한 것이라고 보아야 한다. 그 이유는 우선 이 마술사가 선동적인 수사법을 사용하고 있으며, 또한 그러한 수사법을 무기로 여기기 때문이다. 두 번째로 그는 전체주의 지도자들처럼 자신에게 의심을 품지 말고 무조건 믿으라는 요구를 한다. 그리고 마지막으로 마법사 치폴라의 리더십 이론에는 첫 번째 순종할 의지, 두 번째 순종과 명령의 변증법, 그리고 세 번째 두려움을 불러일으키는 지도자와 대중 사이의 관계, 즉 총통(보통 히틀러를 비유적으로 일컬을 때 쓰는 단어이기도 함-역주)과 민중(Volk) 사이의 관계가 관건이라는 점이다. 치폴라는 처음부터 끝까지 능수능란한 공연을 선보여서 여느 인상적인 예술가가 그렇듯 사람들의 박수갈채를 받는다. 그를 두려워하면서도 감탄해마지 않는 대중은 "브라보!"를 외친다. 하지만 치폴라는 악마적인 예술가, 한마디로 배신자이자 궁극의 기만자다. 그리고 만은 지도자와 유혹자라는 독일어 단어들이 유사하다는 점을 이용한다. 마술사는 진정한 자유가 아닌 순종의 의지를 부정하지 않지만 인간의 보편적인 자유의지는 거부한다. 그렇기에 언제나 부정하는 존재인 악마의 속성 자체를 대변하는 인물로 보인다.

그러나 사악한 성격의 소유자라 할지라도 돌팔이 같은 이 마술사 또한 일종의 예술가라고 한다면, 문학가를 포함한 예술가 모두가 또한 마술사인 것 아닌가? 재차 토마스 만의 글에서는 자기 회의를 품은 의문이 가득함을 엿볼 수 있다. 「마리오와 마술사」의 작가도 부인할 수 없는 일종의 권력을 손에 쥐기 위해 허구와 가상을 이용해 작가로서의 권위를 강요하고 있으니 자신도 마술사인 게 아닌가?

명쾌한 대답을 찾을 수 없는 다음과 같은 궁극적인 의문에는 작가와 화자 모두가 관련되어 있다. 이 소설의 결론에 이를 때쯤이면 독일인 화자가 이탈리아 정치 차원에서의 일시적인 병일 뿐이라고 일축했던 증세가 근본적으로 독일의 상황에 더욱 잘 들어맞는 게 아니던가?「마리오와 마술사」속 화자의 목소리는 부인과 아이들을 데리고 이탈리아로 여행온 독일인 관광객의 목소리다. 이는 신뢰성이 떨어지도록, 정직하지 않게 얘기하도록 장치된 도구임이 분명하다. 자기가 관용적인 사람이며 진보주의자라고 생각하고 싶어 하는 이 독일인 가장은 또한 혼란스러울 정도로 수동적이고, 무관심하고 무책임한 사람으로 정의할 수 있는 인물이다. 그는 왜 출구를 찾지 않았을까? 왜 이 끔찍한 공연이 결국 섬뜩한 결말로 이어질 때까지 관람하던 아이들을 그냥 내버려 두었을까? 그는 인정하려 들지 않지만 자신도 마법에 걸린 듯 넋을 잃었던 것이다. 냉담한 사람이지만 눈앞에서 벌어지는 끔찍한 사건을 충분히 인지하고 있던 그는 자신을 아무 잘못도 없는 구경꾼으로 간주한다. 피비린내 나는 결말이 나오기 전에 극장을 떠나기라도 했다면 좋았을 텐데 말이다. 소박하고 온화한 성격의 청년 마리오가 급작스레 원초적인 반응을 일으켜, 자신을 너무나 끔찍하게 학대한 괴물 같은 마술사를 총으로 쏴 죽이며 반항하는 순간에도 화자는 아무 행동을 하지 못했다.

예술가의 병 그리고 그의 죽음과 엮어서 바라본 '독일의 문제'에 대해 토마스 만이 진단을 내린 결과, 1947년 작『파우스트 박사』에 이르면 명료한 공식으로 확립된다.『베네치아에서의 죽음』출간 이후로, 아니 사실 그전부터 그는 예술가가 심연의 세계와 공모 관계에 있는가 하는 점에 대해 고민해왔다.『파우스트 박사』를 보면 광기에 찬 천재의 창의성과 히틀러의 지배하에 깊은 구렁에 빠져 든 독일이 깊은 유사성이 있음을 알 수 있다. 여기엔 악마와의 계약이 연루되어 있다. 신학과 악마학을 공부했던 작곡가 아드리안 레버퀸은 창녀가 경고하는데도 불구하고 일부러 매독의 위험에 자신을 노출시킨다. 그로 인해 무서운 스피로헤타 균(매독의 병원-역주)으로 비유된 사탄과 계약을 체결한 것이다. 이 '초월적인 성병'에 감염된 덕분에 레버퀸은 놀라운 작품을 써낼 수 있게 되지만, 그 계약으로 인해 그가 어둠의 세력에게 복종하고 있음은 명백하다. 그가 작곡한 최후의 범악마적인 작품의 연주를 듣기 위해 친구들과 팬들이 모여들었다. 어느 때보다 제정신을 차리고 있는 상태였던 레버퀸은 이 최후의 순간에 자신이 스물한 살 때부터 사탄과 언약을 맺었노라고 고백한다.

그에게 놀라운 능력을 부여해준 악마와의 계약 이야기는 낭만주의 이후로 익숙해진 천재성과 광기의 유사성이라는 개념을 훨씬 넘어선 영역으로 독자들을 이끈다. 예를 들어 전작인『마의 산』에서 등장인물 나프타가 병과 천재성은 사실 동의어라고 주장하는 장면이 나온다.『파우스트 박사』의 핵심이 되는 제25장에서는 예술가를 닮은 자가 바로 사탄이었다는 점이 확인된다. 여기서 배신자이며 강력한 대적자라 불리는 대악마 본인이 뭔가 신비스런 구석이 있는 방문객이라는 인물로 분해 레버퀸을 찾아온다. 그는 불그스레한 머리카락, 분홍빛 눈, 그리고 날카로운 치아가 특징적인 외모라고 묘사되어 있기에,『베네치아에서의 죽음』초반에 아셴바흐가 묘지에서 만난 낯선 남자의 또 다른 체현이라고 볼 수 있다. 이어서 주인공에게 천재성을 부여해 주겠지만 궁극적으로는 파멸을 가져올 질병으로 상징된 악마와의 계약이란 어떤 건지를 그 방문객이 설명하는 장면이 이어진다.

하지만 토마스 만은 심연에 빠질 운명인 천재가 체결한 서약을 논하는 데서 한 걸음 더 나아간다. 그는 아셴바흐의 숙명을 독일이라는 국가의 특징 및 운명과 연관시킨다. 불그스레한 머리카락을 가진 신비로운 방문객이 불쑥 끼어들어 "뼛속까지 독일사람"이라는 강렬한 발언을 했다.[17] 작품의 화자이자 주인공 작곡가 레버퀸의 친구인 세레누스 차이트블롬은 독일이라는 나라는 취한 상태를 갈망하는 성격이 있다고 단언한다. 그뿐 아니라 〈종말〉 같은 악마적인 작품을 작곡하면서 레버퀸의 건강이 악화된 사실과 패배와 파멸을 향해가는 독일 국가 전체의 불행한 운명은 상징적으로 유사하다고 주장한다. 특정한 심미주의는 야만성을 예고하는 역할을 하는지도 모르겠다.

이 소설의 마지막 몇 페이지와 에필로그에는 나치 정권 최후의 격변에 대한 언급이 있다. 차이트블롬이 "가공할 만한 국가 차원의 도착 증세"라고 부른 나치의 마지막 회오리바람으로 인해 전 유럽 대륙에는 파괴의 향연이 펼쳐진다. 독일이 자신의 피로 서명한 계약, 그리고 얼마 동안만이라도 "방종의 승리"[18]를 이루어준 이 악마와의 계약은 또한 의도적으로 야만 상태의 복귀를 불러왔고, 온나라를 갱의 밑바닥으로 끌어내렸다.

* * *

『베네치아에서의 죽음』에 나오는 예술가의 자기 파괴 과정, 그리고 그의 비극적 숙명과 병든 사회의 운명 사이의 연관성은 나중 작품들인 『마의 산』이나 「마리오와 마술사」, 그리고 『파우스트 박사』에서 추가로 전개

될 주제들에 대해 여러 차원의 예시를 해주었다. 토마스 만의 작품은 그의 다른 글들과 함께 넓은 맥락에서 읽을 때 비로소 비교가 되지 않을 정도로 더 깊이 있는 이해가 가능하다.

1953년《애틀랜틱먼슬리》에 기고한 글에서 그는 다음과 같은 평가를 내렸다. 단테나 세르반테스같이 자신을 온전하게 표현한 역작 단 한 편을 통해 알려진 작가들이 있는가 하면, 자신과 같은 작가들은 부족한 면이 있는 개별 작품들을 여럿 생산하여 대규모 작품 세계를 완성한다는 것이다.[19] 자신의 성취를 세르반테스나 단테가 이룩한 업적에 비교하는 것이 오만이라고 느껴질 수도 있지만, 토마스 만의 작품들 또한 탁월한 것은 사실이다. 그리고 이 말은 온전하게 자신을 표현하는 일이 어렵다는 뜻이기도 하다. 하지만 심지어 그런 수수께끼 같은 의미도 『베네치아에서의 죽음』에 이미 예시되어 있다. 바로 아셴바흐가 죽음을 맞이할 때 소년을 바라보는 장면이다. 그는 저 멀리 머릿결을 흩날리며 서 있는 타지오가 파도 속으로 사라질 것처럼 바다를 향해 천천히 걸어가는 모습을 눈으로 쫓아간다. 그때 마치 소리 없이 애도 중인 델피 신전의 무녀처럼, 검정 헝겊이 덮인 삼각대 위로 카메라 한 대가 버려진 채 바람 속에서 찰칵거리는 모습이 묘사된다.

주

1. Thomas Mann, 『Death in Venice and Seven Other Stories』, trans. H. T. Lowe-Porter (New York : Vintage, 1959), 10, 6.

   토마스 만 작품의 경우에도 위의 번역본 이외에 클레이튼(Clayton Koelb)이 번역한『베네치아에서의 죽음 작업 노트』의 1994년도 번역본도 참고했다. 하지만『베네치아에서의 죽음』내에 나오는 내용을 직접 인용할 때는 독일어 원본을 기준으로 했다.

2. Thomas Mann, 『The Magic Mountain』, trans. H. T. Lowe-Porter (New York : Knopf, 1958), 321.

3. "Working Notes for 『Death in Venice』," in Mann, Death in Venice, trans. Koelb, 72.

4. 아시아에서 왔다는 콜레라 역병과 니체의 표현인 '인도에서 그리스까지 이어진 디오니소스의 행렬' 사이에 성립되는 대응 관계에 대해서는 아래 저서를 참고하라. 독일어가 원작인 이 책은 일부 편집과 번역을 거친 후 영문판으로 출간되었다. 그리고 독일어 원작의 경우는 이후 클레이튼이 번역한 작업 노트 130-149쪽에 실리기도 했다. 토마스 만 자신이 한 발언은『베네치아에서의 죽음 작업 노트』에서 인용한 것이다.

   Manfred Dierks, "Nietzsche's 『Birth of Tragedy』 and Mann's 『Death in Venice』." 『Studien zu Mythos and Psychologie bei Thomas Mann』 (Frankfurt a.M. : Klostermann, 1972)

   Thomas Mann, "Working Notes for 『Death in Venice』," 75.

5. Mann, 『The Magic Mountain』, 477.

6. Thomas Mann, "The Making of 『The Magic Mountain』" (1953), in Mann, The Magic Mountain, 726.

7. "Working Notes for 『Death in Venice』," 74.

8. Mann, "The Making of 『The Magic Mountain』," 722.

9. Mann, 『Death in Venice』, ed. Lowe-Porter, 43.

10. 같은 책, 39-40.

11. "Working Notes for Death in Venice," 74-75.

12. See Thomas Mann, "Gegen Recht und Wahrheit" (Against justice and truth, 1918), reprinted in 『Gesammelte Werke』, 12 vols. (Frankfurt: Fischer, 1960), 12:149-221.

13. Dorrit Cohn, "The Second Author of 『Death in Venice』," in Mann, 『Death in Venice』, trans. Koelb, 178-95.

14. See Thomas Mann, "On Myself " (1940), in Mann, 『Death in Venice』, trans. Koelb, 111.

15. 같은 책, 112.

16. Mann, "The Making of 『The Magic Mountain』," 721, 723.

17. Thomas Mann, 『Doctor Faustus』, trans. H. T. Lowe-Porter (New York: Knopf, 1948), 226.

18. 같은 책, 504, 510.

19. Mann, "The Making of 『The Magic Mountain』," 719-20.

3장

카프카

영원히 지속되는 현재 속에서 겪는 죽음의 여정

"포기해!"

•

비평가들은 프란츠 카프카의 글에 대해 모순되거나 과장된 해석을 남발하곤 한다. 예를 들면 그의 글을 철저히 병리학적으로만 해석하는 입장에서부터 그의 작품 세계는 끝없는 영적 탐구라는 주장까지 다양하다. 평론가의 성향에 따라서 강조되는 부분도 바뀌는데, 이는 죄책감일 수도 있고 자기 징벌, 악몽 같은 공포, 중유럽 유대인이라는 정체성으로 인한 소외감 등이 강조되는가 하면, 카프카의 작품 세계를 구원의 추구 혹은 나아가 성자 신분을 추구하는 비밀스런 종교적 탐구라고 해석하는 사람도 있다.[1] 이러한 해석들은 보통 상호 배타적이다. 그리고 무엇보다 카프카의 작품에서 드러나는 극도로 아이러니한 사고방식을 무시하는 결과를 초래한다. 예를 들어 반대되는 견해가 동시에 존재하는 상황이라든지, 선택하기보다는 양쪽을 포괄하는 자세, 그리고 진정한 소통 없이 순간적으로 어떤 의미가 다른 의미로 전환되는 등 카프카의 글 특유의 특징을 무시하게 된다는 말이다.

이렇듯 소통 불가한 현상이 다양한 형태로 나타나면서 우리는 카프카가 선호했던 글의 방식인 단편 우화를 통해 그의 견해를 찾아볼 수 있다. 우화에 대한 우화 「비유로부터」에서 사실 그가 주장한 바는 정확히 말하자면, 우화란 이해할 수 없는 건 이해할 수 없는 상태로 남게 되기 마련이라는 교훈을 준다는 것이다.

그러한 우화의 예 중 하나인 「포기해!」는 아마도 카프카의 작품 세계에 입문하는 데 가장 좋은 글일 것이다. 이 제목은 카프카의 친구이자 유저 관리자인 막스 브로트가 지었다. 두 번 연달아 반복되는 "포기해!(Gibs auf!)"라는 표현이 실제로 작품의 핵심이기도 하고 권위적인 어조로 이해된다. 이 이야기는 이렇게 시작한다.

"아주 이른 아침이었다. 깨끗하게 청소된 거리엔 아무도 없었다. 나는 기차역으로 가는 중이었다. 시계탑의 시간과 내 시계를 비교해보니 생각보다 이미 많이 늦었다. 서둘러야만 했다. 그런데 늦은 걸 알고는 놀라서 어느 길로 가야 하는지 갑자기 혼란스러워졌다. 아직 이 도시에 완전히 적응하지 못했기 때문이다. 다행히도 근처에 경찰관이 보여 그에게로 달려갔다. 숨을 헐떡이며 길을 물으니 그는 미소를 띠우며 "길을 묻는 거요?"라고 말했다. "그렇습니다. 길을 못 찾겠네요"라고 대답했다. 그러자 그는 "포기하쇼! 포기해!"라고 말하고는 홱 돌아섰다. 마치 혼자 웃고 싶은 사람처럼 말이다."[2]

이른 아침 아직 낯선 도시의 텅 빈 거리에서 기차역을 찾아야 한다는 강박적인 서두름에 대해 여러 차원의 해석이 가능하다. 우선 첫 번째로 이 글의 서사 방식 자체가 여행객의 불안감을 보여준다는 점이다. 시계탑으로 상징된 공식적인 시간과 사적이고 주관적인 시간이 불일치하는 것을 깨달은 주인공은 늦었다는 생각에 휩싸여 기차를 놓칠까 봐 겁을 먹는다. 기차를 놓칠까 봐 걱정하는 건 악몽에 흔히 등장한다. 하지만 여기서 그가 느끼는 스트레스는 특히 직장 스케줄에 관한 것이다. 주인공은 출장 중인 세일즈맨일지도 모른다. 그 압박감은 또한 시간은 돈이라고 여겨지는 세상에서 자신의 의무를 다하지 못하고 있다는 죄책감에서 비롯된 감정이다.

그러므로 이제는 사회학적인 해석이 심리적인 의미를 대체한다. 여기서 독자가 접하는 환경은 길을 잃기 쉬운 현대의 도심이다. 특히나 낯선 곳, 혹은 낯설다고 느끼는 곳에 있다면 더욱 길을 잃기 쉽다. 이 우화에 등장하는 무명의 1인칭 화자는 외부인이다. 그러니 그에게 제대로 길을 가르쳐 주고 자신을 구해줄 사람, 바로 경찰관에게 의지한다는 점은 놀랄 일이 아니다.

하지만 이 경찰관은 그의 질문에 대한 답을 모르거나 아니면 이 길 잃은 타지인을 도와줄 생각이 없어 보인다. 심지어 상당히 멸시하는 태도를 보인다. 이 상황이 벌어지는 사이 우리는 현대 도심 속의 이 소규모 탐색전을 또 다른 차원으로 해석하기 시작한다. 다시 말하면 사회적, 정치적 관점에서 정부 당국은 극도로 결함이 있는 존재로 그려지고 있는 것이다. 법과 질서를 대표해야 할 경찰관은 도움을 줄 생각이 전혀 없고, 한술 더 떠서 노골적으로 무관심하기까지 하다. 그런 태도는 자신들의 권한을 스스로 깎아내리는 일이다. 정부 당국은 이렇게 아리송하면서 상대를 조롱하는 태도를 보이는 데다가 적대감까지 실어 웃으면서 뒤로 물러난다.

이는 네 번째 가능성이고 아마도 가장 문제가 될 법한 신학적 해석의 길을 제시한다. 마음이 급한 이 여행객은 기차역으로 가는 '길'을 잃었다고 걱정한다. 하지만 이 부분의 독일어 원문은 사실상 번역이 불가능하다. 경찰관은 여기서 슈츠만(Schutzmann), 문자 그대로 말해서 '보호하다'는 뜻의 동사 슈첸(schutzen)에서 온 '보호자'라고 표현되기 때문이다. 예를 들자면 이 단어는 "신의 가호가 있기를(Gott schutze dich)"과 같은 굳어진 인사말 표현에서 쓰는 동사이기도 하다. 하지만 카프카의 글 속에서 슈츠만은 보호의 역할도 구제의 역할도 하지 않는다. 그리고 저 위로부터의, 즉 하늘의 도움 없이 구제란 있을 수 없다. 마치 뭔가에 너무 속상한 일을 겪은 아이처럼 숨을 헐떡이며 경찰관에게 뛰어온 이 여행객은 혼자 힘으로는 길을 찾을 수 없다는 걸 알고 있다.

하지만 그는 자신을 인도해 줄 가이드로 아주 잘 훈련된 베르길리우스를 운 좋게 찾아낸 단테처럼 삶이라는 여정 중에 길을 잃은 순례자가 아니다. 그가 만난 바보스런 경찰관은 그저 무관심해 보인다. 아니, 아마도 궁극의 권력자만이 풍길 수 있는 악의적인 인상만을 줄 뿐이어서, 길을 잃은 화자의 영혼에 철저한 좌절감을 안기고 말았다. 경찰관의 불가사의한 미소에는 처음엔 그저 유순함이 묻어나는 듯했다. 허나 그가 엽기적인 웃음을 터뜨리자 곧 유순함이라는 환상이 깨져버린다. 이 순간 독자들이 떠올리게 되는 건 카프카가 가장 존경했던 문학가 플로베르의 이야기다. 플로베르는 세상 모든 것을 마치 신이 내려다보듯, 다시 말하자면 '궁극의 농담'으로 간주하고자 하는 소망을 피력했었다.[3] 근본적으로 신은 없다고 생각한 플로베르가 신이 조롱하듯 웃는 모습을 상상한 것, 다시 말하면 부정의 절대자에 대한 이 비유 때문에 장–폴 사르트르가 플로베르를 '무존재의 기사들'[4] 중 하나로 꼽았던 것이다. 아마 사르트르가 카프카를 잘 알았다면 카프카도 그 기사단의 일원으로 꼽았을 게 분명하다.

자격도 없는 공권력의 대표자가 내는 잔인한 웃음소리는 충격적일 만큼 당황스런 상황임을 암시한다. 이것이 바로 치명적인 상처의 기원이다.

죽은 목숨

·

이 치명적인 상처는 근본적 차원에서 보면 예술가의 창의성과 관계가 있다. 앞서 소개한 우화보다는 조금 더 긴 「굶주림의 예술가」라는 글에서 그 주제가 명확히 드러난다. 본질적으로는 역시나 우화라고 해야 할 이 글은 한 예술가가 죽어 가는 과정 및 그의 죽음 자체를 다루고 있다. 주인공인 이 '예술가'는 직업삼아 단식을 하는 사람이다. 이곳저곳 공공장소에 철창이 쳐진 작은 우리를 놓고 거기 들어가 단식 기술을 선보인다. 입을 떡 벌리며 놀라는 아이들을 비롯해서 감탄에 겨운 사람들이 그를 보려고 몰려오고, 심지어 수척해진 그의 몸을 만지려는 이들도 있다. 이렇게 축제와도 같은 기간 동안에는 적어도 관객들이 하루에 한 번씩은 찾아온다. 어떤 때는 밤에도 재차 그를 보러 오기도 하는데, 이 단식 예술가는 잠을 거의 자지 않기 때문이다. 작가인 카프카도 이 인물과 유사하게 불면증에 시달렸다. 특별 참관인들이 와서 그가 남몰래 뭔가를 먹으며 사람들을 속이는 건 아닌지 검사하기도 한다. 하지만 사실 예술가 본인이야말로 가장 날카로운 관찰자이자 심판이다. 예술가로서의 명예가 달린 일이니 말이다. 스스로에게 아주 엄격한 기준을 적용하는 그는 자신이 펼치는 공연의 관객 입장에서 자신에게 쉽게 불만을 표한다.

결국 단순 여흥에만 관심 있는 변덕스런 대중은 완벽주의자인 단식 예술가에게 싫증을 느낀다. 우리 안에 갇힌 상태로 그는 서커스 바깥쪽 모욕적인 위치로 밀려난다. 정해진 시간마다 날고기를 집어 삼키는 검은 표범

옆자리로 옮겨진 것이다. 이것은 진정한 수모다. 속물들이 정말로 원하는 건 서커스였다. 한때 그에게 감탄하던 사람들에게 버림받았을지언정, 단식 예술가는 그 어느 때보다도 자신에게 까다로운 요구를 한다. 대중이 이해하지 못하더라도 그의 목표는 어디까지나 스스로를 능가해 역사상 가장 위대한 단식 예술가가 됨으로써 탁월함의 영역에 이르는 것이다. 이러한 '자기부정', 자신에게 가하는 한없는 요구는 그가 고집스럽게 죽은 목숨 같은 삶을 산다는 것을 암시한다. 도저히 이해가 가지 않는 듯 왜 자살이나 다름없는 단식을 멈추지 않느냐고 묻는 한 감독관에게 이미 죽어가는 단식 예술가는 죽느니만 못한 삶이 지닌 심오한 의미에 대해 속삭여 대답한다. "왜냐하면 나는 단식을 해야만 하기 때문이오. (중략) 왜냐하면 내가 좋아하는 음식을 찾지 못했기 때문이오. 내 말을 믿어도 좋소. 그런 음식을 찾았더라면 투덜대지 않고 당신이나 여느 사람들처럼 배를 채웠을 거요."[5]

음식물을 거부하는 행동은 카프카의 작품 세계에 반복적으로 나타나는 모티브다. 1912년 작품인 『변신』에서 이미 주인공 그레고르 잠자(Gregor Samsa)가 하룻밤 사이에 괴물 같은 벌레로 변한 후 누이가 가져다주는 음식을 거부하는 장면이 나온다. 그레고르가 식욕을 잃은 사실에 대해 하는 말은 분명 '굶주린 예술가'의 전조 역할을 한다고 볼 법하다. "엄청나게 배가 고파. 하지만 이런 음식을 먹고 싶은 게 아니야"라고 슬프게 혼자 되뇌는 그의 모습이 묘사된다.[6] 날짜가 지난 신문지 위에 놓아둔 음식을 그레고르는 경멸감 가득한 시선으로 바라본다. 이 상황은 세상적인 자양물과 그보다 고귀한 포부 사이에 존재하는 간극을 상징한다. 하숙인들이 뭔가를 씹어대는 소리와 누이의 바이올린 연주가 뒤섞인 합주를 들으며 그 레고르는 상상 속에만 존재하는 그 미지의 음식을 갈망한다.

후기 작품이라고 할 수 있는 「굶주림의 예술가」가 완성된 1922년에 집 필한 또 하나의 글 「어느 개의 연구」에서 카프카는 다시 한 번 음식 모티 브를 활용한다. 이 소설에 등장하는 개가 추측하며 호기심을 갖는 건 대 체로 보통 개들은 무얼 먹는가 하는 점이다. 주어진 삶의 조건을 받아들 이기 어려워하는 이 개는 심지어 음식이라는 유혹 자체를 피하려 단식을 하기로 결심한다. 그러나 뭔가를 씹어대며 턱이 움직이는 소리와 뼈다귀 를 박살내는 소리가 들려오자 화를 낸다. 원문에서 사용한 독일어 단어 슈 마첸(Schmatzen, 짭짭거리며 먹다라는 뜻-역주)과 크노헨크나켄(Knochen-knacken, 뼈를 딱 부러뜨리다라는 뜻-역주)은 유난히도 천박한 소리를 연상 시킨다.

단식 예술가뿐 아니라 그의 영적 형제라 할 만한 벌레로 변신한 그레고 르, 그리고 연구에 나선 개 모두가 자신의 존재가 부적합함을 인식하면서 더 강렬한 종류의 갈망과 염원을 품는 모습을 보여준다. 이렇게 금욕적인 자기부정을 통한 자기표현은 다시 한 번 카프카 자신이 매우 정통했던 플 로베르의 작품 세계를 연상시킨다. 특히 플로베르의 서신들을 보면 그가 인간의 삶이란 수없이 재앙을 가져올 뿐이라며 맹렬한 비난을 멈춘 적이 없음을 알 수 있다. 플로베르는 인생이란 그저 곡예를 부리듯 지나보낼 수 만 있다면 인생은 그나마 참아줄 만하다고 주장했다. 그리고 바깥세상으 로부터 들이치는 고약한 공기를 막기 위해 모든 창문에 문풍지를 철저히 발라야만 한다고도 했다.

플로베르는 마치 지하 터널에 몸을 감춘 두더지처럼 숨어버리고 싶어 했다. 꼭 카프카의 「땅굴」이라는 작품에 등장하는 짐승이 불안감에 시달리듯 말이다. 플로베르는 자신의 육체를 혐오했으며, 자신이 만들어낸 에마 보바리(『보바리 부인』의 주인공-역주)가 그랬듯이 모든 사물이 서서히 퇴락해간다는 점에 대해 늘 깊은 성찰에 잠기곤 했다. 플로베르의 주장에 따르면, 어린 시절 그는 루앙 병원의 해부실에 몰래 들어가 그 병원의 외과 과장이었던 아버지가 시체를 앞에 놓고 일하는 모습을 바라보곤 했다고 한다. 플로베르는 결혼에 대해 생각하기만 해도, 카프카보다 더 큰 두려움을 느꼈다. 아버지가 된다는 생각 자체를 끔찍하게 여겼고, 아직 태어나지도 않은 생명체에게 살아 있다는 것만으로도 찾아올 수치감을 전달한다는 생각에 진저리를 쳤다. 오로지 글쓰기만이 구원을 가져다줄 수 있었다.

하지만 글쓰기는 영원한 고문과도 같아서 플로베르는 글쓰기라는 행위를 '문장 만들기의 고통'[7]이라고 부르기까지 했다. 카프카 자신도 공포감, 신체 마비, 실패할 가능성, 그리고 이에 동반하는 절망감에 이르기까지 글쓰기의 고통을 너무나 잘 아는 사람이었다. 그렇지만 플로베르가 글쓰기라는 고통에 축복을 내리고 기꺼이 끌어안은 사실에 분명 찬성했을 것이다. 플로베르가 한 서신에서 표현한 대로 그러한 고통이 없다면 사람은 '죽어야만'[8] 하며, 무존재에 대한 갈망에 항복을 선언하는 수밖에 없기 때문이다.

글쓰기와 죽음은 다양한 차원에서 얽혀 있다. 하지만 그 연관 관계가 플로베르의 작품보다는 카프카의 글에서 훨씬 불편한 양상으로 표출된다.

처형 기계

•

1914년 작품 「유형지에서(In the Penal Colony)」에 등장하는 장교이자 사형집행인이 격찬하는 고문 및 처형 '기구'는 알고 보면 무시무시한 인쇄용 기계다. 유죄 선고를 받은 이의 몸에다 선고 내용과 법문을 찍어 넣음으로써 몹시도 고통스럽게 죽음을 맞이하게 만든다. 일기를 쓰기 시작한 이후로 카프카는 글쓰기에 절대적으로 헌신한 결과 오직 좌절, 실패감, 절망, 심지어 죽음에 대한 갈망만이 남았다는 불평을 되풀이해서 기록했다. 그는 심지어 "나는 문학을 빼면 아무것도 아니다"[9]라는 말을 남기기도 했다.

압제적인 카프카의 아버지는 그를 이해하지 못해 폄하했고, 보험회사에서는 힘들고 단조로운 요식적인 업무를 맡았다. 그는 이러한 삶의 요소들이 진정한 소명을 수행하는 데 엄청난 방해가 된다고 생각했다. 카프카는 하인리히 폰 클라이스트라는 독일 작가를 문학적으로 플로베르만큼이나 존경했다. 글쓰기에 집착하는 클라이스트의 모습과 삶에 대한 비관적인 태도, 그리고 젊은 시절 자결을 했다는 점 때문일 것이다.[10] 학교 친구에게 보낸 대단히 비유적인 이야기가 담긴 편지에서 카프카는 자신이 감탄해 마지않는 문학작품은 삶을 마치 도끼로 찍어 내리듯 하고 재난이 닥친 것처럼 타격을 주며 사랑하는 사람이 죽은 것처럼 영향을 끼치는 작품들, 한마디로 진정 자살행위처럼 독자에게 영향을 주는 글이라고 적었다.[11]

그의 일기에는 장황하게 불평불만을 담은 이야기와 절망적인 감정으로 가득하다. 예를 들자면, 카프카는 숙부에게 글을 한쪽 보여주었다가 비웃음을 샀던 일을 기억에서 결코 지우지 못한다. 그럼에도 불구하고 『심판』을 통해 문학적 성공을 거두기 2년 전인 1910년 1월 일기에 "비록 내 머리가 산산조각 나더라도" 지금 쓰고 있는 이야기 속으로 "뛰어 들어갈 것"이라고 적었다. 통증과 피로 증상은 오랫동안 되풀이해서 그를 괴롭혔다. 이마에서는 떨림이 느껴졌고, 걷잡을 수 없는 경련 증세, 무릎의 후들거림, 관절 쑤심 증상 그리고 소화불량에도 시달렸다. 또 머리가 터질듯 격한 두통까지 앓았던 카프카는 이 증세를 묘사할 때 꼭 총상을 입은 후 두개골에 "금속 캔을 과격하게 열어 젖혔을 때"처럼 삐쭉삐쭉한 테두리 형태로 구멍이 생겨버린 것 같다고 했다.

하지만 그 어떤 고통도 글쓰기에 대한 그의 헌신적인 마음을 막을 수는 없었다. 그는 "꾸준히 글을 써라! 절대 항복하지 말고! 구원이 가까이 오지 않는다 하더라도 난 언제든 구원을 얻을 수 있도록 자격을 갖춰 놓고 싶구나"라고 일기에 적기도 했다. 카프카는 글쓰기의 고통에서 기인한 "기쁨"을 사랑하여 이를 "내 심장을 파고든 칼 한 자루를 상상하는 기쁨"이라고 불렀다. 일기장에 언급된 심장을 파고드는 이 이미지는 수년 후에 픽션으로 변모해 『소송』의 맨 마지막 단락에 등장한다. 이 소설에서 사형 집행인이 주인공의 가슴팍에 고기 손질용 칼을 쑤셔 넣고 두 번 뒤트는 장면이 그려진다. 두통 증세 중에 제멋대로 경련이 일어나는 현상을 겪기도 한 카프카는 자신이 몸소 겪은 그러한 증상들을 크게 환영했다. 마치 이 작품 속 인물이 고기 손질용 칼에 대해 보이는 태도처럼 말이다. 그는 자신의 허약한 육체가 "알아서 자기 파괴를 향해 몸을 떨며 나아간다"고 말하며 이러한 증상들을 겪는 것이 죽음을 향해 가는 과정이라고 보았다.

자살 충동 또한 그의 작품 속에 반복해서 등장하는 모티브다. 그가 일기에 적은 암울한 글귀에 따르면 자살이란 "무존재를 무의 세계에" 내어주는 행위일 뿐이라고 했다. 그러나 사실 그가 암시하는 죽음에 대한 욕구는 거의 대부분 "형이상학적 차원의 욕구"[12]라고 해석할 수 있다.

자신의 저서『부드럽게 빛나는 흔적(Lambent Traces)』중 '죽음과 매체'라는 제목의 장을 통해 스탠리 콘골드(미국의 카프카 전문가이자 번역가-역주)는 복합적 차원의 논의를 선보이며 바로 이 형이상학적인 욕구라는 부분을 감안할 근거를 제시한다. 콘골드가 주장한 바에 따르면 카프카는 야간에 글을 쓰는 습관을 통해 죽음과 유사한 황홀함과 절정을 경험했고, 이와 동시에 불면증 때문에 밤에 글을 쓰는 동안 삶이 흘러가 버린다고 느꼈다고 한다. 적어도 카프카가 생각하기에는 글쓰기와 죽음을 연계함으로 인해 이러한 황홀경을 느낀 것이고, 그 감각을 통해 또한 문학이란 두려움을 일으키는 존재일 수 있다는 궁극적인 진리에 더욱 가까이 다가설 특권을 얻었다고 느꼈다는 게 콘골드의 논지다. 마치 그가 "읽어낼 수 없는 문서의 판독 불가능성"[13]이라고 표현한 대로 말이다.

글쓰기라는 행위의 이 무시무시한 특징은 그 어느 작품보다도「유형지에서」를 통해 가장 생생하게 묘사된다. 광신적인 장교이자 사형집행인이 최후에 가서는 자살하기 위해 처형기계를 사용하는 장면은 단순하게 가학적이라 치부할 이야기가 아니다. 이는 자구에 구애받는 법률에 대한 회의감의 표현일 수도 있고 폐물이 된 신조와 부조리 앞에서 무력해지는 이성에 대한 우화일 수도 있으며, 심지어는 전체주의의 산물인 나치 대학살 수용소를 내다본 묘하게도 예언적인 비전일 수도 있다. 사실 이 모든 해석이 다 맞는 얘기다. 고문과 처형의 용도로 만들어진 이 끔찍한 인쇄기계에 대한 이야기는 사실 카프카를 가장 괴롭혔고, 그가 가장 집착했던 부분의 폐부를 찌르는 내용을 담고 있다.

처음에는 부동의 진리인 죄의식이 자리한다. 장교는 그가 단죄를 하는 기본 원칙이 어떠한지를 설명하면서 "죄책감에 대해 의혹을 품어선 절대 안 된다"[14]라고 말한다. 카프카 자신도 분명 그래본 적이 없다. 처형하는 기술을 묘사할 때 장교에게서 묻어나는 현실 안주의 태도와 사무적인 자세를 보면 나치 수용소의 장교라도 그보다 더 이런 임무를 잘 해냈을까 하는 의심이 들 정도다. 이 처형 기계의 효율성, 극심한 고통을 느끼도록 인쇄용 바늘을 이용한 산의 주입, 죄수가 더 이상 소리를 지를 기력도 없게 하는 장장 열두 시간에 걸친 고문형 등 이 모든 요소가 아동 관객을 우선으로 하는 교화적인 죄수 처형 '공연'을 올리기 위함이다.

아이들 중 두 명은 사형 집행 장교의 품에 안겨 형 집행을 관람한다는 사실이 상징성을 더한다. 이곳을 방문 중인 탐험가는 자신도 내면에 품고 있는 비인간성을 마주하고는 결국 여기에 관여하느니 차라리 그 섬을 떠나는 선택을 한다. 떠나야겠다는 그의 결정이 암시하는 것은 그러한 잔혹 행위를 인간이 상상해 냈다는 걸 그가 끔찍한 악몽같이 느꼈고 또한 죄책감을 가졌다는 점이다. 게다가 그가 '외부인'으로서 격리된 느낌을 받기도 했다. 자신이 목격한 광경에 충격을 받은 그는 결국 자기에겐 비판할 권리가 없다고 판단했다. 마치 『성』의 주인공 K가 '당신은 외부인'이고 "아무도 원치 않으며 모두를 방해하는 자"[15]라는 말을 들었을 때와 같은 상황에 자신도 처할 지도 모른다고 생각한 것이다.

　이것은 이성주의의 무력함을 의미하는 것인가?『성』에 등장하는 토지 감식관처럼「유형지에서」의 탐험가도 영원히 여행하는 자, 영원히 떠도는 유대인, 적대감이 가득한 세상에 집도 절도 없는 외부인이라고 보아야 한다는 해석이 나올 법하다. 카프카는 일부러 추상적이고 나아가 형이상학적이기까지 한 해석이 나오도록 도발하는데, 그래놓고는 이어 쓴 글에서 그러한 해석들이 틀렸음을 보여준다. 사형 집행 시 예식의 일부처럼 정해진 시간 동안 죄수가 고통을 겪게 둔다는 것은 분명 예수의 십자가형을 암시한다고 보아야 한다.

　톨스토이가 열두 장에 걸쳐 저술한『이반 일리치의 죽음』이 카프카에게 깊은 영향을 주었는데, 그 작품에서와 마찬가지로 카프카의 글에서도 성경 내용이 투영되고 있음이 분명히 느껴진다. 제6시는 카프카의 표현대로 전환점이다. 제6시에서 제9시로 이행하는 시간은 광채를 동반한 변용(예수가 기도하러 제자들과 산에 올라갔다가 구약의 모세와 엘리야를 만나 대화를 나눌 때 얼굴과 의복에서 광채가 나며 외모의 변화가 일어났던 성경 속의 사건을 의미함-역주)이 일어나기 시작하는 순간이어야 한다. 그러나 카프카는 곧바로 신화와 신학의 모티브로 짜놓았던 자신의 이야기 구성을 해체시킨다. 인쇄기계를 발명하고 제작한 구 사령관은 능력도 없어 보이는 새로운 사령관으로 대체되었고, 법률과 경전 사이의 관계는 한층 불확실해졌다. 기계는 서서히 고장을 일으키기 시작한다.

　더욱 의미심장한 건 장교 겸 사형 집행인의 반응이다. 그는 고장 난 기계 때문에 기분이 상한 데다 새로 부임한 사령관이 구제도의 엄격함을 전혀 존중하지 않는 점에 불만을 품는다. 그래서 자신이 그렇게도 열심히 작동시켜온 고문기계로 들어가 자신의 검을 부러뜨린 후 유니폼을 벗는다. 그리고 진리는 적나라하다는 걸 체화하듯 알몸으로 처형기계에 몸을 맡긴다. 초월적인 주장의 신비성을 이보다 더 노골적으로 깨어버리는 예는 실로 찾아보기 어렵다. 카프카는 "기계의 써레는 인쇄를 하는 게 아니라, 그저 찔러대기만 했다……. 이건 분명 살인이다"[16]라고 묘사한다. 소설의 끝에 이르면 장교는 그저 주검에 불과하다.

죽음은 죽음일 뿐이다. 죽어버린 육체에는 약속받았던 구원이 기미조차 보이지 않는다. 소설의 초반에도 고문당하는 죄수의 얼굴에서 변용으로 인한 빛이 난다고 장교가 주장하는 장면이 나오는데 이때도 카프카의 언어는 철저하게 모호하다. 카프카는 여기서 샤인(Schein)이라는 단어를 사용하는데 이 단어는 외모, 광채, 비전이라는 뜻이 있는가 하면, 기만적인 외양, 또는 착각이라는 의미로도 쓰이기 때문이다. 앞에서 선언한 변용과 연관어로서 핵심적인 실사 에를뢰중(Erlösung)을 사용함으로써 카프카는 구원에 대한 환상을 더욱 철저히 무너뜨린다. 이 단어는 해방시키다, 구제, 구원을 의미하는 동시에, 완곡하게는 "삶으로부터 풀려나다"는 뜻으로, 다시 말하면 소멸 혹은 죽음을 뜻하기도 한다. 카프카의 작품이라면 줄줄 외울 정도인 J. M. 쿳시가 자신의 소설 『치욕』에서 개의 안락사를 언급하며 같은 어원을 가진 단어 뢰중(lösung)을 "망각의 세계로 빠져들다"는 뜻, 다시 말하면 죽음의 의미로 사용한 사례도 카프카와 마찬가지로 모순적인 의미에서 그런 것이었다. 또한 「유형지에서」는 죽음으로 인해 구원에 이른다는 생각 자체를 신랄하게 희화화하기도 했다.

위의 이야기는 어쨌든 불경스런 사건으로 매듭지어진다. 그 섬에 여행 온 탐험가는 마치 뒤숭숭한 꿈자리처럼 어쩌다가 구 사령관이 매장되어 있다는 찻집으로 향하게 된다. 그는 거기서 장교가 밤에 수차례나 찾아와 그 "영감(Old Man)"의 시체를 파헤치려 시도했다는 이야기를 듣게 된다. 궁극의 모순이 드러나는 순간은 묘비, 그것도 차 마시는 테이블 밑에 위치한 묘비에 적힌 명문을 판독해낼 때였다. 소위 예언이라는 이 명문에는 미래에 언젠가 구 사령관이 "다시 일어나" 그를 따르는 자들을 이끌 것이라는 내용이 담겨 있었다. 그 명문은 "믿으라. 그리고 기다리라!"라는 간결한 문장으로 마무리된다. 문맥상에서 이는 분명 조롱 섞인 말이다. 구경꾼들도 마치 자기들이 생각해도 그 말이 우스운 듯 모두 조소를 띤 모습으로 묘사되고 있다.

탐험가가 섬에서 도피하는 대목은 악몽에서 깨어날 때처럼 이행 과정에 대한 서술 없이 처형장면에서 바로 이어진다. 사실 이건 다중의 악몽이다. 인쇄기로 죄수의 몸에 사형선고를 새기는 징벌은 능동적인 동시에 수동적이다. 다시 말하자면, 여기서 글쓰기 행위란 형벌에 대한 내용이면서 그 자체가 형벌이다. 이 기계를 통해 이루어지는 '명백한 살인'으로 말할 것 같으면, 이는 변용을 통한 구원을 부정하는 의미를 담고 있다. 희망도 없고, 부활도 없으며, 자비나 사랑도 없다. 오직 육체를 통한 진실만이 남을 뿐이다.

오래된 상처

．

　그의 작품 전반을 통해, 그리고 일기와 서신에서도 카프카는 신체적인 괴로움을 논한다. 그의 육체도 계속해서 걱정거리만을 가져다준다. 갓 스물여덟이 된 1910년 초반에 그는 암울한 주문을 걸 듯 일기장에 다음과 같은 글을 남겼다. "내가 이 글을 쓰는 이유는 이 육체로 미래를 살아가야 하는 사실이 절망스럽기 때문이다." 비슷한 이야기가 같은 날 일기의 후반부에도 되풀이된다. 그는 "이런 육체로는 아무것도 이룰 수가 없다"라고 적어 놓았다. 카프카는 글쓰기조차 할 수 없어 소파에 누워 하릴 없이 시간을 보내야만 한다는 걸 매우 불만스러워 했다. 그는 자신이 오래 살지 못할 거라 걱정했고, "내가 마흔이 된다면…… (중략) 나는 겨우 마흔까지 살 수도 있을 거다. 하지만 두개골 왼쪽에 당기는 느낌이 자주 드는 걸로 봐서 그럴 가능성은 별로 없는 것 같다"[17]라고까지 했다. 카프카가 20대 후반일 때 쓴 이 글은 불편할 정도로 정확한 예언이 된 셈이다. 그는 실제로 1924년 41번째 생일을 맞이하기 전에 세상을 떠났기 때문이다. 후기 작인 「어느 개의 연구」에 나오는 화자 개는 이와 비슷하게도 언젠가 찾아올 죽음의 냄새가 세상 여기저기에 배어 있다는 점을 잘 알고 있다. 이 작품을 쓸 때 즈음에 카프카는 이미 결핵 진단을 받고 여기저기 요양원을 옮겨 다닐 무렵이었으므로 그러한 작품 내용이 쉽게 와 닿는다.

　허나 이를 지나치게 단순화해서 『변신』을 비롯한 카프카의 가장 중요한 초기 작품들이 카프카가 불치병에 걸린 사실을 암시한다고 주장하는 이론에는 근거가 없다. 『심판』과 『변신』 및 소설 『아메리카』의 초반부를 선보이며 그가 문학계에서 성공을 거둔 것은 기적같이 1912년 몇 달 사이 짧은 기간에 일어난 일이다. 그리고 카프카가 피를 토하며 기침을 하는 증상을 보이기 시작한건 1917년의 일이다. 그렇긴 해도, 이미 1913년 11월 일기에 한 요양원의 정원에 앉아 있는 꿈을 꾸었다는 이야기가 나온다. 게다가 더욱 의미심장한 점이 두 가지 있다. 우선 『변신』에서 그레고르가 가두어진 방에서 보이는 풍경이 짙은 안개에 쌓여 끝도 없이 길어 보이는 병원 건물이라는 점이다. 그리고 두 번째는 자신이 거대한 벌레로 변하기 수년 전부터 폐가 약했다는 사실을 그레고르가 기억한다는 점이다.

카프카가 자신의 육체에 불만을 품은 데에는 어린 시절까지 거슬러 올라가야 하는 뿌리 깊은 이유가 있었다. 그는 사망하기 몇 년 전에 아버지에게 보낸 비난의 편지에서 그 이유를 분명히 밝혔다. 카프카는 이 편지에서 빈약한 자신을 '거인 같은 사람'이자 강한 인물에 대비된 어린 소년에 비유했는데, 이 거인이란 그를 언제나 작디작은 '무존재'로 취급했던 사람, 바로 그를 낳아준 아버지를 의미한다. 카프카의 어머니는 이 편지를 아버지에게 결국 전해주지 않았다. 이 서신의 내용을 읽다보면 독자는 『심판』의 주인공 게오르그가 늙어 가는 아버지를 바라볼 때 그의 머릿속을 스쳐가는 생각들이 어땠는가를 떠올리게 된다. 게오르그가 "내 아버지는 여전히 거인 같은 사람이다"[18]라고 느끼는 장면이 나오니 말이다.

아버지에게 보내는 비난조의 편지에다 카프카는 부자가 함께 목욕탕에 가서 옷을 벗을 때 자신의 육체가 그 앞에서 너무나 부족한 것만 같았던 어린 시절의 기억을 이야기했다. 아주 어렸을 때부터 그는 아버지의 눈을 통해 스스로를 하찮은 벌레 취급하며 바라보았다. 어느 날 아버지가 친구에게 아들을 "버러지"라며 멸시조로 언급했던 일은 씁쓸한 기억으로 남았다. 이 '버러지'라는 단어가 소설 『변신』에서 흉한 벌레가 되어버린 그레고르를 지칭하며 소설의 첫 문장에서 사용한 바로 그 단어다. 카프카는 사실 여리고 상처받기 쉬운 자신의 성격을 항상 한탄했다.

하지만 한편으로는 이를 문학의 주제로 재해석하는 길을 찾아내기도 했다. 후기 작품인 「가수 요제피네」 혹은 「쥐의 일족」에는 죽음을 두려워하는 쥐들이 모여 사는 나라가 등장하는데, 카프카의 작품에는 동물, 설치류, 곤충, 개 등이 자주 주인공으로 쓰임을 알 수 있다. 이들은 괴로움과 공포 속에 살며, 삶과 씨름하는 가운데 지쳐간다. 그리고 무엇보다 모두 죽음에 너무나 익숙하다[19]. 이 쥐들이 느끼는 공포감은 너무나 강렬해서, 노래라고 하기는 힘들어도 예술적 감성이 담긴 생쥐 요제피네의 휘파람 소리조차 그 마음을 어루만질 수가 없다. 예술가가 내는 휘파람 소리는 들리기라도 하는 건가? 경청하는 이는 말할 것도 없거니와 그 소리를 우연히 듣게 되는 사람조차 없이 침묵 속으로 사라져가는 것이 예술가의 운명이 아니던가?

카프카가 「쥐의 일족」에서 사용한 '죽음에 익숙하다'는 문구는 자신의 문학 여정을 표현하는 비문으로 써도 좋을 법하다. 죽음에 익숙함이라는 테마는 카프카의 작품 다수에서 반복적으로 나타난다. 「가수 요제피네」와 비슷한 시기에 집필한 소설 「땅굴」에는 아마도 두더지일 듯한 지하 세계의 동물이 등장한다. 이 동물은 어두운 미로 속에 살면서 그 지하 거주지에서 단 한 시간도 평화롭게 지내지를 못한다. 그는 난폭한 죽음의 이미지에 집착하고, 분명 눈에 보이지 않는 적이 나타나 어떻게든 자기에게 치명타를 날릴 거라는 절멸의 시나리오를 수도 없이 그려본다. 카프카 전문가인 프린스턴 대학 교수 마이클 우드가 카프카의 작품 세계의 핵심이라고 평가한 '놀라움 다스리기'[20]를 위해 카프카 자신이 고안한 대책은 한마디로 말하면 그를 구제하는 데 실패한다. 놀라움은 언제나 새로운 법이고, 언제나 재앙 같은 결과를 가져온다.

상처는 물론 처음부터 있던 것이다. 「시골 의사」에 등장하는 병약한 소년은 마치 날 때부터 곪아가는 커다란 상처를 안고 태어난 것 같아 보인다. 소년은 의사에게 "내가 세상에 가져온 거라고는 제법 쓸 만한 상처 하나뿐이에요"[21]라고 털어놓는다. 좀더 폭넓게 카프카의 문학세계 전체를 놓고 보면, 상처란 것은 구체적으로 위협적인 아버지상과 관계가 있음을 알 수 있다. 그레고르의 아버지는 온 힘을 다해 사과를 던져서 아들의 변신체이자 무방비 상태에 있는 벌레의 등에 내꽂는다. 사과란 여기서 틀림없이 위반, 죄, 죄의식, 천국에서의 내쫓김, 그리고 그로 인해 이 세상이 겪게 된 죽음이라는 상징적 의미가 담겨 있다.

그레고르의 아버지가 입힌 치명적인 상처라든지 『심판』에서 자신의 아들 게오르그에 사형선고를 내린 아버지 등은 학자들이 여러 차례 지적했듯이 아들을 제물로 바치는 아버지의 원형을 상기시킨다. 요컨대 하나님의 명령에 따라 자신의 아들을 제물로 바치려던 아브라함의 경우라든지, 혹은 아들 예수를 희생시킨 하나님 자신을 예로 들 수 있다. 카프카는 아마도 후자 쪽으로 암시를 의도한 것 같다. 『심판』의 내용을 보면 아버지가 자신에게 내린 사형선고를 실행하기 위해 계단을 급하게 내려가던 게오르그가 청소부 아줌마와 마주치는 장면이 나온다. 그 순간 그녀는 "지저스!"라는 감탄사를 외친다. 『심판』의 좀더 앞부분에서도 러시아에 있다는 친구에 대해 게오르그가 아버지와 논쟁을 벌이는 대목이 있다. 게오르그는 이때 러시아 혁명이 유혈사태로 번져 나갈 당시 손바닥에 피로 십자가를 긋고 발코니에 나가 군중에게 보이며 그들을 진정시키려고 했던 한 신부의 일화를 언급한다.[22]

　나중에 카프카는 쇠렌 키에르케고르의 저서 『공포와 떨림』에 크게 매료되었다. 아브라함의 두 얼굴, 그리고 하나님이 그에게 아들 이삭을 제물로 올리라고 명령한 것이 이 책에서 매우 중요한 역할을 한다. 아브라함과 키에르케고르가 공유하는 "터무니없는 것"에 대한 믿음은 카프카를 혼란스럽게 했으며 동시에 그의 상상력을 자극했다. 막스 브로트의 모호한 설명에 따르면, 세상의 목표와 종교적인 목표를 같은 기준으로 잴 수 없다는 키에르케고르 철학의 개념이 카프카를 자극했고, 그는 『성』의 토지 조사관이라는 인물을 통해 그 두 가지를 화해시키려 했다는 것이다.[23]

　토마스 만이 이에 대해 오히려 더 그럴듯한 해석을 내놓는다. 토마스 만은 카프카를 "종교적 유머작가"라고 부르며 그가 『심판』에서 인간의 영역과 초월적 영역 사이에 존재하는 "기괴한 상호관계"의 탐구를 시도했다는 평가를 내렸다[24]. 그러나 카프카의 작품 속에서 권위를 상징하는 인물들이 가져오는 억압의 무게를 유머와 기괴함이 덜어주지는 못한다. 특히 부권을 상징하는 인물과 그 인물이 불러일으키는 공포감에 관해서는 말이다.

　공포, 두려움, 겁 등을 의미하는 푸르히트(Furcht)라는 단어는 1919년에 작성한 「아버지에게 보내는 편지」의 첫 문장에 나오고 이어 첫 단락에서 네 번이나 반복된다. 이 단어의 사용으로 인해 글의 전체적인 분위기와 아버지의 학대에 대한 정죄라는 핵심 주제가 확실히 드러난다. 카프카는 어린 시절 아버지의 협박조 말투가 죽음보다 더욱 끔찍하고, 맞는 것보다 더 싫었다고 한다. 아버지가 "물고기처럼 갈가리 찢어주지"라고 말하며 멜빵을 풀어 휘두를 자세를 잡는 모습을 묘사하는 등 아버지의 협박을 이 편지에 기록했다. 친구들에게 아들 이야기를 할 때 버러지라고 부른 일, 또 "아픈 개 따위는 혼자 뒈지게 둬."[25]라는 말로 자기 직원들을 매몰차게 대하는 그의 멸시적인 태도와 잔인함도 고통이지만, 카프카에게는 아버지의 협박성 발언들이 더 깊은 상처를 주었던 것이다. 여기서 쓰인 뒈지다 (크레피에렌, Krepieren)라는 동사는 『변신』에서 죽고 나니 혐오스런 쓰레기에 불과한 주인공 그레고르, 즉 벌레의 주검을 언급할 때 청소부 아줌마가 사용한 바로 그 단어다. 세 부분으로 이루어진 『변신』에도 아버지의 폭력성이라는 주제가 때때로 드러난다. 카프카의 다른 수많은 글과 마찬가지로 이 작품도 궁극적인 의미로는 징벌에 대한 상상의 세계라고 볼 수 있다.

이렇게 징벌 개념을 중심으로 한 카프카의 테마의 근간이 되는 것은 '원죄(original sin)'와 유사한 근원적인 죄의식이다. 카프카는 언어에 애착을 갖고 있어서 어원이나 의미론적인 울림에 민감했다. 그렇기에 그가 『심판』의 제목으로 다스 우르테일(Das Urteil)이라는 단어를 선택했을 때는 자신이 좋아하는 단어인 우르자헤(Ursache, 원인)에서와 동일한 접두사 우르(Ur-)가 근원, 원시성의 의미를 담고 있음을 분명 인식하고 있었을 것이다. 이 접두사는 "태곳적의"라는 뜻의 우랄트(Uralt), "원형적 이미지"라는 의미의 우르빌트(Urbild) 그리고 "근본적인 이유"라는 뜻의 우르그룬트(Urgrund) 등의 단어에도 사용된다. 『심판』의 내용은 아버지와 아들의 갈등이라는 정말로 원형적인 상황뿐 아니라, 부권 권위체계의 기저가 되는 낡은 법체계가 지닌 냉혹한 현실을 반영한다.

이 글의 서사는 하나님의 날인 일요일에 시작한다. 모순되게도 이른 봄이다. 모든 것이 다시 태어나고 새로워지는 이 계절에서 '죽음을 통한 징벌'의 이미지를 유출하기란 거의 불가능하다. 그러나 이를 배경으로 게오르그는 아버지의 권위에 도전을 시도하고, 그 행동은 이내 둘 다의 죽음을 염원하는 마음으로 이어진다. 아버지를 대체하거나 제거하기를 몰래 간절하게 바라는 아들은 거인 같은 남자가 넘어져 박살나는 모습을 상상해 본다. 침대에 누운 아버지에게 이불을 덮어주는 시늉을 하지만, 사실은 담요 밑으로 그를 매장하는 꿈을 꾸는 것이다. 그러나 늙은이는 벌떡 일어나 아들에게 물에 빠져 죽으라는 선고를 내린다. 결국 아버지의 권위가 지닌 힘에 압도되어 게오르그는 아버지의 심판을 내면화하고, 끝내는 강물로 거침없이 뛰어들어 형벌을 자체 집행한다.

게오르그가 물가에 설치된 난간을 곡예 넘듯 민첩하게도 훌쩍 뛰어넘어 가는 모습은 자살 혹은 자기처형을 그가 일종의 해방으로 여겼음을 시사한다. 스스로 물에 빠지면서 그가 부모님에 대해 애정 어린 기억을 하는 것처럼, 벌레가 되어버린 『변신』의 그레고르도 비슷한 행동을 한다. 아마도 어느 따뜻한 봄날에 교외로 소풍을 나간 가족들이 결혼 적령기가 된 딸의 결혼 계획을 세우는 등 삶의 일상으로 돌아가는 모습을 보이자 그레고르는 자진해서 사라져주었다. 이 두 소설에서 아들이 기쁨으로 삶에 작별을 고하는 모습은 사실은 상위 의무에 대해 죽은 목숨이나 다름없던 이들이 내놓은 대안이다. 『변신』의 결말에 다다라서 그레고르가 자신이 사라져야 한다는 확신을 누이보다도 더 강하게 갖는 모습을 볼 수 있다.

자살에 대한 생각은 카프카의 비망록에 반복적으로 등장하는 주제였다. 『심판』과 『변신』을 집필하기 불과 몇 달 전인 1912년 3월 8일자 일기에 그는 또 뭔가를 구실로 아버지에게 혼이 난 후 실의에 빠져 소파에 누운 채 창문 밖으로 뛰어내릴 생각에 빠졌었다는 고백을 남겼다.[26] 심지어 살인을 다룬 그의 소설 「형제살인」은 성경 속 아담과 이브의 아들 카인이 동생 아벨을 죽인 형제살인의 원형 이야기가 근대적으로 도시화된 버전으로 보이지만, 이 또한 자기희생에 대한 허구적 서술이라고 해석할 수도 있다. 희생자 베제는 스스로 슈마르의 칼로 뛰어드는데, 마치 운명에 정해진 약속을 꼭 지키고 싶다는 듯한 태도라고 하겠다. 발테르 힌데레르가 날카롭게 지적하기를 베제는 이중인격을 상징하며 그의 형제는 도플갱어, 즉 꼭 닮은 사람이기에 이 살인 사건은 사실 자살이라고 분석하기도 했다[27].

카프카의 다른 주인공들과 마찬가지로 베제도 죽음을 마치 그가 기다리던 해방으로 여긴 것인지도 모른다.

해방으로서의 죽음

·

진정 그렇지 않고서야 형제 살인 행위를 언급하며 놀랍게도 젤리호카이트(Seligkeit)라는 단어를 사용했다는 사실을 어떻게 이해할 수 있겠는가? 독일어에서 '지복'을 뜻하는 이 단어는 형용사 젤리히(selig)에서 유래된 것으로 더없는 행복감을 뜻할 뿐 아니라 구원의 의미까지도 포괄한다. 여기서 제시된 이러한 지복의 상태는 바로 이어져 나오는 단어, 에를라이흐테룽(Erleichterung, 경감), 그리고 베플뤼겔룽(Beflügelung)과 연결되어 더욱 강렬하게 다가온다. 후자의 단어는 날개라는 뜻의 플뤼겔(Flügel)에서 파생된 합성어로서, 날개를 단 듯한 느낌 혹은 높이 솟구치는 경험을 의미한다. 카프카의 다른 작품들과 함께 더 넓은 맥락에서 보면, 이러한 영적인 고양상태를 타인의 피를 흘리게 함으로써 느끼는 기쁨 혹은 관능적인 쾌락으로 해석해서는 안 된다는 점을 확실히 파악할 수 있다.

죽음을 통해 해방된다는 그의 생각은 단 한 단락짜리 이야기 「독수리」에서 가장 확실하게 드러난다. 독수리는 보통 썩은 고기를 먹고 사는 포식 동물이다. 이 이야기 속에서 독수리는 속수무책인 화자를 공격해 갈가리 찢고 마치 창던지기 선수처럼 커다란 부리를 화자의 입에 넣고 쪼아대는 모습으로 묘사되었다. 이야기는 피해자이자 화자가 뒤로 넘어져 자기가 흘린 피에 흠뻑 젖은 채 죽어가면서도 "자유를 얻었다"고 느끼는 모습으로 마무리된다. 죽음이 해방감을 가져다준다는 생각은 카프카의 후기 작품에서 특히 자주 등장한다. 「가수 요제피네」의 결말에서 생쥐들은 죽음으로써 세속의 재앙으로부터 자유로워진다. 마지막 문장에 사용된 동일한 에를뢰중(Erlösung)이라는 실사는 역병으로 취급받는 삶으로부터 마치 구원을 얻은 듯한 해방감을 더욱 격상시키는 기능을 한다. 「어느 개의 연구」에 나오는 화자 개도 비슷하게 죽음은 거짓의 세계에서 나와 진실을 향해 도망가는 행위라고 여긴다. 이 글에서 개의 마지막 대사 세 줄 중에 자유(프라이하이트, Freiheit)라는 단어가 네 번이나 나오는 데서 죽음으로 얻는 해방이라는 논지의 중요성을 엿볼 수 있다.

어느 정도는 당사자의 의도에 따라, 그리고 흔히 피비린내 나는 방식을 통해 삶으로부터 단절된다는 모티브는 카프카의 여러 작품에서 결말에 재등장한다. 카프카 자신도 이런 결말 중 몇 가지 경우에 대해서 심각하게 의구심을 가지긴 했지만 말이다. 이중 여러 작품이 보통 예상치도 못한 상태에서 주인공의 죽음으로 마무리된다. 『심판』과 『변신』뿐 아니라 『소송』에서도 마찬가지였고, 친구이자 유저 관리자인 막스 브로트는 후일 카프카가 『성』에도 그러한 결말을 계획했었노라고 이야기한다고 털어 놓았다.

『소송』의 경우는 K.의 끔찍한 죽음과 자살 실패에 대한 암시로 끝을 맺는다. 프록코트와 실크 모자를 갖춰 입은 특사 두 명이 나타나 마치 일종의 의식 절차처럼 도시 외곽의 달빛이 비치는 절벽으로 그를 끌고 간다. 거기서 그중 한 명이 양날이 선 푸주칼을 꺼내든다. K.는 자기가 칼을 받아들고 스스로 가슴팍에 꽂아야 하는 게 아닌가 하는 생각을 했지만 차마 실천에 옮기지는 못한다. 그러자 격식에 맞게 차려입은 신사의 모습으로 나타난 형 집행인이 그의 멱살을 잡고서 심장에 칼을 꽂더니 그 상태에서 두 번 비튼다. 최후의 순간에 자결조차 하지 못했다는 K.의 실패를 통해 그의 인생 전체를 관통하는 수치감이 아우러진다. 또한 그의 삶보다 최후의 실패가 더 오래 살아남는 셈이 된다.

막스 브로트는 미완성 작품 『성』에 대해 카프카가 계획했던 결론을 이야기하는 글을 썼다. 브로트의 글에 따르면 주인공 토지 검사관 K.는 성에 이르려고, 적어도 마을에 자리를 잡을 수 있도록 허락을 받으려 헛되게 애를 쓰다가 기력을 다해 죽음을 맞는 결론을 카프카가 계획했다고 한다. 임종하는 자리에서 그 동네 사람들에 둘러싸인 그는 드디어 자신이 자격은 되지 않지만 마을에 살아도 된다는 꽤나 예외적인 공식 허가를 받았다는 사실을 알게 된다. 물론 너무 뒤늦은 허가지만 말이다.

카프카는 특히나 『변신』의 결말에 대해 미심쩍어, 아니 아예 불만스러워 했다. 그는 『변신』을 집필할 당시 업무상 출장을 다녀와야 했기에 집중력이 흐트러졌다며 외부 상황을 탓했다. 그러나 이와 같이 카프카 자신이 결말 부분을 망쳤다고 생각한 작품들도 그 나름대로 실패의 테마를 반영하고 있거나, 어떻게 보면 아예 미완으로 남았다는 그 점 덕분에 더욱 깊이 있는 논리를 읽어낼 수 있다.

결정하기 불가능함

·

그 이유는 소설의 결말이란 일종의 결론이기 때문이다. 그리고 발생 가능성이 높은 수많은 사건들과 해석들을 토대로 결론을 낸다는 것 자체가 카프카의 내면세계에 비추어 보면 진실하지 못한 것일 수 있다. 친구들은 이미 오래전부터 그가 목표 달성이라든지 확고한 입장 견지 같은 행동을 만성적으로 꺼린다는 걸 알고 있었다. 카프카의 장례식에서 기념사를 했던 작가 요하네스 우지딜은 한참 세월이 지난 후에 추억하길, 카프카에게 있어 자신이 세운 목표들은 '달성 불가능한' 일이었고, 어떤 결정을 내리기까지 그는 '절망적일 정도로' 몸부림을 치곤 했었다고 이야기했다.[28] 우지딜이 언급한 '달성이 불가능'하다는 생각은 카프카의 작품 다수에서 드러나는 해석학적인 면에서의 불확실성과 미완성인 혹은 미완인 듯한 성격과 깊은 관계가 있다. 1921년 10월 19일자 일기에 카프카는 흥미로운 이야기를 기록해두었다. 그는 모세가 결국 약속의 땅 가나안에 이르지 못했던 사실을 플로베르의 『감정교육』 마지막 장이 좌절스러운 결말을 내놓았다는 데에 비유한 것이다. 흔히 '끝없다'는 개념은 공간에 관한 것으로 인식되지만, 카프카의 작품은 어떤 글이든 이 '끝없다'는 테마를 특징으로 한다고 해도 될 법하다.

아마도 가장 복합적으로 끝없음과 미완성이라는 주제를 다룬 글로는 「만리장성의 축조」를 꼽을 수 있을 것이다. 이 글의 일인칭 화자는 겉보기에는 너무나도 불합리한 건축방식을 활용한 이유가 무엇인지 이해하려 헛되게 애를 쓴다. 예를 들어 중간에 1킬로미터씩이나 성벽 사이를 비워둔 방식으로는 적의 침입에 효율적으로 방어할 수가 없다. 그는 그런 건축방식을 전혀 논리적이지 못하다고 생각한다. 이렇게 특이한 데다가 성벽 500미터를 쌓는 데 최대 5년이 걸릴 정도로 지극히 느린 건축 방식의 신비를 설명할 수 있는 방법은 오직 두 가지뿐이다. 왕국의 지도자가 보통 사람보다 훨씬 지혜롭거나 거꾸로 제멋대로 독단적인 선택을 했기 때문일 것이다. 그러나 과연 현명한 지도자가 그렇게나 비효율적이고 쓸데없는 시스템을 고집하겠는가? 설명할 수 없는 점들은 유야무야 묻혀버렸다. 만리장성의 설계가 제국의 광대함과 관계있다는 점을 빼고는 도대체 그 디자인을 이해하려는 노력 자체가 의미가 없어 보인다. 이 글에서 중국은 넓은 영토에다 특유의 관료주의적 행정제도를 갖춘 오스트리아-헝가리 제국을 비유적으로 빗댄 나라인 걸까? 화자는 엄청나게 큰 자기 나라를 "어떤 우화에서도 이 광대함을 적절히 비유하지는 못할 것이다"[29]라는 한 문장으로 간결하게 묘사한다. 영문판 번역본에서 사용한 우화라는 단어 페이블(fable)보다 독일어 원문의 마르헨(Marchen)이라는 단어가 '동화(fairy tale)'의 의미를 더 분명히 내포한다. 그렇기에 더 나아가 이는 만들어낸 것, 고로 사실이 아니라는 뜻이 담겨 있다.

이 시점에 카프카는 위의 논지를 분명히 보여주는 짧은 이야기를 선보인다. 그 이야기는 우화의 기능을 하며, 따로 『제국의 소식』[30]이라는 제목으로 출간되기도 했다. 이는 한 중국 황제의 이야기다. 그는 임종의 순간에 전령에게 귓속말로 교서를 전한다. 황제는 그 교서를 제국의 반대편 영토 끝 지방에 사는 어느 초라한 이에게 전하라고 명한다. 전령은 신속하게 길을 떠난다. 하지만 눈앞에는 장애물들이 끝도 없이 나타나는데, 그건 바로 궁궐 내의 수많은 방과 복도, 계단과 문, 정원을 지나 궁전들, 여기 저기 널리 퍼져 있는 도시들과 들판이었다. 전령은 중국의 거대한 영토 전체를 가로질러야만 했다는 뜻이다. 결국 그는 목적지에 도착하지 못한다. 교서의 수신자가 되었어야 할 초라한 백성은 해가 지는 창가에 앉아 결코 받아보지 못할 메시지를 꿈꾼다.

궁극적으로 낙담할 만한 소식이 있으나 방대한 땅 저 먼 곳에 사는 이들은 전해 듣지 못한다. 그 소식은 바로 황제가 더 이상 살아 있지 않다는 사실이다. 황제가 여전히 존재한다고 믿고 그를 섬기며, 아직도 그가 통치자인양 이야기할 수도 있다. 하지만 영토가 너무나 방대하여 황제 승하 소식이 아직 제국의 외곽 지방에는 이르지도 못했다. 이러한 상황은 가망 없는 시대착오를 의미하여 사멸한 신조나 부재한 신에 대한 비유이다. 그리고 이 비유의 이면에는 또 하나의 비유가 숨어 있다. 소멸한 이후에도 수 광년 동안이나 빛을 내뿜는 별의 이미지를 사용한 부분인데, 시간적 개념과 공간적 개념들이 유난히 의미심장한 문장 한 줄에 뒤얽혀 있다. 윌라와 에드윈 무이르(스코틀랜드 출신 부부 번역가로 카프카의 주요 작품을 영어로 번역함-역주)는 문제의 그 문장을 "그의 황제는 이미 오래전에 죽었다. 왕국은 완전히 사라졌다"[31]라고 번역했다. 하지만 독일어 원문에서는 그 시적인 힘을 더욱 강렬하게 느낄 수 있다. 황제의 제국은 부정적인 빛의 이미지를 내포한 아우스겔로슈트(ausgelöscht)라는 단어로 표현되는데, 이는 '불을 끄다' 혹은 '기억 등을 지워버리다'라는 뜻의 동사 아우스로쉔(auslöschen)에서 파생된 단어이기 때문이다.

진실에서 멀리 떨어져 있다는 생각, 끝없이 이어지는 탐색 과정, 달성 불가한 목표들, 이 모든 요소가 유대인들의 타고난 영원한 방랑벽이라는 신화적인 패턴을 카프카의 작품 속에서 찾아내는 비평가들의 논리에 힘을 실어주는 듯하다. 『성』에서는 주인공 토지 검사관이 원정을 떠나는 목적은 성에 이르기 위해서였다. 아니 적어도 기슭 마을에 정착해서 그 공동체로부터 완전히 인정받는 일원이 되기 위함이었다. 그가 끝없이 펼쳐진 마을길을 보고 놀라는 장면에서 여정이 시작된다. 영원한 여정, 영원한 방랑자, 영원한 타인이라는 이 오래된 주제는 죽음이라는 테마와 연계되어 그 어느 작품보다도 단편 「사냥꾼 그라쿠스」를 통해 명백히 드러난다.

이 이야기는 초현실적이고 데 키리코(조르지오 데 키리코, 그리스에서 태어난 이탈리아계 화가로 20세기 초중반에 활발히 활동했고 형이상학적인 수제의 그림으로 유명함-역주)의 그림 같은 분위기의 항구를 배경으로 한다. 소설의 도입부에서 항구에 세워진 기념비 근처로 배가 한 대 도착하며 그 물결로 인해 상여 하나가 해변으로 밀려들어오는 장면이 그려진다. 하지만 죽음의 배(토데스칸, Todeskahn)에 실려 항만으로 쓸려온 죽은 자가 정말로 죽은 것이 아니다. 타고 있던 배의 타륜을 잘못 돌렸다가 뱃길을 잃고 나서 이미 죽음을 맞았기 때문에 그는 오히려 영원히 여행해야 할 운명이 되었다. 그는 안식의 길로 들어설 수가 없어 "내 배에는 키가 없다. 그래서 저승의 가장 낮은 부위에 부는 바람에 쓸려 움직일 뿐이다"라고 말한다.[32] 이렇게 죽음의 여정을 영원히 계속하도록 선고받은 사실은 어쨌든 이유를 알 수 없는 죄의식과 연관되어 있다. 사냥꾼에게 어찌 죄가 없을 수 있겠는가? 무엇보다 이는 최종 목적지에 결코 도달할 수 없는 운명이라는 생각과 관련이 있다. 저 너머의 세상으로 건너갈 수 없을 뿐더러, 휴식도 평안도 해소도 불가한 현실만이 남았다.

'해소'가 되지 않을 뿐 아니라 문제의 '해결'책도 없다. 모든 것이 미결의 상태, 아니 그보다는 결정불가의 상태로 남는다. 카프카의 글을 두고 포스트모더니즘의 경향을 예측하게 해준다고들 한다. 그러한 글의 구성에 있어 독자에게 극도의 아이러니가 특징으로 다가 오는 이유는 그의 글이 어떠한 의문에 대해서도 그 이유를, 즉 "왜"라는 부분을 설명할 수 없다는 점에 크게 기대고 있기 때문이다. 모든 것이 카프카가 개인적으로 좋아했던 단어 운클라르하이트(Unklarheit), 즉 어둑어둑함 너머로 숨겨져 있다. 카프카에 대해 여러 가지 해석이 가능한 것은 평론가들이 창의적이기 때문만은 아니다. 다양한 해석의 가능성이 카프카의 글에 이미 내재되어 있다고 보아야 한다.

『소송』의 끝에서 두 번째 장을 보면, 대성당에서 만난 신부가 조셉 K.에게 법의 문을 지키는 문지기의 우화를 얘기해주는 장면이 나온다. 이것은 또한 죽음의 문을 뜻하는 것일지도 모른다. 그러면서 이 신부는 그에게 의미와 의견이란 의심스러운 거라고, 나아가 어쩌면 무의미한 것이라고 경고한다. 그와 비슷하게 「만리장성의 축조」의 화자도 이유와 추론에 있어서 바로 그러한 흐릿함(Unklarheit), 즉 직역하면 '명료성의 부재'라는 점을 언급한다. 그러면서 이 화자는 조정이 백성들에게 설명을 해야 할 의무가 있다고 제안한다. 하지만 카프카의 작품에 등장하는 통수기관은 만일 대답을 한다고 해도 한결같이 처음에 언급한 우화의 경찰관처럼 "포기해!"라는 대답을 할 뿐이다. 이렇게 침묵에 직면한 카프카의 주인공들은 끝도 없이 사색에 빠져들고 사소한 일에도 골치가 아플 정도로 연연한다.

말이란 의미를 뒤틀고, 교묘히 빠져나가고, 미루고 또 손상시키다가 마지막에는 그 자체가 신빙성을 잃고 만다. 카프카가 "이 중 어느 것도 결정적인 의미를 가질 수 없다. 그저 착각일 뿐이다"라고 한 것처럼 말이다. 그러나 현실을 해석하려 들지 말라는 경고를 아무리 여러 차례 받아도 소용이 없다. 카프카의 주인공 대부분이 이 같은 학자적인 습관에 굴복하고 만다. 진실을 확립하려는 시도를 하다 길을 잃고 자포자기해버리는 것이다. 그들은 확실성이란 존재하지 않는다는 증거를 무시한다. 「시험」이라는 제목의 짧은 우화에서 그 교훈이 명확하게 드러난다. 이 글에서 시험을 치르는 인물이 이해하지 못한 질문들에는 답을 하지 못하는 장면이 나오지만 카프카는 "대답조차 하지 않는 이가 시험에 통과했다."[33]라고 서술했다.

마지막으로, 후기 작품 「땅굴」에 나오는 두더지는 대답을 찾거나 결론을 내리려는 마음 자체가 없다. 이 영리한 동물은 카프카의 위대한 스승 플로베르가 남긴 "결론을 내리고 싶어 하는 태도야말로 궁극의 어리석음이다"라는 교훈을 본능으로 체화했음이 틀림없다. 그리고 이 점은 카프카가 플로베르를 존경했던 이유들 중에서도 아주 중요한 부분이었을 것이다. 플로베르는 소설가로서 주위의 일을 관찰할 때는 세상에 존재하지도 않는 신이 바라보는 것처럼, 즉 세상을 궁극의 농담처럼 보고자 했다는 점을 이미 언급한 바 있다. 이러한 신의 농담이라는 개념은 발터 베냐민이 제시한 다음과 같은 주장에 힘을 실어준다. 베냐민은 신학적으로 카프카의 작품을 해석하는 일은 절대 있을 수 없다며 혐오감을 표시하기는 했지만, 한편으로는 카프카의 작품 세계에 접근하는 열쇠를 손에 들은 건 '유대신학에서 희극적 요소를 추출해 낼 수 있는' 독자라고 이야기한 바 있다.[34]

죽음의 여정과 영구적인 현재

•

웃음 혹은 웃음소리는 카프카의 글에서 종종 등장하는 모티브다. 그러나 아이들의 웃음이라 할지라도 카프카 작품 속의 웃음에서 순수함이 느꺼지는 일은 거의 없다. 보통 카프카의 웃음은 불편하고 비뚤어진 웃음이며 심지어 잔인함이 느껴지기도 한다. 「포기해!」에 나오는 경찰은 도움을 청하는 소리에 웃기 시작했고, 결국 여행객으로부터 등을 돌리면서 '마치 자신의 웃음과 단둘이 있고픈 사람'처럼 행동한다고 묘사되어 있다. 물론 이 경찰관은 결코 사람들 눈에 띄지 않는 상위 권력의 하수인에 불과하다. 법의 대문을 지키고 서 있는 문지기를 일단 지나쳐도 실로 엄청난 숫자의 더욱 사납고 무서운 문지기들이 기다린다. 마치 『성』에 등장하는 인물 클람(Klamm) 뒤로는 훨씬 중요한 클람들이 버티고 있는 것처럼 말이다.(『성』에서 주인공 K.는 문 닫힌 성에 들어가기 위해 성을 관리하는 당국의 책임자 클람과 약속을 잡으려고 노력하는 내용이 나온다. 클람은 소설 중에 실제로 모습을 드러내지는 않음—역주)

카프카의 작품 세계에서 최상의 권위를 지닌 자는 도달할 수 없는 곳에 있다. 눈에 보이지 않는다는 건 결국 부재와 상호 교체될 수 있는 개념이다. 그리고 부재란 무존재와 동의어일지도 모른다. 예를 들면 죽어 가는 황제로부터는 전언이 도착하지 않는다. 죽은 자에게서 메시지를 전해 받을 수 없는 것처럼 말이다. 다른 세계로의 이행이나 초월 따위는 없다. 카프카가 지어낸 우화나 격언들은 그렇게 "이 생은 견딜 수 없게 느껴진다. 하지만 다른 삶을 얻을 수도 없다"라면서 도달할 수 없는 것을 논한다.[35]

길을 가다보면 결국 막다른 골목이다. 그러니 계속 나아가는 것 자체가 의미 없는 행위다. 하지만 앞으로 나아가고자 하는 욕구는 여전하다. 길을 뜻하는 독일어 단어 베크(Weg)는 사실 카프카 작품 속에서 핵심적인 어휘다. 우화 속 경찰관에게 한 질문이 바로 그 의미를 담고 있다. 화자는 "나는 숨을 헐떡이며 그에게 길을 물었다. 하지만 그는 '포기해!'라는 대답을 두 번이나 반복했다"라고 설명한다. 『성』의 도입부에 마을에 도착하면서 K.는 이미 몇 번이나 길을 잃어버렸다고 불평한다. 하지만 이건 시작일 뿐이다. 이 소설의 제9장에 이르면 길이라는 단어가 한 페이지에 여덟 번이나 나온다. 하지만 그 어느 길도 정말로 클람에게 인도해주지 못한다. 밀란 쿤데라의 지적에 따르면 이 클람이라는 이름도 체코어의 클람(klam)이라는 단어, 즉 '신기루' 혹은 '사기'를 뜻하는 단어와 매우 유사하다는 것이다.[36]

「학술원에 드리는 보고」에 등장하는 포획된 유인원은 자유를 얻을 길이 없다는 걸 알고 있다. 카프카의 작품에 등장하는 동물들은 보통 이렇게 인간들보다 똑똑하다. 자유의 몸이 되려면 오직 편법을 이용하거나 방도를 스스로 찾아내는 수밖에 없다는 뜻이다. 즉 길이 아니라 출구(아우스베크, Ausweg)라는 단어가 쓰였는데, 이 단어에는 사실 여러 가지 함의가 있다. 출구, 뭔가를 피하는 방식, 전환, 임기응변으로 하는 행동, 그리고 심지어 부정직한 계획이라는 뜻까지 포함한다. 유인원은 진정한 자유로 가는 길은 없으며 자유란 착각이요, 거짓일 뿐이란 것을 그리고 인간은 물론 유인원도 그 올가미에 걸려버릴 운명임을 잘 알고 있다.

카프카가 격언조로 수첩에 적어둔 두 가지 성찰의 문장을 보면, 그가 우리 안에 갇힌 혹은 감금된 상태에 대해 비극적이면서도 동시에 시적인 의미를 부여하고 있음을 알게 된다. 그중 첫 번째 문장은 절망적인 어조다. 죽음을 염두에 둔 채 "인간은 자신이 증오하던 오래된 감방에서 새 감방으로 인도되기만을 기도한다. 그건 새 방은 아직 싫어할 기회도 없었기 때문이다." 두 번째 "새장이 새를 찾아 떠났다"라는 문장은[37] 몹시도 모순된 글로, 감금 상태에 대한 노래를 암시한다.

카프카의 놀라운 문학적 성취 중 하나는 그 특유의 서술 기법이라는 요소가 올가미 개념을 다룬 주제 요소와 맞아 떨어진다는 점이다. 서술방식은 순차적으로 진행되는 듯 보인다. 그러나 동사 시제의 맞물림이라든지 반복과 재등장에 의존하는 방식 등을 통해 다수의 작품에서 현재가 계속 이어지고 있다는 느낌을 받게 된다. 결정적 순간은 언제나 "영원하다"고 한 카프카 본인의 발언과 그의 작품 「땅굴」을 인용하면서 도리트 콘은 카프카의 글이 "계속해서 반복되는 현재"라는 개념을 반영한다는 매우 날카롭고 정확한 지적을 했다.[38]

바로 그런 이유로 인해 카프카는 심판의 날이란 먼 미래에 찾아 올 단 하나의 중대한 순간이 아니라고 생각했다. 그의 수첩에서 찾아낸 또 하나의 짧은 단상에 따르면, 심판의 날이란 '영원히 줄지어 재판이 계속되는 즉결재판장'[39]이라는 것이다. 카프카에게 있어 죽음이란 곧 다가올 시간 상의 끝도 아니고, 소멸 혹은 이행도 아니다. 죽음이란 그저 현재의 고통이 영원히 계속되는 현실일 뿐이라고 생각했던 이유가 바로 거기에 있다. 다시 말하자면 죽음이란 죽음 자체를 의미하기보다는 죽어감의 과정이 영속적임을 뜻한다는 것이다. 죽음의 바지선(앞에서 「사냥꾼 그라쿠스」를 논할 때 언급된 토데스칸[Todeskahn]이라는 단어를 사용함-역주)은 가차 없이 일상을 항해하고 있다. 그라쿠스는 카프카가 품고 살았던 가장 끔찍한 공포 중 한 가지를 형상화한 인물이다. 바로 "죽어간다는 사실에서 기인한 영원한 번뇌" 말이다.[40]

주

1. 『변신』을 다룬 다양한 해석을 망라한 작업의 결과는 아래 콘골드의 책에서 찾아볼 수 있다.
   Stanley Corngold, 『The Commentators' Despair』 (New York: Kenniket, 1973).

2. Franz Kafka, "Give It Up!" trans. Tania Stern and James Stern, in 『The Complete Stories』, ed. Nahum N. Glatzner (New York: Schocken, 1971), 456.

3. Gustave Flaubert to Louise Colet, October 7, 1852, in 『Correspondance II』, ed. Jean Bruneau (Paris: Pleiade, 1980), 168.

4. See the notion of neant in Jean-Paul Sartre, 『L'idiot de la famille: Gustave Flaubert de 1821 à 1857』, 2 vols. (Paris: Gallimard, 1971), passim.

5. Franz Kafka, "A Hunger Artist," trans. Willa Muir and Edwin Muir, in 『The Complete Stories』, 277.

6. Franz Kafka, "The Metamorphosis," trans. Willa Muir and Edwin Muir, in 같은 책, 129.

7. Gustave Flaubert, 『Correspondance』, 9 vols. (Paris: Conard, 1926-33), 2:49, 53, 339; 5:250.

8. 같은 책, 3:107.

9. 『The Diaries of Franz Kafka, 1910-1913』, ed. Max Brod, trans. Joseph Kresh (New York: Schocken, 1948), 299.

10. See Walter Hinderer, "Der Kleist blast mich wie eine alte Schweinsblase," in 『Franz Kafka und die Weltliteratur』, ed. Manfred Engel and Dieter Lamping (Göttingen: Vandenhoeck & Ruprecht, 2006), 66-82.

11. Franz Kafka to Oskar Pollak, January 27, 1904, in 『Franz Kafka Briefe, 1900-1917』, ed. Hans-Gerd Koch, 3 vols. (Frankfurt a.M.: Fischer,

1999), 1:36.

12. 『The Diaries of Franz Kafka, 1910-1913, 303, 233, 129, 159, 316, 259』.

13. Stanley Corngold, 『Lambent Traces: Franz Kafka』 (Princeton, NJ: Princeton University Press, 2004), 81-93.

14. Franz Kafka, "In the Penal Colony," trans. Willa Muir and Edwin Muir, in 『The Complete Stories』, 145.

15. Franz Kafka, 『The Castle』, trans. Edwin Muir and Willa Muir (New York: Knopf, 1947), 64.

16. Kafka, "In the Penal Colony," 165.

17. 『The Diaries of Franz Kafka, 1910-1913』, 11, 160, 87-88.

18. Franz Kafka, "The Judgment," trans. Willa Muir and Edwin Muir, in 『The Complete Stories, 81』.

19. Franz Kafka, "Josefi ne die Sangerin oder das Volk der Mause," in 『Sämtliche Erzählungen』, ed. Paul Raabe (Frankfurt: Fischer Taschenbuch, 1985), 177.

20. Michael Wood, 『Franz Kafka』 (Horndon: Northcote House, 2003), 5.

21. Franz Kafka, "A Country Doctor," trans. Willa Muir and Edwin Muir, in 『The Complete Stories』, 225.

22. Kafka, "The Judgment," 87, 83.

23. See Max Brod, "Nachworte des Herausgebers," in Franz Kafka, 『Das Schloβ』, ed. Max Brod (Frankfurt: Suhrkamp Taschenbuch, 2006), 411-24.

24. Thomas Mann, "Homage [to Kafka]," in 『The Castle』, v-xvi.

25. Franz Kafka, 『Brief an den Vater』, with commentary by Peter Hofle (Frankfurt: Suhrkamp, 2008), 22, 31.

26. 『The Diaries of Franz Kafka, 1910-1913』, 248.

27. See Hinderer, "Der Kleist blast mich wie eine alte Schweinsblase."
    카프카의 작품에서 죽음에 대한 공포와 죽음에 대한 소망이 동시에 드러난다
    는 점에 대한 논의를 참고하려면 다음의 책을 보라.
    Gerhard Kurz, 『Traum-Schrecken: Kafka's literarische Existenzanalyse』(Stuttgart:
    J. B. Metzlersche, 1980), 46-47, 131.
    발터 소켈은 다음의 책에서 카프카 특유의 죽음에 대한 갈망, 자기희생적인
    의미를 담은 자살 행위, 죽음에 대한 충동 등을 매우 설득력 있게 논하고 있
    다. 소켈은 카프카가 막스 브로트에게 보낸 1922년 7월 5일자 편지를 인용
    하여 카프카가 죽음에 대한 생각 때문에 대단한 공포감에 시달리고 있었음
    을 보여준다.
    Walter H. Sokel (『Franz Kafka: Tragik und Ironie』[Munich: Langen/
    Muller, 1964], 43, 284-85, 290)

28. John Urzidil, "The Oak and the Rock," in 『The Kafka Problem』, ed. Angel
    Flores (New York: New Directions, 1946), 286.

29. Kafka, "The Great Wall of China," trans. Willa Muir and Edwin Muir, in
    『The Complete Stories』, 243.

30. 이 글은 단편 선집인 「시골 의사」를 통해 선보였다.
    Kafka, 『Ein Landarzt』, Munich and Leipzig: Kurt Wolff, 1919.

31. Kafka, "The Great Wall of China," 245.

32. Franz Kafka, "The Hunter Gracchus," trans. Willa Muir and Edwin Muir, in
    『The Complete Stories』, 230.

33. Franz Kafka, "The Test," trans. Tania Stern and James Stern, 같은 책, 442.

34. Walter Benjamin to Gerhard (Gershom) Scholem, February 4, 1939, in
    『The Correspondence of Walter Benjamin』, ed. Gerschom Scholem and The-
    odor W. Adorno (Chicago: University of Chicago Press, 1994), 595.

35. 이 경구는 "죄, 고통, 그리고 진정한 길에 대한 고찰"이라는 장에 등장한다.

Franz Kafka, 『The Great Wall of China: Stories and Reflections』, with an introductory note by Edwin Muir (New York: Schocken, 1946), 280.

36. Milan Kundera, "Somewhere Behind" (1988), in 『Critical Essays on Franz Kafka』, ed. Ruth V. Gross (Boston: G. K. Hall, 1990), 21–31.

37. Kafka, 『The Great Wall of China: Stories and Reflections』, 281.

38. Dorrit Cohn, 『Transparent Minds: Narrative Modes for Presenting Consciousness in Fiction』 (Princeton, NJ: Princeton University Press, 1978), esp.195-97.

J. M. 쿳시는 도리트 콘의 이러한 견해에 대해 난해하면서도 조밀한 논의를 담은 다음의 글을 썼다.

J. M. Coetzee, "Time, Tense and Aspect in Kafka's 'The Burrow,'" 『Modern Language Notes 96』 (April 1981): 556–79.

39. Kafka, 『The Great Wall of China: Stories and Reflections』, 287.

40. Franz Kafka, 『Tagebücher 1910-1923』 (Frankfurt: S. Fischer, 1948-49), 420.

4장

버지니아 울프

죽음은 적이다

불타는 총검

●

"바다의 요정들은 매시간마다 그의 종을 울린다."

셰익스피어, 《템페스트》

버지니아 울프의 시적인 문장의 특징은 섬세한 짜임새와 서정적인 가락이다. 그러나 사실 그 이면에는 격렬함이 도사리고 있다. 그녀의 일기 내용이 사실이라고 본다면, 그녀가 남긴 가장 유명한 소설『등대로』의 원래 아이디어는 배 위에 앉아 "죽어 가는 고등어를 으스러뜨리면서"[1] 고독한 죽음을 노래한 시를 암송하던 아버지의 모습에서 얻은 것이라고 한다. 이같이 동물을 으스러뜨리는 행동은 이 소설에서만 볼 수 있는 이미지는 아니다. 가장 놀랄 만한 장면 중 하나는 버지니아 울프 사후에 출간된 전시 소설『막간』에서 찾아볼 수 있다.

이 소설에는 상류계급 출신의 가일스라는 인물이 등장한다. 전 유럽이 총포 무기를 잔뜩 준비하며 자기파멸의 길로 막 들어서는 작태를 뇌리에서 지울 수 없어 괴로워하는 인물이다. 그런 인물이 자기가 신고 있던 훌륭한 테니스화가 온통 피범벅이 되도록 뱀을 짓밟는 장면이 묘사된다. 끔찍함에 있어서는 이 이미지가 한발 앞선다. 뱀은 두꺼비를 막 잡아 삼키려던 찰나에 가일스의 발에 밟히는 바람에 목구멍까지 막혀버렸다. "뱀은 삼킬 수가 없었다. 두꺼비도 죽을 수가 없었다. 경련이 일어나 갈비뼈가

수축했고, 피가 배어 나왔다. 거꾸로 겪는 출산이라고나 할까. 끔찍한 역전이다."[2]

보통 버지니아 울프의 글을 흉포함이나 피비린내와 연관 짓는 경우는 별로 없다. 그녀의 작품은 흔히 의식의 덧없는 순간들이라든지, 감정의 미묘한 변화에 따른 파장, 망을 짠 듯한 인간관계의 복잡함 등의 주제를 통해 조명하게 된다. 하지만 눈앞에 닥친 재앙, 이루 표현할 수 없는 재난에 대해 그녀가 느끼는 공포감이 묻어나지 않는 작품은 사실 거의 없다고 봐야 할 정도다. 개인과 집단의 파괴에 대한 공포는 항상 가깝게 도사리고 있다. 이러한 점을 이해하는 데 있어서 울프의 일기가 꽤 유용하다.

1927년 6월 하순 어느 날, 울프는 일식을 관찰하러 친구들과 함께 리치먼드행 기차에 올랐다. 그녀는 이 여행에서 일식을 보고 마치 세상이 태어났던 때로 돌아가는 경험을 할 거라 예상했다. 일종의 성지순례 같으리라 기대를 한 것이다. 하지만 빛이 사그라지니 매서운 추위가 몰아친 데다 색채마저 시야에서 사라지자, 울프는 모든 것이 멸종한 것 같은 느낌을 받았다. 그녀는 일기에 "우리는 세상이 죽은 것을 목격했다"[3]라고 적기까지 했다.

소설 『올랜도』 중에 엘리자베스 1세 시대를 배경으로 한 일화를 묘사하며 그녀는 대 서리(The Great Frost, 1709년 영국에서 발생한 자연재해-역주) 이야기를 장황하게 늘어놓는다. 당시 날아가던 새들이 얼어붙어 돌덩이처럼 땅바닥으로 떨어질 정도였다고 한다. 이렇게 생명체가 석화되어 죽어 가는 장면에서 자정을 알리는 종이 울리며 암울한 이미지가 겹쳐진다. 독자는 심판의 날에 받게 될 징벌과 저주, 그리고 "신성 모독의 말을 내뱉으며"[4] 헛되게도 도움을 청하며 울부짖는 죄인들을 묘사한『올랜도』의 장면에서 단테와 유사한 비전을 엿볼 수 있다. 대 서리로 상징되는 종말의 이미지가 울프의 작품 세계에 계속해서 등장한다.

『세월』에서는 정치적인 대재앙, 문명의 몰락과 전쟁에 대한 두려움과 이 이미지가 연관관계에 있다. '1917년'이라는 장에서 청년 노스가 프랑스 북부 전장으로 막 떠나려는 장면이 나온다. 이때 꽝하는 총소리와 폭탄 떨어지는 굉음이 들리면서, 모든 것이 다시 한 번 얼음장처럼 굳어버린다. 울프는 "연못과 도랑이 얼었다. 진흙탕이 얼어 길가엔 멍한 눈 모양처럼 파인 자국이 생겼다"라고 묘사했다. 여기서 죽은 사람처럼 멍한 눈이라고 비유한 것은 같은 날 매서운 추위 속에 런던의 버스를 탄 승객들이 '시체 같은' 표정을 하고 있었다는 묘사와 일맥상통한다.[5]

버지니아 울프를 접한 대부분의 독자들처럼 나도 처음에는 그녀의 작품들이 보여주는 실험적이고 독창적인 추구라는 면모에 관심을 가졌다. 그러한 측면에는 특유의 비서사 기법, 서정적 장치 및 울프가 즐겨 다루었던 주제들이 포함된다. 여기서 그녀가 사용한 서정적 장치들이라 하면 급작스런 관점의 전환이라든지, 픽션 구조의 탈중심화, 그리고 공간의 형태 묘사를 위해 공감각을 활용하는 등의 기법을 의미한다. 또한 그녀가 선호했던 주제들로는 시간의 유연성, 한 인간은 여러 진실을 지니기에 거기 해당하는 다수의 개인사가 존재한다는 점, 릴레이하듯 이어지는 시선들, 가장 따분한 단어들조차도 마치 깊숙한 우물에 떨어지듯 의식의 세계로 떨어지면서 생기는 깊이 있는 울림, 그리고 기억이 지닌 연금술 같은 마력 등이다. 고비나 위기가 발생하는 시점들 그 사이에는 무엇이 자리하고 있는가에 관심을 기울이는 울프의 글은 보통 간격이나 침묵을 설정하여 독자가 직접 창의적으로 참여하게 인도한다.

울프의 작품 저변에 깔려 있는 격렬함과 폭력성에 대한 두려움은 아마도 즉각적으로 눈에 띄지는 않을지 모르나, 사실 그녀의 작품 세계에 꾸준하게 동반되는 요소다. 마치 주인공들을 따라다니며 그들의 마음속에 불길하게 울려 퍼지는 끈질긴 시계 소리나 낮은 음의 종소리처럼 말이다. 그들이 듣는 혹은 엿듣는 말들은 고통, 아니 나아가 파괴의 도구가 되기도 한다. 울프의 마음속 풍경에는 분명한 무기의 이미지가 굳게 자리 잡고 있다. 『제이콥의 방』에 "런던의 가로등은 마치 타오르는 총검의 끝을 비추듯 어두움을 확인시켜 준다"라고 묘사한 대로, 안 어울리는 듯하게 런던 밤거리를 전쟁터에 비유한 이미지는 그로부터 여러 해가 지난 후 집필한 『댈러웨이 부인』에서도 되풀이된다. 어느 더운 여름날 저녁 빛이 사그라드는 시간에 런던이 "자신의 총검을 하늘로 세우고 덤벼들었다"[6]라는 대목이 나온다.

특히 『등대로』에서는 유난히 살점을 베거나 난도질하는 용도로 쓰는 무기들이 주요 소재로 등장한다. 이야기 초반에 어린 제임스가 남의 흥을 잘 깨는 아버지 때문에 기분이 상해서 도끼 같은 아무 무기나 잡아들고 아버지의 가슴팍을 깊숙이 베는 꿈을 꾸는 장면이 그려지기도 한다. 이 소설의 결말에 이르면 제임스는 이제 성인이 되었지만 여전히 칼을 잡아들고 아버지의 '심장을' 찌르는 환상을 본다. 소년이 어머니와 공유하는 친밀한 관계를 침범하는 남성의 원형으로 설정된 아버지에 대한 비유를 할 때도 또한 '놋쇠 주리' 혹은 좀더 과격하게 사람을 죽이는 '언월도'라는 단어들이 사용되고 있다.**7** 또 다른 소설『파도』에서 울프는 해변으로 연이어 밀려오는 파도를 투창이나 창으로 무장한 '터번을 쓴 전사들'에 비유한다. 이 작품의 후반으로 가면 파도 자체도 결국 태양이 쏘는 불타는 화살, '빛의 단검'에 '꿰뚫린다'고 묘사되었다.**8**

거대한 일식

•

양성을 지닌 주인공 올랜도가 침울하게 죽음에 대한 생각에 빠져 얼어붙은 물을 응시하고 있다. 그는 행복과 재난과 같은 암울함 사이에는 칼날 하나가 들어갈 정도의 거리밖에 없다고 한 어느 철학자의 말을 곱씹는다. 그러면서 우울하게 "모든 게 죽음으로 끝난다"고 반복해서 읊조린다. 이 소설의 초반에 그는 "죽음과 사랑에 빠져" 있는 사람이라고 묘사되기도 했다.**9** 버지니아 울프는『올랜도』를 장난삼아 쓰기 시작했다고 말한 적이 있는데, 알고 보면 이 작품은 자신을 가장 괴롭히던 주제를 다룬 글이었던 셈이다. 결국 음울한 시기였던 2차 세계대전 중에 스스로 목숨을 끊기까지, 버지니아 울프는 자신의 심리적 연약함에 대한 자각 때문에 그리고 수차례에 걸친 자살 시도와 신경쇠약 증세 등으로 한평생 고통 속에서 살았다.

그녀가 첫 번째 자살 시도를 한 것은 어머니가 돌아가시고 얼마 되지 않았을 때였다. 그녀는 겨우 열세 살이었다. 나중에 소설『세월』에서 어머니의 투병이 한도 없이 길어지는 데 대해 파지터 가문의 딸들이 보인 반응을

버지니아 울프는 장황하다 싶을 정도로 길게 묘사한다. 이 소설에서는 울프의 다른 어떤 작품보다도 여러 건의 죽음이 연이어 등장한다. 울프 자신도 일기장에다 친구와 동료 작가들의 사망 소식을 기록하는 일을 끈질기게 계속했는데, 그 사실은 그녀가 느꼈던 두려움과 우울함을 반증한다. 그녀는 자신이 '애처롭게' 글을 쓴다고 느낀다. 삶이란 그저 심연 위로 조그마한 조각이 하나 떠 있는 것에 불과하다. 버지니아 울프는 끝내 "이 모든 것이 헛되다"는 생각을 극복하지 못한다. 그리고 결국은 우리 모두 완패할 것이 분명하기에 애써 투쟁하는 것도 무의미하며, 자신도 언젠가 그 문 앞에 설 거라고 생각한다. 그녀는 오빠 토비가 장티푸스에 걸려 스물여섯의 젊은 나이에 세상을 떠났다는 사실을 뇌리에서 떨쳐내지 못했다. 이미 일찍부터 죽음이란 그녀의 삶 속에 집착의 대상으로 자리 잡은 것이다.

올랜도와 마찬가지로 작가인 울프 자신도 무존재를 갈망한다는 게 어떤 건지 알고 있었다. 어느 날 우울한 마음으로 리젠트 파크에서 산책을 마치고 돌아와 쓴 일기에서 울프는 "오래된 방식으로 죽음을 맞는 것에 대한 열망"[10]이라는 표현을 통해 자신이 가지고 있던 죽음에의 염원을 재차 표현했다. 올랜도는 죽음에 대한 경외감, 나아가 공포심을 품고 있었다. 그렇지만 올랜도는 울프와 마찬가지로 죽음이라는 생각에 도취되어 있기도 한 인물이다. 겉보기에는 우스꽝스러운 허영 때문에 그런 것처럼 보일지는 모르지만 말이다. 오셀로가 데스데모나를 목졸라 죽인 후 절망 속에 '거대한 일식'에 대해 읊었던 대사를 올랜도가 인용하는 장면이 있다.[11] 그리고 올랜도는 무덤과 그 밑의 흙을 파먹는 구더기들 그리고 썩어가는 육체를 환상 속에 생생히 마주하기도 하고, 지하세계로 내려간다든지 햄릿처럼 해골과 마주한다든지 하는 모티브를 다룬 문학작품들에 대한 이야기를 끄집어내기도 한다.

이렇게 으스스한 문학을 즐긴다고 해서 위안을 찾기 위한 탐색을 소홀히 한 것은 아니다. 개인적으로 울프는 문학을 실천하고 또 문학의 사례를 보는 데서 위안을 얻었다. 『보통의 독자』에 수록된 몽테뉴를 다룬 글에서 그녀는 이 유명한 수상록의 작가가 했던 말을 자신만의 언어로 재편성하여 인용했다. 몽테뉴는 스토아학파의 영향을 강하게 받았던 시기에 철학을 한다는 건 죽음을 준비하는 것이라 말하기도 했다. 그러나 그가 이내 깨달은 바는, 어차피 불가피한 종말을 곱씹어서는 안 된다는 점이었다. 나중에는 오히려 사람은 삶의 움직임을 끌어안도록 애써야 한다고 주장했다.

울프는 1925년 4월 어느 날 일기에 "중요한 건 인생이다"라는 몽테뉴의 말을 인용했다. 몽테뉴에 대한 글에서 울프는 두 번이나 그를 '인생이라는 예술의 위대한 달인'이라고 불렀다. 그녀는 몽테뉴를 부러워했으나 그를 따라하지는 못했다. 그녀는 자연에 대한 그의 신뢰, 그리고 일상생활을 하면서 자연스레 죽음을 맞는 것이 최선이라는 믿음을 본받고 싶어 했다. 애석하게도 몽테뉴를 존경한다는 사실은 버지니아 울프에게 보호의 기능도, 위로의 역할도 하지 못했다. 문제는 그녀가 오로지 글쓰기만이 구원을 얻을 수 있는 형태라고 생각했다는 점이다. 예를 들자면 몽테뉴는 양배추를 심다가 죽음을 맞는다는 묘사를 했는데, 그 이미지가 울프에게 오면 기껏해야 책상맡에서 글을 쓰다가 '당당히' 죽음을 맞는다고 재해석될 따름이었다.[12] 하지만 그건 몽테뉴가 의도한 바와는 전혀 다르다고 봐야 한다.

그녀가 공포감을 떨쳐내지 못한다는 것은 기정사실이다. 그녀에게 글쓰기란 죽음에 대항한 싸움이요, 도전의식을 담은 행위이자 맨 성신을 유지하기 위한 방법이었다. 울프는 집필 과정 중에 "다시 한 번 죽음에 대한 생각으로 정신이 산만해졌다"라는 말을 일기장에 적기도 했다. 이러한 사실이 더욱 노골적으로 드러나는 건 1927년 12월 20일자 일기에서다. 울프는 "죽기 전에 뭔가를 써야만 한다는 이 채울 수 없는 욕구, 그리고 인생은 너무나 짧고 열광적 흥분상태라며 나를 유린하는 느낌이 든다. 그래서 나는 마치 바위에 매달린 사람처럼 나의 유일한 닻에 결사적으로 매달린다"[13]라고 고백한 것이다. 울프 자신이 "시인의 가슴 속에 존재하는 열기와 격렬함"이라고 부른 설명하기 힘든 감정이 바위와 닻이라는 혼합된 비유를 통해 더욱 강조된다.[14] 어떤 일시적인 처방이 있더라도 공포감은 절대 가시지 않기 때문이다. 그리고 죽음에는 이름을 붙일 수가 없다. 『물결』에 나오는 인물 중 하나가 "죽음을 대체 어떤 이름으로 불러야 하는가?"하고 자문하는 장면이 떠오른다.[15] 울부짖음, 소리침, 아마도 이런 것들이 답이 될 것이다. 그녀는 일생 동안 여러 차례에 걸쳐 실제로 죽는다는 느낌을 상상하기도 했다.

울프는 다른 사람의 죽음을 공감하여 자기 몸으로 느낄 수 있는 기질을 지녔었다. 그러한 그녀의 기질을 공유한 사람이 바로 그녀가 창조한 인물 중에서 가장 호감이 가는 클러리서 댈러웨이다. 『댈러웨이 부인』에는 청년 셉티머스가 창문에서 뛰어내려 난간의 녹슨 대못에 찔려 죽을 때 그 마지막 인식의 순간을 클러리서가 구체적으로 상상하는 장면이 등장한다. 그녀는 셉티머스의 머릿속에 들렸을 "퍽, 퍽, 퍽" 소리에 이어 "암흑으로 인한 질식"을 말 그대로 몸으로 직접 느낀다.[16] 2차 세계대전이 발발한 후 독일군의 포탄이 런던 시내에 떨어지고 자신이 살던 타비스톡 광장 근처 집들이 파괴되는 모습을 보면서 울프가 자신의 죽음에 대한 시나리오를 그려보는 일은 거의 일상적인 습관이 되었다. 1940년 10월 2일 일기에 울프는 공습에 의한 죽음을 상상한 장면이 아니라 그 죽어 가는 느낌을 생생하게 묘사한 글을 적었다. "바스락거리는 소리, 허둥지둥하는 육체. 내 뼈가 부서지는 소리가 들리고 여전히 활기에 찬 내 눈과 두뇌에 그림자가 드리우는 게 느껴진다. 불을 끄는 과정이 고통스러운가? 물론이다. 끔찍한가? 그런 것 같다. 그러고는 졸도의 순간이 온다. 모든 기운이 다 빠져나가고, 두세 번쯤 정신을 차리려 침을 삼켜보지만……그러고는 모든게 끝이다."[17]

전쟁의 광기

•

전쟁에 대한 버지니아 울프 개인의 공포감 그리고 전쟁과 관련한 공동체 차원의 기억이라는 모티브는 그녀의 작품 속에 언제나 내재되어 있다. 전쟁에 대한 그녀의 공포와 증오심은 죽음의 환영이라는 이미지와 밀접하게 연관되어 있다. 그리고 그녀의 정치의식에도 깊숙이 자리 잡고 있는데, 1차 세계대전 당시 엄청난 인명피해를 낸 참호전의 양상이라든지, 조카 줄리안 벨이 희생된 스페인내전, 또는 히틀러와 무솔리니의 호전적 움직임, 그리고 마지막으로 영국의 상공과 가정에서도 직접 느꼈던 전쟁의 개인적인 체험에서 그 면면을 찾아볼 수 있다. 결국 가로등이 총검으로 변용되는 모습은 더 이상 어색한 비유가 아니었음을 알게 된다.

전쟁에 대한 증오심과 군국주의에 대한 환멸감은 더 나아가 울프의 페미니즘, 그리고 가부장제 권력에 대한 반대 견해와 밀접하게 연관되어 있다고 봐야 한다. 가부장제에 대한 통렬한 비판은 특히 『자기만의 방』에서 분명히 드러난다. 『제이콥의 방』이라든지 『댈러웨이 부인』에서도 울프는 이미 군사행렬 속 남자들의 걸음걸이와 뻣뻣한 팔놀림, 그리고 무표정한 얼굴을 비웃듯이 묘사한 바 있다. 그녀는 모든 여성이 전쟁에 대해 분개해야 한다고 생각했고, '전쟁의 포화 속에서' 드러나는 지도자들의 흉측하고 어리석은 면모를 여성들이 똑똑히 보기를 기대했다.[18] 『댈러웨이 부인』에 나오는 셉티머스를 자살로 몰고 간 그 전쟁의 포화 말이다.

버지니아 울프는 전쟁을 분명히 전형적인 남성적 광기의 발현으로 여겼다. 그녀는 조정 운동이나 살인, 부의 축적 등의 기술을 가르치는 남성들의 교육 내용을 노골적으로 언급하기도 했다. 울프는 심지어 파시즘조차 남성들의 일탈로 여겼다. 그렇기에 그녀는 여성들이 권력과 전쟁이라는 남성적 이데올로기에 기꺼이 굴종함으로써 남자들의 영웅놀이라는 가식의 세계를 투영하는 존재가 되어버린 사실에 분개했다. 『제이콥의 방』에 등장하는 클라라가 하이드파크에 있는 아킬레스 상에 새겨진 문장을 읽을 때 분연한 아이러니가 드러나는 이유가 바로 여기에 있다. 그 조각상에는 애국심에 불타는 '동포 여성'들이 웰링턴 공작에 감사하는 마음을 담아 전장에서 보여준 공작의 수완과 그의 '용감한 전우들'을 찬양하는 내용

이 새겨져 있었다. [19]

　『등대로』의 자기중심적인 남편인 철학자 램지 씨 또한 전사라고 부를 수는 없지만 자기만의 방식으로 남성성의 원형이라고 설정된 인물이다. 합리주의자이면서 회의론자인 그는 강력한 지배욕구(Libido dominandi, 독일의 철학자 에릭 보에겔린(Eric Voegelin)이 이용한 용어이나 학자들은 5세기 초 신학자인 아우구스티누스의 『신국』에서 이미 그 개념이 정립되었다고 보기도 함-역주)에 시달리는 인물이다. 프랑스의 사회학자 피에르 부르디외(Pierre Bourdieu)는 인류학의 관점에서 램지 씨가 참담한 아버지이자 임금의 역할을 해내고 있다고 날카로운 지적을 내놓았다.[20] 램지 씨에게는 뭔가 어린 소년 같은 면모가 있다. 그리고 어린 소년들은 전쟁놀이를 좋아하고, 자기가 극도의 위험에 처해 있다고 상상하기를 즐긴다. "우리는 파멸했다, 각자 혼자서." 이것이 절망을 노래한 윌리엄 쿠퍼(William Cowper)의 시 〈조난자〉 중에서 램지 씨가 가장 좋아하는 구절이다. 하지만 1920년대 영국이 너무나 생생히 기억하고 있듯이, 전쟁이란 놀이가 아니다. 1차 세계대전의 끔찍했던 기억은 아직도 모두의 뇌리에 선명한 기억으로 남아 있다. 버지니아 울프의 첫 주요 작품이라 할 수 있는 『제이콥의 방』에 나오는 불운한 주인공의 이름이 플랜더스(Flanders, 현재 네덜란드, 벨기에, 프랑스 북부 등을 아우르는 중세 왕국이었으며 현재는 네덜란드 및 벨기에 일부 지역을 일컫는 단어 플랑드르를 의미-역주)인 것도 우연이 아니다. 그곳 전장에서 영국의 수많은 젊은 병사들이 목숨을 잃거나 불구가 되었기 때문이다.

절묘한 순간들

•

셉티머스 워렌 스미스라는 이 생기 없는 청년은 참전 후 뒤늦게 후유증에 시달린다. 런던의 공원마다 만발한 진달래 덤불 뒤에서 죽은 이들, 즉 전장 동지들의 목소리를 듣는다. 그러한 그의 행로와 클러리서 댈러웨이의 행로는 글로 표현할 수 있는 수준 이상으로 교차하게 된다. 런던 시내 본드 가에서 자동차 한 대가 격렬한 소음을 내며 폭발해 주위 사람들을 깜짝 놀라게 한 바로 그 순간 이 두 사람은 군중들 속에서 같은 장소에 있었다. 이 소리가 셉티머스에게는 곧 세상이 화마의 불길에 다시 휩싸일 거라는 신호로 들렸다. 하지만 자살을 심각하게 고려 중인 셉티머스는 온 세상이 가라앉아 버릴지도 모르는 상황에서도 여전히 혼자다. '이제 곧 죽을 이들은 어차피 모두 혼자'이니 말이다.[21]

이렇게 불운과 고독감을 느낀다는 점은 셉티머스와 클러리서 댈러웨이를 이어주는 연결고리가 된다. 마치 죽음도 전염되는 양 버지니아 울프는 원래 클러리서도 본인이 주최한 파티의 막바지나 소설의 결말 부분에라도 죽는 것으로 설정하려 했다고 한다. 『댈러웨이 부인』은 파티를 중심으로, 그것도 클러리서가 주관한 파티를 중심으로 구성된 작품이다. 이 작품은 아침에 그녀가 당일 저녁 파티에 쓸 꽃을 사러 나서는 장면으로 시작하고, 밤에 손님들이 떠날 준비를 하는 모습으로 마무리된다. 하지만 여럿이 등장하는 장면들 속에 영화 단역배우들같이 느껴질 정도로 수많은 손님이 자리하고 있는데도 클러리서는 고독감으로 인해 소외된 느낌을 받는다. 클러리서는 어렸을 때부터 자기는 '불운한 인종'[22]에 속한다고 믿었다. 독자들은 클러리서의 어린 여동생이 쓰러지는 나무에 맞아 목숨을 잃었다는 사연을 알게 된다.

그녀가 주최한 파티는 다중의 상징 역할을 한다. 파티를 준비하고 주도하는 데는 창의력이 필요하다. 예술가답게 조화와 질서에 대한 감각이 있어야 한다. 하지만 파티를 준비하다 보면 또한 무위함에 압도되기 마련이다. 그런 자리에서 나누는 공허한 대화들은 인간의 모든 노력이 다 허무할 뿐이란 사실을 상기시켜주는 풍자 기능을 한다. 무엇보다도 파티의 성격 자체가 끝이 있을 수밖에 없으므로, 파티 개념의 본질 속에는 결과를 돌이킬 수 없다는 최종적인 의미가 깊게 새겨져 있는 셈이다. 끝이 나고야 만다는 이러한 생각이 클러리서를 점점 짓누른다. 클러리서는 삶이 점점 사라져가고, 여유 시간은 적게 남아 있는 데다 어떻게든 생을 더 늘려보려는 인간의 노력은 그저 허무할 따름이라는 것을 이미 인식하고 있다. 어떤 날은 아침에 일어나면서부터 그러한 추정의 감각이 유난히 또렷해서, 그녀는 괴로울 정도로 명확하게 "우리가 분명 죽는다는 사실이 얼마나 확정적인지"를 몸소 느끼곤 한다.[23]

파티는 긍정의 시도다. 클러리서의 관점에서 보면 파티란 공짜로 나눠주는 선물이다. 아니, 클러리서 본인은 이를 '공물', '창조를 위한 공물'이라고 할지도 모르겠다. 그녀가 창조하는 건 이 소설 속의 표현대로 '절묘한 순간들'이다. 인간이 도저히 피할 수 없는 끝이 항상 눈에 들어오기 때문에, 바로 그렇기 때문에 절묘하며 또한 환상과도 같은 순간인 것이다.

클러리서는 삶의 활기를 소중히 여기고 이를 함양하려 애쓴다. 그런데 이러한 생기란 버지니아 울프가 가지고 있던 뿌리 깊은 비관주의의 정반대에 자리한 개념이다. 그녀를 흠모한 어떤 이의 표현에 따르면 울프가 가졌던 "무신론이라는 종교"의 핵심이 바로 비관주의였는데도 말이다. 『등대로』의 램지부인도 "대체 어떤 주님이 이런 세상을 만들었단 말인가?"라고 자문한다. 클러리서는 파티에서 누군가가 셉티머스의 자살을 언급하자 자신이 개최한 파티석상에 어울리지 않는다고 생각해서 기분이 상한다. "대체 브래드쇼 내외는 무슨 연유로 내 파티에서 죽은 사람 얘기를 꺼내는 거야?"라고 말이다. 하지만 이내 그녀는 죽음을 고귀한 저항이자 끌어안는 행동이라고 여기기 시작한다. 파티가 끝나가며 시계가 인정머리 없이 시간을 알리며 쳐대는 소리가 들리는 가운데 그녀는 셉티머스와 동질감을 느끼는 모습이 그려진다. "그녀는 왠지 모르게 그와 너무나 비슷하다고 느꼈다. 자살했다는 그 청년 말이다."[24]

바다에서 들리는 종소리

•

시계 종소리가 쾅 하고 울린다. 마치 죽음을 알리는 장엄한 조종처럼 울려 퍼지는데, 이러한 묘사는 울프의 소설 대다수에 반복적으로 등장한다. 런던 전역에 들리는 이 조종 소리는 대기 중에 불운함을 퍼뜨리고 우울한 음파로 가정집을 덮치며 힘을 더해 간다고 묘사되고 있다. 『제이콥의 방』

에 등장하는 육중한 시계의 타격 소리는 벌판에 위치한 묘지를 찾는 이들의 귀에 울려 퍼진다. 이곳은 해골이 즐비한 고대 로마의 막사 근처에 유골을 흩어놓은 그런 묘지다. 『댈러웨이 부인』에서도 소설이 진행되는 내내 빅벤의 소리가 들려온다. 침통하면서도 장엄한 그 소리는 돌이킬 수 없는 시간을 표상한다. 클러리서와 피터 월시가 각자 시내 산책에 나설 때 빅벤의 소리가 동반됨으로써, 동시다발성의 느낌뿐 아니라 하나의 고립된 의식세계가 또 다른 의식세계와 연결된 듯한 느낌을 주는 것이다. 그리고 하늘을 뒤흔든 빅벤의 시계 종소리의 미진뿐 아니라 성 마가렛 교회의 종처럼 좀더 시들시들한 소리 또한 누군가의 죽음을 알리기 위해 울리는 듯하다. 울프의 작품에서 시계와 종은 상실, 우울 그리고 애도와 연관된 것이 분명하다. 『올랜도』에서도 불길하게 들리는 종소리는 공포감과 경악을 불러일으키는 역할을 한다. 성 바울 교회에서 자정을 알리는 첫 종소리가 울리기 시작하자 올랜도의 영혼 안의 '모든 비통함'이 극에 달했다고 표현되어 있다. 그런 음색의 종소리는 재난과 죽음을 알린다는 걸 알기 때문이다.[25]

으스스한 느낌이 들긴 하지만 종이 울리는 소리는 바다 또는 물 전반과도 연관이 있다. 그러므로 거기서 확장하여 여성성과도 관계가 있다. 울프의 작품 세계에서 죽음이라는 개념은 언제나 오필리아적인 모티브에서 멀지 않다(연인 햄릿이 자신의 아버지를 살해한 사실을 알고 『햄릿』의 여주인공 오필리아가 강물에 투신해서 목숨을 끊은 내용을 기반으로 하여 물과 죽음, 특히 여성의 죽음을 연결하는 예술상의 모티브가 됨-역주). 『댈러웨이 부인』에서 피터 월시가 빅벤에서 들리는 '소리의 흐름'을 자각하는 순간이나 그 같은 빅벤의 '우울한 파도'가 클러리서의 응접실을 덮치는 순간을 묘사하면서 버지니아 울프는 그녀가 의도한 주제에 걸맞게도 음파의 이미지를 최대한 활용했다. 바다와 해안이라는 장소는 울프의 초기 작품인 『제이콥의 방』에서부터 벌써 반복적으로 '압도적인 슬픔'과 '애도의 상징물들'[26], 그리고 울프 자신이 콘월 지방 해변에서 보낸 어린 시절 휴가에 대한 개인적인 추억과 연관된다.

　『등대로』에서 신뢰할 수 없는 존재 바다가 들려주는 종소리는 끈질기게도 반복해서 등장한다. 이 소설은 스코틀랜드 해안의 헤브리디스 제도를 배경으로 하지만, 버지니아 울프가 어렸을 때 콘월 지방에서 보낸 여름 휴가의 기억을 바탕으로 했음이 분명하다. 이 소설을 처음 읽을 때는 빛과 소리가 만들어내는 시가와, 달래고 어르는 존재같이 보이는 파도가 지닌 리듬과 광휘 그리고 그 움직임을 작가가 강조하고 있다고 느낄 수가 있다. 이 글은 '색채의 고동 소리'라든지 '주름진 물결', '꺼끌꺼끌한 어두움' 등의 공감각적 표현을 통해 마치 그림 같은 효과를 낸다.

　허나 시각, 촉각과 청각적 이미지를 조합한 이러한 공감각적인 손길 아래로 독자는 이내 불안한 분위기를 감지하게 된다. 불안감을 불러일으키는 엄청난 변화가 일어나 안심이 될 정도로 리듬이 단조로워 자장가같이 들리던 파도소리가 이제 '귀신 같은 북소리'로 바뀐다. 이는 나아가 '섬이 파괴되어 바닷속으로 잠겨버리는' 일이 임박했음을 암시한다.[27] 소설에 묘사된 바다의 꾸준한 변화와 익사의 이미지를 보면 울프가 셰익스피어의 《템페스트》에 나오는 노래의 가사를 떠올리며 쓴 게 아닌가 하는 의문이 든다(실제로 sea change, 흔히 한글사전에서 '상전벽해'라고 정의한 단어의 기원이 바로 셰익스피어의 《템페스트》다. 원래는 바다가 일으킨, 혹은 바다에서 벌어진 변화를 의미하며, 흔히 큰 변화, 극적인 변화를 뜻하기도 한다. 여기 버지니아 울프의 경우는 큰 변화이기도 하고 실제 바다의 움직임의 변화를 묘사한 것이기도 함-역주). 《템페스트》에서 물에 빠져 죽은 아버지의 뼈는 산호로 변하고, 눈은 진주로 변하며, "바다의 요정들은 매시간 그의 종을 울린다"는 내용이 나온다. 결국, 그녀의 설명에 따르면 배 위에 걸터앉은 울프 자신의 아버지가 익사하는 선원에 대한 시를 읊조리는 이미지가 이 소설의 기원이자 핵심이었으니 말이다.

셰익스피어의 '바다의 요정'들이 울린다는 종은 사실 현실이 아닌 꿈의 세계에 있다. 이는 울프의 어린 시절 해변에서 쌓은 추억의 세계다. 웨스트민스터 성의 탑 꼭대기에 실제로 존재하는 종인 빅벤으로 말하자면 이는 울프가 묘사한 바다와 유사하다고 볼 수 있다. 여기서 런던은 매혹적이고 아름답지만 또한 치명적일 정도로 기만에 가득 찬 도시로 묘사되는데, 빅벤이 그러한 런던을 청각적으로 상징하는 소재인 것이다. 버지니아 울프의 작품들 중에는 런던이 얼마나 아름다운 도시인가에 대해 장황하게 늘어놓는 대목이 나오는 소설이 여럿 있다. 소설 『물결』 중에서 다시 울프는 "얼마나 아름다운가"라는 감탄과 '장엄한'이라는 형용사를 사용하여 화려한 돔이 수두룩한 도시 런던을 묘사한다.

이 장면에서 독자는 그녀가 재차 다른 문학 작품의 추억에서 영감을 얻은 게 아닌가 하는 추측을 하게 된다. 여기서 추억의 대상은 워즈워스의 소네트일 것이다. 워즈워스는 웨스트민스터 다리에서 본 풍경을 노래하며 "세상은 이보다 더 아름다운 걸 보여줄 수 없다"고 선언했다. 이 소네트에서 시인은 수도 런던의 위엄있는 방대한 파노라마를 바라보며 번쩍거리는 돔 양식의 건물이 실제 압도적으로 많이 보이는 풍경을 묘사한 것이다.

하지만 그와 동시에 울프가 생각하는 런던의 이미지는 암울한 면모로 가득하기도 하다. 윙윙거리며 폭발음 같은 소리를 내는 도시의 자동차 행렬은 울프의 눈에 마치 블러드하운드처럼 서로 으르렁대며 경주를 하고 또 행인을 사냥하는 것 같아 보였다.[28] 『댈러웨이 부인』에서도 울프는 길을 따라 급하게 움직이는 사람들을 이미 해골 뼈다귀로 보았다. 그들이 손에 끼고 있는 결혼반지, 썩은 치아와 금니까지도 이미 가루가 되어버린 그들의 유골에 섞여 있는 이미지를 묘사한 것이다.[29] 그보다도 전에 이미 『제이콥의 방』에서도 비슷한 맥락의 글이 나온다. 쓰러진 나무와 비문이 새겨진 비석이 밴으로 운반되는 모습이 암울한 상징물로 등장해서, 함께 워털루 다리를 건너는 수많은 사람들이 마치 자신의 종말을 향해 걸어가는 것처럼 그려졌다.[30] 이 장면에서 다시 한 번 다른 문학작품을 암시하는 듯한 표현이 드러난다.

『제이콥의 방』에 묘사된 다리를 건너는 무리는 T. S. 엘리엇의 《황무지》에서 '비현실적인 도시'를 배경으로 셀 수 없을 정도의 도시 인파가 어느 다리를 건너는 장면을 의도적으로 상기시키는 듯하다. 《황무지》에 등장하는 유령 같은 무리는 엘리엇이 "죽음이 이렇게 많은 이들을 소멸시킨 줄 몰랐다"고 할 정도로 규모가 엄청나고, 이들이 한숨을 내뱉는 모습에서 지옥으로 보내진 저주받은 자들이 깊은 한숨을 쉬는 광경을 떠올리게 된다.[31] 엘리엇의 《황무지》는 사실 버지니아 울프의 『제이콥의 방』과 같은 해에 출간된 작품으로, 버지니아와 남편 레너드 울프가 운영하던 호가트 출판사가 펴냈다는 인연이 있는 책이다.

버지니아 울프가 묘사한 런던의 도시 인파는 진정 어떤 구천의 세계로 내려가는 것처럼 보인다. 튜브(Tube, 영국식 영어에서 지하철을 일컫는 말-역주)라고 불리는 지하에서 운행하는 교통수단을 이용하려고 아래 방향으로 움직이는 그들의 모습은 명계로 내려가는 여정을 의미하는 비유로 작용한다. 울프는 "지하철로 내려가는 건 꼭 죽음과 같다"고 적기도 했다. 소설『물결』에는 수백만 명의 사람이 끔찍한 내리막길을 따라 계단을 내려가는 광경이 반복적으로 등장한다. 지하철역의 자동계단은 '죽은 자들의 군대'를 아래로 데려가 영적인 절멸로 이끈다. [32]

그리고 그 와중에도 애도의 뜻을 담은 조종 소리는 덧없음과 영원한 상실감을 선포하고 있다.

지속 기간

•

상실감은 소설『제이콥의 방』의 구석구석에 스며 있다. 콘월 지방의 해안가에 들려오는 바다 물결의 애조 띤 리듬 속에도 상실감이 느껴진다. 옥스퍼드 대학 출판사에서 이 작품을 재출간했을 때, 옥스퍼드 출신 영문학자 케이트 플린트는 서문에서 빼어난 분석을 선보였다. 전쟁 중에 목숨을 잃게 되는 불운한 주인공 청년 제이콥에 대한 이 소설을 쓸 때 버지니아 울프는 분명 오빠 토비를 생각했을 거라는 것이 플린트의 추정이었다. 토비도 캠브리지 대학 재학 시절 젊은 나이에 세상을 떠났기 때문이다. 이 소설에서는 도입 부분부터 죽음을 상징하는 사물들에 시선이 머문다. 소년 시절 제이콥이 절벽 밑 쓰레기 더미에서 양의 턱뼈인 것 같은 물건을 찾았다는 이야기가 나온다. 그리고 소년이 그 동물 해골의 일부분을 들고 있는 모습이 묘사되어 있다. 또한 소설의 실제 시작은 미망인인 제이콥 어머니의 눈물로부터다. 소설의 후반에 가면 울프는 삶 자체가 한마디로 '그림자의 행진'이라고 요약하기도 한다.[33]

 '그림자의 행진'이라는 표현은 현실을 연극이나 꿈같이 바라보는 시선, 즉 탐미주의자에게 위안을 줄 법한 비현실적인 태도를 암시한다고 볼 수 있다. 『제이콥의 방』에서 한 등장인물이 사랑과 죽음 그리고 바다를 주제로 한 바그너의 오페라 〈트리스탄과 이졸데〉를 듣는 장면이 나온다. 음악을 들으면서 그는 "모형으로 만들어 놓은 죽음이 주는 달콤함"을 맛본다고 묘사된다. 허나 죽음이 단순히 무언가의 모형이거나 재현일 수는 없다. 한편 『제이콥의 방』은 전쟁의 실상에 대한 글이기도 하다. 총소리가 바다가 내는 여러 가지 소리와 뒤섞이고, 하늘에는 죽음을 부르는 '호각소리와 충격탄' 소리가 가득하다. 이렇게 자연의 힘과 무기를 연계시키니 어딘가 부자연스러운 이미지들이 탄생한다. 피레우스 항에 정박한 배들로부터 총알이 날아오기 시작하자 "그리스 전역에는 마치 날카로운 칼날과도 같은 어두움이 드리웠다."[34]

 하지만 가장 놀랄 만한 애도의 형태는 무기에 관련된 게 아니라 공허함과 관계가 있다. 소설의 끝부분에 나오는 제이콥의 빈 방의 모습과 방문

출입구에 놓인 숫양 두개골의 목조상은 이 작품의 도입부 이야기에서 언급된 동물 뼈를 연상시킨다. 텅 빈 방 혹은 빈 집이라는 소재는 버지니아 울프의 머릿속 상상의 세계를 쉽게 떠나지 않는다. 『등대로』의 핵심이라고 할 수 있는 "시간이 흐른다"라는 장 전체가 버려진 여름휴가용 별장을 중심으로 부재와 죽음을 논하는 부분이다. 또한 울프의 일기장에서 주목할 만한 내용을 한 가지 더 보자면, 1933년 이탈리아 피사 근처에 위치한 시인 셸리의 버려진 집을 방문한 이야기가 있다. "바닷가에서 기다리고 있는 그 집"은 셸리가 이탈리아 바다에 빠져 죽은 그날 이후로 여전히 그의 귀환을 헛되게 기다리고 있었다. 나중에는 버지니아 울프 또한 물로 인해 죽음을 맞이할 운명이었다.[35]

애가란 『등대로』를 쓴 버지니아 울프에게 너무나 소중한 단어다. 배에 탄 채 시구를 암송하던 아버지에 대한 기억과 마찬가지로 이 애가라는 단어 또한 이 소설의 착안 단계에서부터 연관되어 있다. 그녀가 1925년 6월 27일자 일기에 기록한 내용에 따르면, 울프는 자신의 신작에는 새로운 이름이 필요하다고 생각했다. 보통 쓰는 소설(novel) 대신에 애가(엘레지, elegy)라는 표현을 써야 할지도 모른단 생각을 한 것 같다. 전통적으로 애가란 애도의 내용을 담은 서정시라는 뜻으로 부드러우면서도 침울한 성격을 내포한 단어다. 시계와 달력이 가차 없이 정해서 알려주는 시간에 대항해 버지니아 울프는 지속기간과 기억을 기준으로 한 주관적인 시간으로 맞섰다. 『등대로』는 그런 작가의 추억을 담은 실로 개인적인 픽션인 만큼, 애가라는 단어는 이 작품을 일컫는 데 사실 꽤나 잘 어울리는 표현이다.

『등대로』는 어떤 의미에서는 소생을 노래한 시다. 버지니아 울프의 언니인 화가 바네사 스티븐은 죽은 자들의 이러한 부활을 고통스럽다고까지 느꼈지만 말이다. 그러나 이 소설은 울프에게 살풀이의 역할을 한 작품이기도 하다. 그녀가 일기장에다 고백하기를 『등대로』를 쓰면서 비로소 부모님, 특히 아버지의 억압적인 존재감에서 자유로워질 수 있었다고 한다. 『등대로』를 집필한 지도 여러 해가 지나고 아버지의 탄생 96주년이 되던 날, 버지니아 울프는 이를 기억하고는, 그날 실로 아버지가 살아 계셨다면 96세가 되었겠지만 "자비롭게도 아버지는 이미 죽었다"고 적었다. 자비롭다니 누구를 위해 자비롭다는 뜻인가? 이에 대해 울프는 일기장에 꽤나 충격적인 설명을 해두었다. "그가 살았다면 나의 삶은 완전히 끝났을 것이다. 무슨 일이 있었을까? 글쓰기도 하지 않고, 책도 읽지 않고 (중략) 그런 건 생각조차 할 수 없다." 이 설명과 비슷한 내용의 놀라운 고백이 이어진다. "나는 그와 어머니를 매일 생각하곤 했다. 하지만 등대를 쓰면서 나는 그들을 마음속에 묻을 수 있었다. 나는 그 둘에게 집착했던 거다. 스스로에게 해로운 태도였다. 그리고 그들에 대한 글을 쓰는 건 내게 꼭 필요한 행동이었다."[36]

울프가 자신을 가장 잘 드러낸 작품이라고 할 수 있는 『등대로』를 애가라고 표현하는 것이 적절한 또 한 가지 이유는 이 소설이 원래는 바다를 노래한 시로 계획되었던 작품이기 때문이다. 그녀는 1925년 6월 어느 날, 일기장에 "그 작품 내내 바다 소리를 들을 수 있다"라고 적었다. 바다란 울프에게 있어 죽음 그리고 죽음에 대한 소망과 연관된 소재다. 더 구체적으로 들어가 보면, 프린스턴의 영문학 교수 마리아 디바티스타가 분석한 대로 울프의 작품 세계에서 바다란 "물에 빠져 죽는다는 행위가 불러일으

키는 근본적으로 여성적인 성격의 신비감"과 깊은 관계를 맺고 있다.[37]

『등대로』는 아주 사적인 내용을 담고 있으며, 진정으로 감동을 주는 작품이다. 그 이유는 아마도 상징 구조가 빽빽하게 어우러져 있기 때문일 것이다. 어느 아이든 휴가란 끝나게 마련임을 언젠가는 알게 된다. "끝날 거야, 끝날 거야"라고 램지부인이 한탄을 한다. 하지만 그녀가 염두에 둔 사실은 휴가가 끝날 거라는 점보다 한층 비극적인 것으로, 바로 삶 자체의 유한성을 의미한다. 그녀는 "끝이 올 거야. 끝이 다가올 거야"라며 스스로에게 반복해서 되된다. 그녀는 어떤 행복도 계속되진 않는다는 걸 자녀들도 또한 언젠가 알게 되리라 생각했기 때문이다. 상실과 죽음은 인간의 존재 자체에 이미 내재되어 있다. 울프가 어린 시절 가족과 함께 휴가를 보냈던 콘월 해안가의 별장 대신에 의도적으로 섬이라는 배경을 설정한 이유는 소외와 고독이라는 주제를 뒷받침하기 위한 것임이 틀림없다. 그런 의미에서인 듯 램지 씨는 소설 전반에서 자기가 제일 좋아하는 시의 구절 "우리는 모두 죽었다. 각자 혼자서"를 반복해 읊조린다. 그리고 섬이라는 배경은 가장 친밀한 순간에도 여전히 자리 잡은 "어렴풋한 벽"[38]이 있다고 묘사되는 인간관계에서의 근본적인 어려움과도 일맥상통하는 설정이라고 볼 수 있다.

등대라는 소재 자체를 논하자면, 이는 소설 전반에 걸쳐서 복잡하고 모순적이기는 하지만 상징성이 아주 뚜렷한 존재다. 배들을 보호하고 인도하기 위한 불빛을 보내며 탑처럼 서 있는 등대는 비좁은 바위 위에 선 영웅의 모습처럼 고독하면서도 타인에게는 희망과 용기의 신호를 보내는 존재다. 램지부인은 침실에서 밤에 등대가 쏘는 불빛을 볼 수 있다. 그녀는 등대의 불빛이 은빛 손가락의 애무라고 느끼다가도 한편으로는 운명이 무자비하게 두드려대는 모습이라고 생각하기도 한다. 낮 시간에 등대는 저 먼 곳에 다다를 수 없는 이상향처럼 어렴풋이 보인다. 그러나 배를 타고 가까이 가서 보면 등대가 헐벗은 바위 위에 선 모습이 너무나 삭막하고, 더 나아가 추악하기까지 하다는 사실을 깨닫고 놀라게 된다. "단순히 한 가지 성격만 지닌 건 아무것도 없다"[39]라는 바로 그 말이 교훈 같다. 하지만 현실이란 우리로 하여금 얼마나 환멸을 느끼게 하는가.

독자가 램지부인을 처음 만나게 되는 장면에서 창가에 앉은 그녀가 하고 있던 일에는 훨씬 더 복잡한 상징이 있다. 그녀는 등대지기의 어린 아들을 위해 타이즈를 뜨고 있었는데, 뜨개질이란 실용성이 있는 행동이다. 하지만 뜨개질이나 직물 짜기란 또한 전통적으로 여성의 일로 여겨지는 활동이기도 하다. 페넬로페(그리스 신화 및 서사시 일리아드에 등장하는 율리시스의 아내-역주)가 추억과 지조의 표시로서 밤마다 천을 짰다가 풀기를 반복하는 장면이 떠오를 것이다. 알고 보면 그 천으로는 수의를 짤 의도였다. 등대지기의 아들에게 주려 했지만 끝내 완성시키지 못한 붉은 기가 도는 갈색 타이즈는 비극을 암시한다. 이 어린 소년은 둔부결절을 앓고 있었기 때문이다.

또한 그 타이즈는 일찌감치 연민과 동정심이 가득한 램지부인의 성격을 보여주는 소재다. 그렇지만 램지부인이 타이즈를 완성하려고 다음 날 아침까지 열심히 뜨개질을 해보아도 여전히 길이가 너무 짧았다. 그녀는 "짧아도 너무 심하게 짧다"고 느꼈다. 램지부인은 침울한 어조로 이 말을 하는데, 그건 가정부가 울먹이며 스위스에 계신 아버지가 말기병환을 앓고 계시다고 했던 것이 우연찮게도 그 순간에 기억났기 때문이다. 뜨개질이라는 행위 자체가 죽음과 연관이 있다. 로마 신화 속 파르카, 즉 운명의 세 여신이 삶이라는 실로 실잣기를 하다 끊어버리기를 반복하는 늙은 여인들로 묘사된다는 점이 떠오른다.[40]

천을 짜는 행위는 작가가 글을 구성하는 행위와 직접적으로 연관된 이미지를 갖고 있다. 천을 짠다는 이미지는 버지니아 울프 특유의 기법으로 인해서 그녀의 작품 세계와 다시 한 번 관련을 맺는다. 그녀의 작품들은 다수의 관찰자들이 인물을 만들어내고 또 얽혀가며 천을 짜듯 구성해가는 점이 특징이기 때문이다. 지인들이 각자 기억 속에서, 심지어는 당사자가 죽고 난 후에도 자기를 얽어 낼 것임을 램지부인도 잘 알고 있다. 그녀의 이러한 다면적인 성격은 또 다른 등장인물 화가 릴리 브리스코가 직접 나서 확인해준다. 브리스코는 자신의 인물 성격에 걸맞은 어조로 "그 한 여인을 파악하는 데 50쌍의 눈으로도 충분치 않았다"[41]라고 말하며 구경꾼의 관점에서의 심리적 복합성을 언급한다.

직조 과정은 죽음 이후에도 계속된다. 허나 오직 생존자가 있는 한 가능한 일이다. 울프는 인간이 없는 세상의 공허함을 상상해 보았다. 그곳은 침묵과 적막감이 지배하는 세상이다. 이 점이 소설『등대로』의 제2부가 하는 역할이다. 10년이라는 세월에 걸쳐 망각과 '거대한 혼돈'이 버려진 집을 엄습하는 동안을 묘사한 2부는 이 소설의 핵심이다.[42] 주인공 인물들 없이 소설을 쓴다는 것은 작가 울프가 분명히 염두에 두고 있던 도전이었다. 그녀의 일기에 그 점이 명확하게 언급되어 있다. "나는 빈 집에 대해 써야만 한다. 사람들의 캐릭터 없이, 그저 시간의 흐름을 이야기하는 글말이다. 바라보는 사람의 눈도 없고 특징도 없으며 매달릴 것 없는 그런 특징을 말이다."[43] 이러한 시도는 단순히 울프가 자신의 능력을 시험하려고 일부러 기술적으로 어려운 점을 설정했다는 의미로 요약할 수 있는 게 아니다. 그 진정한 의미는 작가가 강요하는 교훈 없이 삶과 죽음이라는 주제의 상호작용에 초점을 맞출 수 있도록 시간상의 간격을 설정하는 데 있었다.

오래된 적대자

·

램지부인은 바로 이 '눈도 없고 생기 없는' 시간상의 간격 중에 세상을 뜬다. 아들 앤드류 또한 그동안 프랑스 전장에서 폭격으로 목숨을 잃는다. 하지만 세 번째이자 마지막 장에서 삶이 회복된다. 생존자들의 기억 속에서 살아남은 램지부인의 모습이 그려지는 것이다. 사람들은 그녀를 당당한 처신을 하던 사람, 삶에 대해 낙관적인 관점을 소통하던 사람으로서 삶을 긍정하는 힘을 가졌었다고 기억한다. 실제로 독자가 처음으로 그녀의 대사를 접하는 순간에 그녀는 "예스"라고 말하는데, 이는 소설 전체의 첫 단어이기도 하다. 그녀는 일종의 충만감을 풍기는 사람이었다. 램지부인은 알력과 혼란이 가득한 상황을 조율하여 화합을 이룰 수 있는 인물로 여겨진다. 심지어 너무나 사소한 일상의 활동조차 그녀에게는 창조의 행위가 된다. 친구 브리스코는 램지부인의 일상을 "거의 예술 작품이다"라고 할 정도였다. 그녀의 가족과 휴가를 맞아 찾아온 손님들이 함께하는 소박한 저녁 식사 자리라 할지라도, 모임을 주도하는 그녀 특유의 존재감이 발휘되고 완벽하게 요리된 프랑스식 소고기스튜가 함께 하면 마치 "변화로부터 면역된" 특별한 순간으로 변신한다는 것이다. 마치 완벽하게 짜인 공연을 관람할 때 '영원'의 영역에 참여하는 느낌을 받듯이 말이다. 순간을 영원한 무언가로 변화시키는 램지부인의 '일상의 기적들'을 회상하는 장면에서 릴리는 머릿속으로 모든 걸 일상의 기적이라는 표현으로 요약해준 셈이다.[44]

하지만 물론 그녀에게는 다른 면모가 있다. 독자는 내면의 담화를 통해서 그리고 생각의 움직임을 따라가며 램지부인이 사물을 암울하게 인식한다는 사실과 근본적으로 인생을 불신한다는 걸 알고 있다. 타이즈는 항상 너무 짧다. 모두 끝이 있다는 건 자녀들도 알아야 하는 사실이며 그들도 이 모든 걸 다 잃어야만 하는 시간이 온다. 그녀가 일상의 기적을 일으켜봤자 그저 덧없을 뿐이다. 그녀의 승리는 단지 일시적인 성과에 불과하다. 미모도 퇴색될 것이다. 이미 램지부인은 거울로 자기 얼굴을 보는 걸 피하고 있다. 벌써 그녀는 자신이 사후의 인물 같다고 느꼈다. 소설속 묘사에 따르면 "이미 모든 걸 지나, 모든 걸 통과해서, 그리고 모든 것의 바깥에 와 있다는 느낌을 받았다"는 것이다. 모든 노력이 궁극에는 헛된 행동에 지나지 않는다. 세상에는 이유도 질서도 정의도 없다.

하지만 그렇다고 해서 그녀가 포기하지는 않는다. 램지부인 특유의 비관주의에는 흔치않은 일이지만 끈기가 동반한다. 삶은 그녀의 적이며 "그녀는 삶을 끔찍하고, 적대적이며 기회만 주어지면 자기를 덮칠 준비가 된

존재라고 했다"라는 대목이 나온다. 그러므로 인간은 싸워야만 한다. "그 녀는 자기의 오래된 적수인 삶의 존재 앞에서 혼자라고 느꼈다"라는 서술 에서 느껴지듯 이 싸움이 비록 불공평한 결투일지라도 말이다. 결투라는 단어에서 느껴지는 영웅적인 이미지는 철로 된 뜨개질바늘보다 훨씬 영 웅다운 결투용 무기를 언급한 비유를 통해 한층 더 강조된다. 램지부인은 절망하기를 거부하며 자신이 "삶을 향해 검을 휘두르고 있다"고 생각했 다.[45]

죽음과의 공모?

•

그러나 대체 어떤 무기가 삶의 무의미함을 성공적으로 이겨낼 수 있게 해준단 말인가? 끊임없는 변화를 멈추고 절망을 피하려면 어떻게 해야 하 는가? 이에 대한 대답은 『등대로』에서 또 다른 여자 주인공이라 할 수 있 는 릴리 브리스코가 알려주는 듯하다. 램지부인이 그녀의 주변에 "거의 예술 작품과 같은" 분위기를 만들어내는 능력이 있다고 추억한 이가 바로 화가 릴리였다.

'거의' 그렇지만 '정말 전적으로'는 아니라는 게 중요한 점이다. 모든 게 그 '거의'라는 단어에, 그리고 릴리가 대표하는 암묵적인 반대 견해에 달 려 있다. 예술가로서 그녀도 램지부인보다 오히려 더욱 구체적이고 열정 적인 방식으로 혼란과 삶의 유동성에 맞서 싸우는 인물이다. 그리고 그 싸움에 임하는 그녀에게도 무기가 있다. 바로 그녀가 손에 든 붓이다. 붓이야말로 그녀가 "철로 된 볼트"로 다잡아 둔 듯한 섬세한 직물을 짜낼 수 있게 해주는 도구다. 소설의 처음 부분에서부터 릴리는 형태가 없고 무질서한 것에 형태를 부여하고자 노력하는 모습으로 묘사되었으며, 말 그대로 이 소설에서 결정적인 '마지막 말'을 하는 인물이다. 영웅적 투쟁이라는 개념, 그리고 전투에서 입은 상처 내지는 심지어 패배라는 대가가 있다는 개념이 너무나 명백하게 드러난다. 그림 그리기란 어마어마한 공간 안에서 어떠한 형태를 창조하고자 하는 위험을 무릅쓴 행위다. 그런 의미를 지닌 그림 그리기를 시도한 것은 "영원한 전투를 하게 될 운명"이면서도 "시작부터 이미 패배하게 되어 있는" 싸움에의 도발에 응할 수밖에 없다는 뜻을 내포한다.[46]

릴리라는 인물을 만들어내고 그녀가 예술에 전념하는 모습을 그리면서 버지니아 울프가 자기 자신을 염두에 두지 않았을 리 없다. 울프의 다른 글을 통해서도 짐작컨대 그녀는 글쓰기란 죽음에 대한 대항이라고 생각했음이 분명하다. 그녀는 이 주제를 『물결』에서 다시 다루었다. 자기만의 환상의 세계에 살며 자제 불가능한 이야기꾼이자 말 만들기에 뛰어난 재주꾼 버나드가 등장한다. 그는 이 소설 속에서 "죽음은 적이다"라고 말하며 죽음과 마주하는 인물이다. 버나드는 단어들을 이용해서 인간의 죽을 수밖에 없는 운명에 자신을 내던져 싸운다면 자신이 "정복되지 않고, 굴복하지 않았다"는 주장을 할 수 있노라고 믿었다.[47]

『등대로』에 나오는 릴리라는 인물로 돌아오면, 그녀는 버지니아 울프가 작가의 입장에서 아는 사실을 인식하고 있는 인물이다. 다시 말하자면,

예술에 완전히 전념한다는 건 엄청난 희생이 동반된다는 사실 말이다. 어느 쪽이든 상실이 있을 수밖에 없다. 결혼생활과 아이들에게 헌신하는 램지부인과 다르게 릴리는 독신으로 남는다. 그녀는 결혼도 하지 않고 자녀도 없는 삶을 살 것이다. 그녀는 스스로에게 되뇌기를, 결혼을 하느니 차라리 캔버스 위에 그려놓은 나무를 옮기겠다고 한다. 릴리는 삶이 두려운 건지도 모르겠다. 하지만 릴리가 어떠한 개인적인 유대도 거부한다는 건 감정적 애착을 갖게 되거나 가정생활에 무게를 두게 될까 봐 두려워하는 의미를 넘어선다. 이는 예술가로서의 소명에는 자기부정과 금욕적인 단련이 따라야 한다는 릴리의 신념과 관계가 있다. 마치 플로베르가 글쓰기를 수도승 같은 소명이라고 생각한 것과 같은 맥락으로서, 삶 속에서 이미 스러져감을 뜻한다.

하지만 예술을 통한 이런 비유적인 죽어감이란 죽음과의 공모 관계를 암시하는지도 모른다. 우리의 손아귀를 빠져나가 버리는 삶을 색채나 말로 표현하거나 뭔가 고정되고 생명이 없는 대상으로 변화시킨다는 건 불가피하게도 존재의 유동성 자체를 배신한다는 뜻이 된다. 이는 추상적인 짜임새와 구조를 통해서 현실을 본다는 의미다. 지극히 변화하기 쉬운 대상을 고정시킴으로써 결국 사후의 관점을 투영하게 되는 셈이다. 릴리가 내린 결론에는 시사하는 바가 있다. 작업 중이던 그림을 완성하고 붓을 내려놓으며 그녀는 "나에겐 비전이 있었다"고 독백한다.[48] "있었다(Have had)"고 말하는 데 사용한 복합과거 시제는 마치 그녀가 저 너머의 세상에서 말하는 듯한 느낌을 준다.

이러한 맥락에서 애가로서의 예술을 논할 수 있겠지만, 애가란 사실 생존자의 존재 여부와 현재 시제에 의존하게 되어있다. 바로 그 점이 더욱 뿌리 깊은 두려움을 불러일으킬 수 있다. 예술가와 예술 그 자체가 역사라 불리는 대재앙 속에 송두리째 삼켜져버릴 수도 있기 때문이다. 사후 출간된 『막간』에서 바로 그 점을 이야기하는 대목이 나온다. 이 작품의 초고는 1941년에 완성되었으니 그녀가 자살하기 얼마 전이다. 또한 2차 세계대전 기간 중에서도 영국에게 가장 암울한 시기에 집필된 소설인 셈이다. 이 작품은 한 시골 저택의 정원에서 매년 열리는 야외극을 소재로 한다. 이 공연은 실제 영국의 역사를 조명하는 내용으로 이루어지는데, 세상은 이미 사형선고를 받은 거나 다름없다는 생각을 가진 현재의 역사가 이 공연에 끼어든다. 그 말은, 이 상류층 농촌 행사에 참석한 손님들이 히틀러의 전쟁준비 움직임이 시사하는 위협이라든지 영국의 위태로운 상태를 인식하고 있다는 뜻이다.

『막간』이라는 이 소설의 제목에는 여러 가지 의미가 있다. 선발대회의 막간을 이용해 대화와 가십이 오가는 가운데 영국 침공의 가능성이 있다는 얘기가 들리고 전쟁을 원하는 '그 망할 독일인들'을 언급하는 소리도 들려온다. '급작스런 죽음이라는 비운'의 가능성이 이곳에 모인 사람들의 뇌리를 떠나지 않는다. 미래가 현재에다 어두운 그림자를 드리우고 있는 것이다. 더욱 의미 있는 사실은 『서유럽의 몰락』을 회상하는 글에서 버지니아 울프가 바빌론, 니네베, 트로이 등과 같은 위대한 가문 및 문명의 몰락을 언급하고 있다는 사실이다. 그녀는 역사가 그들의 입을 닫아버렸다고 믿었다.[49]

울프가 전달하는 괴로운 메시지는 예술조차 대항하는 데 적절한 무기나 피난처를 제공하지 못한다는 점이다. 그녀는 『막간』에서 아마추어 작가이자 기획자면서 행사의 무대 감독으로 등장하는 미스 라 트로브라는 희화화된 인물을 통해 그 메시지를 전한다. 자신이 기획한 공연이 '환상'이라는 효과를 주는 데 실패했다고 확신한 미스 라 트로브가 과장된 절망 상태에 빠진 모습을 울프는 이렇게 묘사했다. "그녀는 공황상태에 빠졌다. 그녀의 구두에서 피가 뿜어 나오는 듯 했다. 이건 죽음이야. 죽음. 죽음. 그녀는 자기 머릿속 한구석에 그 말을 새겨 넣었다."[50] 그러나 예술가이자 기능공인 이 인물의 과장된 비탄과 패배감, 그리고 마치 구두 자체에서 피가 뿜어 나오는 듯 묘사된 괴이한 이미지는 역사적 순간이라는 맥락에서 볼 때 전적으로 암울한 의미를 내포하게 된다. 이 작품 초반에 두꺼비를 삼키던 뱀을 가일스가 짓밟는 장면에서 묘사된 피 묻은 테니스화를 독자들이 기억한다면 말이다.

주

1. Virginia Woolf, 『The Diary of Virginia Woolf』, ed. Anne Olivier Bell, 5 vols. (New York: Harcourt Brace Jovanovich, 1936-41), 3:18-19.

2. Virginia Woolf, 『Between the Acts』(New York: Harcourt, Brace & World, 1969), 99.

3. Woolf, 『The Diary of Virginia Woolf』, 3:144.

4. Virginia Woolf, 『Orlando』(New York: Harcourt, Brace, 1956), 33-34, 36, 63.

5. Virginia Woolf, 『The Years』(New York: Harcourt, Brace & World, 1965), 279.

6. Virginia Woolf, 『Jacob's Room』(Oxford: Oxford University Press, 1992), 131, and 『Mrs. Dalloway』(New York: Harcourt Brace Jovanovich, 1981), 161.

7. Virginia Woolf, 『To the Lighthouse』(New York: Harcourt Brace Jovanovich, 1981), 4, 38, 184.

8. Virginia Woolf, 『The Waves』(New York: Harcourt, Brace, 1959), 75, 165.

9. Woolf, Orlando, 45-46, 16.

10. Virginia Woolf, 『A Writer's Diary』, ed. Leonard Woolf (London: Hogarth, 1953), 17, 29, 122, 234-35, 209.

11. Woolf, 『Orlando』, 57.

12. Virginia Woolf, 『The Common Reader』(New York: Harcourt, Brace, 1948), 95, 『The Diary of Virginia Woolf』, 3:8, and 『A Writer's Diary』, 360.

13. Woolf, 『A Writer's Diary』, 44-45, and 『The Diary of Virginia Woolf』, 3:167.

14. Virginia Woolf, 『A Room of One's Own』(New York: Harcourt, Brace,

1957), 50.

15. Woolf, 『The Waves』, 295.

16. Woolf, 『Mrs. Dalloway』, 184.

17. Woolf, 『A Writer's Diary』, 354.

18. Woolf, 『A Room of One's Own』, 15.

19. Woolf, 『Jacob's Room』, 234.

20. Pierre Bourdieu, "He Whose Word Is Law," 『Liber』 1 (October 1989): 12–13.

21. Woolf, 『Mrs. Dalloway』, 92.

22. 같은 책, 77.

23. 같은 책, 175.

24. Woolf, 『To the Lighthouse』, 64, and 『Mrs. Dalloway』, 121–22, 78, 184, 186.

25. Woolf, 『The Years』, 41, 『Jacob's Room』, 182, 『Mrs. Dalloway』, 117–18, and 『Orlando』, 60.

26. Woolf, 『Mrs. Dalloway』, 48, and 『Jacob's Room』, 63–64.

27. Woolf, 『To the Lighthouse』, 16.

28. Woolf, 『The Waves』, 111, 159.

29. Woolf, 『Mrs. Dalloway』, 16.

30. Woolf, 『Jacob's Room』, 154.

31. T. S. Eliot, 『The Complete Poems and Plays, 1909–1950』 (New York: Harcourt, Brace, 1952), 39.

32. Woolf, 『The Waves』, 178, 193, 196.

33. Woolf, 『Jacob's Room』, 96; Kate Flint, introduction to ibid., xii–xxi.

34. Woolf, 『Jacob's Room』, 91, 241, 245.

35. Woolf, 『A Writer's Diary』, 201.

36. Woolf, 『The Diary of Virginia Woolf』, 3:34, 208.

37. Woolf, 『A Writer's Diary』, 80; Maria DiBattista, "To the Lighthouse, Virginia Woolf's Winter Tale," in 『Virginia Woolf: Revaluation and Continuity』, ed. Ralph Freedman (Berkeley and Los Angeles: University of California Press, 1980), 175.

38. Woolf, 『To the Lighthouse』, 123.

39. 같은 책, 186.

40. 같은 책, 28.
다음의 저서에 포함된 제프리 H. 하트만의 사려 깊은 글 〈버지니아의 그물〉(1961년 작)을 참고하라. 하트맨은 이 타이즈를 수의와 연계시켜 램지부인이 이를 죽음과 동일시했다고 지적한다. 에리히 아우어바흐의 글도 참고.
Geoffrey H. Hartman, "Virginia's Web" (1961), in 『Twentieth Century Interpretations of To the Lighthouse』, ed. Thomas A. Fogler (Englewood Cliffs, NJ: Prentice-Hall, 1970), 70-71.
Erich Auerbach, "The Brown Stocking," in 『Mimesis』 (Garden City, NY: Doubleday Anchor, 1953), 463-88.

41. Woolf, 『To the Lighthouse』, 113, 198.

42. 같은 책, 134.

43. Woolf, 『The Diary of Virginia Woolf』, 3:76.

44. Woolf, 『To the Lighthouse』, 160, 105, 161.

45. 같은 책, 83, 79, 60.

46. 같은 책, 158, 171, 158.

47. Woolf, 『The Waves』, 297.

48. Woolf, 『To the Lighthouse』, 209.

49. Woolf, 『Between the Acts』, 151, 114, 139.

50. 같은 책, 180.

5장

알베르 카뮈

끝없는 패배

Albert Camus

우리의 유일한 왕국

•

아직 살아 있는 자들은 동지들이 죽어 가는 모습에서

자기 삶이 처한 운명을 본다.

파스칼

1942년 작품 『이방인』은 첫 문장에서 아무렇지도 않다는 듯 죽음이라는 테마를 선언한다. "오늘 어머니가 돌아가셨다."[1] 여기서 강조된 것은 시간상 그 일이 바로 직전에 일어났다는 듯한 뉘앙스와 그 사건의 범속성이다. 바로 뒤에 따라 오는 문장 "아니 아마도 어제였는가 보다"로 인해 독자는 어머니가 실제로 죽었는지 의심을 품게 되고, 죽음은 한층 더 사소한 사건으로 여겨진다.

『이방인』의 초반 장면들은 아들의 목소리를 통해 위와 유사한 중립적인 어조로 묘사된다. 양로원과 초상집에서의 밤샘 장면, 묘지까지 걸어가는 장례 행렬, 그리고 묘지에서 매장하는 장면이 이어진다. 소설 막바지에 이르면 아들이 살인죄(친구 레몽의 아랍인 여자친구의 오빠를 죽임-역주)로 재판을 받는 과정에서 검사가 유죄를 입증하기 위해 그날의 일들을 되짚어가게 된다. 이때는 아들이 아니라 증인들의 목소리를 통해 앞서 언급된 장면들이 재차 환기된다. 이 작품의 첫 문장과 구조적인 대응관계를 이루는 마지막 문장은 감옥에 갇힌 화자가 자신이 사형 집행되는 모습을 구경거리로 보러온 흥분한 무리들을 상상하는 내용이다.

이와 유사하게 도입과 마무리가 구조적 보완관계를 이룬 구조는 카뮈의 또 다른 저서 1947년 작『페스트』에서도 찾아볼 수 있다. 역병으로 죽은 쥐를 처음 발견하기도 전, 그리고 전염병이 퍼지기도 훨씬 전에 작품의 배경인 오랑(Oran) 시는 이미 죽어 있는 도시로 묘사된다. 오랑 시는 사실 화자의 말에 의하면 모든 도시의 상징이다. 새가 살지 않고, 나무도 없고, 영혼도 없는 이 도시는 자신에게 생명을 불어넣어 주는 바다에 등을 돌렸다. 그곳에 사는 주민들은 영적인 공백 속에서 하루하루를 살아간다. 이 소설의 초반부는 '–도 없이'(sans), 혹은 '–도 아니고, –도 아닌'(ni–, ni–) 등과 같이 부재, 부족함, 생명력이 없는 상태를 의미하는 부정형 전치사들과 접속사들로 가득 차 있다. 그러나 일단 역병의 기세가 한풀 꺾이자 주민들은 무슨 일이 있었냐는 듯이, 한술 더 떠서는 그 사실을 부인하고 싶어 하는 태도를 보이며 일상생활에 복귀한다. 의사이자 이 상황의 증인인 화자(리외)는 병균과의 투쟁 중심에 섰던 인물이다. 그는 이 치명적인 바실루스 균은 그저 지하로 모습을 감춘 것뿐이므로 질병과 죽음을 완전히 퇴치하지 못했으며, 언제든 쥐 떼가 병균에 감염되어 죽는 모습을 길거리에서 보게 될 수 있다며 경고한다.

『이방인』과『페스트』두 작품 모두 그 서두와 결말에 죽음의 그림자가 드리우고 있다. 작가인 카뮈의 인생도 마찬가지였다. 그는 아버지를 알 기회조차 없었다. 그의 아버지는 카뮈가 채 한 살도 되기 전 1차 세계대전에 참전하여, 1차 마른 전투(The Battle of the Marne, 1914년 9월 5~12일 사이 파리 북서쪽에 위치한 마른 지방에서 벌어진 전투로 파죽지세로 승리를 이어가던 독일군이 상당한 타격을 입고 후퇴하는 계기가 된 중요한 사건-역주)에서 포탄 파편에 머리를 맞아 숨졌다. 카뮈 사후에 출간된 자전적 소설 『최초의 인간』에는 아버지를 찾는 주인공의 절망적인 탐색 과정이 그려진다. 이 책에서 아들은 브리타니 지방의 어느 적막한 묘지에서 아버지의 무덤과 마주한다. 자신의 삶에서 자취를 감춘 지 오래인 아버지를 찾아 나선다는 행위가 정체성에 대한 탐구를 의미한다는 건 잘 알려져 있다. 그러나 그 자리에 없는 아버지는 아들에게 어떤 도움도 주지 못한다. 그는 이제 나고 자란 알제리에서 한참 떨어진 브리타니의 묘지에 누운, 문자 그대로 '죽은 이방인'일 뿐이다. 아들이 느끼는 소원하고 기묘한 감정은 아버지가 죽을 당시 현재 자신의 나이보다도 젊었다는 것을 깨닫고 나서 더욱 강렬해진다. 그는 아들이 아버지 나이보다 많을 수 있게 만든 '죽음의 순서'에 뭔가 근본적인 문제가 있다고 느낀다.[2]

그러나 이 죽은 이방인은 아들에게 유산을 남겨 주었다. 비록 간접적으로 전해지긴 했지만 말이다. 이는 사실 도덕적 분노라는 이중적인 유산이다. 거의 투명할 정도로 카뮈 자신을 투영시킨 게 분명한 『최초의 인간』의 주인공이 어렸을 때 그의 아버지를 기억하는 이들로부터 아버지에 대한 이야기를 듣는다. 1905년 모로코 전쟁 때 끔찍한 살생과 인간의 육체를 손상하는 행위를 목격하고는 인간이 얼마나 잔혹할 수 있는지에 그의 아버지가 분개했었노라 하는 이야기다. 또 아들에게 더욱 큰 반향을 불러일으킨 건 그의 아버지가 어느 날 공개처형장에 다녀와서는 진저리를 치며 구역질까지 했다는 이야기였다. 그 후 카뮈는 평생 사형제 지지자의 편에 서기를 거부했다. 그는 사형선고를 받은 자가 실제 유죄가 확실하더라도 사형 집행에 대해서는 반대 입장을 표했다. 사형장에서 기요틴 집행을 보고 진저리를 쳤을 아버지의 이미지, 그리고 그 아버지가 목격한 고통의 현장이 아들에게 와서는 악몽이 되어 자꾸 반복해서 나타났다.

전쟁에 대한 기억은 아버지의 두개골을 파고든 포탄 파편의 모습으로 남아 있다. 군 당국이 미망인에게 보내온 그 포탄 조각이 이제는 아파트 선반 위 비스킷 통 안에 소중히 모셔져 있는 것이다. 그것은 인간이 만들어낸 재난이 어떤 방식으로든 전후 세대 사람들의 뇌리에 자리 잡고 있다는 사실을 상기시켜 준다. 물론 어린 알베르의 삶에는 전쟁을 기억하게 하는 요소가 그 외에도 여럿 있었다. 소년 시절 카뮈는 친구와 함께 부상병들의 요양소 마당에서 놀면서 시간을 보냈다. 이곳은 전쟁에서 팔이나 다리 등을 잃은 병사들이 잘려나간 사지를 애써 감추며 몸을 움직이던 곳이었다. 그중 어떤 이들은 심지어 자전거 바퀴를 임시방편으로 달아놓은 수레를 타고 다니기도 했다.

그리고 카뮈에게는 4년 내내 전장을 경험한 학교 선생님 한 분이 있었다. 그는 학생들에게 롤랑 도르줄레스의 반전소설 『나무 십자가』의 일부를 낭독해주곤 했다. 도르줄레스 자신도 전쟁 중 부상을 입은 병사였고, 이 소설에서 그는 진흙탕과 불편한 일상으로 대변되는 참호전 이야기와 매일같이 공포와 죽음을 마주해야 했던 병사들의 모습을 사실적인 방식으로 그려냈다. 어린 알베르는 선생님이 목이 쉬도록 감정을 실어 낭독을 할 때면 눈물을 줄줄 흘리곤 했다.[3]

아버지 없이 자란 어린 시절의 기억과 소박한 사람이었던 아버지가 느낀 인간의 야수성에 대한 혐오감에 대한 이야기들이 뒤얽히면서 카뮈의 마음속에는 폭력성에 대한 유별날 정도로 강렬한 혐오와 일생을 바쳐 사형제도에 반대한 입장이 녹아들기 시작했다. 그의 다른 소설에 등장하는 어떤 아버지는 오히려 법체계의 비인간성을 상징하는 인물로, 합법화된 살인이라 할 수 있는 사형제도를 사회가 승인했음을 상징하는 인물로 그려진다. 단지 이번에는 『페스트』에서 타루의 아버지인 그 인물 본인이 살인죄 기소를 맡은 검사라는 점이 다를 뿐이다. 그는 사람을 교수대로, 즉 '가장 흉악한 형태의 살인' 의식을 향해 보낼 힘을 가진 인물이다. 근원적인 본능에 따라 타루는 피해자의 편에 선다. 그는 아버지라는 사람 자체와 그가 대표하는 모든 가치에 반항한다. 타루는 아버지의 집에서 뛰쳐나오지만, 여전히 법과 질서의 개념에 대해서는 아버지의 사고방식에서 벗어나지 못한다. 정치 활동에 뛰어든 그는 총살형 집행 장면을 목격하게 되는데, 거기서 "총탄은 주먹을 찔러 넣을 수 있을 정도로 큰 구멍을 낸다"고 고백했다. 사형 집행에 참관한 이 경험으로 인해 그 어떤 경우라도 사람을 죽일 의도가 있는 사상이나 사법체계를 혐오하는 입장은 더욱 공고해졌다.[4]

카뮈 자신에게 삶이란 궁극의 가치를 지닌 것이었다. 지금 이곳에서의 삶에 대한 그의 헌신은 삶의 기쁨을 품은 자세이면서 또한 결사적인 태도라고도 할 수 있다. 삶과 죽음은 그의 작품 세계에 예외 없이 혼합되어 있다. 그가 중간에 포기했던 초기 작품 중에 바로 그러한 모순이 담긴 『행복한 죽음』이라는 소설이 있다. 이 소설은 카뮈가 서정적 에세이인 「결혼식」을 썼을 당시인 20대 초반에 구상한 작품이었다. 이 시기는 그가 청소년기에 걸린 결핵에서 완전히 회복되지 않았던 때였기에 바다의 아름다움을 감상할 때면 씁쓸함이 더욱 선명해지는 걸 느끼곤 했다. 한마디로 알

헤르 만의 풍경을 바라보며 감각적인 찬미에 열중하던 시기였던 것이다. 열정이 넘치는 축구선수이자 아마추어 연기자였던 카뮈는 종종 피를 토할 정도로 병색이 짙었다. 『행복한 죽음』은 그가 죽음에 대해 느끼는 애증이 뒤섞인 매혹된 감정을 이야기한다. 이 소설에는 살인과 병약함 그리고 치명적인 질병이 등장한다. 하지만 『행복한 죽음』은 풍경이나 자연과의 에로틱한 관계를 노래하는 삶의 찬가이기도 하다. 이 소설의 일부, 특히 주인공의 이름 메르소가 뫼르소로 바뀌는 부분은 나중에 『이방인』의 내용으로 편입되기도 했다.

초기 카뮈의 문학은 서정적인 경향을 보여주었다. 「결혼식」에서 그는 쉬파리가 날아다니는 티파사(현재 알제리 연안에 위치한 고대 로마의 식민 도시로 지금도 당시 유적들이 많이 남아 있음-역주)의 폐허, 바람이 많이 부는 제밀라 지방(고대 로마의 식민 도시로 알제리의 산악지대에 위치해 있다-역주), 그리고 여름의 열기를 언급한다. 그는 고대의 원주기둥이 올리브나무와 어우러져 서 있는 모습에 매료되어 죽음에 대한 사색에 빠져든다. 그러나 그는 여전히 삶의 향취에 취해 있다. 그가 기념하는 결혼식은 모두 이 세상의 일이다. 하지만 자연의 음탕함을 찬양하는 그의 결혼식 노래는 바로 이 세상에 존재하는 슬픔과 애도에 대한 내용도 담고 있다. 이건 죽음 이후의 저 너머 세계에 대해 갈망하지 않는 세상의 모습이다. 이 세상에서 죽음이란 최종적이기에 그걸로 모든 게 끝이고, 그러니 신도 존재하지 않는 세상이다. 카뮈의 표현에 따르자면, 자신의 우상들에게는 모두 숨겨진 약점이 있다는 것이다.[5]

1943년에 『시시포스의 신화』를 발표한 뒤로(이 책은 국내 번역서가 다수

나와 있다. 보통 '시지프 신화' 혹은 '시지프의 신화'라고 하여 프랑스어 이름을 그대로 번역했는데, 2014년 번역판에서 한국어 표기에 맞게 '시시포스의 신화'라고 출간됨-역주) 부조리 철학자로서의 명성이 확고해졌고 전후 실존주의 사상가로서 널리 알려지기는 했으나 카뮈는 기질적으로 추상과 관념에 끌리는 이가 아니었다. 그가 가장 진정을 담은 인식은 감각적이고 시적인 모습을 보인다. 『최초의 인간』 중에 카뮈가 스스로에게 가장 진실한 모습을 보이는 부분이 있다면, 알제(알제리의 수도)와 알제리를 생각하면 어떤 점이 가슴을 강렬히 뒤흔드는지 이야기하는 장면일 것이다. 그는 자신을 감동시키는 알제리의 요소들을 열거한다. 순식간에 지나가버리는 황혼의 풍경, 돌고 도는 계절, 제비들이 떠나는 모습, 온갖 향으로 가득한 도랑, 그리고 햇살은 너무나 강렬하여 회반죽과 조약돌을 먼지로 갈아버릴 듯하고 하늘은 열기로 색깔을 잃어버릴 정도로 참기 힘든 한여름의 나날들을 꼽았다. 도시 내 서민구역에는 생기가 가득하고, 그곳에서 뒤섞여 있는 회랑 형식으로 이어진 좁은 길과 작업실, 행상들의 진열대, 음식판매대, 그리고 인종, 종교가 다른 무리의 모습 또한 생생하게 묘사된다.

『최초의 인간』의 필사본에서 그는 "사물들과 육체가 자리를 차지해 무게감이 있는" 책을 쓰고 싶었노라고 기록했다.[6] 하지만 이 물리적인 육중함에도 불구하고 그의 글은 결코 단조롭지 않고, 오히려 때때로 신비로운 영역을 넘나들기도 한다. 카뮈는 기운을 북돋아주기도 하고 심지어 신비스럽기까지 한 면모를 풍경에 부여했다. 예를 들면 북아프리카의 밤이 바다로 찾아오는 시간에 "신성한 대상에 대한 두려움"을 느낀 카뮈는 신전과 성소들 근처에 있는 델피의 어느 비탈길에서 받았던 느낌과 비교

하기도 했다.[7]

카뮈에게 있어 알제리라는 세상은 근본적으로 그리스와 지중해 문명의 세계였다. 「헬레나의 망명」이라는 제목의 1948년도 에세이에서 그는 태양의 비극적 이미지를 언급한다. 「결혼식」과 『최초의 인간』에서 이 개념은 다시금 '삶에의 질투' 혹은 '삶을 향한 광기'라는 표현으로 등장하는데, 이는 삶에 대한 우울한 집착이 내재된 비통한 마음가짐을 의미한다.[8] 그러나 태양과 삶에 대한 격렬한 이 애정은 암담한 일이기도 하다. 카뮈는 20대 초반에 쓴 한 에세이에서 "삶에 대한 절망 없이는 삶에 대한 사랑이 있을 수 없다"라는 다소 거창한 경구를 적은 적이 있다.[9] 그는 알제리와 관련된 자신만의 신화를 만들어 냈다. 알제리를 번민하는 관능성의 땅이라고 보기로 마음먹었던 것이다. 카뮈는 알제리를 영원에 대한 두려움이 가득한 땅, 현재 이곳에서의 행복을 주지만 그 행복에는 희망도, 그리고 회한도 죄책감도 없는 땅으로 그린다. 죄라는 게 정말 있다면 아마 다른 삶을 소망하는 것이 죄일 것이고, 우리가 살게 될 단 한 번의 삶이 지닌 씁쓸한 위엄을 배신하는 것이 죄가 되리라. 이 세상만이 우리에게 유일한 왕국이기 때문이다. 카뮈는 내세에 대한 믿음을 일종의 포기라고 여겼고, 그러니 이 세상 밖에서는 구원을 찾을 수 없다고 믿었다.

이러한 초월성의 거부는 고대 그리스 정신에 대한 카뮈 특유의 개념을 다시 생각나게 한다. 그가 해석한 시시포스는 신들을 경멸하는 사람이고, 수차례에 걸쳐 상기시키듯이 오디세이는 칼립소가 제안한 영생을 거절한 인물이다. 오디세이는 신들과 괴물들의 세계를 떠나 차라리 이타카의 집으로 돌아가기 원했고, 언젠가 죽는다는 인간의 유한성을 택한 것이다. 또 하나 의미심장한 부분은 『시시포스의 신화』를 위해 선택한 명구였다. 그는 고대 그리스의 서정시인 핀다로스의 세 번째 델피 송가에 나오는 "오, 나의 영혼이여 영생을 꿈꾸지 말라. 차라리 가능한 영역을 철저히 파헤쳐라"라는 구절을 인용했다. 신들에 대해 진지한 논의가 혹시 있더라도 그건 신이란 임의적으로 잔인함을 발휘하는 존재임을 논하는 한에서만 가능한 일이다.

1945년 작 희곡 《칼리굴라》에서 주인공 로마 황제가 보여주는 비인간성이 의미하는 바는 너무나 분명하다. 인간이 모두 사형선고를 받은 거나 다름없는 세상에서 "신들과 동격이 될 방법은 오직 한 가지다. 신만큼이나 잔인해지는 방법뿐이다"[10]라는 점이다. 관념적인 절대성을 추구한 칼리굴라는 모든 관념의 특징이라고 할 수 있는 불가능할 정도의 순도와 악을 동등하게 여기는 신조를 가졌었다. 카뮈 자신은 절대적인 것과 이데올로기에 의혹을 품은 사람이었기에 관념을 악과 공범관계라고 보는 경향이 있었다. 그는 2차 세계대전 중에 자명하다는 듯 "관념은 악이다"라고 단언하는 메모를 남기기도 했다. 궁극적으로는, 유일한 진실이란 인간의 육체의 현실 속에 자리하고 있다는 것이다. 『시시포스의 신화』에서 카뮈는 "육체야말로 내가 가진 유일한 확실성이다"라고 주장했다.[11]

몽테뉴의 「철학이란 죽는다는 사실을 아는 것」이라는 에세이를 읽고서 카뮈는 놀라움을 표현했다. 몽테뉴는 죽음에 대한 두려움을 느끼며 그 두려움에 대해 '놀랄 만한 요소들'을 언급했는데, 그 점에 크게 놀랐다는 것이다. 하지만 이 경우 사실 정말로 놀라운 부분은 카뮈가 몽테뉴의 글을 주관적으로 곡해했다는 사실이다. 몽테뉴 수상록의 1권에서 20번째 항목으로 등장하는 문제의 에세이는 처음부터 끝까지 평정심과 금욕적인 용기를 가지고 죽음을 맞아야 한다고 강조한다. 그리고 죽음을 평범하고 자연스러운 일로 여겨야 한다고 본다. 몽테뉴가 세네카와 스토아학파 철학의 영향에 깊이 빠져 있던 시기에 집필한 이 글은 사실 몽테뉴가 느낀 두려움에 그다지 공간을 할애하지 않는다. 그러니 몽테뉴의 글을 읽고 감지했다는 공포감은 명백하게도 몽테뉴가 아니라 카뮈 자신이 마음 깊이 느끼던 두려움이었다. 그가 이런 반응을 보인 데는 그럴 만한 이유가 있었다. 카뮈는 16세부터 결핵을 앓고 있었고, 마치 자신의 소설 『페스트』에 나오는 역병처럼, 결핵은 절대 사라지지 않았다는 점이다. 기껏해야 지하로 몸을 숨겼을 뿐이다. 그의 결핵 증세는 여러 차례에 걸쳐 재발했다. 기침 때문에 입 안에서 피 맛을 느끼거나 손수건에 묻어난 핏덩이를 보는 일은 카뮈에게 익숙했다. 그는 이러한 증상들을 죽음의 전조라고 보았다. 카뮈는 자신의 폐가 서서히 쇠약해져가는 모습을 상상했다. 2차 세계대전 중에 결핵이 재발해서 고통 받던 그는 수첩에 "조용히 하라, 너 폐여! 조용히 하라. 네가 서서히 썩어 들어가는 소리를 내가 더 이상 들어야 하는 일이 없기를!"[12]이라고 적기도 했다.

 죽음이 천천히 진행되는 데 대한 공포감은 당시 카뮈의 뇌리에서 떠나지 않았다. 그는 끈적끈적한 파리잡이 끈끈이에 붙은 파리들이 겪을 끔찍한 고통을 상상해 보기도 했다. 자신이 앓던 결핵에 관련된 묘사는 그의 글 어디서든 불쑥 나타나곤 한다. 심지어 「죽음의 비탄」이라는 제목으로 단편소설 집필 계획을 세우기도 했다. 결핵에 대한 비유는 여러 해가 지난 후에도 예상치 못한 곳에서 출몰한다. 이를테면 『전락』에서 도덕적 차원의 불치병을 설명하기 위해 카뮈는 "결핵을 앓는 사람의 폐는 말려 버려야만 치료할 수 있다. 그렇지 않으면 자기를 소유한 운 좋은 사람을 서서히 질식시키고 만다"[13]라고 표현했다.

이렇게 쓰라린 기억을 떠올리게 만드는 상황 속에서 자기 인식과 마음의 평정은 윤리적인 가치로 자리 잡는다. 카뮈가 미완성으로 남긴 초창기 소설 『행복한 죽음』의 도발적인 제목이 의미한 바가 바로 그 점이었을 것이다. 이 소설에서 희생자와 살인자 모두 눈을 뜬 채 죽음을 맞는다.[14] 죽은 도시 제밀라에 대한 시적인 에세이 「제밀라의 바람」에서도 카뮈는 '자각하는 죽음'이라는 개념을 찬양했는데[15], 그 개념은 죽는 순간에 정신을 극도로 또렷하게 유지해야 한다는 뜻이다. 뜬 눈의 이미지는 그의 작품 세계에서 정신의 명료함을 상징하는 비유로 계속해서 사용되고 있다. 카뮈가 마지막까지 그렇게 또렷한 정신을 유지하고자 하는 이유는 삶에 대한 격정과 죽음을 향한 혐오감을 그대로 간직한 채 자신의 최후 순간을 눈을 똑바로 뜨고 맞이하기 위해서였다. 인생의 진리는 희망 없는 죽음을 인정하는 데 있고, 진정한 용기가 의미하는 바는 속이지 않는다는 것이다. 『페스트』의 핵심이 바로 이 이중의 교훈이다.

화장터와 부정

•

나무도 없고 영혼도 없는 도시 오랑, 심지어 공동묘지로 묘사되기도 하는 이곳은 거짓말의 도시이기도 하다. 병균이 침범하여 쥐와 사람들이 모두 길거리에서 죽어나가기 시작할 때 시민들의 최초 반응은 불신과 부정이었다. 대부분의 사람들은 그런 일이 여기서 생길 리 없다는 반응을 보였다. 진정 그런 일이 생길 수 있으며, 또 지금 발생 중이라는 증거가 있음에도 불구하고 말이다. 이런 측면에서 오랑 시의 주민들은 사실과는 다르게 이 도시가 안전하다고 믿고 거기에 만족하고 있다고 볼 수 있다. 그리고 사실 아무 시점에나 여느 다른 도시 주민들의 모습과 비교해도 다를 것이 없다. 이 전염병으로 인한 끔찍한 일들, 예를 들어 샅굴부위에서 열이 나고 림프절이 부어오르며 극심한 통증에 시달리는 증상이라든지 쌓여만 가는 시체와 죽음의 냄새 같은 전염병이라는 현실의 단면들이 실제로 교훈을 강요라도 하는 역할을 해야만 했다. 그러나 '역병'이라는 단어에 대한 두려움은 그 병 자체에 대한 두려움보다 더 큰 건지도 모른다. 당국은 표현을 다르게 한다든지 에둘러 설명을 한다든지 얼버무리면서 말을 하는 등 온갖 방법을 동원해 가능한 한 오랫동안 진실 대면을 피하려 애쓴다.

이전 문학 작품에서도 『페스트』의 배경과 비슷한 상황에서 수사적으로 부정직한 태도를 취하는 이들은 비판의 대상이 된 바 있다. 알레산드로 만조니가 1825년에서 1827년 사이에 집필한 「약혼자들」은 17세기 밀라노에서 발생한 역병을 소재로 한다. 이 소설은 스스로에게 진실을 숨기고 주민들을 기만하기 위해 사기성 짙은 어법을 사용하는 당국을 묘사하는 것으로 시작한다. 카뮈가 만조니의 역사소설 중 역병 이야기가 나오는 부분을 기억했거나 따로 특별히 찾아보았을 거라 의심할 만한 이유, 즉 두 작품 사이 유사한 점들이 몇 가지 더 있다. 기록자가 지배적으로 드러나는 어조를 사용했고 폐쇄된 도시 출입문을 묘사하는 대목이 나오며, 문의 폐쇄로 함정에 빠진 느낌이 표현되기도 하고 도덕성이 파괴되는 모습을 그리고 있다는 점 등이다. 또한 정의의 바퀴가 서서히 느리게 움직이면서, 집단이 공동으로 사형선고를 받았지만 자기 자신은 거기에 영향을 받지 않는다고 착각하며 자기만은 안전하다는 착각에 빠지는 악한들이 등장하는 점 등이다.

집단의 고통, 집단의 감금, 그리고 집단의 죽음이라는 주제를 통해 우리는 『페스트』가 다수의 문학작품에서 영향을 받았음을 알 수 있다. 우선 명구 부분부터 보자. 카뮈는 1722년 『역병의 해의 기록』이라는 책을 쓴 다니엘 드포의 발언을 인용하는가 하면, 역병에 걸린 동물들이 등장하는 라퐁텐의 우화에서도 영향을 받은 것으로 보인다. 또한 다른 죄수들이 뻔히 쳐다볼 죽음의 집행을 기다리며 사슬에 매여 있는 인간의 삶의 조건을 묘사한 파스칼의 유명한 이미지뿐 아니라 카프카의 『유형지에서』의 영향도 빼놓을 수 없다. 이와 유사하게, 《칼리굴라》는 톨스토이의 『이반 일리치의 죽음』을 떠올리게 한다. 이반 일리치가 학교에서 배웠던 3단 논법, 즉 "율리우스 카이사르는 인간이다, 인간은 죽는다, 고로 카이사르도 죽는다"를 상기시키는 비슷한 삼단 논법이 《칼리굴라》에도 등장하기 때문이다. 하지만 《칼리굴라》에 나오는 삼단논법은 스콜라철학에 기초한 카이사르가 등장하는 삼단논법의 영향을 받았다기보다는, 카프카의 장교가 가졌던 신조를 떠올리게 한다. 그렇기에 칼리굴라의 논법에는 톨스토이보다 카프카의 영향이 더 컸다고 볼 수 있다. "사람은 죄가 있기에 죽는다. 칼리굴라의 신하이기에 죄가 있다"[16]라는 논법에서 그 누구도 피할 수 없는 인간의 운명을 감지할 수 있다.

 '모두' 혹은 '도시 전체'라고 언급되는 한 집단에 영향력을 발휘하는 이 치명적인 삼단논법은 여러 차원에서 풀어낼 수 있다. 카뮈는 롤랑 바르트에게 보낸 서신에서 『페스트』는 다양한 차원에서 읽을 수 있게 의도한 작품이라고 설명했다. 카뮈가 불어로는 포르테(portées)라고 표현한(불어에서 포르테라고 하면 뭔가가 영향을 미치는 거리 혹은 범위, 나아가 영향력이나 효력을 의미함 -역주) 이 다양한 의미의 차원이라 함은 현실적, 병리학적, 사회정치적, 윤리적(오랑 시가 영적 황무지로 묘사된다는 점에서), 반형이상학적(모든 종교적 위안에 대한 의혹이 드러남) 그리고 새로운 용기의 형태로서 반영웅적인 차원 등이라고 파악해 볼 수 있다. 이 소설이 지닌 우화와 같은 면모를 고려하지 않는다면 이러한 다수, 다중의 의미 수준들이 서로 어떻게 연관관계를 맺는가를 알아차리기가 쉽지 않다. 카뮈가 비역사적인 작품을 썼다며, 더 정확히 말하자면 반역사적인 가치관에 의존한 작품을 썼다고 비판했던 롤랑 바르트에게 카뮈는 『페스트』가 본질적으로는 나치주의에 대항한 투쟁(여기서 카뮈는 저항, 레지스탕스라는 단어를 썼다)을 그린 작품이라고 답변하는 서신을 보냈다.[17] 이 작품이 나치 점령 당시를 배경으로 하고 있다는 것은 투명하다고 할 만큼 분명히 드러나는 암시다. 감금, 포위 상태, 사랑하는 이들로부터 떨어져 있다는 사실, 식량 분배, 외부세계와 미친 듯이 시도하는 무선 연락, '위생팀'이라는 이름으로 목숨을 걸고 역병과 싸운 자원봉사 집단 등 끔찍한 공동의 적에 대한 저항의 모습에서 나치 점령 당시의 현실을 떠올릴 수 있기 때문이다.

 이 소설의 우화적인 취지는 홀로코스트에 대해 암시하는 것까지 확대

된다. 예를 들면 우선 도시 동쪽에 위치한 화장터로 시체를 나르는 전차를 묘사한 표현이 있다. 또 아이들을 포함한 유대인들을 개탄스런 상태의 집합지에다 소집시켰다가 가축 운반차에 실어 동유럽의 수용소로 보내는 역할을 했던 파리의 악명 높은 벨 디브(Vel d'Hiv)를 연상시키는 대형 운동장 내 임시 수용소에 대한 묘사가 나온다. 그리고 마지막으로 이런 끔찍한 사건들이 있었다는 사실을 고의적으로 부정하는 모습에서도 유사점을 찾을 수 있다. 여기서 소설의 막바지에 나오는 한 단락을 인용해 볼 필요가 있다.

> "분명한 증거가 있음에도 그들은 차분하게 사실을 부정했다. 사람이 파리 목숨처럼 죽임을 당했다는 것도, 정밀하게 잔혹 행위를 계획했다는 것도, 역병이 돌면 광분상태가 될 거라는 계산을 했다는 사실 그리고 지금 이곳에 속하지 않은 모든 것이 자유라고 느끼게 할 만큼 끔찍한 감금 상태를 강제했다는 것, 그리고 아직 죽이지 못한 이들을 망연자실하게 만들던 가스실에서 새어 나오는 죽음의 냄새가 이 세계에 존재했다는 것을 그들은 모두 부정했다. 다시 말하자면, 우리 인간 중 일부가 매일같이 용광로로 던져져 기름내 나는 연기로 사라지고, 그 나머지는 무기력과 공포감으로 족쇄에 매여 자기 차례를 기다리고만 있었다. 그들이 부정한 건 바로 우리가 그런 모습으로 갈피를 못 잡고 헤매는 집단이었다는 사실이다."[18]

이 대목에서 사용된 비유 구조를 보면 명백한 집단 살인에서 과학적 방법을 동원한 몰살 행위, 학살 캠프에 설치된 가스실의 화로라는 구체적 사실까지 언급되었음을 알 수 있다. 이렇게 나치의 행위를 떠올리게 하는 암시적인 언급은 인간의 유한성이라는 삶의 조건에 대해 파스칼이 묘사한 절망적인 이미지, 즉 "나머지는…… (중략) 자기 차례를 기다렸다"는 모습과 연계된 것으로 볼 수 있다.

휴전이란 없다

·

자기반성적인 태도에서 자신의 문학적 행보를 자체 평가할 때, 카뮈는 상반되는 단계들 혹은 교대로 드러나는 패턴이라는 틀에서 생각하기를 즐겼다. 그의 표현대로 항상 '부정적인' 데서 '긍정적인' 단계로 이동하면서 말이다. 카뮈 역시 부정적인 단계에서는 부조리에 대한 인식과 연관해서 생각했고, 그는 이 단계가 결코 결론이 아니고 시작점이라는 점을 『시시포스의 신화』에서 명확히 언급했다. 부정적인 단계란 건설적인 작업으로 나아가기 위한 출발이자 시작점이라는 이야기다. 바로 그 점 때문에 카뮈는 시시포스를 행복한 사람으로 여기라고 요구했던 것이다. 비록 영원토록 육중한 바위를 언덕 위로 밀어 올리는 일을 할 운명에 처했더라도 말이다. 카뮈는 시시포스에 대해 "그는 그 자신의 운명보다 우월하다. 그는 자신이 밀어 올려야만 하는 바위보다 강하다"[19]고 적었다.

카뮈에게는 예술가적 면모가 있어서 정기적으로 자신이 메시지 전달에 너무 집착하는 건 아닌지 걱정에 빠졌다. 거의 사과하다시피 그는 수첩에다 "『페스트』는 팸플릿(팸플릿이란 불어에서 정치적이거나 상업적인 의도를 선전하는 소책자라는 뉘앙스가 있기 때문에 '사과하다시피' 했다는 뜻-역주) "이라고 적기도 했다.[20] 이러한 자기비판적인 지적이 소설의 구성이나 우화적인 설정도 아닌 내재된 의미나 교훈에 관한 것이라고 생각해 볼 수 있겠다. 화자이면서 역병과 죽음에 맞서 싸우는 데 온 힘을 기울이는 중심인물로 의학계 종사자를 설정한 것은 상징적인 의미를 지닌 선택이었다. 좀더 보편적인 고언을 전하고자 하는 의미인 것이다. 즉 질병과 죽음이란 결코 정복할 수 없는 대상이기에 그들과의 싸움에서는 오직 일시적인 승리만이 가능하다. 아니, 소설 속 어느 등장인물의 표현대로 '끝없이 반복되는 패배'[21]만이 가능하다. 하지만 바로 이 끝없음 자체가 투쟁을 포기하지 않아야 할 이유다. 병균은 여기 우리와 함께 있다. 그러니 경계를 늦춰선 안 된다. 고통에 대항한 싸움에서 휴전이란 있을 수 없다.

하지만 병균이 여전히 우리 곁에 남아 있기는 해도 이 세상의 아름다움 또한 우리와 함께 한다. 그렇기에 우리는 연약한 존재임에도 불구하고 쓰디쓴 기쁨을 추구할 동력을 얻게 된다. 카뮈는 '넉넉하게 행복을 요구'한다는 강렬한 문구를 고안했다.[22] 행복의 향기가 휙 하고 스쳐 지나가더라도 그 찰나를 음미하는 삶을 살 의무가 있다는 걸 상기시키듯, 카뮈의 작품 속에서는 도시에 살며 접하는 너무나 흔한 소음조차 마치 바다에서 불어오는 포근한 산들바람처럼 주인공들의 의식세계를 간헐적으로 파고든다.

이렇듯 최소한으로 표현된 서정성은 카뮈 스스로 자신의 작품 세계 중에서 '긍정적'인 단계라 정의한 영역에 해당한다. 그런데 이는 또한 카뮈가 품고 있던 반항 또는 저항(révolte) 정신의 기저가 된다. 시시포스는 돌이킬 수 없는 사실, 즉 죽음에 대한 '인간의 저항'을 체화하는 인물이다. 『페스트』에 등장하는 의사 리외는 창조된 세계 자체에 반항한다. 그는 "숨이 넘어가는 순간에 '절대로 안 돼!'라고 외치는 여인의 비명 소리를 들어본 적 있어?"라고 친구 타루에게 묻는다. 리외 자신은 그런 일을 겪은 적이 있었다. 그리고 그 일 이후로 그는 '세상의 질서'를 거부하고 죽음에 대항해 싸우는 데 온 힘을 쏟으리라 결심했다.[23]

신을 믿지 않는 게 신에게도 나은 일이다. 그는 어린아이가 죽어가도 자기 자리를 지키고 앉아 아무 일도 하려들지 않는 존재니까 말이다. 이 같은 생각을 가진 리외의 비타협적인 태도가 투영된 듯한 또 다른 문장이 『페스트』를 팸플릿이라 불렀던 수첩에 같이 기록되어 있다. 훨씬 더 극단적인 발언이라 할 만한 그 문장이 무언가 하면 바로 금언의 형태로 적어둔 "의사는 신의 적이다"라는 말이었다.[24] 의사는 죽음에 맞서 투쟁하는 사람이요, 죽음과 고통을 주관하는 신에 맞서 싸우는 사람이기 때문이다. 카뮈에게 죽음은 가장 주요한 스캔들에 해당한다. 극심한 고통을 겪으며 죽어 가는 아이의 모습은 죽음의 끔찍함을 전형적으로 보여준 상징적인 대목이다. 리외는 "나는 죽는 날까지 아이들이 고문당하는 이 같은 창조의 세계를 사랑할 수 없다"고 선언한다.[25] 도스토옙스키의 작품에서 그와 비슷한 당혹감이 드러난다는 건 잘 알려졌는데, 리외의 이러한 대사는 도스토옙스키를 연상시킨다. 도스토옙스키가 순수한 아이들이 이해할 수 없는 고통을 겪어야만 하는 현실을 묘사했는가 하면, 그 정반대 지점에는 카프카의 작품 세계 전반에 드리우고 있는 무의미한 보편적 죄의식이 자리한다. 사실, 광기의 논리로 가득한 카프카의 세계를 떠올리게 만든 건 오랑 시의 주민들이 겪는 집단의 징벌이라는 주제인 듯하다. 이 도시의 주민 모두가 "알 수 없는 범죄"를 저지른 탓에 "상상하기도 힘든" 벌을 받고 있는 것이다. 이렇게 카프카와 유사한 모티브를 강조하기라도 하듯, 『페스트』에 나오는 오통 판사는 "중요한 건 법이 아니라 형벌이다"라고 선언한다.[26]

카뮈의 작품 속 시시포스는 강렬하게 '신들을 멸시하고 죽음을 증오'하는 마음 또한 똑같이 격렬한 인물이다.[27] 운명보다 강인하다고 묘사된 인물 시시포스는 언덕 위의 육중한 바위를 밀어 올리는 저주를 받았지만 그 행위에서 소위 행복을 찾는다. 이것이 그가 무존재를 부인하는 방법이다. 또한 「결혼식」 내용 중에 피렌체의 산티시마 아눈지아타 교회 내에서 카뮈가 장례 명문들을 읽으며 단정적으로 '노(no)'를 연발한 것도 마찬가지의 의미였다. 카뮈는 이 대목에서 "내 안의 모든 요소가 저항했다"[28]라고 기록했다. '노'라고 말한다는 것은 위에서 언급한 저항의 개념과 연관된 행동이다.

카뮈는 세상이 분명 지혜롭게 설계되지 않았다는 사실에 대해 반감을 갖고 있었고, 등장인물 파넬루 신부가 강론을 통해 시도하는 것처럼 신학의 차원에서 위안을 주려는 행동에 거부감을 느꼈다. 그리고 이러한 태도는 정치적 차원에서도 역사의 흉포함에 저항하며 혐오를 표시하던 그의 자세와 병행하여 나타난다. 『페스트』의 관점에서 본 역사는 폭력과 부당함이 줄줄이 기록된 목록에 불과하다. 역사법칙주의가 지배적이던 시기에 역사라는 이데올로기에 순종하기를 거부하는 태도가 1951년도 작품 『반항하는 인간』의 핵심이다. 이 작품에 대해 당대 파리의 좌파 지성인들이 진저리를 치며 비판을 가했던 것은 바로 그러한 카뮈의 해석이 자신들의 생각과는 너무나 달랐기 때문이다.

역사가 저지른 범죄

•

카뮈에게 이데올로기란 치명적인 병균과도 똑같았다. 헌데, 특히나 1940년대와 1950년대 유럽에서는 이데올로기가 유난히도 맹위를 떨쳤다. 1949년에 파리에서 초연된 희곡 작품 《정의로운 사람들》(이 책에서는 프랑스어 원제 외에도 영문 제목을 언급하는데, 영문 제목 'The Just Assassins'는 '정의로운 암살자들'이라고 직역할 수 있음-역주)은 1905년 러시아 혁명 당시에 일어난 사건에 전체적 기반을 두고 있는 작품이다. 그는 이 작품에서 정치적 폭력성과 사랑은 공존할 수 없음을 강조했다. 아이들조차 테러에 희생시킬 수 있다고 생각하는 극렬한 반동분자 스테판과는 다르게, 실존 인물에 기초한 칼리예프는 죽음의 이데올로기를 혐오했다. 그는 파괴에 존재의 기반을 두고서는 도덕적 순수성이 있을 수 없다는 확고한 신념을 가진 인물이다. 도덕적 목표를 강조하고 청렴결백을 논하는 광신적 태도야말로 기요틴으로 가는 길목에 있다고 카뮈는 강조했다. 1959년 6월, 알제리 전쟁이 극으로 치닫던 시기에 그는 "고결한 자는 결국 누군가의 목을 베고야 만다"라는 말을 수첩에 적어놓기도 했다.[29] 마르크스주의와 실존주의의 전성기를 반세기도 넘게 지나온 지금 시점에서 카뮈를 다시 읽으면 그 당시 파리 지성인 세계와 카뮈 사이에 근본적인 차이가 있었음을 분명하게 느낄 수 있다. 『반항하는 인간』은 사르트르 및 그의 추종자들과 카뮈가 절연하는 계기가 될 수밖에 없었다.

카뮈의 가족사 또한 비타협적인 이데올로기에 대해 그가 왜 그렇게까지 저항했는가를 이해하는 데 도움을 준다. 『최초의 인간』은 그가 아버지도 신도 없는 가정에서 혼자 스스로 컸다는 점을 강조한다. 픽션의 형태로 쓴 이 자전적인 작품의 내용을 곧이곧대로 믿어보면, 극빈했던 그의 집에서는 종교를 믿는 사람이 한 명도 없었다고 한다. 그의 가족 중 어느 누구도 신이라는 단어를 입에 올리지 않았다. 한참 세월이 흐른 뒤인 1951년, 과거 자신의 철학 선생님이었고 멘토가 되어준 장 그르니에(프랑스의 철학가이자 작가. 그들의 철학은 저항[카뮈]과 사색[그르니에]의 방향으로 다르게 발전했지만, 카뮈가 그의 첫 작품과 마지막 작품을 그르니에게 헌정하는 등 가까운 관계를 유지함-역주)에게 쓴 글에서 카뮈는 성경의 복음서가 지닌 아름다움은 인정하면서도, '역사상의 기독교'가 저지른 교조적인 비행, 그리고 더 나아가 범죄를 집중적으로 비판한다.[30]

카뮈의 작품들 중에서도 가장 주목할 만한 「혼미한 정신(L'Esprit confus)」은 사상적 관념이라는 독을 주제로 한다. 이 단편소설은 1956년 《프랑스 신소설 리뷰》라는 문학잡지에 실렸다가, 이듬해에 단편집 『적지와 왕국(L'exil et le royaume)』에 『배교자(Le Renégat)』라는 새로운 제목으로 포함·출간되었다. 『배교자』는 아프리카 깊숙한 곳에 있다는 우화적인 소금의 도시를 찾아 떠나는 한 신학생(선교사)의 이야기다. 그는 그곳에 사는 흉포한 야만족을 자신이 진리라 믿는 신앙으로 개종하겠다는 목표를 품고 떠난다. 그곳에 도착한 그는 구타와 고문 끝에 불구의 몸이 되고, 자신이 오히려 배교를 하고 야만의 종교로 개종된 끝에 이내 폭력만이 유일한 진리라고 믿게 된다.

이미지와 소리, 주문 같은 리듬의 대가로서 카뮈가 보여준 기교가 그 어디보다도 분명히 드러나는 부분이 바로 이 단편소설 중에서 환각상태로 내면의 독백을 하는 장면이다. 이 독백을 통해 이미 흐물거리는 상태가 되어버린 화자의 정신세계가 설득력 있게 묘사된다. 여기서 아이러니한 것은 주인공 선교사가 목적을 이루지 못하고 자신이 무너뜨리려던 주물숭배사상으로 개종되고 만다는 점이다. 이 이야기의 우화적 의미는 분명하다. 절대적인 대상을 집착에 가깝게 추구하는 과정에서 선교사는 자신을 고문하는 자들의 비굴한 공범으로 전락한 것이다. 그는 병든 예언자로, 자기혐오에 가득 차 있고 자기부정과 자기 파괴에 몸을 맡겨버렸다. 우화로서 해석할 때 그의 정체성은 더욱 구체적으로 드러난다. 그는 근대의 지성인으로 전체주의 가치를 옹호하며 폭정을 추구하고 거기에 복종하는 사람이다. 다시 말해 자신 무덤을 파는 사람이 되어버렸다. 카뮈가 가장 경계했던 문제는 바로 사람들이 이러한 관념에 유혹될지도 모른다는 점과 사상가들과 그들의 철학 전반에 전쟁을 선포하는 가치관에 굴종하는 공론가들이 존재한다는 사실이었다.

카뮈는 이 주제를 1956년 작 『전락』에서 한층 더 깊이 파고들었다. 이 작품은 카뮈가 쓴 글 중에 가장 아이러니하고 불편한 내용을 담고 있다. 표면적으로 이 소설은 환멸과 냉소로 가득한 전직 변호사의 고백같이 보인다. 이 주인공은 파리를 떠나 운하가 흐르는 도시 암스테르담의 한 우중

충한 바에 지하 사무실을 세웠다. 주인공은 사무실에 들른 고객들에게 그들이 묻지도 않는 이야기를 떠들어댄다. 꼼짝없이 그 소리를 들어야만 하는 고객들에게 그는 강박적인 태도로 자신의 담론을 떠안기는 것이다. 환심을 사려 애쓰면서 하는 독백은 곧 암울한 어조로 변한다. 그는 암스테르담 내 자기가 사는 구역에서 역사상 가장 끔찍한 인류의 범죄가 발생했다고 이야기한다. 바로 7만 5천 명이나 되는 유대인들이 나치의 대학살이 벌어진 수용소로 끌려간 사건이다.

고인 물길에 가까운 환경에서, 그리고 황무지 같은 분위기 속에서 그는 파리에서 변호사 생활을 할 때 지은 사소한 죄를 고백한다. 당시 그는 어느 정도는 연기를 해가며 잘나가는 피고 측 변호인으로 활동했었다. 그는 자신의 잘난 체하는 버릇, 그리고 지식인으로서 부정직하며 불성실했던 모습을 스스로 책망한다. 하지만 그의 입에서 나오는 자기비난은 본질적으로 겉으로만 그럴싸할 뿐이다. 도스토옙스키의 『지하로부터의 수기』에 나오는 주인공 '지하생활자'가 한 공격적인 고백의 말과 마찬가지로, 이 화자의 1인칭 서술은 전혀 신뢰할 수 없다. 도스토옙스키의 수행적이고도 도발적인 이 작품은 카뮈의 『전락』 전반에 녹아들어 있다. 어느 시점엔가는 재판관이자 참회자라고 하는 『전락』의 주인공이 도스토옙스키 소설의 주인공인 자칭 반영웅(antihero, 전통적인 주인공과는 다르게 배울 점도 없고 오히려 나쁜 사람이기도 해서 주인공답지 않은 주인공이라는 뜻으로 쓰이는 단어-역주)이 보여준 지하에서의 의협심을 완곡하게 언급하기도 한다.

하지만 더욱 중요한 점이 있다. 바로 현실에 안주하는 부르주아적인 인본주의에 대한 비판이나 위와 같은 자기비판의 저변에는 순수성(innoncence)이란 게 절대 있을 수 없다며 무조건적으로 부정하는 태도가 명백히 드러난다는 사실이다. 이 식언을 일삼는 변호사는(그런데 대체 그는 누구를 변호하는 사람인가?) 심지어 그리스도라는 인물이 표상하는 바도 죄의식으로 인해 퇴색되었다고 말한다. 알고 보면 베들레헴 대학살(유대 지방의 분봉왕 헤롯이 예수 탄생 당시 유대의 왕이 태어났다는 예언에 겁을 먹고 베들레헴과 그 주변에 두 살 이하 남아를 모조리 죽이라는 명령을 내린 사건-역주)도 그리스도 때문에 발생한 일이라는 것이다. 허울만 그럴듯한 이 논리는 근본적으로 비뚤어진 성격의 화자에게 맞춰진 것이다. 자기가 만들어낸 이름 장-바티스트 클라망스(Jean-Baptiste Clamence)도 세례요한의 이름과 클라망스 자신은 거부한 '관대한 처분'이라는 단어를 암시하는 말장난이다(장-바티스트는 성경에 나오는 예언자 세례 요한의 프랑스어 표현이면서 프랑스에서 흔히 쓰이는 남자의 이름이기도 하다. 또한 '사면, 관대한 처분'을 뜻하는 프랑스어 단어는 사실 클레망스[clemence]지만 약간의 변화를 주어 말장난을 한 것-역주). 그러니 이는 보편적 죄의식이란 게 존재한다는 뒤틀린 교조를 선포하고 다니는 거짓 선지자인 주인공에게 잘 어울리는 이름이라 하겠다. 그가 내세우는 바는 다음의 교조에서 드러나듯 철저히 사악한 성격을 갖고 있다.

우리는 모두가 죄인임을 분명하게 단언할 수 있다.

각 사람은 다른 모든 이들의 죄를 증명해준다.

자, 바로 그것이 나의 믿음이자 나의 소망이다. [31]

이렇게 극단적으로 부정하는 내용이 담긴 글에서 믿음(foi)과 소망(espérance)이라는 단어를 사용한 것 자체가 너무나 악마적이라고밖에 할 수 없다(성경에서 예수가 가장 중요하게 이야기하는 덕목이 믿음과 소망, 사랑이다. 카뮈의 프랑스어 원문을 보면 이를 표현할 때 다른 비슷한 단어들이 아닌 불어판 성경에서 사용한 바로 그 단어들을 이 클라망스의 교조에 가져왔기에 저자가 '악마적'이라고 이야기함을 알 수 있음-역주). 장-바티스트의 목소리는 그가 살고 있는 영적 사막에 울려 퍼지는데, 그가 오래도록 기억에 남는 메피스토펠레스의 웃음소리를 떨쳐내지 못하는 것도 무리가 아니다. 마치 조용히 자기 말을 듣고 있던 사람이 이해를 한 건지 확인이라도 하려는 듯, 이 재판관이자 참회자는 자기 자신을 마지막 동심원의 중심에 자리하고 앉은 사람이라고 일컫는다(악마에게 영혼을 팔았다는 파우스트의 이야기를 담은 독일 민간 설화에 등장하는 메피스토펠레스를 언급한 데 이어, 파우스트가 악령을 불러낼 때 동심원을 그리고 주문을 외웠던 장면을 암시하는 표현-역주).

이중 어느 내용도 순전히 상징적이거나 철학적이지는 않다. 카뮈가 무엇을, 혹은 누구를 염두에 둔 것인지를 독자들은 쉽게 파악할 수 있다. 『전락』은 상당히 국소적인 문제들을 다루는 작품이다. 클라망스는 파리 활동 시절의 동료들을 여러 차례에 걸쳐 언급하면서 그들을 전문적인 인본주의자들이며 "고결한 악마주의"라는[32] 죄를 짓는 이들이라 부른다. 또 그 옛 동료들이 독선과 권력 추구 전략에 빠져 다른 이들의 가슴을 친다고 비난한다(가톨릭 미사에서 회개기도를 할 때 자신의 가슴을 두드리며 "내 죄요"라고 고백하는 동작을 암시하는 말로서, 그들이 진실한 참회를 하지 않는다는 비난의 의미를 담은 표현임-역주). 아첨하는 추종자들이 따라다니는 이 당대의 지성인 구루들을 관념적 인물에 불과하다고 하긴 어렵다.

이 작품을 둘러싸고 벌어진 격론의 핵심은 거의 카뮈의 동시대 실존주의자들, 더욱 구체적으로는 장 폴 사르트르, 그리고 당대 영향력 있는 저널《근대 시대(Les Temps modernes)》에서 함께 작업하던 사르트르의 동료들을 매섭게 겨냥한 내용이었다. 그리고 이들은 실제로『반항하는 인간』출간 이후로 카뮈를 비꼬며 공격하기를 멈추지 않았다. 카뮈의 수첩에도 노골적인 비난의 글들이 적혀 있다. 예를 들어 '실존주의'라는 표제를 두고 쓴 글에서 그는 이 재판관이자 참회자들을 혹독하게 비판한다. 이들은 자책을 함으로써 남들을 더욱더 비난하고 뭉개버릴 핑곗거리를 마련하는 사람들이며, 자기들은 전혀 연민이라고는 찾아볼 수 없으면서도 사회정의를 위해 싸운다며 떠들어대는 사람들이라고 말이다. 특히나 사르트르는 개인적으로나 지적으로 신의를 저버리는 인물로 그려져, 카뮈는 그에 대해 "사르트르, 인간으로서나 정신으로서, 신의 없음"이라고 수첩에 적었다.[33]

그리고 1954년 3월 23일자《가제트 드 로잔》신문과의 인터뷰에서 카뮈는 더욱 구체적으로 비판을 제기한다. 예언이나 선언하는 내용도 하나 없는 그 무신론으로 무장한 실존주의 예언가들에 대해 불만을 표시한 것이다. 영적 사막이 도래해 이들의 설교가 판칠지 모른다는 생각에 깊은 근심에 빠진 카뮈는 노벨문학상 수상 당시 시상식에서 강연을 할 때도 빼놓지 않고 이에 대한 언급을 한다. 이 노벨문학상 수락 연설 중에서 카뮈는 그와 같이 지적 종교 재판관 같은 이들을 논하면서 이들은 '죽음의 왕국'을 건설하려 위협하는 존재들이라고 주장했다.[34]

근대 도시라는 사막에 서서 교활한 자의 목소리를 내고 있는 장-바티스트 클라망스는 자신이 그저 그런 시대를 사는 하찮은 예언자라고 비판조로 말한다. 그는 암스테르담 연안의 조이데르 해를 사해에 비교하기도 한다(성경의 지리적 특성상 사해가 여러 차례 등장하므로 자신을 예언자라고 칭한 클라망스가 유럽의 연안을 사해로 비교했다는 뜻-역주). 영적 죽음의 위협은 사실 『전락』의 핵심 주제로, 소설의 제목 자체에 그 의미가 분명히 내재되어 있다. 카뮈가 종교적 함의가 담긴 제목을 사용한 건 이 작품에서만이 아니다. 여섯 편의 단편소설을 모은 『적지와 왕국』의 제목은 훨씬 의미심장한 예라고 할 수 있다. 엑질(Exile)이라는 단어(한국어판 번역에서는 전체 맥락상 '적지'라고 번역한 듯하나, 원래는 '망명', '유배'의 뜻을 담고 있음-역주)가 카뮈에게는 개인적으로 상실된 아름다움과 순수성을 사무치게 연상시키는 특별한 공명을 가진 말이기 때문이다. 클라망스가 그리스 제도, 그 섬들과 기쁨에 찬 바다 거품, 그 웃음소리와 눈부신 지평선에 대해 한참 이야기하는 장면이 겉보기에는 쓸데없는 한담에 빠진 것 같지만, 사실 그런 대목이 나올 이유가 분명 있었던 것이다. 카뮈 자신은 에게 해로 떠났던 여행을 추억하는 글에서 "제2의 깨달음, 그리고 제2의 탄생"이라는 표현까지 써서 열렬한 감상을 남긴 바 있다.[35]

아이들조차 고문과 죽음을 겪게 하는 추하기 그지없는 이 세상의 자연율, 그리고 인간을 역사의 힘에 비굴하게 복종하는 피해자로 만들어버리는 골칫덩어리 같은 이데올로기, 바로 이 두 가지가 카뮈 본연의 저항을 불러일으키는 전제 조건이 된다. 역사의 폭정에 굴종하는 태도 또한 죽음이라고 할 수 있다. 바로 인간 정신의 죽음인 것이다. 1957년, 스톡홀름에서 노벨문학상 수상 연설을 하면서 카뮈는 '작가들은 역사의 희생자들을 옹호할 도덕적 의무가 있다'고 강조했다. 헤겔의 정치철학이 지배적이던 당시 그는 감히 '역사의 파괴적인 움직임'을 논했던 것이다. 이는 이미 『반항하는 인간』의 주요 주제 중 하나였다. 그리고 그보다 훨씬 전에 「지옥에 간 프로메테우스」라는 1946년 작 에세이에서 카뮈는 역사를 '키 작은 관목 하나 자랄 수 없는 황무지'라고 정의하기도 했다. 그리고 카인이 항상 아벨을 죽이게 될 인물로 남을 거라는 사실을 알고 있었다. 바로 이러한 의미에서 『페스트』의 주인공 의사 리외의 친구로 등장하는 이상주의자 타루가 손을 더럽혀가며 '역사를 만드는 임무'를 다른 이들에게 맡기고 싶어 한 이유를 이해할 수 있다. [36]

카뮈는 역사를 비극적이라 여기지도 않는다. 그저 잔혹한 사건들이 끝없이 이어지는 것이라 여긴다. 여러 문명이 흥망을 이어가지만 역사의 잔인한 법칙은 무자비하게도 그대로다. 그러나 카뮈는 어떻게 보면 필사적으로 희망을 간직하려 애를 썼다고 할 수 있다. 이미 젊은 시절 「제밀라의 바람」이라는 글에서 문명의 소멸에 대해 묵상하며 그는 역사라는 폭군을 극복할 수 있는 힘이 인간에게 있다는 신뢰감을 담아냈다. 「결혼식」에서는 "세상은 항상 역사를 격파하고야 만다"라고 적기도 했다. [37] 이렇게 사실이 아니라 희망 사항에 가까운 생각을 하는 낭만적인 분위기를 이어가면서 카뮈는 여러 차례에 걸쳐 알제리를 역사 밖에 위치한 나라로, 그리고 알제리 사람들을 아이 같은 민족이라고 보았다. 우리는 여기서 빅토르 위고가 되풀이해서 강조했던 유토피아적인 소망을 상기하게 된다. 위고는 언젠가 역사라는 악몽 같은 폭력성에서 탈출구를 찾고야 말 거라고 믿었다. 역사를 악몽이라 하는 이유는, 충격적이게도 역사란 세상의 범죄에 가담한 공모자이기에 계속해서 재난이 이어지는 기나긴 밤에 비교할 수 있기 때문이다. 우리는 특히나 다시 빅토르 위고의 작품 『레미제라블』에서 1831년 혁명 당시 엔졸라스가 바리케이드에 올라 예언처럼 선언한 내용을 기억한다. 그는 어두컴컴한 '사건의 숲'에서 인류가 출구를 찾아 나가야만 할 시간이 왔다고 외쳤다.[38]

심오한 의미로 보면 카뮈도 그와 비슷한 유토피아주의자라 할 수 있다. 다양한 형태로 이해할 수 있는 '죽음'이라는 개념에 대한 성찰, 가망 없는 일에 대한 애정, 그리고 희생자와 집행자 사이를 가로막고 서서 피해자를 보호하려는 열정을 보면 카뮈는 진정 비역사적인 가치를 옹호한 것으로 보인다. 본인은 내세를 믿거나 죽음을 이길 수 있다는 어떤 희망도 갖지 않았는지 몰라도, 궁극적으로 보았을 때 카뮈는 죽음에 대한 성찰을 통해 초월이라는 개념으로 이끌렸던 것이다.

주

1. Albert Camus, 『L'étranger』 (Paris: Gallimard/Livre de Poche, 1957), 『7/The Stranger』, trans. Stuart Gilbert (New York: Knopf, 1965), 1.
저자는 원문에서 느껴지는 오늘(aujourd'hui)이라는 단어에 대한 강조를 좀 더 명확하게 드러내고자 영문 번역에서의 어순을 약간 조정했다.

2. Albert Camus, 『The First Man』, trans. David Hapgood (New York: Knopf, 1995), 24, 26.
저자는 이미 출간된 영문 번역을 참고하면서도 항상 프랑스어 원서(『Le premier homme』, 1994년)에 기초한 분석을 시도했다. 또한 이미 번역된 문장을 수정하기도 했는데, 이는 번역문이 프랑스어 원문에 더 충실하도록 하기 위해서였다.

3. Camus, 『The First Man』, 149/『Le premier homme』, 140.

4. Albert Camus, 『The Plague』, trans. Stuart Gilbert (New York: Vintage, 1991), 248, 251/『La peste』 (Paris: Folio/Gallimard, 1947), 247, 249.

5. 초월성이 부재한 이 세상에 대해 언급하는 문장 전체를 보면 다음과 같다. "신들이 버리고 간 이 거대한 신전에서, 내 모든 우상들은 진흙으로 된 발을 가졌다."

6. 이 단락은 1995년 8월 27일자 뉴욕 타임즈 서평 코너에 실린 『최초의 인간』에 대한 나 자신의 기고문을 기반으로 작성했다.

7. Camus, 『The First Man』, 318.

8. 삶에 대한 정열을 일컫는 이 표현들, 즉 '삶에의 질투' 그리고 '삶을 향한 광기'는 각각 『결혼식』(29-30페이지)과 『최초의 인간』(260페이지)에 등장한다.

9. Albert Camus, 『L'envers et l'endroit』 (1937; Paris: Gallimard, 1958), 113.

10. Albert Camus, 『Caligula』, in 『Le malentendu suivi de Caligula』 (Paris: Gal-

limard, 1947), 166 (act 3, scene 2).

11. Albert Camus, 『Carnets』, 3 vols. (Paris: Gallimard, 1944-59), 2:133, and 『Le mythe de Sisyphe』 (Paris: Gallimard, 1942), 118/『The Myth of Sisyphus』, trans. Justin O'Brien (New York: Knopf, 1969), 87.

12. Camus, 『Carnets』, 2:54.

13. Albert Camus, 『The Fall』 (New York: Vintage, 1991), 106.

14. Albert Camus, 『La mort heureuse』 (Paris: Gallimard, 1971), 202.

15. Camus, 『Noces』, 29.

16. Camus, 『Caligula』, 143 (act 2, scene 9).

17. The letter is quoted in Albert Camus, 『Théâtre, Récits, Nouvelles』 (Paris: Pléiade/Gallimard, 1962), 1973.

18. Camus, 『The Plague』, 297-98/『La peste』, 297-98.
나는 프랑스어 원문에 더욱 근접한 문장을 만들고자 스튜어트 길버트의 번역을 약간 수정했다.

19. Camus, 『Le mythe de Sisyphe』, 163/『The Myth of Sisyphus』, 121.

20. Camus, 『Carnets』, 2:175.

21. Camus, 『The Plague』, 128. 의사 리외가 한 표현은 '끝이 보이지 않는 패배'이다. (Camus, 『La peste』, 131).

22. Camus, 『La peste』, 140. 길버트는 이 문장을 '행복에 대한 고상한 주장'이라고 번역했다. (Camus, 『The Plague』, 138).

23. Camus, 『La peste』, 130/『The Plague』, 128.

24. Camus, 『Carnets』, 2:129.

25. Camus, 『La peste』, 217/『The Plague』, 218.

26. Camus, 『The Plague』, 100, 146.

27. Camus, 『Le mythe de Sisyphe』, 162.

28. Camus, 『Noces』, 60-61.

29. Camus, 『Carnets』, 3:269.

30. Albert Camus to Jean Grenier, September 18, 1951, in Albert Camus and Jean Grenier, 『Correspondance』, 1932–1960 (Paris: Gallimard, 1981), 181.

31. Albert Camus, 『La chute』 (Paris: Gallimard/Folio, 1956), 116–17/『The Fall』, 110.

32. 같은 책, 142/134.

33. Camus, 『Carnets』, 3:63.

34. Albert Camus, "Discours de Suède" (1959), in 『Noces』, 19.

35. Camus, 『Carnets』, 3:171.

36. Camus, "Discours de Suède," 16, "Promèthée aux enfers," in 『Noces』, 122, and 『The Plague』, 253.

37. Camus, 『Noces』, 32, 41.

38. Victor Hugo, 『Les misérables』, in 『Oeuvres complètes』, ed. Jean Massin, 18 vols. (Paris: Le club français du livre, 1967–70), 11:835.

6장

조르지오 바사니

사물들조차 죽는다

에트루리아 서곡

·

    여기서 논하는 조르지오 바사니 작품의 중심 주제는 죽음과 기억이다. 1962년 작 『핀치 콘티니 가의 정원』의 프롤로그에서 화자가 로마 북쪽에 위치한 에트루리아 시대 묘지로 주말여행을 떠나는 이야기가 나온다. 그리고 화자는 어떻게 그 여행을 통해 핀치 콘티니 가와 페라라의 유대인 공동체에 대한 글을 써야겠다는 생각을 한 건지 설명한다. 페라라의 유대인들 중 대다수가 나치의 대학살 수용소로 끌려가 목숨을 잃은 지 14년 정도밖에 되지 않는 시점이다. 화자와 친구들이 고대 공동묘지로 차를 모는 도중에 일행 중 아홉 살짜리 여자아이가 아버지에게 "이 오래된 무덤들을 보면 새 무덤보다 덜 슬픈데, 왜 그런 걸까요?"라고 물었다. 그러자 아빠는 에트루리아 사람들은 죽은 지 아주 오래되어서 마치 이 세상에 산 적이 없는 사람들같이 느껴져서 그렇다고 대답했다. 하지만 만족하지 못한 아이는 상냥한 말투로 아빠의 말에 반대한다. "에트루리아 사람들도 언젠가는 살아 있었잖아요. 그러니까 나는 그 사람들도 사랑해요."[1]

    에트루리아 시대 묘지 방문은 홀로코스트를 추모하는 내용으로 마무리된다. 사실은 선행해서 나온 에필로그라고 할 수 있는 이 작품의 프롤로그는 궁극적으로 보면 연기 속에 사라져 제대로 무덤에 묻히지도 못한 홀로코스트의 희생자들을 애도하는 글이다. 하지만 무덤이라는 소재는 이 서두에서 많은 부분을 차지하고 있는 이미지다. 우선 라치오 북쪽 지방 전체가 끝도 없이 펼쳐진 공동묘지로 묘사되었고, 동네 사람들은 습관처럼 근처 공동묘지의 입구까지 저녁 산책을 나선다는 이야기가 나온다. 에트루리아 특유의 원뿔형 무덤은 2차 세계대전 때 여기저기에 지어져 수많은 인명을 앗아간 독일군의 벙커를 연상시킨다. 하지만 또 한편으로는 산 자들의 집과 닮은꼴로, 산 자들이 사는 집처럼 일상생활에 필요한 물건들로 가득 차 있다. 마치 죽음 중에도, 그리고 죽음 너머의 세계에서도 인생을 '아름답고 가치 있게' 만드는 수많은 것을 그대로 살려두어야 한다는 듯이 말이다.[2] 삶 속에 편재한 죽음을 다루는 이 프롤로그의 마지막 이미지는 독자의 시선을 페라라의 유대인 공동묘지로 이끈다. 특히나 핀치 콘티니 가의 조상이 주문해놓은 어처구니없을 정도로 흉측한 가문의 묘소로, 그리고 핀치 콘티니 일가뿐 아니라 수많은 이들이 목숨을 잃은 나치 수용소로 이끈다.

이 소설의 초반 몇 장에는 상당히 많은 전조가 담겨 있다. 너무나 즐겁게 활달한 모습으로 지중해의 파도를 향해 맨발로 뛰어들던 그 어린 소녀는 금발의 미콜 핀치 콘티니를 예시해 주는 인물이다. 이 소녀는 미콜이 추후 이 소설의 복잡한 여주인공으로 성장하기 전의 모습, 즉 화자가 처음으로 핀치 콘티니 가의 정원 담벼락에 기대어 힐끔 쳐다보았던 시점의 미콜을 연상시킨다. 에트루리아 묘지의 여정이 담긴 프롤로그에 등장하는 어린 소녀 지아나나와 높은 벽을 기어올라 어린 조르지오에게 강한 인상을 남긴 동시에 겁을 주는 인물이기도 한 미콜, 이 두 사람 모두 사물의 생명에 대해 조숙할 정도의 통찰력을 선보인다. 미콜은 다정함과 동정심을 보여주는 인물임에도 화자에게 여전히 당당하게 비밀스러운 모습을 유지하며 심지어 신비롭기까지 한 존재로 남았다. 그리고 결국에는 화자에게 큰 고통을 안겨주는 사람이 된다.

　프롤로그는 또 다른 의미에서 예시의 역할을 한다. 즉 죽음, 상실 그리고 기억에 관한 이미지를 선보인 것이다. 아빠의 말에 대한 지아나나의 절제된 대답은 이후 조르지오가 미콜을 완전히 잃고 나서 소설의 막바지에서 아버지와 나눈 죽음과 삶의 관계에 대한 대화에 앞서 나온 복선이라고 할 수 있다. 그의 아버지는 무솔리니 등장 초기에 그에게 지지를 보냈던 유대인 중 한 명이다. 그러나 무솔리니 정권이 선포한 반유대주의 법률에 흠칫 놀라 조르지오의 아버지도 이 당시 정신적으로 힘든 고비를 넘기고 있던 시점이었다. 그래도 그는 아들을 위로하려 애쓴다. 아버지가 설명하기를, 이 세상이 어떻게 돌아가는지를 깊이 있게 이해하기 위해서는, 적어도 한 번은 죽어봐야 한다는 것이다. 그러면 부활 기회를 얻게 된다고 아버지는 조언한다. 그리고 이왕 죽음을 경험한다면, 젊었을 때 하는 것이 좋다고 말한다. 아버지는 "우리 세대는 너무 많은 실수를 저질렀어"라며 파시즘을 지지했던 자신의 과오를 암시하는 발언을 한다. 그러면서 그는 나이가 들어버리면 다시 시작할 시간이 없어진다고 덧붙인다.[3]

사후의 눈길

·

　삶 속의 죽음을 언급함으로써 아버지와 아들 간의 대화 장면은 뭔가 내세적인 느낌을 준다. 이들은 늦은 밤 아버지의 침실에서 대화를 나눈다.

우울감과 불면증에 시달리는 아버지는 아들이 집에 돌아오기를 기다리고 있었다. 조르지오는 이상하리만치 차분한 아버지의 모습과 온통 흰색으로 뒤덮인 아버지의 방에 압도된다. 아버지의 은발, 창백한 낯빛, 잠옷, 이불보와 베개, 그리고 그의 배 위에 펼쳐놓은 책조차 하얀 색이다. 애정 어린, 또한 유령 같은 이 장면에선 아버지와 아들이 마치 시공간을 벗어난 것처럼 이미 죽은 사람 같은 모습으로 삶에 대해 대화를 나눈다. 그리고 침묵 속에 긴 포옹을 하는 것으로 대화를 마무리한다.

'유령'이라는 단어는 실제 『핀치 콘티니 가의 정원』의 핵심 구절에 사용된 단어다. 불길했던 1939년(2차 세계대전 발발을 암시-역주) 유월절 가족 모임은, 함께 했던 부모와 자녀, 친척들이 모두 화자의 기억에 의해 조각상처럼 생기 없는 모습으로 변형된 채 유령들의 회합에 비교되고 있다.[4] 저녁식사 자리에서 그들은 이제 벌써 몇 달째 유대인이라서 겪고 있는 모욕과 굴욕감, 차별대우를 되풀이해서 이야기한다. 하지만 이들은 이러한 사건들의 진정한 의미를 아직 깨닫지 못했다. 무엇보다 그들 중 대부분이 곧 독일군의 화장터에서 한 줌의 재로 사라질 거라는 건 상상조차 하지 못하고 있음이 확실하다. 어떤 의미에선 이들은 이미 죽은 거나 다름없다. 조르지오는 특권층으로서 보호받는 것같이 보이는 핀치 콘티니 가의 세계로 도망가는 것에 대해 기뻐했다. 그 이유는 적어도 어느 정도는 이렇게 영안실 같은 분위기의 세계에서 사는 자기 가족으로부터 도망쳐 스스로를 구제하기 위해서였다. 하지만 도망 후 다다른 그 세상조차도 절멸의 운명을 앞두고 있었다.

시간이라는 필터를 통해 본 죽음은 바사니가 쓴 이 소설의 주요 주제다.

프롤로그는 무덤, 애도 그리고 기억이라는 삼중의 신호 하에 펼쳐진다. 1부의 첫 단어는 라 톰바(La Tomba), 즉 무덤이다. 소설의 주요 내용은 아직 아기 때 죽은 핀치 콘티니 가의 첫 아이에 대한 이야기와 미콜의 오빠 알베르토의 장례식 장면 사이에 나뉘어 펼쳐진다. 에필로그에는 그의 가족들이 맞게 된 비극적인 결말이 언급됨과 동시에 악성 림프 육아종 때문에 숨을 거둔 알베르토의 이야기가 기록되어 있다. 반복해서 언급되는 묘지나 무덤에 대한 이야기는 놀랍지 않다. 첫 번째는 프롤로그와 소설의 본문 중에 언급된 에트루리아 시대의 봉분들과 근처 마을의 공동묘지가 있고, 이어 페라라의 유대인 공동묘지가 언급되며, 마지막으로 베네치아에 있는 고대 유대인 공동묘지도 등장한다. 베네치아의 공동묘지는 학자인 미콜의 아버지가 그곳의 묘비문 연구를 준비하면서 장래 부인이 될 여인과 교제 당시 만나곤 하던 장소다. 매장지라는 곳은 슬픔이 내재된 애가의 특징을 지니고 있어서, 아이러니하게도 홀로코스트의 희생자들은 무덤에 묻히지도 못했다는 사실을 강조하고 있다.

『핀치 콘티니 가의 정원』에 서술된 개인과 집단이 겪은 극적 사건들은 이탈리아에서 인종주의 법안이 공포된 직후인 1938년 가을부터 일어나기 시작한다. 미래에 대해 불길한 예감을 느낀 시점은 아름다운 늦여름이었다. 아이러니하게도 모든 것을 비현실적으로 만들고 멈춰버린 시간 속에 존재하는 것처럼 느끼게 할 만큼 눈부신 나날이 이어지던 때였다. 허나 이제 곧 운명의 순간이 닥쳐올 거라는 불길한 느낌은 사라지지 않는다. 완벽한 가을 날씨란 언제든 변해버리기 쉬운 성격을 갖고 있기에 모든 것이 덧없음을 시사한다. 바사니의 이 작품에 등장하는 사춘기 주인공들은 한 학년을 마칠 때마다 크게 기뻐하면서도, 동시에 여름방학도 언젠가 끝날 거라는 사실에 기분이 상하곤 했다. 하지만 이제 자신들의 미래 자체가 위협받고 있다는 걸 인식한다.

바사니는 불가피한 상실감을 전달할 때 작가로서의 진가를 발휘한다. 별다른 수단을 사용하지 않고도 일반적인 완곡한 표현을 이용하여 쇠퇴와 퇴보의 과정, 그리고 절망의 경계에서 환멸에 항복하는 과정을 재현하는 데 특출한 재능을 보여준다. 하지만 상실과 실패를 기록하는 행위를 통해 깊디깊은 분함이 화자가 소설 마지막 페이지에서 '시성된 과거'[5]라고 정의한 상태로 전환된다. 이같이 바사니는 창의적인 상상력으로 일단 회상을 통해 과거를 옮겨다 놓고 나면 그 과거를 구제하는 일이 가능하다고 생각했다. 「저쪽 복도 끝에」라는 놀랍고 자전적인 글에서 그는 시간과 기억이라는 통로는 서서히 길어지고 어두워지기는 하지만, 과거는 죽지 않으며 부활할 수도 있다고 주장했다.[6] 이런 맥락에서 『핀치 콘티니 가의 정원』의 여러 대목을 통해 프루스트와 보들레르의 영향이 느껴짐을 알 수 있다.

과거가 살아남느냐의 여부는 일정한 시간적 관점에 달려 있다. 미콜과 조르지오라는 두 어린 주인공뿐 아니라 작가인 바사니도 과거를 매우 소중히 여기는 사람이며, 회상을 다루는 문학에 빠져 있다. 하지만 그들은 정작 자신의 과거와는 불편한 관계를 맺고 있다. 미콜은 현재의 삶을 강렬하게 살고 싶기에 미래를 혐오한다. 하지만 그녀가 가장 좋아하는 심리 상태를 드러내는 시제는 '미래완료' 시제다. 미래완료란 더 이상 아무것도 바뀔 수 없는 사후세계의 상상 속 문턱에 위치한 시제로서, 궁극적이고 특

권적인 시점을 상정한다. 이를 테면 "우리는 살았을 것이다"라는 문장을 예로 들 수 있다.[7]

대학살 캠프에서 목숨을 잃은 이들을 기리기 위한 기념물이 없다는 사실은 그들을 기억하고 기록하는 작업을 더욱 소중하게 느끼게 한다. 기념비가 존재하지 않다 보니, 이 소설이 추모의 역할을 맡았다. 생존과 추모야 말로 바사니의 작품 세계에서 뚜렷이 드러나는 주제다. 그의 가장 통렬한 작품 중 하나인 단편소설 「마지니 거리의 명판」에는 페라라에서 나치 수용소로 끌려갔다가 유일하게 생존해서 돌아온 유대인 제오 조슈가 등장한다. 살아남아 자기가 살던 도시로 돌아온 조슈는 깨달은 바가 있다. 바로 이 잘난 체하는 공동체를, 차라리 모든 걸 잊어버리고 싶어 하는 이 도시를 자기가 정말 불편하게 만든다는 사실이었다.[8] 하지만 그는 산자의 세계로 돌아온 유일한 생존자가 아니다. 바사니의 말에 따르면, 문학의 본질과 역할 또한 내세로부터 되돌아왔다. 다시 말하자면 "시인들은 (중략) 언제나 망자의 영역으로부터 되돌아온다"는 것이다.[9]

치유될 수 없는 상처

•

제오 조슈는 가상의 인물이다. 그러나 그의 이야기에서는 역사 속의 상황이 너무나 사실적으로 묘사되어 있다. 수치심, 죄책감 그리고 불성실 등의 모든 요소가 분명 생존자에 대해 집단이 분개하는 이유가 될 수 있다.

생존자들은 마치 살아 숨 쉬는 고발장의 역할을 하기 위해 재등장한 존재로 여겨지기 때문이다. 1938년의 인종주의 법안은 차별대우를 하는 것 이상의 의미를 지닌다. 이 법안으로 유대인은 독일인의 손쉬운 표적이 되었고, 결국엔 수용소로 끌려갔던 것이다.

1938년에 반유대주의 법안이 통과된 사건은 이탈리아의 유대인 사회뿐 아니라 이탈리아 국민 전체에게도 충격이었다. 19세기 후반 이탈리아의 전국 통일 이후로 특히 토리노, 제노바, 베네치아, 밀라노, 페라라 등 북부 지방에 자리 잡은 유대인들은 자신들이 문화적으로나 사회적으로 이 나라에 통합되어 살아간다고 생각했다.[10] 그들은 자유업 직종과 심지어 정치계에서도 놀라운 성취를 이룬 데 자부심을 가지고 있었다. 이들 중 다수가 1920년대 파시즘이 처음 도래할 때 이를 지지했다. 수백 명에 달하는 이탈리아 유대인들이 무솔리니에게 권력을 안겨준 로마 행진에 참가하기도 했다. 특히 페라라의 유대인들은 자신들이 이탈리아 사회에 통합되어 안정된 삶을 살고 있다고 생각했다. 페라라에서는 이미 에르콜레 데스테 1세(1471년부터 1505년까지 이탈리아 페라라 근방을 지배한 페라라 공작으로 페라라를 크게 성장시키고 음악과 예술 발전에 기여했음-역주)가 1492년 종교재판의 물결을 피해 스페인으로부터 도망 온 유대인들을 맞이했던 역사가 있다.

특히 이탈리아 북부 유대인들의 애국심은 사보이 가에 대한 강렬한 충성심에서 비롯되었다고 보아도 무방하다. 사보이 가는 이탈리아가 하나의 국가로 통일되는 데 주도적인 역할을 한 가문으로, 유대인들을 위한 특별 장려정책을 시행했고 그들에게 기회를 주었다. 특히 초기에 수많은 유대인들이 파시즘을 지지했던 것은 이런 역사적 맥락으로 인한 충성심과 애국적 자부심에 기인했다고 설명할 수 있다. 따라서 『핀치 콘티니 가의 정원』에 나오는 조르지오 아버지의 사례가 설득력이 있다. 전직 의사인 그는 이제 존경받는 사회의 일원이 되었고, 자신은 무엇보다 이탈리아 국민으로서 정체성이 우선이라고 여겼다. 그는 1차 세계대전 당시 전투에 자원했고, 1920년대 이미 파시스트 정당에 가입한 초창기 당원 중 한 명이었다. 그렇기에 그에게는 이러한 정치적 변화가 무솔리니의 배신이라고 느껴졌고, 그로 인한 전반적 타격을 그가 받아들이기 힘들어하는 것은 충분히 이해가 가는 일이다. 결국 이러한 현실을 기정사실로 받아들이는 순간 그의 세계는 무너져 내린다.

하룻밤 사이에 유대인들은 극단적인 금지령의 대상이 되어버렸기 때문이다. 아리아인과의 혼인은 불법이 되었고, 공민권을 박탈당했고 정당이나 클럽 등의 단체에서도 쫓겨났다. 유대인 자녀들은 공립학교에 다닐 수 없고, 유대인 이외의 하인을 고용할 수도 없었다. 또한 숙련된 기술을 요하는 직업에 종사하는 것도 불가능하게 되었고, 군 입대도 금지되었다. 그들의 이름과 전화번호는 전화번호부에 실리지 못하며, 공공 도서관에 출입조차 할 수 없게 되었다. 리조트나 호텔에 입장하는 것도 불가능해졌다. 상을 당해도 신문에 부고를 내는 일조차 금지되었다.

이 소설 속 사건들은 1938년 반유대인법안이 통과된 직후를 배경으로 한다. 주인공 조르지오와 그의 유대교인 친구들은 테니스 클럽에서 제명당했다. 조르지오는 또한 논문 작성을 위해 자료 조사를 하던 공공 도서관에서도 쫓겨났다. 그의 아버지는 가입했던 정당뿐 아니라 한때 존경받는

멤버로 활동했던 상인 클럽에서도 제명되었다. 미콜은 가까스로 베네치아에서 학사 과정을 마칠 수 있었다. 조르지오의 동생은 공부를 마치기 위해 프랑스로 떠나게 된다. 물론, 최악의 사태는 아직 도래하지도 않은 때였다. 바사니의 특징상 앞으로 발생하는 아주 끔찍한 사건들은 그저 넌지시 암시를 통해 드러낼 뿐이다.

바사니는 극적인 효과보다는 좀더 광범위한 심리적이고 도덕적인 문제들에 관심을 기울인다. 그가 역사와 정치를 언급하는 경우 그 의도는 두 가지로 볼 수 있다. 첫째는 재난이 눈앞에 닥쳤는데도 사회 전체가 눈이 멀어 이를 깨닫지 못하므로 현실이 어떠한지 일깨우고자 하는 의도다. 그리고 둘째는 좀더 넓은 차원에서 소외와 분열이라는 주제를 이야기하고픈 목적이다. 사회 자체도 분열되어 있었다. 같은 마지니 거리에 그것도 같은 건물 내에 유대교 회당이 세 군데나 있었다. 하나는 이탈리아 계열, 하나는 스페인, 즉 세파라딤 계열(히브리어로 스페인을 뜻하는 세파라드에서 온 표현으로, 15세기 이전부터 이베리아 반도에 자리 잡았던 유대인의 한 계열을 의미한다. 스페인에서는 1492년에, 포르투갈에서는 1497년에 각각 왕의 칙령으로 유대인들에 대한 박해가 시작되어 대규모로 개종 및 국내외 이민과 탄압의 물결이 있었음-역주), 또 하나는 독일계(유럽 내 독일계 유대인들을 아슈케나짐이라고 한다. 2차 세계대전 나치 대학살 전에 러시아와 동구권을 포함한 유럽 전역에 분포되어 있었고, 현재도 전 세계 유대인의 80퍼센트를 차지함-역주)의 유대교 회당이었다. 게다가 페라라 지역 유대인 사회 내에는 그 구성원들 사이에 사회 지위상 큰 차이가 있었다. 핀치 콘티니 가 사람들은 스스로를 귀족이라고 여겼는데, 그 이유는 그들이 대대로 부유한 지주 가문이자 고급 사유지 저택에서 하인을 거느리고 사치스런 생활을 했기 때문이었다. 그들은 의도적으로 담장을 높이 쌓고 스스로를 격리시켰다. 이러한 그들만의 우아한 게토는 페라라에 사는 다른 유대인들의 분개를 자아냈다. 자체 격리를 철저하게 실천했던 그들은 자녀들을 공립학교에 보내는 대신 개인 가정교사를 두어 교육시켰다. 국가 차원의 시험을 볼 때만 자녀들을 기사 딸린 차에 태워 학교에 보내곤 했다.

실제 담장과 상징적인 담장으로 이중 격리된 삶이라는 이 작품의 주제는 도시를 둘러싼 형태로 건축된 성벽이 있는 페라라 시 자체까지 확장 적용된다. 창문과 거울들의 이미지가 반복해서 언급되면서 '내부'와 '외부'는 구분된 공간이라는 점이 강조되어 있다.[11] 심지어 바사니의 다른 작품 제목들도 의미심장하다. 페라라를 배경으로 하는 소설 시리즈의 첫 작품에는 『성벽 안에서』라는 제목이 붙었고, 그 시리즈 네 번째 책의 제목은 『그 문 뒤로』였다. 이후 바사니는 1943년에 반파시스트 운동 혐의로 투옥되어 감옥에 갇히게 되고, 그로 인해 직접 '내부'와 '외부' 사이의 거리를 경험하게 된다. 투옥 기간 동안 그는 가족과 서신을 교환했는데, 그중 일부가 추후에 『감옥으로부터』라는 제목으로 출간되었다.[12]

이미 그의 초기 작품에서도 배척이라는 주제가 여러 차례 선보였지만 1958년도 작품 『금테 안경』에 이르러 가장 극적인 힘을 발휘한다고 할 수 있다. 이 책은 『핀치 콘티니 가의 정원』보다 4년 먼저 출간되었고 바사니의 첫 주요 저작이다. 『금테 안경』의 화자는 유복하고 세련된 집안에서 자란 유대인 청소년인데, 이 화자의 배경은 바사니 자신의 삶과 매우 흡사하다. 『금테 안경』의 주인공은 아토스 파디가티라는 의사다. 그는 베네치아에서 페라라로 이사온 외부인이지만, 이내 사람들의 신망과 애정을 받게 되고 이비인후과 전문의이자 종합병원 부서장으로 자리를 잡는다. 처음에 관습에 얽매이지 않고 독신으로 사는 그에게 사람들은 인정미가 느껴지는 수준의 호기심을 보였다. 하지만 곧 그의 '이상한 습관'에 대한 소문이 떠돌기 시작하고, 페라라의 선량한 시민들은 그가 독신생활을 고집한다는 사실에 대해 눈살을 찌푸리기 시작했다. 이내 풍문에 그가 '그런 사람', 즉 동성애자라는 이야기가 퍼지기 시작했다.[13] 그 소문은 사실로 드러나고, 결국 파디가티는 철저히 배척당하게 된다. 환자들이 그에게서 떠나가고 결국에는 종합병원에서의 직책도 뺏기고 만다. 외로움에 지친 그는 젊은 대학생 무리와 친해지려고 서투르게 애써보지만 소용이 없었다. 그에 대한 적대감이 전반적으로 커져가는 상황 속에서 파디가티는 인정사정없는 한 난봉꾼 청년에게 이용당하고 굴욕을 겪는다. 그러다가 결국 스스로 '궁극의 수모', 즉 자살의 길을 택하고 만다.

동성애자인 파디가티가 배척과 박해를 당한 경험은 새로이 공포된 파시스트 법안 아래에서 위선적인 이탈리아 부르주아의 공모로 유대인들이 겪은 배척, 박해와 일맥상통한다. 사회에서 소외된 모든 이들 간에, 그리고 모든 종류의 차별 및 집단의 혐오 의식 사이에는 유사성이 성립 가능하다. 사회로부터 따돌림 받는 유대인이 품고 사는 치유 불가능한 상처와 배척을 당한 동성애자의 상처가 유사하다는 사실은 유대인인 화자에게 도덕적이면서 정치적인 가르침으로 직접적인 작용을 한다. 바사니의 작품에서는 공동묘지를 배경으로 하는 장면이 수시로 등장하는데, 『금테 안경』에서도 역시 화자가 유대인 공동묘지를 방문하는 장면이 나온다. 이때 그는 평화와 온유함의 감정이 자신을 압도하는 느낌을 받으면서도, 여전히 그가 인간 본래의 공포라고 부르는 두려움을 떨치지 못하고 앞으로 분명 계속될 더욱 끔찍한 박해에 대한 생각에 잠긴다.

『금테 안경』은 공허함을 환기시키는 서술 방식이나 끈질기게 등장하는 물의 이미지를 통해서 비극적인 분위기를 전달한다. 아드리아 해 근처 여름날의 공허함이라든지, 소설의 끝 무렵에 그칠 줄 모르고 내리는 비가 전하는 느낌, 그리고 파디가티가 빠져 죽는 장소인 강물에서 느껴지는 절절한 존재감 등이 그러한 분위기를 조성한다. 심지어 소설의 초반부에서 파디가티가 바그너의 오페라 『트리스탄과 이졸데』에 나오는 '리베스토트(Liebestod)', 즉 사랑과 죽음의 아리아('Liebestod'는 독일어로 '사랑'과 '죽음'을 연결한 합성어로서 지금은 오페라 중에서 절망적 상황에 빠진 사랑하는 연인들이 최후의 방편으로 자살을 택할 때 부르는 아리아를 의미하거나 혹은 '자살' 자체를 뜻하기도 함-역주)를 관능적으로 회상하는 장면에서 이미 물과 죽음의 이미지가 연계된 모습으로 등장한 바 있다.

페라라의 기록자

·

'페라라 소설 시리즈'라는 제목의 전집으로 모아진 이야기와 소설들 중에서도 『금테 안경』의 주인공인 의사 파디가티는 전설적인 인물로 남아 있다. 그의 이름은 다른 소설에서도 등장인물들의 추억 속에 등장하거나 대화 중에 언급되기도 한다. 그 외에도 바사니의 작품 세계에서는 여러 소설에서 같은 인물 및 사건이 교차적으로 언급되는 일이 흔하다. 익숙한 거리와 카페들, 기념물과 장터, 매음굴 등의 장소라든지 라테스, 타베트, 핀치 콘티니 혹은 코르코스 같은 유대인 이름들이 그 대표적인 예다. 그리고 물론 어디에서나 묘지의 존재가 언급된다는 점도 그의 글의 특징이다. 시간이 흐르면서 그가 점점 더 확실히 깨닫게 된 사실 한 가지가 있었다. 파시즘이 극한에 달했던 1937년과 1945년 사이 최악의 시기, 그리고 세계대전 직후 수년간의 혹독한 시간을 배경으로 바사니 자신이 즉 페라라에 대한 합성된 그림을 만들어 내고 있다는 점이었다. 전쟁의 실제 참상 자체나 1943년 파시스트 정권의 몰살 부대가 저지른 잔혹행위들, 그에 대항해 소위 해방(Liberation) 기간에 발생한 무장 전사들의 복수극 등이 모두 봉쇄된 것처럼 배경으로 밀려나 있다. 오히려 그러한 침묵으로 인해 더욱 강렬한 인상을 남긴다고도 볼 수 있다.

예외적으로 바사니는 『1943년의 어느 밤』이라는 강렬한 작품에서 어느 페라라 시민 그룹이 밤중에 학살된 사건을 다루지만, 그래도 그 특유의 완곡한 방식으로 이야기를 끌어간다. 이 소설에서 반신불수의 장애인이 3층 아파트 창가에 앉아 있다가 인질 열한 명이 처형되는 장면을 목격하게 된다. 그는 나중에 법정에 섰을 때 그런 잔혹한 일을 저지른 게 누구였는지 목격한 대로 진술하기를 거부한다. 이는 아마도 파시스트였을 살인자들과 본인이 암묵적인 동조자의 관계에 있기 때문일 거라는 짐작을 하게 된다.

실제로 '눈'과 '창문'은 바사니에게 중요한 상징이다. 이 상징은 작가 자신에게도 적용된다. 다시 말하자면 바사니는 자기 자신을 페라라 유대인

공동체 전체의 증인이자 기록자로 여기리라 결심했다. 여러 군데 다른 동네들, 마지니 거리와 세 개의 회당, 교회들, 사격대가 있는 장터, 해자를 두른 성, 그리고 난간 같은 익숙한 장소들에 대한 거울 효과를 통해 신화적 면모를 갖추게 된 도시 페라라를 노래하는 시인이라고 자신을 규정한 것이다. 이 도시 자체가 주인공이 되어, 떠도는 수많은 가십과 풍문들을 흉내낸 집단의 완곡한 담론을 통해서 도시가 지닌 집단으로서의 성격이 드러난다. 이렇게 대중 여론을 모방한 것은 페라라의 중산층이 보여준 도덕적 무기력이라든지 전체주의 정권과 연루된 사실, 그리고 얼마 전에 벌어졌던 유대인 학살 자체를 부정하려는 태도 등을 미묘하게 비판하기 위한 목적이었다.

바사니는 노동자 계층과 초라하게 살아가는 수공업자들에게 보다 공감하는 입장을 보인다. 소외된 패배자의 모습으로 묵묵히 일하다 죽어 가는 사람들 말이다. 20년 넘게 완성하려고 애를 쓴 초창기 소설『리다 만토바니』에서 바사니는 모녀관계인 두 여자 재봉사의 삶을 섬세하게 풀어간다. 두 여인은 절망의 문턱에서도 묵묵히 일을 하면서 고통을 견뎌낸다. 관점이 살짝 다른 작품으로는『저녁식사 전의 산책』을 들 수 있다. 이 이야기의 소재는 유대인 의사 엘리아 코르코스와 농민 출신으로 노동자 계급에 속한 이탈리아 여인과의 결혼이다. 이 소설 또한 유사하게 소통의 불가능성이라는 장벽과 종교적·사회적 차이로 인해 깨지지 않는 오해가 분명 존재할 수밖에 없다는 점을 강조하고 있다. 하지만 강조하는 바에서 미묘한 차이가 있다고는 해도, '페라라의 다섯 가지 이야기'라 불리는 일련의 작품들이 지닌 공통점은 어떤 한 세계, 혹은 일정한 삶의 방식의 종말을 주제로 다루었다는 사실이다.

왜가리의 죽음

·

『금테 안경』에서는 죽음이라는 테마가 저변에 깔려 있었고, 『핀치 콘티니 가의 정원』에 이르면 죽음이라는 주제가 작품 전체를 강하게 압도한다. 한 개인이 자살로 향해가는 과정을 괴로울 정도로 자세히 묘사한 1968년도 소설 『왜가리』에서도 죽음의 주제는 찾아볼 수 있다. 이 소설에서는 이야기가 하루 사이에 벌어진다. 독자는 우선 새벽에 사냥을 하러 차를 몰고 떠나는 주인공 에드가르도 리멘타니를 따라나서게 된다. 이탈리아 북부 에밀리아 지방의 지주인 그는 시작부터 시간이 없다고 느낀다. 그는 시계를 반복해서 쳐다보며 하루 종일 마치 얼빠진 사람처럼 시간을 보낸다. 다시 말하면 시간에 쫓긴다고 생각하면서도 극도로 무기력하게 구는 것이다. 사냥 약속에 가는 길에서도 사냥 자체를 포함한 모든 일이 허망한 행동일 뿐만 아니라 소외를 체험하는 일에 지나지 않는다는 생각이 집요하게 그를 괴롭힌다.

바사니가 톨스토이의 『이반 일리치의 죽음』에 푹 빠져 있던 시기에 집필한 작품이 바로 이 소설이다. 페라라의 유대인 지주 리멘타니는 자신을 이미 지나가 버린 시대에서 살아남은 시대착오적인 사람이라 여긴다. 바사니는 이러한 리멘타니의 자살을 다룬 이야기를 통해 그가 서서히 완전한 절망으로 빠져드는 과정을 몇 시간으로 압축해서 보여준다. 리멘타니는 정치정당들의 움직임에 무관심하고, 오만한 자세로 정치를 혐오하는데, 이러한 그의 냉담한 태도는 정치적인 변화로 인해 그 자신이 희생양이되는 것을 막아주지 못한다. 근래에 발생한 세 가지 일로 트라우마를 겪은 뒤로 그의 삶에 어두운 그림자가 드리워져 있다. 첫째는 파시스트 정권 하에 시작된 유대인 박해의 기억, 둘째 그 박해를 피할 목적으로 가톨릭 여인과 결혼했다는 사실에 대한 죄책감이며, 마지막으로 자기 소유의 땅에서 일하는 공산주의자인 농업 노동자들이 그에게 보이는 적대감이다. 그렇지 않아도 그들은 얼마 전 괭이를 치켜들고 리멘타니를 위협해서 계약 수정요구를 관철시킨 바 있었다. 그는 이 일을 겪은 후 자기 땅에 가 보는 것조차 두려워졌다. 그리고 그 같은 두려움이 생겼다는 자체가, 전쟁 직후 몇 년의 기간 동안 그가 속한 사회의 한 계층이 소멸했음을 절실히 느끼는 계기가 되었다.[14]

사냥은 리멘타니가 속한 계급의 사람들이 중독된 수준으로 즐겨 하는 운동이다. 하지만 이 마지막 치명탄을 발사하려는 순간 리멘타니는 이상하고도 상징적인 경험을 한다. 마치 마비가 된 듯 방아쇠를 당길 수 없게 된 것이다. 사냥터 가이드로 나선 젊은 농부의 총에 맞아 땅에 떨어진 왜가리가 고통스럽게 죽는 모습에서 그는 자기 자신을 발견한다. 왜가리가 극심한 고통을 겪는 광경을 바라보며 자신의 존재 자체가 전적으로 무의미하다는 걸 깨닫는다. 같은 날 사냥이 끝난 후 페라라에서 멀지 않은 작은 마을 코디고로를 산책하던 그는 어느 박제상의 진열창에 전시된 박제 동물에 매료된다. 여기서도 재차 창문의 이미지가 상징하는 바는 몰래 들여다보는 자는 가치 있지만 손에 넣을 수 없는 것과 격리되어 있다는 사실이다. 박제된 동물들은 죽음으로 인해 부동성과 완벽함을 얻었고, 리멘타니는 그 점이 부러웠다. 그는 스스로를 관찰자이자 스파이로 설정하고, 카드게임을 하는 이들을 창문 너머로 쳐다보면서 다시금 관음증을 드러낸다. 이 사람들은 움직임도 없이 조용히 앉아 있어서 마치 박제사의 가게에 전시된 동물들과 유사한 인간 정물처럼 보였다. 이 작품보다 몇 해 전에 청년 바사니는 〈카드게임을 하는 사람들〉이라는 시를 발표했다. 이 시는 문도 창문도 모두 닫힌 갑갑하게 막힌 좁은 공간을 배경으로, 한 무리의 사람들이 잠도 자지 않고 마치 무덤 속 죽은 사람들처럼 침묵을 지키고 앉아 있는 모습을 묘사하고 있다.[15] 카드게임에 열중하는 사람들은 조각상 같은 자세를 취하고 있었는데, "더 이상 썩지 않는 최종 상태의 아름다움"을 지닌 박제동물들과 비슷했다.[16] 그 사람들을 쳐다보던 리멘타니는 죽음에 대해 강렬하게 끌림을 느끼게 된다. 사냥하러 나온 날이 이제 저물어가고, 그는 자살이라는 선택이 구원과 해방을 가져다줄 것 같다고 삐딱하게 생각하기 시작한다. 오직 죽은 자들만이 안전해 보이고 진정 살아 있다고 여겨진다. 페라라 전집 중 한 후기 작품에서는 할아버지 장례식에 온 어린아이 브루노 라테스가 등장한다. 브루노의 표현을 빌리자면, "오직 죽은 사람들만이 잘 지낸다"는 느낌이 리멘타니에게 엄습하기 시작한 것이다.[17]

불변과 불멸의 개념을 죽음의 넓은 의미에 포함해서 보는 것이 이 작품의 핵심이다. 사냥 원정에서 실패한 후 차를 타고 돌아오는 길에 리멘타니는 유대인 공동묘지를 지나친다. 소설에 직접 서술되지는 않지만 그는 이제 집으로 돌아가 자살을 할 참이었다. 이 대목을 통해 무덤에 대한 언급이 다시 반복되고, 유대인들의 오래된 '상처' 이야기도 나온다. 그리고 이 소설은 담으로 에워싸인 도시 페라라의 모습을 상기시킨 후, 무엇보다 어머니의 자궁 같은 보호벽 안으로 움츠리고픈 욕구를 이야기하며 마무리된다.

정원에서의 죽음

·

페라라 시의 외벽 안쪽에 위치한 거대한 사유지의 담장 뒤에서 살아가는 핀치 콘티니 가 사람들은 마치 그게 자신들의 숙명인 것처럼 고독과 소외로 점철된 일종의 죽은 목숨 같은 삶을 살고 있다. 교수인 아버지 에르마노, 그의 부인 시뇨라 올가, 연로한 할머니 시뇨라 레지나, 그리고 두 사춘기 자녀 알베르토와 미콜로 이루어진 이 가족은 귀족과도 같은 칩거 생활을 한다. 이들은 현재 정세를 파시스트의 시대답게 상스러운 시기라 판단하고, 이를 피해 고집스럽게 스스로를 격리시킨 것이다. 유일한 예외가 미콜이다. 미콜은 사적인 영역을 소중히 여기는 사람이지만, 자기 가족을 둘러싸고 있는 세상을 누구보다 용기 있게 직시하고 그에 대해 명확한 인식을 갖고 있는 인물이다. 그리고 또한 바깥세상의 현실에 적절하게 대응할 줄 아는 것처럼 보인다.

사실은 공원이라 해야 할 이들 저택의 정원과 '마그나 도무스'(magna

domus, 말 그대로 '대저택'이라는 뜻의 라틴어-역주)라는 별명을 가진 인상적인 대저택은 특권층의 세계를 상징한다. 티타임이 되면 테니스 코트 옆에는 푸아그라, 캐비아, 훈제 연어가 들어간 샌드위치가 쟁반 가득 차려진다. 테니스를 치던 이들은 고무바퀴 수레로 옮겨온 사기와 백랍 주전자에 담긴 차와 과일주스를 즐긴다. 이곳은 격리되고 보호된 세상이다. 심지어 이 가족은 말하는 방식 자체가 달라서 마치 그들만의 언어인 '핀치 콘티니어'를 말하는 것같이 들린다. 가족 중에 이 어법을 가장 뛰어나게 구사하는 이가 바로 미콜이다. 미콜의 아버지 에르마노 교수는 연구 활동 속으로 피신한다. 하지만 보호받는 느낌을 주는 그 저택의 담장은 한편으론 나를 넘어보라고 초대하는 듯하다. 소설의 도입부에 아직 어린아이였던 미콜이 조르지오에게 담장을 타고 넘어오라고 부추기는 대목이 있다. 자기 부모님이 만들어 놓은 특별한 세상에서 같이 놀자고 초대하는 장면이다. 또, 조르지오와 미콜이 유대교 종교 축일에 회당을 찾을 때면 이들은 각자 아버지의 기도용 숄에 감싸인 채 서로 등을 맞대고 앉았다. 이때 미콜은 조르지오에게 미소와 윙크를 보내곤 했다. 마치 '수정의 벽'[18]이 둘러져 보호받는 듯이 앉아 있는 자기 아버지의 기도용 숄 밑으로 들어오라고, 오빠 알베르토랑 자기와 다 같이 앉자고 종용하듯 말이다. 끈질기게 여기서도 벽이라는 이미지가 사용되었음을 알 수 있다.

담장을 넘어 자기 가족의 사적인 세계로 들어오라는 미콜의 초대는 차별 법안이 시행되고 조르지오와 친구들이 테니스 클럽에서 제명되고 나자 말 그대로 항시적인 초대가 된다. 박해를 반기다시피 하는 핀치 콘티니가 사람들은 친구 사이인 청년 무리가 저택의 테니스장을 마음대로 사용해도 좋다고 흔쾌히 허락한다. 조르지오가 더 이상 공공 도서관에서 논문 준비 공부를 할 수 없게 되자 에르마노 교수는 자신의 개인 서재를 내어주기까지 한다. 운명의 1938년, 그렇게 가을날이 이어지는 가운데 미콜과 알베르토, 그리고 친구들은 매일같이 이 정원에 모였다. 그러고는 거짓된 안정감이 허락된 그 환경을 즐겼다. 오랫동안 테니스를 마음껏 치거나 활기 넘치는 대화를 나누기도 하고, 가끔은 루이 암스트롱과 듀크 엘링턴의 레코드를 들을 때면 시간은 비현실적으로 느껴졌다. 화창한 늦여름 날씨는 겨울이 결코 오지 않을 것 같은 착각을 심어주었다. 하지만 작품 속에서 이렇게 눈부시게도 잠잠한 가을날들은 재앙이 코앞에 다가왔다는 느낌을 더욱 강조해줄 뿐이다. 바사니의 소설에서는 두 개의 이야기가 병행해서 전개되고 있는데, 두 이야기 모두 비극적으로 끝난다. 하나는 불운한 공동체, 즉 유대인들에 대한 이야기로서 페라라에 살던 유대인들의 운명은 프롤로그 중 에트루리아 묘지로의 나들이 대목에서 이미 언급되었다. 그리고 또 하나는 뻔히 끝이 보이는 사랑 이야기다.

소설의 제목에서도 핵심 단어로 쓰인 정원은 이 두 가지 이야기에서 모두 비유적으로 역할이 있다. 전통적으로 정원이란 다중적인 상징이다. 기쁨을 만끽하는 공간으로 착안된 중세식의 울타리 쳐진 정원의 개념에 대해 말해 보자면, 정원의 원형이라고 할 수 있는 에덴동산도 그중 하나의 버전으로 생각할 수 있다. 이러한 정원은 평안함과 순수한 기쁨을 의미할 뿐 아니라 이제는 존재하지 않는 천국과 연관되므로 잃어버린 순수함 및 잃어버린 행복에 대한 기억을 의미하기도 한다. 바사니의 이 작품 속에서 정원이란 가식적인 쉼이 있는 안식처로 그려지는 한편, 미콜에게 아주 특별한 매력을 부여하는 마법의 장소로 묘사된다. 미콜과 조르지오에게 정원은 풋사랑의 감정을 가졌던 곳, 잊을 수 없는 장소가 된다. 정원은 의미상 향수를 불러일으키는 추억과 어른이 되어가는 달콤 쌉쌀한 경험과 연결되어 있다. 그 두 사람은 보들레르의 표현 '어린 사랑의 푸르른 천국'을 인용하기도 한다.[19] 이 정원은 천국 같은 장소지만 훗날 조르지오는 쫓겨나고 만다. 그러니 '우리가 상상할 수 있는 유일한 천국은 우리가 상실한 천국일 뿐'이라는 마르셀 프루스트의 문장이 이 작품에서 인용된 점이 쉽게 이해가 간다.

그들의 사랑이 종말을 맞이하는 가운데 이보다 더 안 좋은 일이 있으니, 그건 바로 정원 자체가 결국에는 사라질 운명이라는 사실이다. 소설의 도입부에서 이미 독자들은 전쟁이 끝난 후 이 공원에 남은 거라고는 방대한 공터뿐이라는 사실을 알게 된다. 에덴동산은 사라지고 말 운명이라는 뜻이다. 전쟁이 막바지로 치달으면서 땔감이 필요하니 큰 나무들은 모두 베어질 것이다. 저택 건물 자체로 말할 것 같으면, 포탄 공격으로 심하게 손상된 상태 그대로 피난 온 노동자 가족들 여러 세대가 나누어 사용하게 된다. 이러한 미래의 조짐은 이미 소설의 본문에서 반복적으로 암시되었다. 예를 들면 미콜이 얼어 죽을 위험이 있는 나무들을 보호해야 한다고 말하는 대목처럼 말이다. 정원의 삶과 죽음이라는 측면에서만 보면, 바사니의 이 소설은 근본적으로 버지니아 울프의 표현을 빌려 '애가'라고 정의할 수 있다. 상실과 애도를 소재로 한 노래이기 때문이다. 또한 모든 것이 불가피하게 퇴락해버리는 사실에 대항한 악전고투와 그러한 쇠락을 늦추기라도 해보려는 전략을 묘사하는 글이기도 하다. 이러한 투쟁과 연기 전략을 가장 잘 구현하는 인물이 나이든 하인 페로티다. 그는 애완동물의 충성심과 비교해도 될 만큼 핀치 콘티니 가족과 과거에 대해 고집스러울 정도로 충실한 사람이다. 그는 구형 자동차와 외제 승강기, 그리고 이제는 사용할 수가 없어 마차 보관소에서 영구적으로 휴식 중인 노후한 옛날 마차의 수명을 연장시켜 보려고 완강한 자세로 애를 쓴다. 마치 이빨이 몇 개 없는 그레이트데인 개처럼, 페로티 자신도 이미 지나간 '다른 시대'로부터의 생존자인 게 아닌가.

"사물들조차 죽는다"라는 말은 조르지오와 함께 그 버려진 마차의 뼈대 위에 앉아서 미콜이 내뱉은 말이다. 미콜은 "차라리 그냥 떠나보내는 게 나아"[20]라면서 불가피한 죽음으로부터 사물들을 구하려 시도하는 건 아무 소용도 없다고 생각한다. 그녀는 그냥 떠나보내는 게 더 우아한 태도라고 주장한다. 미콜도 페로티처럼 사물을 보존하는 데 열정을 갖고 있는 것 같긴 하다. 실제로 미콜은 베네치아 사람들이 '라티미'라고 부르는 유리로 된 소품을 수집하기도 한다. 하지만 수집하고 보존한다는 건 살려 두는 것과는 다른 얘기다. 무언가가 계속 살아 있게 하려면, 충성심이나 기억만 가지고는 부족하기 때문이다. 궁극적으로는 사랑도 그 자체만으로는 그럴 힘이 없다. 자기 머릿속은 '장례식' 같다고 한 시인 에밀리 디킨슨에 대해 논문을 쓰던 미콜은 디킨슨의 시 한 편을 직접 번역하고 있었다. 미콜이 직접 선택한 디킨슨의 시가 '나는 아름다움을 위해 죽었다'라는 말로 시작한다는 건 의미심장하다고 볼 수 있다. 이 시는 나란히 자리한 각자의 무덤에 묻힌 두 인물이 나누는 짧막하고 절망적인 대화다. 두 사람 모두 자신이 추구하던 이상에 도달하는 데 실패한 인물이었던 것이다.[21]

사랑의 소멸

•

미콜과 조르지오 이 두 사람의 이야기는 처음엔 위대한 사랑의 탄생처럼 보인다. 정원 담장을 사이에 두고 이야기를 나누거나, 시험 때 학교에서 혹은 대제일마다 유대교 회당에서 정기적으로 마주쳤다. 미콜네 저택의 정원에서 함께 시간을 보낸 초창기의 나날들이라든지 함께 테니스를 치거나 골목길을 탐색하는 장면에서 그런 예감이 들었다. 하지만 독자는 곧 이 소설이 사랑의 탄생보다는 사랑의 소멸을 이야기한다는 걸 깨닫게 된다. 미콜에 대해서 너무 우유부단했음을 자각한 조르지오는 이미 돌이킬 수 없을 듯한 관계를 회복하려고 애를 써본다. 하지만 그가 서투른 신체 접촉을 적극적으로 시도하는 바로 그 순간, 그는 자기가 이제 미콜을 완전히 잃게 되었음을 인정해야만 했다. 조르지오가 그녀에게 가까이 다가갈수록 두 사람 사이의 거리는 점점 더 벌어졌다.

어느 날 전화 통화를 하던 중에 조르지오는 침대에 누우면 방 안에 무엇이 보이냐고 미콜에게 묻는다. 전화상으로라도 그녀의 침실을 엿보고 싶었던 것이다. 하지만 그에게 돌아온 대답은 독일어로 표지판에서나 볼 법한 차가운 금지의 메시지인 "접근 금지. 사유지임"이라는 말이었다. 그일이 있고 얼마 후에 전화 연락도 끊겨버린다. "나와 사랑을 나눈다는 생각은 그녀를 당황하고 난처하게 했다. 마치 오빠와 몸을 섞는 상상을 하듯 말이다"라는 조르지오의 말처럼 형제자매 사이와 유사한 애정 이상의 연애 감정을 미콜은 상상조차 하지 못했던 것이다. 여기서 암시된 근친상간이란 금기는 소설의 초반 회당 장면에서 미콜이 조르지오에게 자기 아버지의 기도용 숄 안으로 들어오라고 했던 장면을 떠올리게 한다. 미콜은 "너를 봤을 때, 참 안됐다고 느꼈어. 마치 네가 고아인 것처럼 말이야"라고 말했었다. 이 고아의 이미지가 부여하는 의미는 너무나 명백하다. 자기 부모님을 조르지오에게 아버지와 어머니로 내주고픈 소망이 미콜의 마음속에 조르지오와의 특별한 유대감을 형성시킨 것이다. 여기서 더 광범위한 주제인 혈연의 정체성도 끼어든다.

그런 가운데 같은 페이지에 나오는 미콜의 추가 설명을 인용하자면, 그 두 사람은 그저 서로의 '옆'에 앉아 있었을 뿐이라는 거다. 사랑에 빠진 이들처럼 서로 '마주보고' 있지 않았다는 뜻이다. 미콜은 조르지오와 자신이 지나치게 비슷한 사람들이라고 말한다. 사실 그들은 '동일 인물'이라고 할 수 있을 정도고, 이러한 동류의 사람들은 원래 서로 겨루지 않는 법이다. 사랑은 '모든 수단을 총동원해야 하는' 치열하고 잔인한 스포츠다. 그리고 다시 한 번 보들레르의 말을 빌어 바사니는 "사랑과 품위는 한마디로 양립이 불가능하다"고 말한다.[22] 보들레르의 이 인용문은 미콜이 번역하던 미국의 시인 에밀리 디킨슨의 시를 다시 떠올리게 한다. 그녀의 유명한 시에 등장하는 아름다움과 진실 사이의 대화는 각자의 무덤 안에 나란히 누운 시체들 사이의 대화다. 이 둘은 '일가친척(kinsmen)'처럼 밤에 만나 이 방과 저 방 사이 벽을 끼고 두런두런 이야기를 나눈다.[23] 미콜은 물론 여기서 킨즈멘(kinsmen)이라는 단어가 공통의 조상을 두었다는 넓은 의미뿐 아니라 실제로 가까운 일가를 의미한다는 것을 잘 알고 있었다.

그 외에도 미콜은 아는 게 많았다. 그녀는 다양한 얼굴을 보여준다. 독단적이면서 장난기 가득하고, 냉담하면서도 허물이 없고, 남의 시선을 의식하면서도 침착하다. 시간이 흘러간다는 사실을 받아들였음에도 여전히 안절부절 못하는 모습을 보이기도 한다. 그녀는 신랄한 사람 같아 보이다가도 사람을 안심시킬 만큼 눈부시게 미소를 띠우며 누이 같은 느낌을 주기도 한다. 미콜은 조르지오에겐 여전히 신비로운 존재다. 미콜을 상실하는 과정 중에도 조르지오는 그녀가 대체 어떤 생각을 품고 있는지 가늠조차 하지 못한다. 불행한 사랑을 한다는 사실도, 그가 품은 질투심도, 그가 미콜을 더 잘 이해하는 데 도움이 되지 않았다. 미콜은 새로 공포된 차별 법안에도 불구하고 학부 과정을 마칠 수 있는 베네치아로 잠시 이사를 간다. 이때 조르지오는 그녀가 어떤 젊은 남자들을 만나고 다니는지 궁금해한다. 그녀가 페라라로 돌아온 후에도 이런 의혹은 머릿속에서 떠나지 않고 그를 괴롭혔다. 그녀와 말나테 사이에는 대체 무슨 일이 있었던 걸까? 항상 만나는 친구들 중에서도 조금 연배가 있는 밀라노 출신 공산주의자 말나테는 합성고무 공장에서 화학자로 일했다. 미콜은 그가 너무 남성적이라며, 또 심하게 '털이 많은 타입'[24]이라며 싫은 척을 했다. 그들은 휘테(산중의 오두막집을 뜻함-역주)라는 별칭으로 부르던 테니스 코트의 탈의실에서 밤에 몰래 만난 게 사실일까?

시인, 죽음의 증인

·

애초부터 미콜은 사랑이 소멸한다는 사실을 받아들였다. 그녀는 자신과 가족에게 어떤 일이 닥치더라도 그 운명을 위엄 있게 받아들일 성격의 사람인 것과 같은 맥락에서 말이다. 반대로 조르지오의 경우는 어느 형태든 간에 죽음을 받아들일 생각이 없고, 물론 화자로서 결정적인 발언권을 가지고 있다.

소설의 주인공이기도 한 화자와 자전적으로 본 자신 사이에 바사니는 일부러 어느 정도 혼동이 있도록 글을 이끌어 간다.[25] 그러나 이것은 사실 혼동의 문제라기보다는 너무나도 개인적인 기억의 통로를 공동체의 기억과 연결하기 위해 택한 고의적인 설정이었다. 비유적인 의미로 보면, 과거로의 여행은 항상 장례식 같은 인식을 하게 한다. 소설의 도입부에 에트루리아 묘지를 방문하는 대목에서 그 점은 명백하게 드러난 바 있다. 하지만 페라라 시리즈의 마지막 작품의 결말을 통해 바사니는 자신의 의도를 재천명했다. 우리가 간직한 시간과 기억의 통로가 꾸준히 길어지는 건 사실이지만 과거 자체를 회복시키는 일은 여전히 가능하다는 점이다.[26] 그가 다룬 비극적 테마들의 맥락에서 보면, 과거는 결코 죽지 않는다는 이 믿음은 당연히 저주받은 공동체의 증인이자 그들의 회고록을 기록할 사람이 살아남았는가의 여부에 달려 있다. 바사니는 그런 유형의 증인이 되는 게 바로 작가의 진정한 역할이라고 생각했다.

하지만 바사니는 자신과 작가 겸 증인의 이미지를 연결시킴으로써 한

발짝 더 나아간다. 그는 수차례 발언을 통해 서술을 맡은 1인칭 화자가 자신의 작품에서 핵심이라는 점을 명백히 하고 있다. 페라라 시리즈의 최종편에서 바사니는 자신이 저술한 문학작품들이라는 무르익은 열매를 되짚으면서 궁극적으로 '나 자신(me stesso)'을 자신의 픽션 내에서 초점으로 두어야만 한다는 결론을 내린다.[27] 실로 페라라 시리즈 전체를 마무리하는 마지막 문장에서, 그리고 그중에서도 마지막 단어가 1인칭 대명사인 '이오(Io)'였다는 점은 의미심장하다.

영원히 사라져버린 대상을 기리는 역할을 맡은 이러한 주인공 겸 증인의 직업은 예술가이며 시인이다. 우리가 이미 보았다시피 바사니 본인의 표현에 따르면 시인은 언제나 '죽은 자들의 영역에서 되돌아오는' 인물이다. 바로 그 점, 죽은 자들의 메시지를 들고 산 자의 세상으로 돌아오는 것이 시인의 역할이라는 게 바사니 주장의 핵심이다. 문학은 죽음이 파괴시켜 놓은 것을 기념한다. 즉 이 책은 핀치 콘티니 가 사람들을 포함한 홀로코스트의 모든 희생자를 위한 무덤이자 묘비의 역할을 하고 있는 것이다. 하지만 글쓰기가 맡은 이런 회고의 임무는 글쓰기 행위 자체를 죽음과 공범 관계에 빠뜨릴 위험이 있다. 이러한 위험, 즉 작가를 삶과 죽음의 경계선상에 놓는다는 위험을 그는 분명 자각하고 있다. 바사니는 한 성명서에서 다음과 같은 감동적인 글을 통해 그 사실을 잘 요약해주었다.

"예술은 삶의 반대, 정확하게 정반대에 위치한다. 하지만 왠지 예술은 삶을 향한 향수를 느낀다. 그리고 진정한 예술이 되기 위해서는 그 향수를 느껴야만 한다"라는 그의 말은 바사니의 작품 세계 전체를 요약해 놓은 듯, 그의 비문으로 쓰여도 될 법하다. 그렇지만 이와 같은 그의 자세가 의미 있기 위해서는 한 가지 전제 조건이 있다. 위 문장에서 언급한 삶을 향한 향수가 종국에 가서 바사니 자신이 '죽음의 탐색(la ricerca della morte)'이라고 명명한 죽음을 향한 갈구함에 항복해서는 안 된다는 점이다.[28]

주

1. 이를 위해 다음의『핀치 콘티니 가의 정원』영문 번역본(5페이지)을 참고했다.
   Giorgio Bassani, 『The Garden of the Finzi-Continis』, trans. William Weaver
   (New York: Harcourt Brace Jovanovich; London: Harvest, 1983), 5.
   여기서는 윌리엄 위버의 번역을 영문 인용의 토대로 삼았지만 작품에서 직
   접 따온 인용문은 이탈리아 원문에 기초했다. 가끔 위버의 번역에 약간의 수
   정을 더해 인용하기도 했다. 화자의 이름 조르지오가 작가 바사니의 이름과
   같다는 점에서 이 소설이 지닌 자전적인 성격을 추측해 볼 수 있다.
2. 같은 책, 6.
3. 같은 책, 190-91.
4. 같은 책, 125.
5. 같은 책, 200.
6. Giorgio Bassani, 『L'odore del fieno』 (Milan: Mondadori, 1980), 95.
7. "New York Review of Books" 2005년 7월 14일자에 기고한 글(37-39페이
   지)을 통해 팀 팍스(Tim Parks)는『핀치 콘티니 가의 정원』에 대한 절묘한
   분석을 선보였다. 그는 바사니의 작품 중 다수가 "살았다"는 건 어떤 의미인
   가 라는 질문을 던진다고 지적했다.
8. Giorgio Bassani, "Un lapide in via Mazzini" (A plaque in via Mazzini), in
   『Cinque storie ferraresi』 (Milan: Einaudi, 1956), 77-113.
9. Giorgio Bassani, "In risposta VI," in 『Di là del cuore, in Opere』 (Milan:
   Mondadori,1998), 1323.
10. 파시스트 시대 이탈리아의 여러 도시에 살던 유대인 가족들의 태도에 대해
    서는 다음의 저서에서 매우 흥미로운 연구 결과를 찾아볼 수 있다.
    Alexander Stille, 『Benevolence and Betrayal』 (New York: Summit, 1991).
11. 감금, 분리, 거리감 그리고 거울 효과에 대한 이해를 도와주는 글로는 다음

의 저서를 참고하라.

Anna Dolfi, 『Giorgio Bassani: Una scrittura della malinconia』(Rome: Bulzoni, 2003).

12. Giorgio Bassani, "Da una prigione" (From a prison), in 『Di là del cuore』, in Opere, 949-62.

13. Giorgio Bassani, 『Gli occhiali d'oro』(Milan: Mondadori, 1996), 12.

14. 『왜가리』에 대해서 섬세하고 치밀한 논의를 선보인 책으로는 다음의 저서가 있다.

Douglas Radcliff-Umstead, 『The Exile into Eternity: A Study of the Narrative Writings of Giorgio Bassani』(Cranbury, NJ: Associated University Presses, 1987), 133-46.

15. Giorgio Bassani, "I Giocatori" (The cardplayers), in 『Storie dei poveri amantie altri versi』, in Opere, 1370.

16. Giorgio Bassani, 『L'airone』(The heron) (Milan: Mondadori, 1976), 186 ("bellezza finale e non deperibile").

17. Giorgio Bassani, "Altre notizie su Bruno Lattes," in 『L'odore del fieno』, 25.

18. Bassani, 『The Garden of the Finzi-Continis』, 24.

19. 같은 책, 194.

20. 같은 책, 79.

21. 같은 책, 103-4.

22. 같은 책, 84, 149, 148-49.

인용문들은 보들레르의 시 〈저주받은 여인들〉의 16행에서 발췌했다.

23. 같은 책, 104.

24. 같은 책, 88.

25. See Radcliff-Umstead, 『The Exile into Eternity』, 76.

26. Bassani, 『L'odore del fieno』, 95.

27. Interview with Anna Dolfi , in Dolfi, 『Giorgio Bassani』, 178.

28. 같은 책, 174.

7장

J.M. 쿳시

죽음이라는 스캔들

John Maxwell Coetzee

초기의 신호들

·

어느 날 심약해 보이는 학부생 한 명이 내 연구실로 찾아왔다. 그 학생은 거두절미하고 읽기과제였던 『야만인을 기다리며』를 도저히 읽을 수 없다고 선언했다. "교수님, 저는 이 책을 도대체 어떻게 해야 할지 모르겠습니다." 그러고는 한층 더 부드러운 목소리로 "이 책을 읽는 과제를 면제받을 수 있을까요?"라고 물었다. 아마도 당황한 내 표정을 알아차렸는지 그 학생은 설명을 시작했다. "저는 텍사스 출신입니다, 교수님. 침례교 집안에서 자랐어요. 이 책에는 폭력과 죄악이 난무합니다. 자꾸 나쁜 생각이 들어요." 그의 말에 깜짝 놀란 나는 적절하게 반박할 논거를 찾으려고 애썼다. 제대로 된 크리스천이라면 정신을 똑바로 차리고 용기를 내어 죄악에 대항해야 한다고 생각하지 않는가? 눈을 똑바로 뜨고 죄악의 맨 얼굴을 들여다보는 거야말로 중요한 일이 아닐까? 그리고 나는 악은 세상에 분명히 존재한다고 덧붙여 말했다. 그러니 피해서는 안 되는 것이라고 말이다. 하지만 그는 무뚝뚝하게 계속 면제를 요구했고, 나는 내키지 않았지만 그렇게 해줄 수밖에 없었다.

물론 구식 스타일로 머리를 짧게 민 텍사스 소년이 왜 힘들어 했는지 굳이 설명할 필요도 없이 잘 알고 있다. 쿳시의 이 소설에는 첫 페이지부터 살상과 썩어 가는 짐승의 주검들, 아물지 않은 끔찍한 상처가 가득한 소년의 시체, 터진 입술에 이빨이 부러진 어떤 노인의 시신이 언급되었다. 그리고 죄수들이 당하는 굴욕과 고문에 대한 서술이 이어진다. 또한 곡물저

장고 건물에서 심문 전문가에게 펜치와 나사못으로 고문을 당하는 죄수들의 비명소리도 묘사되었다. 이와 같은 '금지된 은밀한 영역에 무단 침입'한 경험으로 인해 화자가 이미 폭력에 대해 가지고 있던 호색적인 매혹이라는 감정이 심화될 뿐이었다. "자칼이 산토끼의 내장을 다 찢어놓아도 세상은 그대로 계속 돌아간다"는 문장처럼 위에서 묘사한 바와 같은 잔인한 예식들은 동물의 세계에서 매일 밤 벌어지는 끔찍한 현실과 같은 맥락에서 묘사된다. 하지만 『야만인을 기다리며』에서 언급되는 끔찍한 이야기들은 이러한 육식동물들의 공격적인 본능이라는 수준을 훨씬 넘어선다. 소위 문명화되었다는 인간들은 무방비 상태인 다른 인간들에게 고의적으로 굴욕을 주거나 육체를 손상시켜 결국 그들의 인간성을 상실케 하기 때문이다. 이 고문 전문가들은 또한 젊은 여인들을 고문해 그들의 몸에 지워지지 않을 상처를 남긴다. 나는 그 텍사스 출신 신입생의 마음을 충분히 이해할 수 있다. 하복부에서 검은 음모가 금빛으로 번쩍이며 축 늘어져 있는 시체들을 보고 악몽을 꾸는 화자의 모습에 그 학생이 얼마나 당황했을지 말이다.[1]

이 학생에 대해서는 거의 잊어버리고 지냈다. 그런데 몇 년 후 쿳시의 다른 작품인 『엘리자베스 코스텔로』를 읽으면서 그 학생이 불평한 내용을 쿳시가 거의 그대로 써 놓았다는 걸 깨달았다. 이 소설의 주인공은 엘리자베스 코스텔로라는 가상의 소설가로, 도발적인 의도로 설정된 인물이다. 그녀는 쿳시의 대리인 역할을 하며, 쿳시는 코스텔로라는 인물의 목소리를 통해 간접적으로 온갖 메시지를 전할 수 있었다. 그녀는 실존 소설가인 폴 웨스트의 작품 『폰 스타우펜버그 공작의 매우 풍성한 시간들』이 너무 사실적인 기법으로 잔혹하게 묘사한다고 신랄하게 비판한다. 웨스트가 지은 문제의 책은 히틀러의 암살을 모의하던 독일 장교들이 잡힌 후 고문을 당하고 결국 사디스트적으로 처형되는 이야기를 담고 있다. 코스텔로 본인도 사실 쿳시가 설정한 화자에 의해 잔혹한 작가라고 불리는데, 화자는 그녀에 대해 희생양의 내장을 후비고는 "열어 젖혀진 복부 너머로" 당신에게 냉담한 시선을 보내는 "그 거대한 고양이들 중 하나"라고까지 묘사했다.

그런 코스텔로조차 폴 웨스트의 작품에 충격을 받았다고 주장한다. 나치의 처형 방식에 대한 상세한 묘사, 교수형 집행인의 상스럽고 모욕적인 언사, '영혼의 암흑 영역'으로의 작가가 침입하는 행위, 그리고 죽음이라는 매우 사적인 경험과 '금지된 장소들이 갖는 금단'의 의미를 모독적으로 침범하는 작가의 행위에 충격을 받았다는 것이다. 코스텔로는 그러한 글을 쓴 작가의 영혼에 대해 걱정한다. 마치 나를 찾아왔던 학부생처럼 그녀는 죄악, 지옥, 악마 등의 단어를 사용하고, "어떤 장들은 지옥의 불길로 타오르는 듯하다"라든지, "악마는 사물의 표면 바로 아래에 어디에나 자리하고 있다"라는 평가를 내린다. 코스텔로는 또한 "악마의 뜨겁고 가죽 같은 날개의 펄럭임"을 느꼈다고 적었다.

다시 말하면, 쿳시가 그녀를 통해 내가 들었던 그 학부생의 말을 거의 그대로 재생하고 있었던 것이다. "난 이 책을 읽고 싶지 않다…… 그 책을 읽으면 악마가 나를 이끌어 가는 것 같다"라고 말하는 그녀 역시 저항하고 싶어 한다. 한마디로 "그 컵을 거부하고"[2] 싶어 한다는 뜻이라 할 수 있다('컵을 거부한다'는 것은 예수가 숨을 거두는 데 오랜 시간이 걸리는 십자가 형에 처해졌을 때를 연상시키는 표현이다. 마지막 순간 컵에 담긴 신 포도주로 입술을 축이는 장면이 성경에 나온다. '악마', '지옥', '죄악' 등의 단어에서 풍기는 종교적, 신비적 모티브와 같은 맥락의 표현이라고 할 수 있음-역주).

　이렇게 심하게 비판을 가하면서도 코스텔로는 한편 자기가 이렇게 충격을 받을 권리가 있는가, 또 그 책을 계속 읽는 걸 거부할 권리가 있는가 하는 의문을 가질 만큼 솔직한 모습을 보인다. 그녀는 사실 자기도 '똑같은 일'을 했노라고 인정한다.[3] 이렇게 그녀가 솔직하게 고백한 사실을 해석할 때, 이는 쿳시가 완곡하게나마 자신에게도 죄가 있음을 인정한 거라고 보아도 좋다. 픽션을 통한 수많은 가면들, 즉 그의 소설들을 통해 쿳시 본인이 자신의 '음울한' 상상력을 자각하고 있다는 점을 알 수 있다. 『젊음』이라는 소설에서 쿳시는 자기 내면에는 '음울한 감정을 품은 우물'이 있다고 언급하기도 했다. 이 작품에서 3인칭 시점으로 자전적인 이야기를 풀어가면서 쿳시는 자신이 검은색의 형상들, 그리고 삶과 예술의 암울한 본성에 의해 매혹되었노라고 고백하기도 했다.[4]

　하지만 『야만인을 기다리며』는 그런 음울한 감정이나 생생한 검은 형상 등 그의 작품 세계의 주요 요소를 담고 있는 것 이상의 작품이다. 이 소설은 화자인 치안판사가 보고 싶어 하면서도 한편으로는 알고 싶지 않아 하는 끔찍한 이야기들을 풀어놓는다. 그는 죄수 심문공간인 곳간 근처 오두막을 방문할 때 등불을 들고 있었는데, 그 등불은 그의 관음적인 충동을 상징한다. 그런 일이 실제로 벌어진다는 사실을 알게 되면 더 이상 순수함이 남아 있을 수 없다. 등불을 들고 그가 목격하게 된 광경은 철저하게 폭력과 고문, 굴욕, 강간 그리고 신체 손상의 행위만이 가득한 장면들이었다. 비밀경찰 당국은 심지어 아이들의 순수함마저도 탈선의 길로 이끈다.

즉, 뺨에 뚫어놓은 구멍을 통과해서 이은 철사 고리로 벌거벗은 죄수들의 손을 묶어놓고 공개 구타하는 광경을 아이들이 보도록 강제하는 것이다. 한 어린 소녀에게 막대기를 쥐어주고는 병사들이 음란한 충고를 던지며 벌거벗은 죄수를 때려보라고 부추기는 장면까지 등장한다.[5] 이건 마치 쿳시가 끔찍함의 묘사에 있어 카프카를 이겨 보고 싶어 한 것같이 느껴진다. 사형 집행 중인 죄수가 너무나도 느린 진행 과정에서 얼굴에 고통이 어리며 변용이 일어나는 모습을 아이들이 가까이에서 보도록 귀빈석을 내어주라고 명령하던 카프카의 유형지 장교가 떠오르니 말이다. 이런 맥락에서 고통을 유발하고 또 고통 받는 모습을 관찰하는 데서 느끼는 기쁨은 일종의 예술이자 과학의 수준으로 승화된다. 쿳시의 화자는 비밀경찰 대령과 그의 부하들을 '고통을 부르는 의사들'이라고 칭한다. 그들은 사디스트적인 처분으로 희생양들의 몸에 영구적인 흔적을 남기는 데 능한 이들이기 때문이다.[6]

인간의 육체와 그에 동반되는 고통은 쿳시가 꾸준히 다뤄온 소재다. 이는 처음부터 추악한 현실을 반영하는데, 예를 들어 『젊음』에 등장하는 초짜 작가가 '육체적 추함이라는 끔찍한 경험'이라는 표현을 하는 대목이 나온다.[7] 기분 나쁜 냄새, 특히 강렬한 체취는 쿳시가 집필한 거의 모든 작품에 등장하면서 개인의 행동에 특성을 부여하는 역할을 한다. 『철기 시대』에서는 주인공 커렌 부인이 "나는 그의 냄새를 맡았다. 그리고 그가 누구인지 알 수 있었다"라고 말하는 대목이 있다.[8] 얼마간의 시간이 지나 그녀는 어느 상처 입은 흑인 소년에게서 '공포의 냄새'가 나는 것을 인지한다.

그 공포감의 냄새와 죽음의 냄새는 알고 보면 남아프리카 전체를 향한 폭넓은 비유다.

육체의 진실이란 쿳시에게 어떤 의미인가. 이탈리아의 영문학자인 루시아 피오렐라가 『페테르스부르그의 장인』을 주제로 쓴 논문은 쿳시에 대한 가장 날카로운 분석을 선보인 연구 중 하나다. 이 글에서 그녀는 쿳시 자신이 어느 인터뷰 중에 했던 말을 인용하며 육체의 진실이라는 바로 그 점을 주요 논점으로 삼았다. 피오렐라가 인용한 쿳시의 발언은 다음과 같다.

"내 픽션 세계를 돌아보면, 아주 단순한 혹은 소박한 기준이 있음을 본다. 그 기준이란 바로 육체다. 그리고 육체가 느끼는 고통이야말로 육체가 존재한다는 증거가 된다."[9] 여기서 쿳시가 말하는 기준이란 추상적 차원의 정치적 염려하고는 너무나 거리가 멀고, 오히려 윤리적인 문제들과 연관이 있다고 보아야 한다. 특히나 육체가 침해를 당하는 경우에는 더욱 그러하다. 쿳시는 육체에 고통을 가하는 모든 행위를 권력의 행사라고 간주한다. 『어둠의 땅』에서 그는 미국이 베트남에 가한 네이팜 공격이라든지 네덜란드가 야생동물 취급하듯 호텐토트 족과 남아프리카의 부시맨 종족에게 파견한 말살부대 등을 동일선상에 놓고 강하게 비판한다. 이 작품에서 그는 타인의 고통을 통해 관능적인 기쁨을 누리는 이들에게 분개를 금치 못한다. [10]

"내가 말한 게 아니라 다른 것"

•

　쿳시의 문장에는 종종 긍정의 나아가 단정적이기까지 한 울림이 있다. 하지만 이는 보통 가상의 인물이라든지 또 다른 자아 같은 대리인을 통한 발언이기 때문에 그 책임을 물을 수 없는 경우가 많다. 쿳시의 사적인 발언인 경우에도 일정 수준의 완곡어법을 이용하기 때문에 그 진의가 의심스럽고, 또 자기 의문을 담은 경우가 많다. 시간이 흐르면서 그는 점점 더 당혹스러운 상황을 구축해 가는데, 특히 윤리적인 딜레마에 관해서는 그런 경향이 강하다. 엘리자베스 코스텔로라는 가상의 소설가를 설정한 이유도 이러한 경향에서 비롯된 것이다. 쿳시는 코스텔로라는 인물을 자신의 지지자일 뿐 아니라 자신의 극단적인 생각들을 농담조로 비판해줄 수 있는 인물로 설정했다고 볼 수 있다. 쿳시는 그의 현실에 대해 '내게는 반드시 프라이버시가 보장되어야 하지만 계속해서 좌절된다'고 표현했는데, 그의 화법 특유의 애매모호함, 이해하기 어려움, 신뢰하기 어려움 등은 그런 맥락에서 쿳시에게 매우 소중한 보호막이 되어준다. 그는 『소년 시절』이라는 작품 중 자기 자신을 묘사하는 대목에서 "그는 프라이버시가 보장되지 않고는 살 수 없다"고 적기도 했다.[11] 그는 단어들의 흐름을 이용해서 타인이 자기의 세계에 적대적으로 침범하는 일을 모면하기도 한다.

　하지만 쿳시의 작품 세계에서 화자들은 자신들이 말, 혹은 단어를 불신한다고 이야기한다. 『엘리자베스 코스텔로』에는 추신이 포함되어 있는

데, 이 글은 소위 '찬도스의 레이디'라 불리는 엘리자베스라는 여인이 프랜시스 베이컨에서 보낸 가상의 서신이다(오스트리아의 작가 후고 폰 호프만스탈이 1902년 발표한 「찬도스의 편지」의 인터텍스트라고 볼 수 있다. 「찬도스의 편지」에 삶이 언어로 체험될 수 없음에 상심한 주인공이 등장함-역주). 이 글에 쿳시의 작품 대부분을 포괄하는 의미의 명문으로 써도 될 만큼 결정적인 문장이 포함되어 있다. 바로 "항상 내가 말한 것이 아니라 뭔가 다른 걸 의미한다"[12]라는 문장이다. 『느린 사람』의 외발이 주인공은 자신이 말할 때 단어의 흐름이 마치 거미줄처럼 늘어져 의도가 제대로 전달되지 않음을 잘 알고 있다.[13] 하지만 바로 이 점이 쿳시에게 언어란 강박관념을 점점 더 심화시키는 요소가 되는 이유다.

쿳시의 초기작 『나라의 심장부에서』를 보면 단어에 지나치게 열중해서 발작적으로 일기를 쓰는 '마그다'라는 인물이 등장한다. 그녀의 집착은 자신과의 진정한 소통에 방해가 될 정도까지 이른다. 그리스 비극 인용하기를 즐기는 점을 포함해서 책을 유난히 좋아하는 마그다는 집착 수준인 것이 분명하다. 그보다도 전에 쓴 『어둠의 땅』의 주인공은 정치암살이나 테러작전에 대한 변명서를 작성하는 심리전 전문가다. 그는 자기가 어렸을 때부터 병적으로 책에 집착하는 아이였음을 고백하며 "나는 책에서 나고 자랐다"라고 말한다.[14]

여러 해가 지난 후 『슬로우 맨』에서도 똑같은 어조를 찾아볼 수 있다. 이번에는 메타픽션 기법을 통해 등장한 엘리자베스 코스텔로가 『슬로우 맨』의 불구자 주인공에 대한 평가를 내린다. 코스텔로는 여기서 "당신은 책처럼 말하네요"라며 작가 자체를 비난한다. 이 평가에는 틀림없이 자전적인 의미의 울림이 있다. "옛날 언젠가 당신이 창백하고 말 잘 듣는 어린 소년이었을 때 아마 책을 너무 진지하게 받아들이는 아이였겠지요. 그 모습이 너무 뻔히 그려지네요." 불구인 『슬로우 맨』의 주인공은 한술 더 떠서 자신을 "복화술사가 들고 다니는 인형" 같은 존재라고 힐난한다. 그 말에서 그가 뼛속까지 텅 비어 있음이 드러날 뿐 아니라 언어 자체가 일종의 가면이 될 수 있음이 암시되었다.

이렇게 언어적으로 진정성이 없다는 면을 가상의 작가 코스텔로가 뒷받침해주는데, 쿳시는 코스텔로가 자신이 쓴 『슬로우 맨』을 다음과 같은 발언으로 침범하여 해체시키는 것을 허용했다. 코스텔로의 말은 이렇다. "당신은 영어로 말합니다. 아마 생각도 영어로 하겠지요. 꿈도 영어로 꿀지도 모르겠네요. 하지만 영어는 당신의 진정한 언어가 아닙니다. 난 감히 영어는 당신에겐 변장수단, 가면이라고까지 말할 수 있어요."[15] 우리는 여기서 이탈로 스베보(1861년 아직 오스트리아-헝가리 제국의 영토였던 이탈리아 트리에스테 시에서 태어났으며 본명은 아론 에토레 슈미츠였다. 아버지쪽으로 독일의 유대인 가문 출신이었던 그는 자가 출판한 『제노의 고백』이라는 책으로 유명하다. 출간 당시 관심을 받지 못했던 그의 책을 이후 제임스 조이스가 열심히 후원했고, 조이스의 명작 『율리시스』의 주인공 레오폴드 블룸의 모델이 스베보였다고 함-역주)가 쓴 『제노』를 떠올리게 된다. 외부인 취급을 받는 제노는 자신의 고향 트리에스테에서 가족들과 쓰던 사투리를 버리고 문학적인 토스카나식 이탈리아어를 쓰기 시작한다. 그는 이내 자신이 하는 모든 말이 허위로 느껴짐을 깨닫는다. "토스카나 언어로 말하는 모든 단어, 그 단어 하나하나마다 거짓말이 된다."[16]

그러므로 쿳시가 폭력에 대해 느끼는 공분은(그는 항시 폭력에 대해 어느 정도의 죄의식도 가지고 있다) 진정한 소통을 위해 노력할 때마다 느껴지는 간극에 의해 영향을 받게 된다. 도덕적인 면에서 분개를 감추지 못하는 쿳시의 곁에는 항상 농담조에, 자기 회의적이며 도발적인 쿳시가 또 존재한다. 그의 수사법은 의심스러워 하는 어조와 의문 제기의 형식을 반복해서 오간다. 간접화법은 쿳시의 작품 세계에서 계속해서 사용되는 자원이라고 할 수 있다. 그의 작품 세계의 핵심 주제는 모든 진실이 규정하기 어려운 성질을 가졌다는 점인데, 이 문제는 이미 초기작 『어둠의 땅』에서 논의된 바 있다. 권력의 신화를 탐구하는 연구자로서 베트남 전쟁에서 네이팜 투하라는 미군의 해결책을 변호했던 주인공은 자기가 어쩌다가 지금 모습에 이르렀는지 당황을 금치 못할 것이다.

형태가 바뀌는 이야기들

•

여러 작품 속에서 쿳시는 불분명함이라는 특징을 보여준다는 걸 알 수 있다. 그의 작품 세계 전반에 걸쳐 완곡한 어조로 문서화된 의사소통의 수단들이 등장한다. 이들은 그 형태가 일기나 편지든, 암호화된 보고서든, 혹은 원시적인 명판에 새겨둔 후세에게 보내는 수수께끼 같은 메시지든 간에 뭔가 해독해야 할 비밀이 있는 것 같은 느낌을 심화시킨다. 『야만인을 기다리며』에서 반체제 인사인 주인공 치안판사는 제국의 변방 전초도시의 연대기를 접하게 되는데, 그는 그 문서가 기만적이고 모호하다고 느낀다. 그는 자신이 연구하는 고대 포플러 나무 조각에 적힌 신비스런 문구들에 대해서도 마찬가지 생각을 한다.[17]

얼버무리는 듯하고 신빙성이 없는 서술은 쿳시 자신의 모호함에서 기인한다. 그가 포드 매독스 포드에 대해 박사 논문을 썼다는 사실이 의미심장하다. 포드의 소설『훌륭한 병사』는 신빙성 부재(unreliability)를 특징으로 하는 서술 방식을 대표하는 작품이기 때문이다. 쿳시의 작품에서 이야기를 풀어 가는 이들은 악명 높을 정도로 의심스럽고 알맹이가 없는 사람들이다. 이것이 바로『포(Foe)』가 전하는 메시지다. 이 작품은 로빈슨 크루소의 이야기를 가상의 조난자 수잔 바튼이 재구성한 내용으로 아이러니가 가득하다. 수잔 바튼은 자신이 조난을 당해 로빈슨 크루소와 무인도 생활을 함께 한 동지였다고 주장하는 인물이다. 크루소가 죽은 후에 그녀가 작가 다니엘 디포(Daniel Defoe)에게 자기 눈으로 본 무인도 생활 이야기를 전하는 내용이 이 소설의 줄거리다(실제 로빈슨 크루소의 작가 다니엘 디포가 가상으로 등장하는데, 그의 본명은 다니엘 포였다. 또한 포는 적, 원수를 뜻하는 영어 단어이기도 함 –역주). 이 버전에 따르면, 그녀가 하는 이야기도 여전히 실화가 될 수 없다. 실제 벌어진 일은 오직 프라이데이만이 얘기해 줄 수 있겠지만, 그는 오래전에 알 수 없는 상황에서 혀가 잘려 나갔으므로 말을 하지 못한다. 그렇기 때문에 이처럼 익숙한 이야기를 재구성하면서 발생하는 간극은 모든 스토리텔링 자체의 신빙성을 떨어뜨리는 데 기여하게 된다.

대학교에서 문학을 강의하면서 쿳시는 문학의 해체이론과 기술을 잘 알게 되었고, 메타픽션 또한 능수능란하게 구사했다. 그러므로 일부 평론가들이 '텍스트성', '전략적인 침묵', '텍스트간의 상호 관계', 그리고 '수행적인 비유' 등을 언급하며 그의 작품이 '포스트모던하다'고 주장한 사실은 놀랍지 않다.[18] 비평가들이 쿳시를 논할 때 '의식적으로 문학적'이라는 특성을 강조했다는 점은 그가 의지적으로 정치적 의견 피력을 거부했다는 사실과 같은 맥락에서 파악할 수 있다. 쿳시는 아파르트하이트가 실행되던 당시와 폐지 이후의 남아공, 그 양쪽 모두를 혐오하지만, 그와는 상관없이 절대 특정한 입장을 보이지는 않겠다는 의지를 단호하게 표현했다. 남아공의 현실에 환멸을 느낀 그는 영국으로 도망치듯 떠났다. 그리고 『젊음』에서 고국은 마치 "나의 목덜미를 짓누르는 골칫거리"였다고 적었다.[19] 『철기 시대』에서 커렌 부인은 남아공을 벌레가 잔뜩 먹은 침몰하는 배라고 표현한다.[20]

쿳시 자신이 특정한 입장을 표명하지 않겠다는 의지는 사회 정치적인 영역을 넘어서 더 넓은 의미에서 역사가 저지른 침해 행위에까지 해당된다. 그는 역사 전반이 범죄의 연속이라고 보았기 때문이다. 고전문학 교수인 커렌 부인은 전쟁을 다룬 고대 그리스의 작품들을 가르친다. 하지만 지금도 그때와 같은 참상은 수그러들지도 않았고 전시에만 제한적으로 나타나는 것도 아니다. 쿳시는 자전적인 작품들을 통해 남아공은 학살이 빈번하게 벌어지는 나라라는 점을 상기시킨다. 그의 눈을 통해 본 남아공은 경찰이 임의대로 군중에게 총탄을 발사하고, 농부들은 노동자들을 노예같이 부리다 못해 죽을 때까지 매질하는 나라다.[21] 그러나 쿳시가 아무리 격하게 도덕적인 분개를 할지라도, 개인적이고 예술적인 독립성에 대한 욕구, 그리고 겉으로 느껴질 정도로 강렬한 윤리적 충동과 심미적 충동 사이의 긴장관계가 분명히 존재하므로 그는 불안정한 서술 방식을 고안하게 된 것이다.

뒤로 물러나 프라이버시를 지키고 싶어 하는 마음은 물리적 힘과 폭력적인 행동 앞에서 특히나 강렬하다. 프라이버시 없이는 살 수 없다던 『소년시절』속의 어린 쿳시는 매질과 학대 행위가 벌어지는 학교 내 현실 속에서 잔인성의 존재를 인식하게 된다. 그는 잔혹성에서 느끼는 기쁨을, 또 표면 아래로 맹렬한 증오심이 꾸물거리고 있기도 하다는 사실을 깨닫는다. 이러한 잔인성에 대한 매료라던지 폭력을 혐오하는 태도는 일찍부터 사회적이고 정치적인 차원에서도 영향력을 발휘했다. 그는 남아공의 백인들인 아프리카너(Afrikaner)의 공동체에 만연한 자세인 '물리적인 힘'을 이용한 위협에 반감을 느꼈다. 쿳시는 이들을 '거대하고 육중하며 강인한 근육질의' 코뿔소들이라고 여겼다. 그는 심지어 아프리카너 언어조차 '그들의 적에게 곤봉처럼' 휘두르는 무기 같다고 적기도 했다.

쿳시는 아버지와 삼촌들이 아프리카너로서의 어린 시절을 추억하며 향수에 젖는 모습도 경멸했다. 그들이 추억하는 어린 시절은 "얻어맞는 일, 발가벗고 다니는 일이 중요하고, 다른 남자아이들 앞에서 생리활동을 해보이는 일이 주를 이루며 프라이버시에 대해서는 동물처럼 무심했던" 시절이었기 때문이다.[22] 그러니 청년이 된 쿳시가 폭력배 같은 남아공 동포들과의 난잡한 생활을 해야 할까 봐 징집을 두려워하며 고국에서 탈출하기를 꿈꾼 것도 놀랄 일이 아니다. 쿳시는 당시의 느낌을 "그는 그걸 견뎌낼 수 없었을 것이다. 그는 손목을 그어버렸을 거다"[23]라고 기록했다.

잔학성을 혐오한다는 것과 탈출을 갈구했다는 점은 쿳시 자신도 공인한 사실이다. 그러한 점이 자신에게 엄격한 그의 성향을 더욱 강화시킨 듯하다. 그가 독자를 위해, 또 자기 자신을 위해 만들어낸 주인공의 소년 시절, 청소년 시절의 모습은 도저히 좋아 보이지 않는다. 그는 매질을 당할 때 느끼는 수치심과 고통을 두려워하는지 몰라도, 『소년 시절』에서 고백했듯이 비밀스레 "자신의 육체에 가해지는 침해"를 갈망하기도 한다.[24] 자신의 육체가 허약하다는 사실, 그리고 크리켓을 잘 할 줄 모른다는 사실, 완고한 성격에다가 특출해야만 한다는 투지에 불타는 점, 그리고 어떠한 사랑, 아니 단순한 애정 표시도 불편해하는 태도와 융통성 없음을 그는 개탄한다. 『소년 시절』의 주인공은 애교도 없으며 차갑고 자신감이 없는 성격이 모두 자기 탓이라고 생각하며 자기회의에 빠진다. 심지어 거울에 비친 자신의 얼굴까지도, "이 길고 침울한 얼굴, 여리고 빈약한 입, 그리고 이젠 안경이라는 보호막 뒤에 숨겨진 멍한 눈빛"이라고 표현하며 혐오감을 표시하기 시작한다.[25] 그의 반응은 거의 자기 증오에 가깝다. 심지어 사회적이고 인종적인 문제들에 대해서도 자신에게 책임을 묻는다. 소년은 인종적인 편견이 팽배한 현실에 불편함을 느꼈는지 몰라도, 사실은 물리적인 면에서, 외모만으로 흑인들이 무서워했던 게 사실이라고 인정한다.

이러한 자기 자신에 대한 견해 혹은 가상의 설정들은 그가 만들어낸 소설 속 인물들에게 반영되어 있다. 『슬로우 맨』의 불구 주인공의 사라진 한쪽 다리가 상징적이다. 그는 "사람이나 완전한 사람은 아니다"라고 묘사되었다. 엘리자베스 코스텔로가 그 점을 한층 더 노골적으로 지적한다.

"당신이 잃은 한쪽 다리는 그저 신호, 상징, 혹은 증상일 뿐입니다." 쿳시는 코스텔로를 이용해서 자기 소설의 주인공에게 가장 가혹한 평가를 내리게 한 것이다. 그녀는 주인공을 경멸조로 "이 추한 노인네여"라고 부른다. 하지만 그녀는 이내 "우리는 둘 다 추하지요, 폴. 늙고 추한 인간이지요"라며 자기도 함께 쇠약해져가고 있다고 고백한다.[26] 신랄하면서도 동조적인 엘리자베스 코스텔로의 성격은 작가라는 존재와 글쓰기 행위 전반에까지 확대된다.

여성주의 비평가들이 지적했듯이, 그녀의 강렬한 존재감은 글쓰기와 여성성에 대한 다른 기호들에 연관되어 있다. 쿳시의 작품에서 여성 등장인물들은 중재자의 역할을 하며, 가부장적 권위에 의해 침묵을 강요받는 걸 거부하는 인물들로 묘사된다. 이러한 인물들은 억압자와 억압받는 자 사이, 식민지배자와 피지배 주민들 사이에 불편하게 자리를 잡고 있다.[27] 불편함과 애매모호함은 순전한 죄의식은 아닐지 몰라도 좀더 광범위하게 퍼져 있는 병폐를 암시하는 면모다. 쿳시는 수치심이라는 단어를 자주 사용하며, 그가 펴낸 가장 중요한 작품 중 하나는 아예 『불명예(Disgrace)』라는 제목을 달고 있다(이 책의 제목은 한국어 번역 당시 소설 내용 전반의 맥락을 고려하여 '추락'이라고 정한 듯하나, 단어 자체의 뜻을 직역하면 '수치심'과 가깝게 연관된 '불명예'라고 할 수 있음-역주).

수치심

•

『적』에서 로빈슨 크루소의 동료로 등장하는 수잔 바튼은 신체 손상의 행위에 매료되어 있음과 동시에 그에 대해 혐오감을 느낀다. 프라이데이의 혀가 없는 모습을 보면 인간의 육체가 칼날 한번 휘두르는 행동에 얼마나 쉽게 허물어지는지 새삼 깨닫게 된다. 이렇게 겁에 질린 호기심과 혐오감이 혼합된 감정은 모든 형태의 수모로 확대 적용된다. 고문, 살인, 근친상간 혹은 강간 등 어떤 수치스러운 일이든 그에 맞닥뜨렸을 때 즉각적으로는 그 사실을 비밀로 하거나 부인하고자 하는 유혹을 느끼게 된다. 『나라의 심장부에서』에 등장하는 성난 노처녀는 자신의 아버지를 죽인 인물이다. 아니, 여러 다른 충격적인 버전의 이야기로 자기가 그를 죽였노라고 주장하는 인물이다. 그녀는 공모자인 자기 집 '노예'가 아버지의 시신 매장을 도왔고 나중에 자기를 강간했다고 말한다. 그리고 그도 그 스캔들을 '덮어버리고' 싶어 할 거라고 생각한다.[28] 수치심은 병으로 취급된다. 아니, 질병이 수치심에 비유되는 건지도 모른다.

『철기 시대』의 커렌 부인은 오랜 세월 수치심을 안고 자신의 몸을 부식시키며 살다 보니 암에 걸렸다고 말한다. "나는 평생 수치스러움을 견디며 내 안에 쌓아왔기 때문에 암이 생겼다오. 암이란 이렇게 생기는 거죠. 자기혐오에서요." 그러고는 마치 진단을 내리든 "나는 마음의 암이 생긴 겁니다"라고 요약한다. 그녀가 묘사하는 수치심에는 한계가 없다. 그녀는 그러한 수치심이란 현대 사회에서 하나의 삶의 방식이 되었다고 느낀다.

그녀의 건강 검진 결과, 죽음은 이제 피할 수 없이 다가온 진실임이 드러난다. 소설의 초반부에서 의사가 그녀에게 "사실을 직시"해야 한다고 조언하고 난 직후, 커렌 부인은 좀더 보편적인 어조로 발언한다. "죽음이란 남아 있는 유일한 진실이죠……. 내가 뭔가 다른 생각을 하는 순간이나 죽음을 생각하지 않는 순간 모두가 다 진실을 외면하는 순간이나 마찬가지인걸요."[29]

이 죽음이라는 진실은 또한 남아공에서 벌어진 끔찍한 여러 사건에도 분명 적용된다. 커렌 부인은 구구루투(Gugulutu)의 참상을 직접적으로 언급한다(구구루투는 남아공 케이프타운 근처의 마을이다. 아파르트하이트 당시에는 케이프타운 시내에 흑인들이 거주할 수 없어서 구구루투를 비롯해서 흑인들의 주거지가 별도로 생겨나게 되었다. 1986년에 비밀경찰이 청년들을 기습공격한 일이 있었으며, 그때의 정치·사회적 불안감이 현재까지도 지속되어 2000년대에도 범죄율과 살인 발생률이 압도적으로 높은 지역-역주). 이곳에서는 격렬한 분노와 폭력 사태로 입에 담을 수도 없는 살상이 일어났다. 몸에 불이 붙어 괴로워하는 여인에게 아이들이 웃어대며 기름을 더 퍼붓는다든지, 경찰은 극악무도하게 학생들의 피부를 조각조각 벗겨내 늘어지게 해 놓는 등의 일이 벌어졌다. 심지어 구급차와 병원 직원들조차 믿을 수가 없었다. 커렌 부인은 남아공이라는 나라의 토양 자체가 피에 굶주렸다고 느꼈다. 커렌 부인은 "배불뚝이에 턱도 여러 겹으로 쳐진 이들"이 인사불성이 될 정도로 권력에 취한 상태로 자신의 조국을 이끌어간다고 보았다.[30]

이렇듯 권력에 도취된 모습에 대한 비난은 남아공 정세를 넘어서서 더욱 넓은 의미로 정치 상황에 대한 비판을 담은 것이다. 병으로 죽어 가는 커렌 부인은 텔레비전에서 방송하는 애국주의 연설에 대해 드러내놓고 낯 뜨거워 한다. 이러한 수치심은 죽음에 찬성하는 다른 어떤 이데올로기에도 해당될 수 있는 감정이라고 할 수 있다. 그녀는 고대의 작품을 가르치지만 근대 역사에도 정통하다. 그렇기에 폭력에 대한 신비주의가 파시즘에 내재해 있다는 점을 넌지시 시사하기도 했는데, 예를 들어 스페인 내전 때 프랑코의 지지자들이 외치던 구호 "죽음이여 영원하라!"를 언급하면서 말이다. 이는 죽음의 종교요, 문명의 종말을 목표로 한 "죽음의 출현"이다.[31] 실로 이 소설의 제목처럼 철기 시대로 회귀한 셈이다.

정치 현실을 충분히 반영하지 않았고 역사를 무시하는 주인공들을 만들어 냈다고 쿳시를 비판한 나딘 고디머의 입장을 이해하기란 사실 쉽지 않다. 고디머는 『마이클 K』라는 쿳시의 1983년 작품에 대한 비평에서 이러한 의구심을 제기했다. 이 소설은 전쟁의 소용돌이 속에서 정원 일과 땅을 가꾸는 일, 그리고 매미의 노래를 들으며 황홀경에 젖어드는 모습이 인간의 생존을 위한 대책이라고 제시하는 것처럼 보였다.[32] 도저히 이해할 수 없는 세상 속에 던져진 어느 순수한 인간을 그린 이 소설은 『철기 시대』보다 훨씬 몇 년 전에 집필한 작품인 것이 사실이다. 그러나 쿳시의 초기 소설들 중에서도 역사 제단화와 같은 1974년 작 『어둠의 땅』이라든지 1980년도 작품으로 정치적 의미가 담긴 우화 같은 소설 『야만인을 기다리며』 등을 예로 들어보자. 비록 쿳시가 정치적 차원에서 호전적으로 운동에 나서는 행동을 불신하는 것은 사실이지만, 그가 처음부터 진지하게 고민했던 부분은 정치적인 문제들, 특히나 도덕적인 차원에서의 정치문제들이었음은 충분히 감지할 수 있다.

쿳시의 작품에 윤리적 토대가 있음이 뚜렷하게 드러난다고 해서 대학살적 충동에 대한 그의 집착을 독자들이 편히 받아들인 것은 아니었다. 쿳시 자신도 『소년 시절』에서 자기는 초창기부터 점점 더 암울한 글을 쓰고자 하는 욕구가 있었노라 고백하기도 했다. "펜이 움직이기 시작하는 순간 마치 잉크가 쏟아진 것처럼 걷잡을 수 없이 종이 위로 펼쳐지기 시작하는 그런 것"을 쓰고 싶었다고 말이다.[33] 『젊은 시절』에서 그는 위협적인 '검은 형태'들을 볼 때마다 압도되어 버리는 자신의 모습을 묘사했다. 그리고 그럴 때마다 내면의 "암울한 감정의 우물"이 얼마나 쉽게 요동쳤는지를 이야기했다.[34] 그가 창조한 가상의 인물들에 부여한 가장 암울한 감정 상태들 중에 분명 도스토옙스키적인 성격이 드러나는 경우가 여러 번 있다. 『추락』의 주인공으로 불명예스런 상황에 빠진 대학교수는 지나친 자기비하로 인해서 '정성스런 의식을 행하듯 그는 무릎을 꿇고 이마를 바닥에 댄다'라는 묘사에서 보듯 거의 패러디 수준에 이른다. 그는 '무기한 동안 불명예 속에' 살아야 한다는 걸 받아들였다고 말한다. 마치 속죄라도 하듯, 이전에 그는 개 안락사를 전문으로 하는 어느 동물병원에서 자원봉사를 하기도 했다.

하지만 뭔가 도움이 되겠다면서 무방비 상태의 동물을 잠재우는 방법을 택한 그의 결정 자체가 기만으로 가득한 것이고, 게다가 역사적 관점에서 사악한 의미를 내재하고 있다. 동물을 망각의 세계로 보내는 그 행위를 묘사하기 위해 쿳시가 이용한 완곡어법은 무아지경의 혼수상태를 뜻하는 보통의 영어단어가 아니라 애매모호한 독일어의 실사 뢰중(Lösung)과 '해방시키다'는 뜻의 동사 뢰젠(lösen)이다.[35] 물론 쿳시는 독일어를 충분히 잘 구사하는 사람이므로 이 동사 뢰젠(lösen)과 '구제하다'는 뜻의 동사 에를뢰젠(erlösen)이 자기 소설의 맥락에서는 쓰라리게 모순적인 단어임을 알고 있다. 그리고 또한 뢰중이라는 독일어 단어가 '해결책'이라는 다른 의미도 갖고 있음을 당연히 인지하고 있었을 것이다. 그리고 이 단어의 경우 '최종 해결책'이라는 표현, 즉 '홀로코스트'를 다르게 표현하는 말과 연계될 수 있음을 말이다.

이렇게 언어를 가지고 노는 쿳시의 어조는 곧 『엘리자베스 코스텔로』가 보여줄 비극적 주제에 대한 집착을 삐딱하게 준비하는 역할을 한다. 엘리자베스 코스텔로는 소위 '살생 공장'이라 불리는 산업화된 대형 도축장에서 동물을 능률적으로 도살 처리하는 과정을 아우슈비츠 같은 곳에서 가축처럼 죽어간 대학살의 희생자들에 대한 비유로 이용했다. "나치가 시체 처리를 배운 건 바로 시카고의 가축 수용소에서였다"라는 단정적인 표현을 통해서 말이다.[36]

그 전의 순간

·

엘리자베스 코스텔로의 말에 따르면(아니 쿳시 자신이 그녀를 통해 발언하는 게 아니던가?) 동물은 죽음을 이해하지 못하고 더 나아가 인식조차 하지 못한다는 해묵은 생각은 소름끼칠 정도로 상상력이 부족한 데서 기인했다고 한다. 그뿐 아니라 너무나 인간 중심적인 오만함을 보여주는 말이라는 것이다. 『추락』에는 안락사를 당할 운명에 처한 개들이 등장하는데, 이들은 그들이 갈 시간이 왔음을 너무나 잘 알고 있는 것처럼 묘사된다. 그 개들은 꼬리를 떨구고 귀를 납작하게 늘어뜨린 채 진정 그들이 '죽음이라는 수치'를 당할 운명임을 알아차린 것처럼 행동한다.[37] 코스텔로는 심지어 죽는 순간 동물이 느끼는 고통을 정치적 논쟁거리로 만들기도 한다. 그녀는 알베르 카뮈가 알제리에서 자랄 때 할머니가 목을 따던 암탉이 내지른 단말마를 들었다는 추억을 환기시킨다. 나중에 그가 열정을 다해 기요틴 사형제를 비난하는 성명서를 내고 궁극에는 프랑스에서 사형제가 폐지되는 데 크게 기여하게 된 계기가 바로 그 기억이었다는 이야기다.

쿳시 또한 동물의 죽음에 얽힌 어린 시절의 기억을 쌓아왔다. 『소년 시절』에서 주장하기를 그가 기억하는 최초의 사건이 창밖으로 개가 차에 치이는 광경을 목격한 일이라고 한다. 차바퀴가 개의 몸 한가운데를 짓밟고 지나갈 때 개가 죽어가면서 끼익 하고 외마디 비명을 질렀던 일을 아직도 생생하게 기억하고 있다. 하지만 쿳시는 과연 그 모든 내용을 상세하게, 확실히 기억하는가? 그게 다 사실이라고 확신할 수 있는가? 그가 머릿속에서 그 일을 집착적으로 되씹고 다른 표현을 써서 여러 차례 재생했다는 점 자체가 그 사건이 얼마나 중요한가를 보여주는 증거가 된다.

그는 또 다른 동물들의 죽음을 회상하는데, 독극물을 잘못 먹고 그의 품에서 죽어간 개와 누군가가 일부러 놓아둔 유리가루를 삼키고는 비참한 죽음을 맞은 또 다른 개에 대한 기억이다. 하지만 이보다 전에 나오는 장면이 의미가 있다. 『소년 시절』의 두 번째 단락에서 쿳시는 어머니와 동물 도살이 머릿속에 연결된 계기가 되었던 광경을 되새긴다. "그는 어머니가 부엌 싱크대에다 스튜용 고기를 턱하니 내려놓고 깍둑썰기를 하는 모습을 생각한다. 어머니의 피 묻은 손가락이 생각난다." 집에서 겪은 그 기억은 뒤에 나오는 정육점에서 날고기들이 늘어선 모습을 보고 역겨움을 느끼는 부분에서 불쾌하게도 다시 상기된다. "그는 판매대에다 고기 한 덩어리를 잘라 철썩 내려놓는 정육점 주인의 표정이 너무나도 아무렇지 않다는 사실에 거부감을 느꼈다"는 대목이 나온다. 그럼에도 이 소년은 반복해서 도축의 이미지에 사로잡힌다. 한 농장 일꾼이 양의 목을 따는 광경을 보게 되자, 양이 발로 걷어차고 몸을 뒤틀다 피를 흘리며 죽어 가는 모습을 소년은 뭔가에 홀린 듯이 쳐다보았다.[38] 내재된 관음주의로 인해 독자에게는 부담스러울 수도 있는 이러한 묘사들을 통해 드러나는 것이 바로 '죽음의 외설성'이다.

쿳시는 끈질기게 절멸의 직전 그 짧은 순간에 의식 속에 어떤 일이 일어나는가에 대해서 상상력을 동원했는데, 이러한 문제의 핵심은 희생자가 자신이 죽어 가는 것을 인지한다는 사실이다. 무존재로 돌아가기 전 그 짧은 순간에 대한 집착이 그의 소설 『페테르스부르그의 대가』의 요지라고 할 수 있다. 이 작품은 도스토옙스키를 주인공으로 내세워 그의 작품 속 분위기를 제대로 포착해낸 소설이다. 쿳시는 이 작품에서 시내 이곳저곳을 가로지르며 여러 차례 대면을 하면서 의붓아들 파벨의 죽음에 대한 진실을 알아내려는 표도르 미하일로비치(도스토옙스키의 이름-역주)의 모습을 그려냈다.

이 소설에서 파벨은 탑에서 추락사했으나, 사실은 혁명운동 동지들에게 살해된 것이 분명했다. 쿳시는 『죄와 벌』을 쓴 도스토옙스키가 진실을 탐색하는 과정을 따라가며 끔찍할 정도로 정신이 명료한 그 순간 즉 그 아우겐블리크(Augenblick, 순간 혹은 찰나)를 되새기는 그의 모습을 기록했다. 파벨은 그가 추락하는 도중에, 다시 말하면 죽음으로 향하는 그 짧은 시간 동안 "모든 걸 깨달았다"[39]는 것이다. 그보다 전에 쓴 소설『어둠의 땅』에서는 주인공 중의 한 명이 곤충의 머리 부분을 몸체에서 분리하면 그 곤충의 머릿속엔 무슨 일이 벌어질까, "마지막 순간에 무슨 생각이 지나칠까?" 하는 약간은 뒤틀린 호기심을 품는 장면이 나온다.『철기 시대』에서 커렌 부인의 경우도 난폭한 죽음을 맞는 느낌은 어떨지, 즉 "그 극도로 겁에 질려 있고 놀라는 순간"에 대해 호기심을 품는다. 그리고『슬로우 맨』에서는 주인공이 자전거를 타다 부주의한 운전자에게 거의 죽을 뻔한 사고를 당한 후 다리를 절단해야만 했다. 자신의 몸이 허공을 가르며 튕겨나가던 순간 머릿속을 스쳤던 생각을 그가 다시 곱씹는 장면이 나온다. "아, 이게 마지막 순간에 드는 느낌이구나"라며 말이다.[40]

그러나 최후의 순간에 몰려오는 인식이라는 주제를 놓고 가장 풍성한 변주를 해주는 작품은 다름 아닌『페테르스부르그의 대가』다. 쿳시가 그려낸 도스토옙스키는 허공을 가르며 추락하는 '생각하는 동물'의 머릿속에 들어가 보려고 온 의지력을 기울여 애를 쓴다. "그의 생각은 파벨이 죽음을 맞는 순간으로 달려간다. 그가 참을 수 없다고 느끼는 부분은 파벨이 추락하던 그 마지막 순간, 그 너무나 짧은 순간 동안에 파벨이 이제 그 어떤 것도 자기를 구할 수 없음을, 자기가 죽은 목숨임을 알고 말았을 거라는 점이다."[41]

그 참혹한 '일각'을 체험하고 싶어 하는 마음은 물론 너무나 쿳시다운 면모라 하겠다. 실제 도스토옙스키는 간질을 앓았기 때문에 진짜 발작이 일어나기 직전 "마지막 1초"에 스쳐가는 느낌에 익숙했고, 그 경험을 묘사하려고 여러 차례 시도하기도 했다. 특히 『백치』에서는 발작이 있기 1분 전에 그의 머릿속을 스치는 번뜩이는 불빛 이미지와 진짜 간질 발작이 일어나기 직전의 그 '마지막 1초'의 순간을 묘사하는 데 여러 페이지를 할애했다. 모든 걸 산산조각 내어 드러낼 듯한 힘으로 폭발한 이 내면의 빛이란 사실은 겨우 '2분의 1초'나 될 법한 너무나 짧은 시간 동안의 일이다.[42]

도스토옙스키 자신은 간질 발작 직전 아주 잠깐 번쩍이는 빛이라는 이러한 감각을 과격한 죽음의 이미지에, 특히 사형 집행이라는 끔찍한 상황에 연관시켰다. 쿳시가 인터텍스트 기법으로 도스토옙스키를 이용한 사실이 훨씬 더 정치적으로 의미 있고 복합적인 이유는 두 가지다. 첫째는 도스토옙스키 자신도 혁명운동에 참여했다는 이유로 사형 집행 직전까지 갔었다는 사실이다. 두 번째 이유는 그가 『백치』를 통해 교수대로 끌려가기 '불과 5분 전', '이제 불과 2분 전'하는 긴장감을 생생히 표현하면서 형 집행 취소가 선포되기 전 그 잔혹한 몇 분의 시간을 묘사해 냈다는 점을 들 수 있다. 게다가 형 집행 취소 후 불과 몇 시간 뒤에 도스토옙스키가 형미하일에게 보낸 서신을 통해 그 끔찍한 기다림의 시간 동안 빅토르 위고의 『사형수의 마지막 날』의 편린이 떠올랐노라고 고백한 사실을 우리는 알고 있다.

그가 회상했다는 빅토르 위고의 이 소설은 한 죄수가 일인칭 시점에서 기요틴으로 향하기 전 마지막 순간을 묘사하는 작품이다. 또한 위고가 평생 힘쓴 사형폐지 운동에 있어 중요한 역할을 한 소설이기도 하다.『백치』에는 이 소설을 암시하는 게 분명한 표현이 여러 차례 등장한다. 특히 미쉬킨 왕자가 목격한 사형집행에 대한 묘사에서 "윙크할 시간도 없이 머리가 떨어져 나간다" 하는 부분이라든지, 단두대에서 육체로부터 머리가 절단되어 그저 나뒹구는 물건이 되어버리기 직전에 사형수가 겪는 "마지막 30초의 시간"을 상상하는 작가의 모습에서 빅토르 위고의 영향이 분명히 드러나고 있다.[43]

쿳시는 사회의식과 정치의식이 유난히 강했기에 그러한 문제들에 분개하는 자세를 보였다는 점에는 의심할 여지가 없다. 그리고 그가 이러한 의식을 가진 이유는 역사와 역사가들에 대해 그가 비관적인 견해를 가졌던 데서 영향을 받은 것임을 눈치 챌 수 있다. 그리고 이는 우리를 다시『야만인을 기다리며』의 화자로 이끈다. 바로 과거 반체제 인사였다가 결국에는 동조자가 되어버리는 주인공 치안판사에게로 말이다.

역사의 시간, 제국의 시간

•

제국의 변방에서 법치를 주관하고 있는 그는 개화된 고급관리로 쿳시의 이 우화와 같은 소설의 배경인 '제국'이 의인화된 인물이라고 볼 수 있다. 그는 자신이 섬기는 제국 혹은 정치권력이 '역사의 시간'을 만들어낸다는 것을 알고 있다. 그리고 역사의 시간이란 반복적이며, 안심될 정도로 자연스럽게 계절의 변화로 파악하는 그런 시간의 개념과는 실제 전혀 상관이 없음을 깨닫는다. 제국의 시간은 인공의 재앙으로 인해 들쭉날쭉해지는 시간이요, 시작과 끝이 있는 시간이며, 전쟁과 민초 약탈의 시간이다. 그리고 결국 그 안에서 제국 자체도 궁극적인 자멸을 향해 나아가는 시간이다. 그 과정에서 비록 승자들 자신도 결국엔 종말을 맞기는 하지만, 패자들의 경우는 철저히 잊혀진다. 그들의 목소리는 완전한 침묵 속에 묻힌다. 오직 공기 중에 그들이 내쉬는 가느다란 한숨소리만 여전히 어렴풋이 들려올 뿐이다. 역사는 승자가 쓰는 것이다.

이 작품에서 정관사도 없이 표현된 제국은 자기보존을 위해 역설적으로 적이라는 존재를 반드시 필요로 한다. 제국에게 있어서는 아예 가공해낸 적들이야말로 가장 유용하다. 특히 이들을 원시적인 집단, 다시 말해 '야만인들'이라고 설정해 놓으면 금상첨화다. 그러면 공포 정치를 통해 긴급 조치와 중앙권력의 강화를 정당화할 수 있기 때문이다. 그러나 제국의 핵심에는 또한 죽음을 향한 갈망이 자리하고 있다. 『나라의 심장부에서』라는 작품 중에서 쿳시는 "조랑말을 탄 벌거숭이들이 저 언덕을 넘어와 우리를 말살시킨다면 얼마나 좋을까!"라는 문장을 통해 이러한 측면을 명료하게 보여준다.[44] 『야만인을 기다리며』라는 제목을 보자면, 이는 그리스 시인 C. P. 카바피의 시 제목을 그대로 따온 것이다. 이 시에는 어느 지쳐 늘어진 제국의 수도가 야만인의 침공을 기다리는 모습이 그려진다. 집단으로 자멸하고자 하는 욕구가 채워지지 않아 헛된 기다림 끝에 심하게 실망을 한다는 내용이 담겨 있다. "그들, 그 침입자들이 일종의 해결책이었다"라는 문장이 이 시의 마지막 줄을 차지한다.[45]

쿳시의 소설에 나오는 치안판사 또한 체제전복의 꿈을 키우는 모습을 드러난다. "내가 가끔 소망하는 게 뭔지 알려줄까? 이 야만인들이 들고 일어나 우리에게 한 수 가르쳐줬으면 한다고."[46] 그 반대 종류의 두려움도 물론 그의 작품세계에 나타나고 있다. 『철기 시대』의 주인공인 고전문학 교수 커렌 부인과 마찬가지로 이 치안판사도 소위 문명사회가 야만의 상태로 되돌아가는 듯한 현실에 질겁한다. 문명화된 도시에 대한 꿈과 현실을 직시한 패배주의 사이에 껴서 어쩔 줄 모르는 현대의 인본주의자 혹은 지성인을 대변하는 그는 자신이 무력하다는 사실을, 그리고 자신의 목소리에는 권한이 없음을 슬프게도 잘 알고 있다. 이 점이 바로 엘리자베스 코스텔로의 언니 블랑쉬가 고전문학 공부를 그만두고 아프리카 의료 선교사가 되면서 내세운 논거다. 블랑쉬는 이성의 시대(유럽의 18세기 계몽주의 시대를 의미함–역주)에 논의되던 그 모습 그대로의 인본주의란 지금 시대에 와서는 이미 파탄을 맞았다는 확신을 갖고 있는 인물이다.

인본주의자인 이 치안판사는 자신의 말은 어차피 신뢰받을 수 없다고 자각하고 있다. 그러한 인식이 이 주인공을 특징짓는 요소이기도 하다. 변방 생활의 편리함을 즐기는 고위 관리로서 그는 어느 상황에서나 양면을 보는 전형적인 자유주의자를 상징한다. 그는 관대하고 열린 자세를 갖췄으며 부당함과 잔학성에 분개하는 성격이지만 또한 남몰래 잔인함에 매혹된 상태다. 그는 또한 자기성찰에 빠진 사람으로, 구식이라고까지 할 만한 원칙은 아니더라도 귀족적인 가치에 애착을 지닌, 한마디로 기본적으로는 지조가 있는 사람이다. 그는 여가 시간에 고전을 읽고, 취미로는 고고학을 즐긴다. 그러나 그에겐 단점도 물론 여러 가지 있다. 방종하며, 우유부단하고, 음란한 쪽으로 감각적인 성향을 지닌 그는 전반적으로 두려움과 증오의 감정에 자신을 맡겨버리는 인물이다. 하지만 그 가운데서도 공정한 사람이 되려고 애를 쓴다.

그러나 그는 자기 자신을 의심하는 태도로 인해, 그리고 모든 걸 무의미하게 만들어버리는 아이러니에 민감한 성격으로 인해 고통을 겪는다. 그는 자신을 영웅적인 반체제 인사로서, 방해자이자 동요를 불러일으키는 사람이라는 모습으로 단호히 내세우고 싶어 한다. 하지만 기껏해야 쉽게 굴하지 않는 반영웅 수준에 머문다. 또는 그저 '생존자'의 위치에 머무를 따름이다. 귀를 막고 잠을 청해서 모든 걸 잊어버림으로써 힘든 시기를 견뎌보자는 유혹에 시달리는 그런 생존자 말이다. 곤경에 처한 그의 상황은 전체주의 사회에서 반체제 사상을 품은 인본주의자로 사는 일이 얼마나 힘든지를 보여주는 사례라고도 할 수 있겠다.

그러므로 이 소설은 우리가 살고 있는 이 시대에 대해 너무나 다양한 의문을 제기한다. 절대권력 하에서도 자유로운 인간으로 남을 수 있는가? 규범을 좇지 않는 영웅주의가 가능한가? 어떻게 하면 제국의 공범이 되는 걸 피할 수 있을까? 그리고 이런 의문의 저변에는 보다 근본적인 의구심이 깔려 있다. 그게 무엇인가 하면, 폭정과 죽음의 정권을 반대하는 지성인은 항상 어느 정도는 진정성의 결여라는 죄를 짓는 게 아닌가 하는 점이다. 왜냐하면 제국은 두 얼굴의 소유자이고 인본주의 담론도 결국 제국 지배체제의 한 면을 대표하기 때문이다. 주인공 치안판사는 이러한 사실을 깨닫고는 다음과 같이 분명하게 이야기한다. "나는 차갑고 뻣뻣한 대령의 정반대여서 변덕스럽고 쾌락만을 좇는 그런 인물이 아니었다. 나 자신을 그렇다고 생각하고 싶었지만 말이다. 나라는 사람은 시절이 좋을 때 제국이 스스로에게 늘어놓는 거짓말 같은 존재요, 대령은 힘든 바람이 불어올 때 제국이 인정할 수밖에 없는 진실을 표상한다. 우리는 제국 지배의 두 가지 면모일 뿐, 그 이상도 그 이하도 아니었던 거다."⁴⁷ 진실의 두 가지 측면이자 거짓의 두 가지 측면이라는 건 무슨 의미인가. 치안판사와 대령을 대조함으로써 드러나는 사실은 인본주의 담론과 권력구조의 잔혹한 현실 사이에는 근원적인 방조 혹은 묵인의 관계가 형성되어 있다는 점이다.

하지만 쿳시 자신은 정확히 어느 위치에 선 것인가? 그가 정말로 믿는 바는 대체 무엇인가?

"사람 잘못 보셨습니다."

●

다시 한 번 가상의 여성 작가 코스텔로, 즉 쿳시가 자신의 작품에 대한 대리 증인이자 검열관으로 창조해낸 인물에게 돌아가 보자. 그녀의 교훈들에 할애된 『엘리자베스 코스텔로』의 마지막 장에서는 코스텔로가 사후에 경비가 삼엄한 어느 대문 앞에 도착하는 장면이 묘사된다. 그곳에서 코스텔로는 '저 건너편'으로 가는 허가를 받기 위해 청원을 해야만 하는 입장에 처한다. '문 앞에서'라는 제목이 붙은 이 장은 고의적으로 카프카를 패러디한 것같이 느껴진다. 코스텔로가 법정에 서야 하고 그곳에서 그녀의 믿음에 대해 여러 차례의 심문을 거쳐야만 한다는 설정 때문이다. 그러는 과정에서 그녀는 장기 청원자가 된다. 판관들이 그녀의 답변에 만족하지 않아 법정에 몇 번이고 출두하여 진술을 해야만 했다. 그때마다 그녀의 답변은 달라진다. 하지만 같은 점이 있다면 언제나 파악하기 어렵고 자기모순으로 가득 찬 이야기를 한다는 사실이다.

한 번은 코스텔로가 자신은 작가로서 들은 이야기를 기록할 뿐이라고 진술한다. 폴란드의 시인 체스와브 미워쉬를 인용하면서 그저 자신은 '보이지 않는 자의 비서'일 뿐이라고 말한다. 즉 아무도 비서에게는 의견을 묻지 않는다는 이야기다. 나중의 한 장면에서 그녀는 자신이 모든 의견에 열린 자세를 견지하며, 그녀의 책들은 가르치려 들거나 설교하려 들지 않는다고 주장한다. 그러니 믿는 것도 너무 다양하고 어쨌거나 믿을 만하지도 않은데 자기가 믿는 바가 무엇인지 신경 쓸 필요가 어디 있느냐는 이야기다. 그녀는 "나에겐 신념들이 있지만, 나도 그것들을 믿지 않는다"라고 표현한다. 그녀는 결국에는 어린 시절의 추억에 의지해 보는데, 이도 사실은 모호한 비유에 불과했다. 코스텔로는 빅토리아 주 시골의 개펄에서 걷기마다 수천 마리 개구리 떼가 땅속으로 들어가 자기들의 무덤을 파던 모습을 회상한다. 하지만 비가 오면 개구리들은 다시 땅 밑에서부터 흙을 파고 올라와 사방에 개구리 울음 소리가 울려 퍼지곤 했다는 것이다. 바로 부활의 이미지다. "난 그 자그마한 개구리들을 믿습니다"라고 그녀가 설명한다. 그 뜻은, 쿳시의 동명 소설의 주인공이자 말도 똑바로 할 줄 모르는 정원사 마이클 K처럼, 코스텔로 자신도 어떠한 관념적인 생각 없이 그저 '삶의 주기'와 조화를 이루고 살고 싶다는 것이다.[48]

현실의 코스텔로는 자신이 쉴 새도 없이 한 신념에서 그 다음 신념으로 옮겨가는 변덕을 부리고 있음을 너무나 잘 알고 있다. 어떻게 보면 이 유동성이야말로 그녀의 진실인 것이다. 하지만 그러면 대체 이 진실은 어떻게 파악할 수 있겠는가? 그녀는 "자기가 믿는 게 뭔지 어떻게 알 수 있지?" 하고 묻는다. 그리고 "나는 다른 사람이다"라고 말하며 정체성 자체에 의구심을 불러일으킨다. 분명 이 말은 코스텔로를 심판하는 판관들을 당황케 하고 짜증나게 했을 것이다. 그런데 사실 그 문장 "나는 다른 사람이다"는 프랑스 시인 아르튀르 랭보에게서 거의 그대로 따온 인용문이다.[49] 코스텔로는 "당신들이 지금 사람을 제대로 봤다고 생각하면, 잘못 생각하신 겁니다"라며 판관들에게 한층 더 훈계를 늘어놓는다. 그녀는 자기에게는 여러 가지 면모가 있으며 완전히 파악될 수 없다고 주장한다. 아니, 쿳시 자신이 하고픈 말이었는지도 모를 이 주장의 내용은 분명 세상 모든 작가들에게 다 해당될 수 있다. 작가들은 모두 '믿지 않는 신자'이거나 '믿는 불신자'들이니 말이다.[50] 노련하게 회피하는 태도라든지 관념에 대한 그녀의 적대감 너머로 우리는 글쓰기라는 행위에 대해 느끼는 불편함이 성가시게도 사라지지 않고 있음을 파악할 수 있다. 이는 마치 근본적인 결함이라도 있는 듯한 느낌과 비슷한 잠재적인 불편함이다.

말과 폭력

*

랭보, 미워쉬, 카프카 등 쿳시의 인터텍스트 사용 습관은 그가 완곡어법을 선호한다는 걸 반증한다. 이는 또한 본질에 관련된 문제다. 작가란 그가 어떤 문학적 동반자를 두는가를 보고 어느 정도까지는 판단할 수 있으니 말이다. 쿳시의 경우, 인간 존재의 유한성이라는 조건에 '노'라고 말하는 카프카의 금식 예술가를 생각할 수 있다. 그리고 사무엘 베케트의 경우는 쿳시가 청년 시절 "특정 부류에 속하지 않는다"고 평가한 작가로서, 사실 쿳시 자신도 그런 평가를 받고 싶어 했다. 베케트의 강박적인 독백이라든지 멈출 수 없는 '한 목소리의 흐름'은 쿳시에게 깊은 인상을 주었다.[51] 또한 내면을 향한 여정을 강조했던 조셉 콘래드를 들 수 있다. 이미 통찰력 있는 비평가들은 쿳시의 작품 세계에서 콘래드의 영향을 찾아볼 수 있다고 지적한 바 있다.[52] 도스토옙스키의 영향은 아무리 강조해도 과장이 아닐 정도로 중요하다. 하지만 또 세르반테스가 창조한 애절한 표정의 금욕적인 기사 돈키호테를 잊지 말아야 한다. 그가 보이는 웃음기 없는 모습이 쿳시의 작품 『슬로우 맨』에 직접 언급되기도 했다.

금욕적인 삶을 추구하는 자세는 종종 타협을 불허하는 태도로 변질될 때가 있다. 이는 보통 글쓰기의 실행과 연관된 죄의식이 깔려 있음을 넌지시 알려준다. 쿳시는 글쓰기에 대한 소명을 일찍이 깨달았다고 말한 바 있다. 『소년 시절』을 맺는 문장에서 그는 어렸을 때 어떤 장례식 광경을 목격하고 나서 "모든 책과 모든 사람들, 모든 이야기"를 기억해야 한다는 의무감을 느꼈다고 이야기한다. 쿳시가 창조한 주인공들 중 대다수는 거의 강박적인 수준으로 글쓰기를 꾸준히 실행하는 인물이라는 점이 공통된 특징이다. 보고서, 연대기, 서신이나 일기를 쓰는 등 글의 종류는 다양하지만 말이다. 하지만 그와 동시에 그의 소설들은 말, 특히 문서화된 말이 지닌 배신자 같은 특징을 비난한다. 마치 언어가 그 자체로서 불명예로의 추락을 보여주는 증거라도 된다는 듯이 말이다. 엘리자베스 코스텔로의 표현에 따르면 언어란 가면이고 배반이다. 코스텔로가 등장하는 쿳시의 다른 작품 『슬로우 맨』에서는 소설가로서의 그녀의 인생을 "거짓말쟁이 그리고 잡담가"의 행적으로 정의하고 있다.[53]

그러나 쿳시는 훨씬 더 불편한 뭔가로 인해 애를 먹는 듯하다. 코스텔로는 작가 폴 웨스트에 대해 나치의 고문과 처형 방식을 너무나 자세하게 묘사했다며 맹렬하게 비판했다. 그러나 이러한 비난은 사실 작가라면 누구든지 갖고 있는 '영혼의 어두운 영역'에 대한 '음란한' 호기심을 문제 삼는 일이라고 볼 수 있다. "램프의 요정 지니는 램프 속에 남아 있는 게 낫다……"[54]라며 소설가의 검은 잉크병을 언급한 비유는 신기하게도 쿳시 자신에게 어울릴 이미지이다. 이러한 잉크의 이미지는 이미 『페테르스부르크의 대가』에도 등장한 바 있다. 도스토옙스키가 그의 팔을 타고 흐르는 혈류를 작가의 잉크인 동시에 산성을 띤 새까만 독약으로 보는 장면이 나오는 것이다. 그리고 쿳시의 묘사 속에서 도스토옙스키는 그 독약이 자신이 품고 다니는 것이며 자기가 쓰는 글을 통해 주위로 퍼져나간다고 느낀다. "그는 광기가 그의 오른팔 동맥을 타고 흐르며 손가락 끝까지 내려가 펜으로 이어지고 또 종이까지 이어진다고 생각했다. 이 광기는 줄기가 되어 흐른다. 그는 펜을 잉크에 담글 필요조차 없었다. 단 한 번도 말이다. 종이로 흐르는 것은 피도 아니고 잉크도 아니다. 그건 빛이 반사되면 불쾌한 녹색 광택이 나는 새까만 산(acid)이었다."[55] 펜에서 흘러나오는 이 검은색 독은 사실 독을 뜻하는 그리스어 단어 파르마콘(pharmakon)이 의미하듯 약효와 재생의 능력을 지닌 것일 수 있다. 반면 치명적일 수도 있는 것이다.

주

1. J. M. Coetzee, 『Waiting for the Barbarians』 (Harmondsworth : Penguin, 1982), 12, 13, 23.

2. J. M. Coetzee, 『Elizabeth Costello』 (Harmondsworth : Penguin, 2004), 5, 160, 173, 167, 178.

3. 같은 책, 179.

4. J. M. Coetzee, 『Youth』 (Harmondsworth : Penguin, 2003), 92.

5. Coetzee, 『Waiting for the Barbarians』, 106.

6. 같은 책, 47.

7. Coetzee, 『Youth』, 30.

8. J. M. Coetzee, 『Age of Iron』 (Harmondsworth : Penguin, 1998), 133.

9. See Lucia Fiorella, 『Figure del male nella narrativa di J. M. Coetzee』 (Pisa : ETS, 2006), 203.

10. J. M. Coetzee, 『Dusklands』 (1974 ; London : Secker & Warburg, 1982), 97.

11. J. M. Coetzee, 『Boyhood』 (Harmondsworth : Penguin, 1998), 126.

12. Coetzee, 『Elizabeth Costello』, 228.

13. J. M. Coetzee, 『Slow Man』 (Harmondsworth : Penguin, 2006), 70.

14. Coetzee, 『Dusklands』, 30.

15. Coetzee, 『Slow Man』, 231, 198, 230.

16. Italo Svevo, 『Confessions of Zeno』 (New York : Vintage, 1989), 384.

17. Coetzee, 『Waiting for the Barbarians』, 154.

18. See Dominic Head, 『J. M. Coetzee』 (Cambridge : Cambridge University Press, 1997) ; Sue Kossew, "Women's Words : A Reading of J. M. Coetzee's Women Narrators," in 『Critical Essays on J. M. Coetzee』, ed. Sue Kossew

(New York: G. K. Hall, 1998), 166-79; Teresa Dovey, "J. M. Coetzee: Writing in the Middle Voice," in 같은 책, 18-28; and Michael Vaughan, "Literature and Politics: Currents in South African Writing in the Seventies," in 같은 책, 50-65.

19. Coetzee, 『Youth』, 101.

20. Coetzee, 『Age of Iron』, 128.

21. Coetzee, 『Youth』, 100.

22. Coetzee, 『Boyhood』, 13-32, 139, 124, 126.

23. Coetzee, 『Youth』, 40.

24. Coetzee, 『Boyhood』, 7.

25. Coetzee, 『Youth』, 154.

26. Coetzee, 『Slow Man』, 33, 229, 236.

27. See in particular Josephine Dodd, "The South African Literary Establishment and the Textual Production of 'Woman,'" in Kossew, ed., 『Critical Essays on J. M. Coetzee』, 157-65. See also Kossew, "Women's Words"; and Laura Wright, Writing 『"Out of All the Camps": J. M. Coetzee's Narratives of Displacement 』(New York: Routledge, 2006).

28. J. M. Coetzee, 『In the Heart of the Country』 (Harmondsworth: Penguin, 1982), 70.

29. Coetzee, 『Age of Iron』, 145, 155, 26.

30. 같은 책, 49, 62, 29.

31. 같은 책, 29.

32. 나딘 고디머의 비평은 1984년 《New York Review of Books》에 처음 선보였고, 이후 『J. M. 쿳시 비평(Critical Essays on J. M. Coetzee)』이라는 선집에 실렸다(139-144페이지).

33. Coetzee, 『Boyhood』, 140.

34. Coetzee, 『Youth』, 92.

35. Coetzee, 『Disgrace』, 172-73, 142.

36. J. M. Coetzee, "Lesson 4" ("The Lives of Animals"), in 『Elizabeth Costello』, 91-115, 97.

37. Coetzee, 『Disgrace』, 143.

38. Coetzee, 『Boyhood』, 30, 48, 50, 101, 98.

39. J. M. Coetzee, 『The Master of Petersburg』 (Harmondsworth: Viking/Penguin, 1994), 21.

40. Coetzee, 『Dusklands』, 96, 『Age of Iron』, 109-10, and 『Slow Man』, 27.

41. Coetzee, 『The Master of Petersburg』, 20-21.

42. Fyodor Dostoevsky, 『The Idiot』, trans. Constance Garnett (New York: Bantam, 1971), 218, 227.

43. 같은 책, 20.

44. Coetzee, 『In the Heart of the Country』, 72.

45. C. P. Cavafy, 『Collected Poems』 (rev. ed.), trans. Edmund Keeley and Philip Sherrard (Princeton, NJ: Princeton University Press, 1992), 19.

46. Coetzee, 『Waiting for the Barbarians』, 51.

47. 같은 책, 135.

48. Coetzee, 『Elizabeth Costello』, 199-200, 217.

49. Arthur Rimbaud, "Lettre a Paul Demeny," in 『Oeuvres』 (Paris: Garnier Frères, 1960), 345.

50. Coetzee, 『Elizabeth Costello』, 219, 221, 223.

51. Coetzee, 『Youth』, 155.

52. See in particular David Attwell, "'The Labyrinth of My History': J. M. Coetzee's 『Dusklands』," in Kossew, ed., 『Critical Essays on J. M. Coetzee』, 29-49.

53. Coetzee, 『Slow Man』, 117.

54. Coetzee, 『Elizabeth Costello』, 160, 167.

55. Coetzee, 『The Master of Petersburg』, 18.

프리모 레비

흠 있는 설계

인본주의적 메시지?

•

그 일은 폭동이라고 표현할 수준은 절대 아니었다. 허나 유대계가 아닌 학생들까지 포함해서 내가 가르치는 학생들 중 일부가 프리모 레비의 작품에 대해 불편한 감정을 표현한 일이 있었다. 대학살이 벌어진 나치 수용소에서 겪은 지옥 같은 체험을 서술한 자신의 책에서 레비가 단테의 신곡에 나오는 칸토의 한 장을 통째로 헌정했다는 점 때문이었다. 단테의 신곡은 중세 크리스트교 신앙에 기반을 둔 시이므로, 학생들의 생각에는 아우슈비츠나 나치의 손에 희생과 고통을 당한 유대인들과는 하등 관계가 없다는 것이다. 대체 무슨 유대인이 이럴 수가 있는 건가?

나는 최선을 다해 학생들에게 설명했다. 문화적으로 이미 동화된 이탈리아 유대인으로서 레비는 유대 전통의 구비 설화보다는 이탈리아 학생들이라면 누구나 학교에서 배우는 단테에 훨씬 더 익숙했던 게 사실이다. 하지만 그보다 더 중요한 이유가 있었다. 레비가 아우슈비츠에서 겪은 일의 맥락을 알고 나면 단테의 지옥편 칸토 26번을 칭하는 게 분명한 〈율리시스의 칸토〉라는 장은 매우 깊은 감동을 준다. 사연은 이러하다. 알자스 지방 출신의 수용소 동료 유대인 한 명이 그에게 이탈리아어를 가르쳐달라고 부탁했다. 그래서 레비는 수업 자료를 마련하려고 리세오 클라시코 (liceo classico, 굳이 풀어서 번역하자면 '고전 중등학교'라고 할 수 있다. 이탈리아에서 가장 오래된 중등교육 체계로서, 1970년대 이전에는 대학 진학이 가능한 유일한 중등교육 학제였다. 고대 그리스어와 라틴어, 고대 문학 과목이 필수로 정해져 있다. 유럽 전체를 놓고 보아도 얼마 남지 않은 고전에 치중한 중등교육기관임-역주)에서 배웠던 단테의 작품 중 일부 소절을 기억해 내려고 애썼다. 그리고 이렇게 시의 조각을 회복시키고 기억해 내는 과정, 망각의 세계에 반하여 행하는 기반 강화 작업을 거치면서 이 작업들이 그에게 일종의 생존 방식이었고 혹은 부활이라고까지 느껴졌다. 이렇듯 특수 상황이었기에 단테의 시에는 특별한 의미가 있었다. 기억 속에 묻혀 있었지만 완전히 잊히지는 않았던 시의 구절에 의지한다는 사실에서 인본주의적 메시지가 전해졌다. 이 행위는 죽음에 대항해서 레비를 지킨 수호자 역할을 한 것이다.

적어도 내 논거는 그랬다. 단테의 시에 등장하는 율리시스는 난폭한 키클롭스보다 한 수 앞서가는 호머의 영웅으로서가 아니라 그의 부하들에게 일종의 선생으로서 인간의 존엄성에 대한 교훈을 전하는 인물이다. 레비가 단테의 지옥편을 언급한 이유는 전적으로 교양의 전파와 가르침이라는 차원에서 이루어진 일이다. 그리고 단테의 작품은 그 근본적인 요소를 보면 범문화적인 성격이 명백함을 알 수 있다. 신곡에 나오는 단테의 스승 또한 로마 시인 베르길리우스인데, 그는 단테를 저승 세계 곳곳으로 안내하는 역할을 했다. 이 베르길리우스가 누군가 하면 바로 〈아이네이드〉라는 서사시에서 트로이의 영웅이면서 로마를 건국한 인물 아이네이아스의 운명을 칭송함으로써 호머의 서사적 세계에 합류한 시인이 아니던가. 그리스의 시인 호머에서 로마의 베르길리우스, 이탈리아의 시인 단테에서부터 고통스런 경험을 함께 하는 알자스 유대인 동료에게 이탈리아어를 가르치는 프리모 레비에 이르기까지, 죽음의 수용소에서 시가 살아남았다는 사실은 율리시스가 그의 부하들에게 노골적으로 가르치려 했던 바를 제대로 보여주는 사례라고 하겠다. 바로 인간이 야수처럼 살 존재가 아니라 탁월함과 미덕을 이루기 위해 노력해야 하는 존재라는 율리시스의 교훈을 몸소 실천한 셈이다.

그래도 몇몇 학생들은 여전히 아우슈비츠라는 대학살의 현장에서도 낙관주의 사고방식이 내포되어 있다는 사실에 불편함을 느꼈다. 본인이 나치가 저지른 홀로코스트의 피해자이면서 어찌 유대인인 그가 아우슈비츠의 참상을 논하는 데 중세 크리스트교 사상을 담은 시를 인용할 수 있단 말인가? 홀로코스트는 신학적으로나 시적으로나 도저히 정당화될 수도 없는데 말이다. 그리고 학생들은 예의를 갖춰 표현하긴 했지만, 그들을 가르친다는 교수라는 사람이 대체 어찌하여 레비가 단테를 장문에 걸쳐 언급한 사실을 고무적인 문화적 메시지를 담은 것이라 해석할 수 있는지 의구심을 가졌다.

그러다가 학생들의 반응이 전적으로 뒤바뀌었다. 레비가 학살 수용소에서 살아남고도 그로부터 한참이 지난 후에 결국 자살했다는 사실을 일부 학생들이 알게 되었기 때문이었다. 학생들은 이 자기 파괴 행위를 레비가 수용소에서 겪은 일로 인해 일어난 것으로 보고, 오랫동안 늦춰왔지만 언젠가는 생길 수밖에 없었던 결과라고 해석했다. 그러므로 학생들은 그가 자살을 택함으로써 인본주의적 낙관론이 틀렸음을 스스로 증명한 셈이라고 주장했다. 4층에서 투신해 죽음을 선택한 레비의 행동은 놀랍게도 많은 학생들이 그의 메시지를 부정하는 결과를 가져왔다. 더구나 그의 자살을 근본적인 모순으로 여긴 학생들은 이를 레비의 성격과 사고방식 자체에 결함이 있었다는 증거로 삼기까지 했다.

모순의 법칙

.

그러나 한 사람의 마음속에 서로 대조되는 생각이 공존하게 두는 일, 소중히 간직해온 명제들에 대해 의문을 품는 일, 그리고 상호 갈등관계에 있는 생각들을 가지고 불편하게 사는 삶을 받아들이는 일, 이 모두는 그 사람에게 결함이 있다기보다는 복잡한 내면의 세계가 존재하고, 그가 더욱 심오한 진실을 품고 있음을 보여주는 신호라고 할 수 있다.

레비는 언제나 모순과 역설에 매력을 느꼈다. 1981년에 선집『뿌리를 찾아서』가 출판되었을 때 그는 자신의 인생에서 정말로 중요했던 책들을 논하는 글을 서문으로 실었다. 서문을 시작하며 레비는 그가 논할 책들 모두가 공통의 테마를 다루고 있다고 기록했다. 그 공통 주제란 바로 섬세하고 사려 깊은 품성의 사람들의 운명에는 '근원적 모순'에서 기인하는 긴장감이 내재되어 있다는 점이었다.[1] 레비 자신도『멍키스패너』그리고『지금이 아니면 언제』등의 작품을 통해 픽션에 도전한 바 있는데, 그는 소설이라는 예술에 대해 고찰하는 글에서 내재된 일관성이 드러나기 위해서는 주인공들은 반드시 우리 모두가 그렇든 '모순적이어야' 한다고 지적했다.[2]

레비가 남긴 모든 글은 명료하고, 객관적이며 자기제어의 의지가 분명히 드러난다는 공통점을 갖고 있다. 그러나 그 겉모습 뒤로는 또한 역설과 모순이 공존하는 특징이 있다. 그의 글에서는 상충되는 이미지가 번갈아 등장하지만 이는 또한 서로 대체 가능하거나 전환이 가능한 것으로 이루어져 있고 분위기가 변화할 때도 보통 동시다발적인 것으로 볼 수 있는 경우가 많다. 레비는 『주기율표』에서 고백하기를, 1943년 말 피에몬테 산간 지방 무장 저항 운동가들의 비밀 은신처에서 체포될 당시 마치 출혈이 멈추지 않는 것처럼 삶이 자기 몸에서 흘러나오는 느낌을 받았다고 적었다. 그리고 지나치게 죽음을 염두에 두고 사는 것을 포기함과 동시에 인간이 체험할 수 있는 걸 무엇이든 해보고자 하는 강렬한 욕구를 번갈아가며 느꼈다고 말이다. 절망과 희망은 단순히 정신을 쏙 빼놓을 정도의 속도로 번갈아 나타난 것이 아니라, 마치 죽음과 재탄생의 이미지처럼 서로 얽혀 있다고 보아야 한다. 체포될 당시, 그리고 심문받을 때의 기억, 기차 가축 운반 차량에 실려 수용소로 끌려갔던 기억, 대학살 캠프에서의 끔찍한 경험 등의 참혹한 추억들은 그가 개인적으로 짊어져야 할 마음의 짐이었다. 그런데 그 마음의 짐이 궁극적으로는 그가 살아 돌아와서 새롭게 시작하는 삶의 양분이 되어줄 씨앗을 품은 '재산'이 되었다.[3]

반대란 또한 도치 혹은 전환을 뜻할 수도 있는데, 그건 그 나름의 위험을 안고 있다. 『제6일』이라는 전집에 실린 한 공상과학 이야기에서 레비는 고통을 기쁨으로 전환시키는 '베르사미나'라는 물질의 발견을 소재로 다루었다. 이 이야기는 그 물질로 인해 자기 파괴가 일어나는 과정을 풀어나간다. 예를 들자면, 그 약이 주입된 동물들은 금세 죽음을 맞이하고, 이 물질을 투약 받은 병사들은 기쁜 마음으로 죽음을 맞기 위해 발걸음을 재촉한다. 이 부분에서 고통이란 보호의 기능을 한다는 사실을 새삼스레 느끼게 된다. 그렇기에 '보호' 역할을 해줄 극한의 신체고통이나 정신적인 괴로움을 기쁨으로 전환시키는 물질은 자살을 부추기는 결과를 가져오기도 한다. 「베르사미나」라는 제목의 이 글은 실제로 "그렇다면, 어디 한번 해 보는 게 어떨까?" 하는 심난한 문장으로 마무리된다.

자살에 대한 고찰

·

레비는 가끔 토론과 모순에 대한 자신의 애착이 탈무드적인 유전성에 기인하는 건지, 미묘한 표현들과 난해한 대화를 즐기는 본래 유대인다운 취향에서 기인하는 것인지를 자문하곤 했다. 위의 성격을 레비는 유대인 디아스포라 공동체의 마음가짐에 있어 기본적인 특징이라고 여겼다. 그는 『지금이 아니면 언제』에서 탈무드학자들의 대담한 환상의 세계에 대해 경이롭다는 감정을 표시한 바 있다.[4] 하지만 모순과 대치를 즐기는 점이라든지 「베르사미나」같이 자기 파괴적인 방법으로 고통을 제거하려는 모습에 대한 우화들조차도 왜 평생 동안 레비가 자살이라는 문제에 대해 고민했는가를 설명해주지는 못한다.

그는 나치 수용소에서의 경험을 중심으로 그러한 고민을 품고 있었다. 부정적인 자세로 말이다. 수용소로 끌려간 이들 중 그곳에서 자살한 사람의 수는 왜 그렇게 적은가? 레비가 찾은 대답은 분명 모순 덩어리다. 아우슈비츠에서는 죽음이 비일비재한 일이라 죽음에 대해 따로 생각할 시간 여유 따위는 없었다는 것이다. 게다가 자살이란 인간의 의지가 있어야만 가능한 일이다. 그런데 수용소에 도착해서 그곳 생활을 시작하는 순간부터 그들은 철저하게 그들을 비하하고 인간성을 말살시키려는 나치의 처우를 통해 동물 같은 상태로 전락해버린다. 수용소 생활 초기에는 '변신'이 일어난다. 강제 탈의를 당하고, 머리카락이 깎이며, 이름도 상실한다. 그리고 왼팔에 숫자가 문신으로 새겨지고, 더럽기 짝이 없는 누더기 옷을 걸친 기괴한 꼭두각시 인형으로 변한다. 존엄성이라고는 조금도 남지 않고 빼앗긴 그들은 '선택' 의식을 위해 나치 비밀경찰 앞에서 알몸으로 뛰어야만 했다. 뒤처지면 그 즉시 가스실로 보내질 사람들을 골라낸다는 의미에서의 '선택' 의식이었다.

그리고 나서도 이들은 한 단계 더 변신을 겪는다. 그건 나치 비밀경찰이 이뤄놓은 가장 사악한 성과라고 할 수 있는 부분인데, 바로 이들 중 일부가 나치의 잔학 행위에 동조자로 변신하게 된다는 사실이다. 레비는 소련군에 의해 나치수용소가 해방된 이후 이미 대표작 『이것이 인간인가』를 집필하여 이러한 일들을 기록에 남겼다. 그러나 40년의 세월이 지난 후 『가라앉은 자와 구조된 자』라는 1986년도 작품을 통해 다시 한 번 "우리는 몇 달, 혹은 몇 년 동안이나 동물처럼 살았다"는 회상의 글을 썼다. 그는 왜 나치 수용소에서 자살이 그렇게도 드물었는지를 재차 설명한다. 자살이란 "즉흥적이고 본능에 의지한 행위"가 아니라 사전에 계획하는 행위이기 때문이라는 것이다. 자살은 의도적인 선택이라는 의미를 내재하고 있으며, "곰곰이 생각 끝에 실행하는 일"이다. 그렇기 때문에 한마디로 말하자면 수용소에서는 그럴 시간 자체가 허용되지 않았다는 게 레비의 설명이다. 어떠한 선택을 하기 위한 정신적 여유, 특히 도덕적인 선택을 하는 데 필요한 정신적 여유가 이들에게는 전혀 없었다는 말이다. 그곳에

서는 심지어 선과 악의 개념조차 사라져버렸고, 더 이상 도덕 규율은 존재하지 않았다. [5]

하지만 수용소에서는 자살이 거의 없었다고 해도, 그곳에서 살아남았던 이들 중에 소위 평범한 삶으로 복귀한 후 자살을 선택한 사례가 심심찮게 보고되었다. 이것을 뒤늦은 반응이라고 볼 수도 있고, 최후의 순간 우울증에 항복한 행동이라고 볼 수도 있을 것이다. 아니면 선악조차 초월한 극단적인 일을 겪은 그들을 전혀 이해하지 못하는 곳에서 일상생활에 적응하기가 불가능했기 때문에 벌어진 일이라고 생각할 수도 있다. 이유가 무엇이든 간에, 나치 수용소라는 참혹한 사건이 중단된 후에도 인간이 치명적인 붕괴를 맞는 일은 계속 진행되고 있다는 뜻이다. 그렇기에, 수용소에서 살아남은 이들이 결국에는 자살을 택한다는 사실은 제3제국 나치 정권이 2차 세계대전에서는 패배했지만 한편으로는 여전히 승리를 거둔 영역이 있다는 것이라 볼 수 있다.

엘리 위젤을 비롯한 평론가들은 아우슈비츠에서 살아남아 토리노의 집으로 돌아온 지 40년도 넘게 흐른 시점에 레비가 자살을 택한 이유에 대해서도 그런 맥락의 해석을 내놓았다. 레비 본인도 수용소에서 생존한 이들은 그저 살아남은 것처럼 보일 뿐이라고 느끼기 시작했다. [6] 수용소에서 살아 돌아온 이들의 자살 소식을 몇 차례나 접했던 그는 수필가이자 철학자인 장 아메리(본명은 한스 메이어로 오스트리아의 수필가다. 벨기에에서 나치 독일에 대한 저항운동을 하다 체포되어 고문을 받고 아우슈비츠로 끌려갔다. 아버지가 유대인이었으나 일찍 사망했고 가톨릭이던 어머니가 자신의 종교로 그를 양육했다. 아우슈비츠에서 살아남은 후 독일어권 문화와의 고리를 끊기 위해 프랑스어식 이름으로 개명하고 벨기에에 정착했다. 문화 기자로 일하다가 1964년이 되어서야 처음으로 아우슈비츠에서의 경험을 글로 옮기기 시작했음–역주)가 스스로 목숨을 끊은 사실에 대해 특히 큰 충격을 받았다. 아메리는 체포 당시 게슈타포에게 고문을 받았을 뿐 아니라 아우슈비츠에서도 가장 혹독한 육체노동을 해야 했고, 해방 이후 자살에 대한 책을 써내기도 했다. 그러한 아메리조차 결국 자신의 삶을 스스로 끝내고 말았던 것이다.

레비는 학창 시절부터 주위의 자살 사건에 오랫동안 영향을 받았다. 레비의 일생에 대해 꼼꼼한 전기를 펴낸 작가 이안 톰슨은 레비가 보인 우울증 관련 증세에 대해 여러 자료를 제시했다. 청년 시절 프리모 레비는 화학연구소를 같이 다니던 학생 아고스티노 네리가 설명할 수 없는 상황에서 스스로 목숨을 끊은 일 때문에 심각하게 고민에 빠졌던 일이 있었다. 그는 또한 분석화학 분야의 권위자인 이그나지오 데 파올리니 교수가 자살했다는 소식을 듣고 큰 충격을 받았다. 이탈리아 노동자 로렌조 페로네는 자기가 죽을 수 있음에도 불구하고 아우슈비츠 동료인 레비에게 배급 음식을 나눠 주어서 레비가 굶어죽을 고비를 넘기게 해주었던 사람이다. 페로네 또한 수용소에서 살아 나왔으나, 그 이후 거의 술독에 빠져 결국 목숨까지 잃었다. 레비는 이를 자살 행위라고 간주했다. 그리고 1950년에는 소설가 체사레 파베세가 자살하는 충격적인 일이 있었다. 파베세는 레비가 수학했으며 반파시스트 성향의 교수진으로 유명했던 명망 있는 리세오 클라시코에서 잠시 레비를 가르친 적이 있는 선생님이었다. 이후 레비가 독일어 실력 향상을 위해 토리노의 독일문화원에 다닐 때 그를 가르쳤던 한스 엥게르트 역시 동성애자라는 사실이 드러나기 일보 직전까지 몰리자 스스로 목을 맸다. 자신이 자살로 생을 마감하기 2년 전에 일어난 엥게르트의 자살이라는 비극적인 사건에 대해 레비는 지인과 이야기를 나눴다고 한다. 그때 레비는 지인에게 자살이란 우리 모두가 지닌 일종의 권리라는 발언을 했다. 이보다 더 의미심장한 이야기도 있다. 그는 학창시절 계속해서 재발하는 우울증 증세에 시달렸는데, 그 증상에 시달리던 어느 날 친구인 알베르토 살모니에게 심각하게 자살을 고려하고 있노라 고백했었다는 사실이다.[7]

레비는 평생 동안 자살을 매우 사적인 문제이자 경외감을 일으키는 신비로운 일이라고 보았다. 자신을 특히나 동요시켰던 장 아메리의 자살에 대해서 레비는 모든 자살의 경우와 마찬가지로 '은하계와 같은' 설명 가능성이 있다고 말했다. 다시 말해, 그가 자살을 선택한 이유를 아주 다양한 논리로 해석할 수 있다는 말이다. 그가 여기서 사용한 표현 네불로사 (nebulosa), 즉 성운이란 단어는 하늘의 안개 또는 구름과 같은 조각들에 대한 천문학적 비유다. 레비는 이 단어를 선택함으로써 자살이란 인간의 이해력을 넘어서는 신비의 영역에 있는 개념이라는 의미를 더욱더 강조한 것이다.[8]

자살이 레비의 머릿속에 비밀이라는 생각과 연관되어 있다는 사실은 놀랄 일이 아니다. 실제로 자살은 그의 가족이 품고 살던 비밀이었다. 엄연히 공통의 기억과 가족 내부의 신화에 남아 있는 사건이었던 것이다. 『주기율표』에서 레비는 자신의 친할아버지가 자살했다는 소문에 대해 언급한 바 있는데, 그건 소문이 아니라 사실이었다. 엔지니어였던 미셸레 레비는 40세가 되던 해 창문 밖으로 몸을 던졌다. 그 당시에 사람들은 미셸레가 파산 상태였고 부인도 바람을 피우고 다녔기 때문이라고 얘기했다. 한참이 지나 손자인 프리모도 자기가 살던 토리노의 아파트 건물 4층에서 투신이라는 선택을 했다. 그러니 할아버지의 자살은 그의 죽음의 전조 역할을 한 셈이다.

1987년 4월, 레비가 그렇게 비극적 선택을 한 그 날보다 훨씬 전에, 그의 자살이 지닌 궁극적으로 비밀스런 성격은 아이러니하게도 이미 수필집『다른 이들의 직업』에서 암시된 바 있다. 그는 수용소에서 돌아온 지 얼마 되지 않았을 때 산업 테스트를 받았던 일을 수필집에 묘사했다. 수많은 질문들 중에서도 가장 예상 밖이었던 건 "당신은 가끔 당신의 문제들이 자살함으로써 해결될 거라고 생각합니까?"라는 항목이었다. 그에 대한 레비의 사적인 대답은 "아마도 네, 혹은 아마도 아니요. 어쨌거나 당신들에게 얘기해줄 생각은 없습니다"였다. 이보다 더 묘한 게 있다면 이 수필이 나오기 훨씬 전에 그가 펴낸 아우슈비츠 회상록의 마지막 장에 나오는 한 대목이다. 그는 위생상태가 형편없는 수용소 가건물에서 지내며 디프테리아에 걸렸던 일을 언급하며 "4층에서 뛰어내리는 것보다 분명 더 치명적"인 경험이었다고 적었던 것이다.[9]

자기 파괴라는 주제는 레비의 작품에서 되풀이되며 나타난다. 본인에게 큰 영향을 준 문학 작품들을 모은 선집『뿌리를 찾아서』에서 레비는 성경의 욥이 자신에게 특별한 존재였다고 기록했다. 하지만 레비가 강조하는 성경 구절들은 고난 가운데도 믿음을 지킨다는 내용을 담은 부분이 아니라 욥이 차라리 죽고 싶어 하는 대목, 그리고 무존재의 상태를 갈망하는 구절들이다(성경인용은 대한성서공회의 1997년도 성경전서 개역한글판을 참조함-역주).

"나의 난 날이 멸망했었더라면…… (후략)"(욥기 3:2-3)

"어찌하여 내가 태에서 죽어 나오지 아니하였던가"(3:11)

"(이러므로) 내 마음에 숨이 막히기를 원하오니 뼈보다도 죽는 것이 나으니이다."
(7:15)

욥의 소망은 게다가 "사람이 누우면 다시 일어나지 못하고…… (14:12, 후략)"[10]라는 구절이 말해주듯 부활의 가능성이 없는 죽음을 향한 소망이다.

심지어 그의 비유 중에도 자기 파괴가 가진 예측할 수 없는 성격을 묘사하는 대목들이 있다. 아주 특이한 워드 프로세서에 대한 공상과학 이야기 『필경사(La Scriba)』라는 작품에서는 창의성이 뛰어난 요정들이 이 기계를 고안한 장본인으로 등장한다. 이들은 일단 써 놓은 글을 취소하려면 아주 복잡한 과정을 거치도록 기계를 만들어 놓았다. 그리고 요정들이 취소 과정에서 컴퓨터가 "조심하세요. 지금 자살하려고 하는 겁니다"라고 경고 방송을 하게끔 설정해 두었다는 이야기가 나온다.[11]

하지만 가장 충격적인 자기 파괴의 테마는 「서쪽으로」라는 공상과학 단편소설에서 드러난다. 이 글은 소설로 가장한 고백의 글로도 볼 수 있는 이중적 성격의 우화다. 이 소설의 주인공 월터와 안나 두 사람은 민족학자로서, 나그네쥐들이 이주 도중에 떼 지어 물에 빠져 죽기도 하는 현상에 관심을 보이고 있다. 이 현상은 전통적으로 일종의 집단자살로 여겨졌는데, 이를 놓고 두 사람은 죽고 싶어 하는 욕구와 생존 본능에 대한 토론을 벌이기 시작한다. 안나는 살아 있는 존재가 죽음을 원한다는 걸 믿을 수 없다고 생각한다. 심지어 살아야 할 이유가 없을지라도 생명체는 모두 살고 싶어 한다는 것이다. 어떤 경우든 삶이 죽음보다 낫다는 게 그녀의 생각이다.

하지만 월터는 그렇게 비이성적으로 삶에 매달리는 걸 회의적인 시선으로 바라본다. 그저 삶을 사랑하지 않는 사람들도 있고, 인생을 살다보니 그러한 애정을 잃어버리는 이들도 있으니 말이다. 월터는 게다가 삶을 사랑하는 이들과 그 사랑을 잃어버린 이들 사이에는 더 이상 공통의 언어조차 없어진다고 생각한다. 심각한 비관주의에 빠져 있는 월터는 그저 존재하기만 하는 상태란 아무 의미가 없다고 여긴다. 우리는 모두 어쨌거나 사형 선고된 죄수가 되어 사랑하는 이들이 하나하나 형 집행을 당하는 걸 목격하는 한편 자기 차례를 기다리는 사람들이라는 것이다. 이때 월터의 어조에서는 진정 파스칼의 영향이 느껴진다. 월터는 단지 신을 믿지 않는 파스칼이라는 점이 다를 뿐이다.

이 이야기는 이어 더욱 충격적으로 전개된다. 과학자들이 '존재의 공허함'을 퇴치해주는 호르몬을 발견하고, 이를 바탕으로 '팩터 L'이라는 새로운 약품이 만들어진다. 이 약은 자살 충동을 억제하는 효과가 있다. 그리고 이 단계에서 소설의 후반부가 이어지면서 볼테르 특유의 고리를 보여준다. 월터와 안나는 서서히 자취를 감춰가는 아마존 강 유역의 아룬다 종족을 방문한다. 이들은 형이상학도, 교회도, 신부도, 징벌이나 보상도 없는 문화를 가진 종족이다. 이들의 인구가 꾸준히 줄어드는 이유는 자살이 널리 행해지고 있기 때문이며 또 이 공동체에는 자살해도 괜찮다고 여기는 관습이 있기 때문이다. 월터와 안나가 아룬다 족의 원로에게 삶의 의지를 회복시켜주는 기적의 약품 팩터 L을 선사하지만, 그는 정중하게 선물을 거절한다. 그는 약을 되돌려주며 거기 동반한 서신에 '아룬다 종족의 일원들 모두가 종족 차원에서 약보다는 자유를, 그리고 환상보다는 죽음을 선호한다'고 적었다.[12]

노아 시대 이래로

·

하지만 모순의 법칙은 여전히 작용한다. 삶에서 애착이란 게 분명 있다고 믿는 안나와 같은 태도는 비록 비이성적으로 보일지 몰라도 레비가 간직하고 있던 아우슈비츠의 기억에 영향을 끼쳤고, 또 그 기억을 다룬 『이것이 인간인가』에도 영향을 주었다. 수용소에 갇힌 이들에게는 생존이 최상의 가치였다. 모든 희망을 잃어버린 상태, 다시 말해 끔찍한 표현이긴 해도 '화장터로 갈 준비가 된' 상태에 이른 사람이 아니라면 말이다. 미국에서 출판될 때 '아우슈비츠에서의 생존'이라는 제목을 붙인 것은 분명 원제인 '이것이 인간인가'에 대한 배신이다. 하지만 '생존'이라는 단어도 분명 이 책의 핵심 주제를 반영하고 있다. 이미 책의 초반부에 수용소 생활을 오래한 베테랑이 새로 끌려온 이들에게 충고를 하는 장면이 나온다. 자존감을 잃지 말아라, 물도 더럽고 비누가 없더라도 몸을 씻는 습관을 들여라, 그리고 신발도 깨끗이 닦으라는 충고다. 이건 나치의 마음에 들기 위해서가 아니라 '죽기 시작하는' 일이 없도록 하는 행동이다.[13] 완전한 난파 상황에서 일말의 구원을 얻기 위해 인간의 창의성에 긴급히 의지하는 모습에서, 그리고 특히 이 책 마지막 장에 수용소 최후 열흘간의 종말론적인 상황을 묘사한 대목을 통해서 독자는 어쩔 수 없이 로빈슨 크루소라는 상징적인 인물을 떠올리게 된다.

　미국의 유명한 소설가 필립 로스는 레비와 인터뷰를 하며 레비의 작품이 지닌 생존이라는 모티브에는 이처럼 로빈슨 크루소의 그림자가 짙게 드리워져 있음을 금세 파악했다. 레비 자신도 그의 공상과학 소설 중 한 대목에서 로빈슨 크루소를 최고의 생존 예술가라고 칭송하듯 언급하기도 했다. 로빈슨은 28년의 세월 동안 더 이상 비참할 수 없는 환경에서 살면서도 결코 희망이나 삶의 기쁨을 잃지 않았고 끝에 가서는 결국 살아서 구조되었다. 게다가 레비가 잘 알고 있었던 대로 생존과 구조의 테마는 성경 속 유대민족의 역사에 있어 주요한 구성요소이기도 하다. 그는 『주기율표』의 도입부에서 그 점을 언급하고 있다. 유대인으로서 타고난 생존 본능을 언급하며 레비는 "우리는 오랫동안 버텨온 민족이다. 노아 시대부터 말이다"라고 기록했던 것이다.[14]

　이처럼 레비가 보여준 삶에 대한 애착은 신화적인 뿌리를 갖고 있었다. 그렇기에 그가 라블레(16세기 프랑스 인문주의와 르네상스를 대표하는 작가로 대표작 『가르강튀아와 팡타그뤼엘』을 통해 중세 사회를 거침없이, 또한 풍자와 유머를 담아 비판함–역주)를 흠모했던 건지도 모르겠다. 라블레의 어조나 소재가 자신의 내면세계와는 꽤나 동떨어져 있음에도 불구하고 레비는 라블레 특유의 활력을 여러 차례 칭송한 바 있다. 그는 소련군에 의해 수용소에서 풀려난 직후 러시아의 스타리에 도로기에서 지내며 러시아 사람들을 매일 접한 적이 있다. 그때 레비가 러시아인들에게는 "호머의 작품에서 볼 법하게 기쁨을 만끽하는 능력"이 있다고 부러워했던 것도 같은 맥락이라고 할 수 있다. 레비는『휴전』에서 다시 한 번 러시아 사람들을 "활력 넘치고 삶을 사랑하는" 이들이라고 묘사했다. 자신이 어렸을 때부터 과학에 열정을 가졌던 이유는 '삶의 원칙'에 대해 매료되었기 때문이라고 자체 분석하기도 했다. 그가 말하는 삶의 원칙은 패배주의에 빠져 '이해할 수 없는' 일에 항복하는 태도를 용납하지 않는다.『주기율표』를 쓰면서 영웅적인 인물을 그린 문학작품을 인용하고픈 기분이 들었던 레비는 고등학교 때 선생님이었던 체사레 파베세의 번역본으로 읽은『모비 딕』에 등장하는 흰 고래와의 사투를 언급한다.

　『지금이 아니면 언제』에서는 동유럽의 어느 숲 속에서 독일군과 맞서 싸우던 유대인 무장 운동가들의 처절한 투쟁을 다루기도 했다. 이 글이 새로운 삶의 시작을 상징적으로 의미해주는 사건, 즉 아이의 출생으로 마무리 된다는 점이 또한 주목할 만하다.[15] 삶에 대한 애착은『휴전』에서 매우 중요하게 다루어진다. 이 글은 수용소에서 해방된 후 돌고 돌아 고향으로 돌아온 그가 35일에 걸친 '철도 오디세이'의 파란만장한 여정을 담은 작품이다. 다시 한 번 오디세우스의 로마식 표현인 율리시스라는 이름이 그의 머리에 떠올랐다. 율리시스는 10년 동안이나 트로이 전쟁에서 참상을 겪은 후에도 새로운 고난을 겪으며 귀향이 지연되는 상황을 겪는다. 그러면서도 그는 신들과 괴물들이 사는 비인간적인 세상을 떠나 꿈에 그리던 인간의 세계 이타카로 끝내 돌아가고야 만다. 레비를 통해 재탄생한 율리시스는 약삭빠르면서도 결연한 의지를 보이는 생존자의 전형으로 구축되었다.

『휴전』에는 오디세이를 투영한 듯한 대목이 상당히 많다. 레비는 가짜 영웅이 되어 철도 여행길에 오른 자기 자신, 그리고 함께 고향으로 돌아오던 수용소 사람들을 근대 버전의 율리시스와 동료들이라고 간주했다. 그는 "호머의 글에 나올 법한 고기구이 잔치"를 유머러스하게 언급하고, 지난 모험담을 나누거나 세상을 떠난 동료들을 추억하며 보낸 밤에는 격한 기쁨을 느꼈노라 기록했다.[16] 과거의 초레스(tsores, 동유럽 유대인들이 쓰던 이디시어에서 고통, 슬픔을 의미하는 단어-역주), 즉 고통스러운 내용을 유쾌한 어조로 풀어가는 이야기 방식에 대해서는 레비의 가장 사적인 작품 중 하나인『주기율표』에서 명문으로 사용한 이디시어 속담이 또한 간단명료하게 언급하고 있다. 하지만 순전히 육체적인 면에서의 생존은 그에게 충분치 않았다. 레비가 아우슈비츠에서 기억해냈던 단테의 칸토에 등장하는 율리시스가 분명히 말하듯, 인간은 동물들처럼 살게 되어 있는 존재가 아니라 미덕과 탁월성을 추구해야만 하는 존재이기 때문이다.

생존자로서의 말

레비의 글에서는 자의식적으로 문학적인 특성이 드러난다. 이러한 특성은 역사를 초월한 그의 인본주의적 메시지를 전하는 데 기여했고, 로고스의 신성함을 강조한다. 나치 수용소는 마치 저주받은 바벨탑의 현장 같아서 유럽의 모든 언어를 들을 수 있었다. 하지만 이러한 불협화음이 완전히 암담하기만 한 일은 아니었다. 말이란 살아 숨 쉬다가도 어느새 위협을 받고 사라지는 것같이 보이기도 한다. 그러다가 어떻게든 살아남거나, 심지어 소멸했다가도 부활할 수 있다. 레비는 언어야말로 우리 인간과 동물을 구별해주는 요소임을 즐겨 강조했다. 그리고 『가라앉은 자와 구조된 자』에서 그는 상대가 누구든 다른 인간에게 폭력을 행사하는 자는 분명 언어에 대해서도 포악한 자세를 보이기 마련이라고 지적했다.[17]

레비는 어원 연구를 무척이나 즐겼다. 단어들의 기원, 역사, 그리고 의미의 변화 과정을 되짚는 이 학문은 정체성은 끝까지 살아남는다는 느낌을 재현하는 분야라고 할 수 있다. 어원학은 일종의 고고학이기도 하다. 마치 한 민족이나 문화가 통째로 소멸하듯 언어도 멸종할 수도 있고, 사라져버리기도 한다. 『주기율표』의 서두에서부터 레비는 자신의 조상들도 사용했던 피에몬테 지방의 방언이 '사라지기 전에' 이를 기록함으로써 그 방언을 보존하기 위해 발 벗고 나선다. 다른 작품에서도 그는 학문 애호가답게 언어학적인 호기심을 수줍게 언급한 바 있다. 의미심장하게도 「화석이 된 단어들」이라는 제목을 붙인 한 에세이에서 그는 평생 동안 자신은

어원학 사전과 강렬한 관계를 맺어왔노라고, 이번에는 좀더 당당한 어투로 고백하기도 했다.[18]

레비는 비유를 많이 사용하기는 하지만, 언어에 대한 그의 애정을 순전히 감각적인 성격으로만 볼 수 있는 경우는 거의 없다. 언어에 대한 그의 열정은 오히려 명확한 소통에 대한 신념에서 기인한다고 보아야 한다. 나치 수용소에서의 끔찍했던 기억을 더듬은 파울 첼란(Paul Chelan, 1920년 구 루마니아 왕국에서 태어났으며 본명은 파울 안첼인 유대인 혈통의 시인이다. 독일어로 작품을 썼으나 프랑스어, 러시아어, 이디시어 등에 능했음-역주)의 유명한 시 〈죽음의 푸가〉에 대해 레비는 "글을 쓴다는 건 의미를 전달한다는 뜻이다"라고 비판한 바 있다. 레비가 보기엔 첼란의 작품이 너무나 난해한 표현을 이용한 작품이었기 때문이다. 레비는 또한 문학 작품에서 불분명한 표현을 사용하는 건 일종의 '사전적 자살(presuicide)'이라고까지 말했다.[19] 구두 상의 의사소통뿐 아니라 글로 된 표현에 대한 그의 신념은 레비에게 교감의 차원을 넘어서 구원의 가치를 가지고 있음을 짐작할 수 있다. 아우슈비츠에 수용되어 있는 동안 레비는 그곳의 시인들이 밤마다 숙소 근처를 돌면서 광시곡 형식이나 운율을 맞춘 4행시 형식을 빌려 매일 수용소에서 있었던 일들을 이디시어로 풀어내던 모습에 깊은 감명을 받았다.

레비 자신도 인정했듯이 그의 문학적 소명은 수용소에서 시작되었다. 포로 상태라는 게 어떤 것인지를 글로 풀어놓는 것은 처음부터 그에게 살풀이와 구원의 역할을 동시에 해준 행위였다. 그는 추후에 아우슈비츠에 대한 회상록 『이것이 인간인가』를 자신을 해방시켜준 책이라고 일컬었다. 그리고 그 책을 쓰면서 매우 강렬한 기쁨을 느꼈노라고 생생하게 추억을 더듬으며 '해방의 기쁨'이라는 표현을 사용하기도 했다. 레비에게 있어 이 책은 부활의 서사였던 것이다. 레비는『주기율표』에서 또한 글쓰기라는 행위에 살풀이 효과가 있음을 분명하게 언급했다. 자신이 겪은 섬뜩한 체험담을 이야기해야만 하는 늙은 뱃사람(Ancient Mariner) 같은 충동을 느껴 그 책을 썼고(여기서 말하는 늙은 뱃사람이란 18세기 영국의 시인인 사무엘 테일러 콜리지의《노수부(The Rime of the Ancient Mariner)》에서 모티브를 따온 것임-역주), 그리고 나서야 비로소 어느 정도 마음의 평안을 되찾고 다시 인간답게 사는 것 같은 느낌이 들었다는 이야기다. 중요한 건 수용소에서의 경험 중에서도 최악의 기억들을 살풀이했다는 점이다.

물론 과연 정말 그랬는가 하는 의구심을 가져 볼 수 있기는 하지만, 최악의 경험 중에서도 그와 함께 '저승으로 내려갔다가' 돌아오지 못한 한 여인에 대한 죄의식을 예로 들어 볼 수 있다.[20] 레비는 '저승으로 내려감'이라는 표현을 썼는데, 바로 지옥으로 내려간다는 이미지를 통해서 신화적인 공명을 불러일으켜 살아남은 증인으로서의 비극적인 현실을 강조했다. 실제로 레비는 같이 수용소에 도착한 반다 마에스트로가 가스실로 끌려갔던 그 기억을 결코 극복하지 못했다.

수용소라는 유일한 진실

·

글쓰기라는 행위는 구원과 재탄생을 약속했다. 하지만 살아남았다는 사실만으로 수치심과 죄책감을 느끼기에 충분했다. 이안 토마스가 명료하게 표현한 바에 따르면, 가장 극단적인 예를 들어 레비는 죄의식 때문에 자신이 어떤 면에서는 '나치와 동조했다'고 느끼기도 했다는 것이다. 그는 아우슈비츠에 있던 합성고무 뷰나 제조 공장의 화학자로 일하는 것을 수락하고는 독일군이 전쟁을 지속하는 데 꼭 필요했던 합성고무를 만드는 일에 합류했고, 그 덕분에 살아남을 수 있었다.[21] 그 임무 때문에 죽을 만큼 힘든 육체노동을 하지 않아도 되었고, 바로 가스실로 보내지지도 않았기 때문이다. 더욱이 수치심과 죄책감이란 말로든 글로든 증언한다는 행동 자체와 얽혀 있는 감정이다. 프리모 레비라는 사람, 나라는 사람은 대체 무슨 권리로 진짜 바닥을 경험한 이들, 철저한 영락을 겪은 이들, 그랬기에 살아남지 못한 이들을 대변한단 말인가? 레비는 자기 대신에 다른 이들이 목숨을 잃은 것이고, 그렇기에 자신에게 해방과 살풀이 역할을 해준 그 책은 어차피 무효나 다름없다고 생각했다. 그건 끝까지 살아남는 존재는 보통 최악의 것들, 그리고 최악의 사람들이기 때문이다.

레비는 후기 작품인 『가라앉은 자와 구조된 자』에서 수용소의 경험에 대한 최종적인 고찰을 할 때 그 같은 주제를 다룬 바 있다. 그는 '내게 죽은 이들을 대신하여 말할 권리가 있었던가' 하고 의구심을 가졌다. 수용소에서 죽지 않았다는 수치심이 지속되면서 『지금이 아니면 언제』에 등장하는 유대인 무장 투쟁가들 중 일부도 같은 감정을 느끼는 인물들로 묘사되고 있다. 이 감정은 다른 사람들처럼 수용소에서 죽지 않았다는 수치심, 그리고 살아 있을 자격도 없는데 살아남았다는 수치심이다. 살아서 해방을 맞은 이들 중 하나인 레비 본인이 설명했듯이 이 생존자의 수치심이라는 건 수많은 수용소 생존자들을 결국 자살의 길로 몰아갔다.[22]

이렇게 '가라앉은 자'와 사라진 자들에 대한 집착은 끝까지 그를 쫓아다녔다. 소설이란 예술 분야를 다룬 에세이에서 영화가 상영되듯 죽은 이들이 스쳐지나가는 이미지를 묘사하는 대목이 나온다. 이탈리아어로는 '리프레제 필마테(riprese filmate)'(동영상 리플레이로 해석할 수 있음-역주)라고 표현한 이러한 '사후의 플레이백'은 유령이 나타난 듯한 효과를 주며 흑마술에 비유되고 있다.[23] 좀더 일반적인 의미로 보면, 죽음의 비현실성, 즉 자신이 죽지 않고 살아 있다는 사실이 레비가 아우슈비츠에서 토리노로 돌아온 이후 계속 그를 억압했다는 것이다. 이는 다중적인 의미에서의 비현실이었고, 위험한 환상 속에서의 악몽이었다. 실제 집으로 돌아온 후 그의 삶은 씁쓸함으로 점철되어 있었다. 귀향을 통해 레비가 얻은 것은 낙담과 어찌 해볼 수 없이 삶이 공허하다는 감정, 삶의 무의미함이었고, 공허함이 핵심 의미라 할 수 있는 단어 바니타스(vanitas)를 철저하게 체험하게 되었을 뿐이다.

나치 수용소에서의 경험은 한마디로 극복이 불가능한 일이었다. 아우슈비츠라는 독은 그 치명적인 효력을 계속 발휘하고 있었다. 『휴전』에서 귀향의 소재를 다뤘던 레비는 그 마지막 단락에서 "수용소 밖에서 진실은 어디에도 없다"라는 문장을 통해 그가 느꼈던 절망감을 표현했다. 수용소에서 돌아온 지 40년이 지난 시점에 그는 『가라앉은 자와 구조된 자』를 통해 다시 한 번 일상 속에 수용소라는 현실이 영구히 자리 잡고 있음을 확인시킨다. 인간 공통의 연약함과 그런 일이 다시 생길 수 있다는 공포감을 논한 이 책에서 레비는 죽음의 군주들이 여전히 살아있으며, 또 수용소로 가는 죽음의 기차가 출발 준비를 마치고 바로 근처에 서 있다고 경고하기도 했다.[24]

우울증 내력

·

　자살 시도를 하는 동물로 알려진 나그네쥐를 소재로 한 『서쪽으로』에 등장하는 민족학자 안나는 기본적으로 삶을 사랑하는 사람이다. 하지만 그녀조차도 출산 이후에 삶이란 철저하게 무의미하다는 생각에 빠졌고, 지극히도 공허함을 느꼈노라고 고백한다. 레비도 책이 한 권 출간될 때마다 격심한 실의에 빠지곤 했다. 하지만 그보다도 전에, 즉 글을 쓰는 작가로서 느끼는 기분의 변화를 경험하기 전에도 레비에게는 격한 불안감이 엄습하는 고비의 순간들이 있었다. 주로 공허감 혹은 그보다 더 부정적인 감정이 그를 덮쳐왔기 때문이다.

　수용소에서 해방된 지 얼마 되지 않아 아직 러시아 영토인 스타리에 도로기에 머무를 당시 레비는 근처 숲에서 길을 잃은 적이 있다. 당황한 그는 '유대 선조 때부터 내려왔다'고 표현한 공포감으로 인해 공황상태에 빠졌고, 경련을 일으키기까지 했다. 또한 이미 소년 시절이나 청소년기에도 분명 그가 비통함에 빠져 있던 시기가 있었다는 자료가 다수 존재한다. 실패에 대한 두려움, 성적으로 소심한 탓에 겪는 고충과 자신의 남성성에 대한 의구심 등의 이유가 있었다. 성적 접근에 서툴렀던 레비는 그 이유 때문에 마치 '난파선의 조각을 붙잡고 표류하는 것 같다'고 느꼈고, 심지어 '바닷속 저 밑바닥까지 가라앉을 용의'가 있었다고 고백하기도 했다. 눈을 감고 귀를 막으면 세상이 잊혔기에 그럴 때마다 무존재의 느낌을 강렬하게 체험하기도 했다는 것이다.[25]

레비는 시인 쟈코모 레오파르디의 작품을 즐겨 읽지도 않았고 레오파르디 특유의 극한 비관주의로 인해 독자로서 소외된 느낌을 받는다고까지 주장했다. 하지만 레비가 보여주는 비관주의에서 레오파르디의 영향이 느껴지는 표현이 종종 등장한다. 새들을 칭송하는 내용을 담은 에세이에서 레비는 레오파르디의 유명한 시를 길게 언급했다. 레오파르디의 시는 "모든 생물을 통틀어 가장 불행한" 인간들과는 다르게 분명 걱정 없어 보이는 새들이 기쁨에 찬 노래를 부르는 모습을 그리고 있다. 또한 하늘로 솟아오르는 자유를 만끽하는 새들을 부러워하는 내용을 담고 있다. 레비는 레오파르디가 제언한 개념을 자기만의 것으로 체화하기도 한다. 즉 새들은 깊은 무료함, 허무함, 공허함, 그리고 존재의 바니타스를 포괄하는 개념인 노이아(noia)를 겪지 않는다는 것이다. 레비 자신은 이 노이아란 개념을 모든 측면에서 직접 겪어서 알고 있었다. 그가 체험한 노이아는 마치 '바다만큼이나 광대하고', 온 세상의 무게만큼이나 무거웠다.[26]

종종 비관적 생각의 고비를 넘기던 레비는 비이성적일 정도로 심각한 공포감에도 시달렸다. 그는 어렸을 때 시작된 거미 공포증을 언급하며 자신은 그 두려움을 결코 극복하지 못했노라 고백했다.「거미 공포증」이라는 에세이에서 그는 아홉 살 때 침대에 누워 있던 중 거미에게 겁을 먹었던 기억을 회상한다. 새까만 괴물의 형상을 한 거미가 가늘고 긴 다리를 건들거리며 '가차 없는 죽음의 움직임'으로 다가오는 모습을 보고 겁에 질렸다는 이야기다. 레비가 직접 설명한 바에 따르면, 그의 거미 공포증은 문학의 세계에 뿌리를 두었다고 한다. 단테의 연옥편 칸토 12번에 삽입된 귀스타브 도레의 유명한 '아라크네' 에칭화 때문이라는 것이다.[27]

이안 톰슨은 레비의 우울증 증세에 대해 자세한 일화들을 전하고 있다. 학창시절에 이미 친구들은 레비가 그런 증세를 겪는다는 걸 잘 알고 있었다. 아우슈비츠를 경험한 후 증상이 더욱 악화되었을 뿐이다. 수용소에 있을 때부터 레비는 자기가 이야기를 하는데 사람들이 믿어주지 않는다거나 심지어 들어주지도 않는 꿈을 꾸고는 절망에 빠지기도 했다. 책을 한 권 끝낼 때마다 거의 정해진 듯이 우울증의 기미를 보였고, 그 빈도가 점점 잦아졌다. 그리고 1960년대 말쯤에는 빈도의 문제보다 증세 자체가 악화되었다. 세월이 흐르면서 그는 젊은이들과 점점 괴리감이 느껴진다는 생각을 하게 되었다. 청년 세대는 나치 수용소에 감금된 이들이 왜 할리우드 영화에서처럼 폭동을 일으키거나 탈출하지 않았는지를 도저히 이해하지 못했다. 레비의 자녀들조차 그가 수용소에서 겪은 이야기를 들으려 하지 않았다.

그러다가 1970년대 후반이 되자 가스실의 존재나 유대인 수백만 명이 몰살을 당했다는 사실 자체를 부인하는 수정주의가 등장했다. 그 외에도 그의 기분 변화와 낙심에 빠진 상태를 설명할 수 있는 아주 사적인 이유들도 있었다. 매우 집착적인 관계에 있던 어머니가 병을 앓았고, 레비 자신도 대상포진으로 고생을 한 데다가 전립선 수술도 받아야 했다. 더욱이 기억력을 상실할까 봐 불안감에 빠지는 일도 반복되었다. 이 기억력에 관한 고민은 레비에게 있어 특히나 고통스러운 부분이었다. 그는 마지막까지도 제3제국의 역사는 기억에 대한 전면전이며, 곡해와 부정을 추구한 방대한 사업이라 해석해야 한다고 믿었던 사람이니 말이다. 자살하기 얼마 전에 레비는 그의 작품을 번역하던 루스 펠만에게 보낸 서신에서 '아우슈비츠 이후로 최악의 시간'을, 아니 어떤 면에서는 심지어 '아우슈비츠보다도 더 안 좋은' 나날을 보내고 있다고 적었다. 그리고는 편지의 마지막 인사말로 심한 비탄에 잠긴 시편 화자의 표현인 "구렁텅이에서(de profunis)"를 인용했다.[28]

살인하지 말지어다

∙

레비는 조상 때부터 내려온 공포의 원형을 스타리에 도로기 근처 숲에서 길을 잃고 느꼈노라고 언급한 바 있다. 그는 또다시 『주기율표』에서 유대인의 유전자라는 요소를 지적한다. 이 작품에서 레비는 유대인 조상들의 남성성 부재를 암시하면서 그들이 육체적인 행동이나 노동보다는 책을 파고드는 버릇이 있었다고 말했다. 청소년기에 파시스트 시대를 겪은 레비는 힘과 전쟁의 성과를 맹종하는 분위기가 팽배했던 당시에 소외감을 느낄 수밖에 없었다. 무솔리니 정권 하에 살던 유대인 청년이었던 그는 스스로를 '폭력의 적'이라고 정의했다.

레비는 가상의 유대인 무력 저항 집단에 대한『지금이 아니면 언제』에서 전통적으로 언제나 죄악시되어 온 살인행위에 대한 유대인들의 뿌리 깊은 적대감을 중요한 테마로 다루었다. 이 유대인 지하 전투원들은 마치 슬픔과 피곤함을 날 때부터 품고 있는 것 같다고 느낀다. 레비가 자신과 동일시했다고 고백한 인물인 염세적인 무장대원 멘델은 그렇기에 '천년 묵은 피곤함'에 시달리며 전쟁에 진저리를 친다. 멘델은 자신의 혈관에는 유대 조상들의 '창백한 피'가 흐르고 있다고 느끼는 인물이다. 레비가 토마스 만의 소설『요셉과 그 형제들』을 절찬한 이유 중 하나가 바로 폭력에 대한 혐오감 때문이었다. 토마스 만의 이 작품은 이 세상의 모든 에서와 가인을 꺾은 약자들의 승리를 칭송하는 작품이기 때문이다(성서에 등장하는 에서는 원래 야곱의 장자로 체격이 크고 힘이 센 사냥꾼이었다. 속임수로 동생인 이삭에게 장자의 권리를 빼앗긴다. 가인은 아담과 이브의 아들로 동생인 아벨을 죽인 죄로 인해 인류가 낙원에서 쫓겨나는 결과를 가져온 인물-역주). 헤티 슈미트-마스(Hety Schmitt-Maas, 레비와 20여 년에 걸쳐 서신을 교환한 독일인 여성이다. 그의 작품의 애독자이자 지지자로서 그녀와의 서신 왕래는 레비의 작품 세계에 큰 영향을 끼쳤다고 평가받고 있음-역주)에게 보낸 서신에서 레비는 자신이 불안과 우울감에 시달리는 건 근본적으로 유대인의 '간헐유전' 때문이라고 털어 놓았다.[29]

19세기 말에는 유대인들 사이에서 유난히 자살률이 높다는 것이 성격학 연구에 있어 중요한 사실이라고 주장하는 이론들이 떠돌았다. 유대 계열의 오스트리아 철학자로 23세라는 나이에 자살한 오토 와이니거가 수창한 바를 이해하는 데 있어 이러한 유대인 특유의 성품에 대한 추측이 실마리가 될 수 있다. 와이니거의 1903년 저서인 『성과 성격』은 당시 큰 반향을 일으켰다. 이 책에서 그는 유대인의 원형이 여성적이며 수동적이고 또한 생산적이지 못하다고 주장했다. 그러니 나중에 나치가 그의 사상을 악용했다는 사실은 놀랄 일이 아니다. 그리고 이렇듯 유대정신을 너무나도 반영웅적으로 보는 경향이 지배적이었기 때문에 레비가 더욱더 청년들의 비판에 민감하게 반응했음은 의심할 여지가 없다. 젊은이들이 자주 비난했던 부분은 수용소에 있던 유대인들이 대항해 싸우지도 않았고, 도축장으로 끌려가는 양떼처럼 체념한 상태였으며, 봉기나 탈출을 시도하지도 않고 그저 수동적인 자세로 가스실로 끌려갔다는 점이었다. 레비는 이 같은 비난에 매우 예민하게 반응했다.

또한 레비가 러시아 서부를 배경으로 반나치 투쟁을 하는 유대인 무장대원들의 전시 영웅 행위를 다룬 픽션을 쓰기로 한 것도, 유대인의 원형에 대한 와이니거 같은 생각이 팽배했던 사회상 때문이라고 볼 수 있다. 레비의 소설 속에서 이 무장 전사들은 대단히 용맹하게 그려진다. 한 등장인물은 심지어 유대인은 육체적으로 용맹스럽지 못하다는 편견을 극복하기 위해서 자신들은 다른 사람들보다 두 배는 더 용감해야 한다고 설명했다. 그래도 그들은 여전히 폭력을 혐오한다. 살인을 행하고는 있지만 살인해서는 안 된다는 계명을 항시 염두에 두고 있는 사람들이다. 그들의 지도자이자 복수에 나선 무장 전사인 게달레는 다양한 면모를 지니고 있다. 그는 쾌활한 성격으로 바이올린을 연주할 줄 알고 마치 샤갈의 그림 속에 등장하는 사람처럼 춤을 잘 추며, 노래도 즐겨 부른다. 하지만 그가 부르는 노래의 가사는 되받아 싸워야만 하는 의무라는 내용을 담고 있다. 그 메시지가 바로 책의 제목이 된 '지금이 아니면 언제'라는 구절이다. [30]

노동의 서사시

•

레비는 피에몬테의 산속에 숨어 활동하는 반파시스트 청년 무장 대원이었을 당시 자신이 얼마나 쓸모없는 존재였는지를 차마 잊지 못한다. 그는 심지어 총을 쏠 줄도 몰랐다고 한다. 과학자나 전문 기능공의 업적에 공감하는 게 그에게는 훨씬 더 쉬운 일임이 명백하다. 1978년 작품으로 스트레가 상(1947년에 시작된 이탈리아의 최고 문학상-역주)을 수상한 소설 『멍키스패너』에 등장하는 모험심 넘치는 정비사 같은 인물 말이다. 이 소설의 주인공은 피에몬테 지방 출신으로 파우소네라는 이름의 엔지니어다. 그는 기중기와 다리를 조립하고 세우는 일뿐 아니라 철탑과 연안 유정탑을 담당하는 정비사, 이탈리아어로 몬타토레(montatore)라고 불리는 기술자다. 이 소설은 작가 레비 자신임이 명백한 화자와 파우소네가 나누는 대화의 형식을 띠고 있다. 다른 사람의 얘기를 들어주는 기술과 공연예술가답게 모방하는 재주를 모두 가진 화자는 이 정비사의 목소리와 화법을 투영한다. 그러한 파우소네의 목소리와 화법에는 자기가 일을 잘 마무리

했다는 자신감이 항시 드러난다.

이 주인공 성비사는 호모 파베르(homo faber), 즉 '공삭工作 인간'의 화신으로 그려진다. 진취적 성격을 타고난 사람이기에 알래스카, 인도, 러시아 등지의 어려운 작업을 맡아 했고, 그 과정에서 겁도 없이 위험한 일에 부딪쳐 왔다. 그의 영웅 이미지와 보편화된 '노동 영웅'이라는 개념은 작품 속에서 그가 자기 아버지에 대해 감탄을 마지않는 대목이 예시해 주고 있다. 그는 자기 아버지가 '망치를 손에 쥔 채' 돌아가셨다고 말한다. 또한 파우소네가 자신의 직업이 지닌 서사시적인 성격에 대해 어떻게 생각하는지는 이 책의 제목에서 뚜렷하게 나타난다. 그는 자기가 옆구리에 차고 있는 상징적인 도구 멍키스패너를 과거 기사들이 지니고 다니던 검에 비유한다. 그리고 중세 기사들의 이미지 너머로 독자는 율리시스라는 인물을 다시 떠올리게 된다. 파우소네의 대담성과 기발한 면모는 '패배와 승리'가 있을 수밖에 없는 진정한 전투를 겪은 율리시스에 그를 빗댐으로써 더욱 명백하게 드러난다.[31]

『멍키스패너』가 전하는 궁극적인 메시지는 일에 대한 애정은 특권이며, 인간이 도구나 기계와 맺는 관계는 인간의 소외감을 조장하는 게 아니라 오히려 성취감을 부여하고 나아가 고귀함을 선사한다는 것이다. 이 생각은 레비가 개인적으로 가지고 있던 직업철학과도 부합하는 내용이다. 엔지니어로서 파우소네의 운명을 화학자인 자신의 소명과 연계시킴으로써 레비는 이러한 입장을 확실히 보여주었고, 더 나아가 "나는 화학자면서 정비사다"라고 적기까지 했다. 이 말은 청년 시절 그가 간직했던 과학의 고결함에 대한 믿음을 연상시키는 발언이다. 『주기율표』에서 레비는 그 믿음을 '물질을 이해하고 정복함으로써 물질세계에 완전히 통달하는 것'으로 정의했다.

레비에게 있어서 이렇게 물질을 지배한다는 건 자신의 운명을 우선 책임짐으로써, 즉 '공작 자신(faber sui)'이 됨으로써 스스로 인생을 만들어 가는 방법이었다.[32] 하지만 파우소네라는 인물의 역할은 거기서 멈추지 않는다. 공작, 즉 만들어낸다는 의미와 자기 운명에 대한 책임이라는 주제를 담고 있는 라틴어 속담 "모두 자신의 운명은 스스로 만든다"라는 말이 있다. 체스 기사들을 소재로 다룬 레비의 흥미로운 에세이에서도 그 속담의 반향이 느껴진다. 체스 기사들은 한 번 말을 움직이면 그 결정을 번복할 수 없다는 엄격한 규칙에 복종해야 했다. 그들의 움직임은 왕의 죽음을 불러일으킬 수도 있다. 그리고 왕의 죽음은 체스 기사 자신도 죽는다는 상징적인 의미를 지닌다. 게다가 이건 전적으로 본인에게 책임이 있는 죽음이다.[33]

최종적으로 분석해 보면, 파우소네는 작가 레비가 자신을 가리키는 인물로 만들어 냈음을 알 수 있다. 그 이유는 기중기를 움직이는 몬타토레와 화학자 레비 사이의 암묵적인 유사성뿐만이 아니다. 레비는 작가로서 자신도 또한 단어와 문장, 그리고 생각의 단편들을 힘들여 조합하는 일종의 정비사라는 점을 내비치지 않을 수 없었다. 그리고 그 일에는 몬타토레의 업무처럼 그중 하나를 살짝 움직이면 모든 게 와르르 무너져 내릴 위험이 항상 도사리고 있는 것이다.

레비는 명료하고 효율적인 자신의 글쓰기 방식을 자랑스럽게 여겼다. 이러한 글쓰기는 소통하는 데 목표를 둔 정교한 작업이다. 레비가 반복해서 주장한 바가 있다면, 문학에서 '모호함'은 궁극적으로 보면 자신을 부정한다는 뜻이며 자기 파괴적인 일이라는 점이었다. 하지만 레비가 그저 순진하기만 한 사람은 아니다. 그는 마음 속 깊이 '명료한 글쓰기'란 그저 환상일 뿐일지도 모른다는 의구심을 품고 있었다. 바로 글쟁이 자신의 만족이라든지 말로 의사소통하는 데서 오는 살풀이적인 효과에도 불구하고, 서술이라는 행위는 어쨌거나 절망에 대항한 투쟁이기 때문이다. 모호함과 비이성적인 세력은 언제나 모습을 감추고 숨어 있다. 심연에 빠진 것 같은 느낌과 존재의 공허감 또한 마찬가지다. 위에서 보았듯이 레비는 「서쪽으로」 등장인물의 목소리를 빌려 파스칼의 영향을 받았음이 분명히 느껴지는 말을 했다. 이는 레비 자신의 개인적인 고백과 같다고 보아야 한다. 이 작품에 등장하는 인류학자 월터는 암흑의 세력에 대해서는 적절한 보호막이란 존재하지 않으며, 우리는 모두 집행일을 모를 뿐 사형선고를 받은 죄수들이라고 선언한다.[34]

비이성적인 세력의 얼굴

•

아우슈비츠에 대한 기억이란 광기의 기억이라고도 할 수 있다. 선악 구분의 차원을 넘어선 그 실성한 세계에서 '왜'라는 질문은 의미가 없었다. 포로들은 모두 금세 그 교훈을 얻었다. 오랜 세월이 지난 후, 레비는 아우슈비츠의 IG 파르벤 회사 화학 고무 공장에서 자신의 감독관이었던 독일인과 서신을 교환하게 된다. 그 독일인은 레비를 인간적으로 대해 주었던 사람이다. 레비는 "왜 아우슈비츠 같은 곳이 생긴 걸까? 왜 아이들까지도 가스실로 끌고 갔을까?"라는 질문을 하고픈 유혹을 느꼈다. 하지만 그는 그런 질문을 정말 할 정도로 어리석은 사람은 아니다. 이런 질문은 아무 의미가 없다는 걸 레비는 잘 알고 있었다. 비이성의 세력은 그저 사람들을 압도해 버릴 따름이니 말이다.[35]

하지만 아버지에게 현미경을 사 달라고 조르던 어린 시절부터 레비의 꿈은 그를 둘러싼 주위 세상을 면밀히 살피고, 겉으로는 대혼동으로만 보이는 세상을 이해하는 일이었다. 그래서 그는 '사물을 이해하고자 하는 갈구함' 때문에 화학 공부를 선택했다. 레비가 남긴 가장 사적이면서도 가장 독창적이라 할 수 있는 저서는 원소들의 구성 원리 및 관찰 가능한 원소들이 합리적으로 드러나는 형태라는 의미를 함축한 『주기율표』라는 제목으로 선보였다. 이 작품에서 그는 이해와 지식의 추구를 영웅적인 행위의 차원으로 격상시켰고, 그와 동시에 암시적으로는 영웅의 운명일 수밖에 없는 비극의 차원에 이르게 된다. 즉 레비는 화학 연구를 추구하는 행위를 서사시적인 투쟁으로 보았던 것이다. '백고래를 죽이는' 이미지를 상기시키는 대목에서 그는 이해할 수 없는 일 앞에 절대 항복해서는 안 된다는 경고를 덧붙인다. 비극적인 영웅과 서사시를 언급하는 이러한 맥락에서 사용한 이탈리아어 형용사 '이해할 수 없는(incomprensibile)'을 딱히 희망적인 신호라고 보기는 힘들다.[36]

비합리적인 세력에 대해 레비가 품었던 공포는 그가 남긴 공상과학 소설들을 이해하는 데 도움이 된다. 레비의 공상과학 소설이 출간되기 시작했을 때 다수의 독자들이 그가 도피성 오락에 탐닉하는 것이라고 여겼다. 1966년 『과학 이야기』와 1971년에 출판된 선집 『형태의 결함』을 통해 주로 선보인 그의 공상과학 소설들이 유토피아주의 성격을 띤 것은 사실이다. 그러나 그 작품들은 근본적으로 파괴와 자기 파괴를 과학에, 특히 화학 물질에 연관된 행위로 설정했기 때문에, 오락성을 띠었다기보다는 독자들을 상당히 불편하게 하는 글이라고 할 수 있다. 이 작품들이 전달하고자 하는 핵심은 이성의 힘을 비합리적으로 사용한다는 모순과 그에 대한 경고의 메시지라고 할 수 있다.

판자 가건물이 늘어서 있는 나치 수용소의 기하학적인 광기를 레비는 절대 잊지 않았다. 「베르사미나」, 「총성」을 비롯한 레비의 공상과학 소설 여러 편이 어떤 방식으로든 사람을 죽일 수 있는 발명품을 다루고 있다는 점에서 유추할 수 있듯이 말이다. 나치 비밀경찰의 감독으로 만들어진 의도적이고 계산된 말살 계획에서, 그 현장인 아우슈비츠에서 도망쳐 나올 방법은 없었다. 레비는 사실 『과학 이야기』를 출간하기 전에 꽤나 망설였다고 말했다. 하지만 그는 아우슈비츠와 자신의 공상과학 사이에 뭔가 연결고리나 일종의 다리가 있다고 느꼈다. 그는 나치 수용소가 '이성의 꿈에서 태어난 가장 위협적인 괴물'로 느껴졌다는 설명을 한 바 있다.[37] 이성의 비합리적 활용, 혹은 비이성적인 목표로 이용되는 이성의 모습은 레비를 매우 불안하게 하는 원인이었다. '죽음의 군주들은 여전히 살아 있고, 살상의 수용소로 가는 기차가 대기 중이다'라는 그의 말에서 알 수 있듯이 나치 정권 같은 악몽이 되풀이 될 수 있을 뿐만 아니라, 근대 과학이 원자력의 고삐를 풀어버려 전 인류가 한 번에 말살될 가능성까지 생겼다. 그렇기에 레비의 판타시엔자(fantascienza), 즉 이탈리아어로 공상과학 소설은 대량 학살로 이어질 잠재성이 있는 끔찍한 일탈 행위에 대해 경고하는 역할을 한 것이다. 딱정벌레가 주인공으로 나오는 에세이에서 레비는 약간의 냉소적인 유머를 곁들여 핵 대재앙이 닥친 후의 세상을 묘사했다. 오직 딱정벌레들만이 살아남아 인간을 대신해 지구를 차지하고 이 세상의 주인이 된다는 이야기이다. 이 글에서 레비는 씁쓸하게도 『변신』에서 카프카가 이야기한 '끔찍한 환각'을 언급하면서, 지구의 새로운 군주인 딱정벌레들은 서로에게 기생하고 또 서로 먹고 먹힐 것이라고 예측한다.[38] 하지만 이런 의문이 든다. 그게 대체 지금 인간들이 서로에게 하는 짓과 어떻게 다른가?

도태 과정으로서의 자연

•

자신의 선집 『뿌리를 찾아서』의 마지막 장에서 레비는 인간이 자연을 연구한다는 사실에 자부심을 느낀다고 적었다. 1974년 12월호 《사이언티픽 아메리칸》(Scientific American, 미국의 인기 있는 과학 잡지-역주)에 실린 블랙홀에 대한 기사를 읽고 나서 레비는 인간의 정신에 경이를 느꼈다. 인간의 지성이란 이렇게 광대하고 궁극적으로는 다 알 수도 없는 우주 안에 존재하는 유일하고도 한없이 작은 지력의 섬과 같은데, 그렇게 초라한 인간의 지력으로 아무것도 빠져나올 수 없는 우주 공간이라는 블랙홀 개념을 착안해 냈다는 사실 자체가 놀랍다는 것이다. 하지만 과학 탐구에 대한 자부심은 그를 안심시켜주기는커녕, 인간은 본질적으로 고독한 존재라는 그의 생각이 더욱 확고해지는 바탕이 되었다. 이 우주는 우리 인간을 위해 지어진 것이 아니라 적대적이고 과격한 존재이며, 그러한 우주에 속한 '우리는 혼자(siamo soli)'라는 것이다.[39] 이는 명료한 의사소통의 가능성을 믿기로 결심했던 레비에게 씁쓸한 진실임이 분명하다. 특히나 아우슈비츠를 겪은 후로 레비는 결코 우리 모두가 죽음 앞에서는 궁극적으로 혼자라는 사실을 뇌리에서 지우지 못했다.

살아남는다는 건 암울한 일일 수 있다. 고군분투하는 삶 속에서 인정사정없이 벌어지는 자연도태와 밀접한 용어로서 스펜서와 다윈의 영향을 받은 게 분명한 적자생존의 개념이 레비의 글에는 반복적으로 등장한다. 셀렉션(Selection), 즉 선택 혹은 도태는 레비의 입장에서는 필연적으로 불길한 울림을 가진 단어다. 나치 수용소에서 선택이란 무자비했다. 강제 노동에 부적합한, 혹은 더 이상 적합하지 않게 쇠약해 버린 이들을 가스실로 보내는 결정을 의미했기 때문이다. 바로 그런 의미에서의 '선택'에 대한 기억으로 인해 그보다 더 오래전의 일, 예를 들어 학창시절 경쟁적인 시험을 치르던 경험도 부정적인 의미를 갖게 됐다. 예를 들어 한참 세월이 흐른 뒤에 회상을 하면서도 레비는 토리노 화학협회에 들어가기 위한 시험을 '살아남기', '자연도태'라고 표현했던 것이다.[40]

그토록 인정사정없는 도태의 법칙을 강요하는 자연이라면 오직 잔인하고 살인적인 존재라고밖에 할 수 없다. 레비는 피 튀기는 거대한 경쟁의 행태가 보여주는 '냉소적인 자연의 진화 설계'를 논하는 한편, 잡아먹고 또 잡아먹히는 '놀라운 살상 기계'인 동물을 진화시키는 존재로서의 자연을 이야기한다. 레비의 자연관에 있어 죽음이야말로 과연 핵심인 셈이다. 그러나 레비의 사상이 밀튼(『실낙원』 등을 쓴 17세기 영국의 시인, 사상가이자 정치가인 존 밀튼을 의미함-역주)과 같지는 않았다. 밀튼의 경우는 죽음을 금지된 과일을 맛본 치명적인 실수의 결과로 여겼다.

하지만 레비는 죽음이란 전체 설계에 있어 근본적인 결함이어서 '누군가 어딘가에서 실수를 했다'고 생각했고 죽음 또한 중대한 결점이자 근원적인 불완전함이라고 보았다는 점이 다르다. 이러한 레비의 생각은『형태의 결함(비지오 디 포르마, Vizio di forma)』이라는 선집 제목에서 사용한 결함이라는 의미의 비지오(vizio)라는 단어에서 의미심장하게 드러난다. 이 책은 집단 자살과 죽음의 도구들에 대한 레비의 고찰을 담은 작품이다.[41] 자연의 거대한 설계도에 근본적인 결함이 있다는 진실과 마주한 것은 섬뜩한 메두사의 얼굴을 똑바로 응시한 일에 다름 아니다(메두사는 그리스 신화에 등장하는데, 아테나 여신의 노여움을 사서 저주를 받고 뱀의 머리를 포함한 흉측한 외모를 갖게 되었다. 그 모습을 직접 쳐다보는 자는 돌이 되는 마법이 걸려 있었다고 함-역주).

죽음과 메두사

•

비유적으로 말하자면, 레비는 메두사의 얼굴을 마주 보고도 견뎌낸 척을 한다. 헌정의 의미를 담은 〈마리오와 누토에게〉라는 시에서 그는 지하신들의 세계에 속한 메두사라는 괴물을 마주하고도 돌로 변해버리지 않고 잡아냈노라고 수장한다.[42] 그러나 레비의 가장 초창기적 작품들을 보아도 사람을 돌로 변하게 한다는 메두사의 비유에서 드러나듯 광물과 죽음이란 이미 대단히 사적인 방식을 통해 서로 연결되어 있음을 알 수 있다. 그 예가 될 수 있는 이야기들이자 소위 '광물 이야기'라고 불리는 짤막한 두 이야기를 아마도 그가 시도한 최초의 문학작품으로 간주할 수 있을 것이다. 추후에 이 두 개의 이야기는 레비의 『주기율표』 선집에 포함되었다. 각각 「납」과 「수은」이라는 제목이 붙은 이 두 작품을 쓸 당시 그는 젊은 화학자로 석면 광산에서 일하고 있었다. 여기서 레비는 납을 '죽음의 금속'이라고 선언하고, 납은 신화 속에서 '죽은 자들의 행성'이라고 알려진 투이스토(Tuisto)와 연관된 금속으로 묘사된다. 또 하나의 환상설화 「수은」은 황무지의 섬이라는 이름의 화산섬을 배경으로, 그 이야기의 중심에 '우는 숲'이 자리하고 있다.[43]

이러한 우화들은 어린 시절부터 이어온 공포감과 뿌리 깊은 비관주의에 기반을 두고 있다. 이미 앞에서 언급한 바대로 레비가 평생 시달렸다는 거미 공포증은 '결국 언젠가는 다가올 죽음'에 대한 두려움으로 해석할 수 있다. 실제 레비 자신도 그렇게 설명했다. 하지만 이 공포감의 배후에는 그 이상의 요소가 있다. 다시 말해 그에게 엄습하는 엄청난 공허감의 저변에는 자신은 아직도 살아 있다는 죄의식이 깔렸다고 보아야 한다. 우주는 '영원히 침묵'하는 존재라는 말로 요약해 볼 수 있는 파스칼 철학을 깊이 고찰한 레비는 가늠할 수 없을 만큼 거대한 이 세상의 악에 대한 책임을 자연에게, 그리고 부재한 신에게 지웠다. 가장 파스칼스럽지 않은 방식으로 말이다.

예를 들자면 레비는 아우슈비츠의 동료에게서 들었다고 주장하며 약간은 뻐딱한 릴리스의 탄생 신화를 풀어놓은 흥미로운 글 「릴리스」를 남겼다. 릴리스는 아담의 배필로 반항적인 성격의 소유자였다. 그녀는 아담을 버리고 떠났고 잔인무도한 독부가 되었다. 그리고 급기야 '신 자신과도 죄를 지었다'고 한다(육체관계를 맺었다는 뜻-역주). 그럼으로써 릴리스는 온 세상에 고통을 가져온 장본인이고, 그녀의 죄로 인해 인간이 천국을 떠날 수밖에 없었다. 레비는 이 우화가 '잃어버린 문명'의 폐허에서 치유할 길 없는 깊은 슬픔이 꽃피운다는 감정을 전달하는 이야기라고 말했다.[44]

비교할 수 없는 상실

·

『이것이 인간인가』에서 레비는 사라지고 있는 문명들 그리고 이미 사라진 문명들의 망령을 되새긴다. 특히나 종말론적인 마지막 장 「열흘의 이야기」에서 "우리는 죽음과 유령의 세계에 누워 있었다. 우리 주위에서, 그리고 우리의 마음속에서 문명의 마지막 흔적은 이미 사라졌다"라는 문장을 통해 그 점이 명백히 드러난다. 비록 이 부분이 수용소 해방의 서곡역할을 해주기도 했지만 말이다. 소련군이 접근해 온다는 소식을 들은 독일군은 이미 도망간 상황에서, 그는 수용소 내 의무실이라는 지옥의 변방에서 해방을 맞이했던 것이다. 문명마저도 언젠가는 죽어 사라질 운명이라는 폴 발레리의 견해는 나치 수용소 같은 곳에서 비인간성의 극치를 경험한 이들, 즉 레비 같은 사람들이 몸으로 직접 느낀 사실이다.

시간이 지나 좀더 차분하게 성찰에 임한 레비는 지속적으로 문화와 그에 속한 언어의 상실을 애도하는 글을 썼다. 바르샤바의 유대인 게토, 쇼아(유대인 대학살 홀로코스트를 뜻하는 또 다른 표현-역주), 그리고 동유럽의 유대 문화의 말살에 대해 고찰하면서 레비는 이디시어 문화의 상실은 '다시는 바로잡을 수 없는' 안타까운 일이라고 개탄했다. 「최고의 상품」이라는 글에서 그는 아슈케나짐 유대인들에게 있어 언어적 전통은 그들의 가장 소중한 재산이었다고 기록했다. 또한 진정으로 창조적인 문화가 그 공통의 기억과 전통과 함께 동반 소멸된다는 사실은 언제나 매우 커다란 재앙이라고 단언하기도 했다.[45]

레비가 보여준 문화와 정치 차원의 비관주의는 특히나 1970년대 들어서면서 더욱 심화되었다. 그는 이탈리아를 비롯한 일부 국가들이 '정치적으로 괴사'했다고 불만을 표시했다. 이안 톰슨이 쓴 레비의 전기에서 인용한 사적인 편지와 대화 내용을 보면, 레비가 정치적인 면에서나 문화적인 면에서 낙담한 심정을 노골적으로 표현했다는 걸 알 수 있다. 1974년 11월에 유고슬라비아의 지인에게 보낸 서신에서 레비는 이탈리아가 암에 걸렸고 노쇠했으며, 아마도 이미 죽어서 썩어가고 있는 중일지도 모른다고 적었다. 그리고 토리노에서 영국인 동료와 식사를 하는 자리에서 서구 사회의 종말이 가까웠다고 생각한다는 고백을 하기도 했다.[46] 그의 또 다른 공상과학 소설에 등장하는 발명가 시뇨르 심슨은 토렉(Torec, Total Recorder)이라는 기계를 발명한다. 이 기계는 인공적으로 감각을 만들어냄과 동시에 철저한 공허감을 일으키기 때문에 결국 발명가조차 죽음으로 내몬다. 완전한 기록계 토렉이란 그런 의미에서 인류의 종말을 상징하는 소재라 볼 수 있다.

율리시스 대 욥

•

그럼 결국 나에게 항의조로 질문을 하던 학부생들이 적어도 부분적으로는 맞는 말을 한 것인가? 「유언」이라는 제목의 또 다른 글에서 그의 심리상태를 엿볼 수 있다. 자신을 인본주의자라고 했음에도 불구하고 레비는 계속해서 그 사상 자체에 의구심을 품었으며, 심지어 종국에 가서는 자살이라는 방식으로 인본주의를 부정했다는 일부 학자들의 주장을 이 글이 뒷받침해주는 것같이 보인다. 데카르트의 유명한 "나는 생각한다. 고로 존재한다"는 금언을 아이러니하게 언급하면서 레비는 「유언」에서 "나는 고통 받는다. 고로 존재한다"는 쓸쓸한 패러디가 담긴 문장을 선보인다.[47] 고통이야말로 유일한 현실이다. 그가 토리노의 집으로 돌아온 후 나치 수용소만이 유일한 진실이었음을 깨달았던 것처럼 말이다.

태평해 보이는 새들에 대해 쓴 레비의 에세이에서 인용된 레오파르디의 암담한 시구가 지적하듯 인간에게는 행복이 주어지지 않는다는 생각을 묘하게도 「유언」의 가상의 대화 속에서 감지할 수 있다. '시인'과 '물리학자'가 나누는 이 대화에서 시인은 어떠한 환상도 거부하는 철저한 허무주의자로 묘사되었다. 그는 모든 걸 지배하는 건 고통이며 전 우주가 고통받는 이에게 무심하다고 확신하는 사람이다. 자기가 아프다는 걸 알고 있으면서도 시인은 약이라면 무조건 거부하고 급기야 의사의 처방전을 시궁창에 던져버리기까지 한다.[48]

시인의 병은 진정 치료 가능한 수준을 넘어섰는지도 모른다. 율리시스가 이타카로 귀향한 것 혹은 레비의 토리노 귀향은 언제나 독을 품고 있는 사건으로 남을 것이다. 과거에 벌어진 끔찍한 일들은 반복될 수 있다.『가라앉은 자와 구조된 자』에서 레비는 "한 번 일어난 일이니, 다시 생길 수 있다"라고 단언한다.[49] 「뿌리를 찾아서」에서는 시작부터 두 핵심 인물인 욥과 율리시스가 드높이 서서 버티고 있다. 하지만 레비가 재구성한 욥은 참을성도 없거니와 신앙에서도 꿋꿋하지 못하다. 레비의 욥은 오히려 세상으로부터 부당한 취급을 받는 억압받는 자요, 죽음을 갈망하며 괴로워하는, 한마디로 자살의 문턱에 서 있는 인물로 그려진다.

반면에 율리시스는 그가 이 책의 서문에 적은 놀라운 선언을 정당화해주는 인물이다. 그 선언이란 '종국에는 내가 수용소에 다녀왔다는 사실이 그다지 중요하지 않다'는 내용이었고, 레비 자신조차 놀랄 법한 말이었다. 율리시스는 레비의 글 속에서 지략과 용맹을 겸비한 인물로 그려졌다. 레비식의 욥과는 다르게 율리시스는 살고자 하는 의지, 그리고 이타카로 돌아가 온전히 인간적인 존재로 살고자 하는 의지를 표상하는 인물이다. 레비는 아우슈비츠에서 동료에게 이탈리아어를 가르칠 교재로 단테의 칸토를 선택했었다. 그 글이 살아남는 법에 통달한 예술가와도 같은 율리시스를 노래한 시라는 사실은 분명 우연이 아닐 것이다. 여러 해가 지난 후

『가라앉은 자와 구조된 자』에서 레비 자신이 옛날에 쓴『이것이 인간인가』중에서 율리시스의 칸토를 다룬 장을 다시 읽는 대목이 나온다. 이 장면을 통해, 율리시스의 이야기를 담은「율리시스의 칸토」라는 제목의 장이 레비의 때 이른 유언과도 같았음을 확인할 수 있다.[50] 이 유언은 삶에 대한 헌신과 자살 충동 사이에 연결고리를 만들어 인간의 성취에 대한 자부심을 확고히 함과 동시에 살아남는 존재로서의 문화에 대한 그의 신념을 확인시켜 준다.

주

1. Primo Levi, 『La ricerca delle radici』(The search for roots) (Milan : Einaudi, 1981), xi.

2. Primo Levi, "Scrivere un romanzo" (To write a novel), in 『L'altrui mestiere』 (Milan : Einaudi, 1985), 163. 이 장에서 인용문의 대부분은 이탈리아어 원서에서 직접 가져온 것이다. 영문 번역본을 참고하기도 했고 영문판의 제목도 언급하긴 했지만 이 글에서는 원본 이탈리아어 저서들을 직접 인용하는 경우가 더 많다.

3. Primo Levi, 『The Periodic Table』, trans. Raymond Rosenthal (New York : Schocken, 1984), 137, 153.

4. Primo Levi, 『Se non ora, quando?』(Milan : Einaudi, 1982), 112. See also Primo Levi, "Il rito e il riso," in 『L'altrui mestiere』, 181-85.

5. Primo Levi, 『I sommersi e i salvati』(Milan : Einaudi, 1986), 57, 39, 36.

6. See Massimo Dini and Stefano Jesurum, 『Primo Levi : Le opere e i giorni』(Milan : Rizzoli, 1992), 53.

7. Ian Thomson, 『Primo Levi』(New York : Vintage, 2003), 91, 108, 262, 423, 532, 92. 톰슨의 설명에 따르면 레비는 개인적으로 열한 건에 달하는 자살 소식을 접했다고 한다.

8. Levi, 『I sommersi e i salvati』, 110.

9. Levi, 『L'altrui mestiere』, 212 ; Primo Levi, 『Se questo è un uomo』(Milan : Einaudi, 1947), 202.
미국판 제목은 『아우슈비츠에서의 생존』이다. 이탈리아어 원제를 직역하면 『이것이 인간인가』라고 번역할 수 있을 것이다. 또한 층에 대한 언급에 있어서는 이탈리아에서 이야기하는 3층은 미국의 실정에 빗대면 4층이라는 점을 염두에 두어야 한다. 이탈리아에서의 1층은 지상층 하나 위의 층에서 시작하기 때문이다(저자는 본문 중에서 원문 이탈리아어 '3층[terzo piano]'를 아예 '4층[fourth floor]'으로 바꾸어 기술했다. 한국에서의 층 개념을 보면 그대로 4층이라는 표현을 두는 것이 맞음-역주).

10. Levi, 『La ricerca delle radici』, 5ff. 이 두 번째 인용문의 이탈리아어 버전 즉 "어머니의 자궁에서 나는 죽었어야 했다"라는 문장은 여기서 사용한 킹제임스판 영문 성경의 번역보다 훨씬 충격적이다.

11. Levi, 『L'altrui mestiere』, 233.

12. Primo Levi, 『Vizio di forma』(Milan : Einaudi, 1987), 19-33.

13. "Per non cominciare a morire" (Levi, Se questo e un uomo, 48).

14. Levi, 『Vizio di forma』, 85 ; Primo Levi, 『Il sistema periodico』(Milan : Einaudi, 1975), 5/『The Periodic Table』, 5-6.

15. Primo Levi, 『La tregua』(Milan : Einaudi, 1963), 94, 81, 102, 218, 『Il sistema periodico』, 233, 79, and 『Se non ora, quando?』256-57.

16. Levi, 『La trcgua』, 179, 215.

17. Levi, 『I sommersi e i salvati』, 76. 생존으로서의 로고스와 언어의 신성함에 대해서는 다음의 논문을 참고하라.
    Victor Brombert, "Primo Levi and the Canto of Ulysses," in 『In Praise of Antiheroes』(Chicago : University of Chicago Press, 1999), 119, 126.

18. Levi, 『L'altrui mestiere』, 57, 208.

19. 같은 책, 52-53.

20. Levi, 『La tregua』, 254, and 『Il sistema periodico』, 163, 157.

21. Thomson, 『Primo Levi』, 56.

22. See Levi, 『I sommersi e i salvati』, 63. 그러나 이미 더 초기 작품인 다음의 책들에서도 이런 견해를 찾아볼 수 있다.
    Levi, 『Il sistema periodico』, 222, and 『Se non ora, quando?』219.

23. Levi, 『L'altrui mestiere』, 162.

24. Levi, 『I sommersi e i salvati』, 52.

25. Levi, 『La tregua』, 176, 『Il sistema periodico』, 129, and 『L'altrui mestiere』, 46.

26. Levi, 『L'altrui mestiere』, 191–95, and "Elogio degli ucelli," in 『Leopardi』 (Milan: Mondadori, 1949), 959–66; Primo Levi, 『Storie naturali』 (Turin: Einaudi, 1966), 251.

27. Levi, 『L'altrui mestiere』, 136–40.

28. Levi, 『I sommersi e i salvati』, 3–4.
레비가 루스 펠만에게 한 이 발언은 레비의 전기 작가 톰슨이 인용한 것이다. 나치 정권은 기억에 대한 전쟁을 일으킨 것이며 현실 부정의 태도를 가져왔다는 견해는 수용소에서의 경험에 대한 말년의 성찰 내용으로 『가라앉은 자와 구조된 자』에 등장한다.
Thomson, 『Primo Levi』, 527–28.
Levi, 『I sommersi e i salvati』, 20.

29. Levi, 『Il sistema periodico』, 59, and 『Se non ora, quando?』 17.
멘델이라는 캐릭터와 자신을 동일시한다는 이야기는 로셀리나 발비와의 인터뷰 중에 레비가 언급한 내용이다. 이 인터뷰는 『프리모 레비: 대화와 인터뷰』라는 책에도 실려 있다.
Primo Levi, 『Conversazioni e interviste, 1963–1987』 (Milan: Einaudi, 1997), 132.
토마스 만에 대한 언급은 레비의 『뿌리를 찾아서(La ricerca delle radici)』 99페이지에서 찾아볼 수 있다. 헤티 슈미트-마스에게 보낸 서신은 이안 톰슨이 레비의 전기에서 인용한 내용이다(351–352페이지).

30. Levi, 『Se non ora, quando?』 114, 119.

31. Primo Levi, 『La chiave a stella』 (Milan: Einaudi, 1978), 77, 87, 74, 166.

32. 같은 책, 152; Levi, 『Il sistema periodico』, 43, 79, and 『L'altrui mestiere』, 17.

33. 이 라틴어 속담은 아피우스 클라우디우스 시쿠스가 지은 『금언Sententiae』

이라는 책에 등장한다. 그리고 체스 주자에 대한 에세이는 『다른 이들의 직업』에 포함된 글이다. (146-149페이지).

34. Levi, 『Vizio di forma』, 25.

35. Levi, 『Il sistema periodico』, 222.

36. 같은 책, 47, 67, 79.

37. Levi quoted in Dini and Jesurum, 『Primo Levi』, 165.

38. Levi, 『L'altrui mestiere』, 180.

39. Levi, 『La ricerca delle radici』, 229.

40. Levi, 『Il sistema periodico』, 41.

41. Levi, 『L'altrui mestiere』, 67, 47, and 『Vizio di forma』, 86.

42. Quoted in Dini and Jesurum, 『Primo Levi』, 200.

43. Levi, 『Il sistema periodico』, 91, 102.

44. 같은 책, p. 29 ; Primo Levi, 『Lilit e altri racconti』 (Milan : Einaudi, 1981), 24.

45. Levi, 『Se questo è un uomo』, 216, and 『L'altrui mestiere』, 205.
이와 같은 폴 발레리의 견해는 두 권으로 발행된 발레리의 선집 중 〈지성의 위기〉라는 글에 등장한다.
Paul Valéry, "La crise de l'esprit," in 『Oeuvres』, 2 vols. (Paris : Pléiade/ Gallimard, 1957-60), 1 :988.

46. 믈라덴 마키에도에게 보낸 서신은 톰슨이 쓴 프리모 레비의 전기에서 인용되었다(362페이지). 톰슨은 또한 같은 책에서 영국인 동료인 키스 반즈가 추억한 내용을 기록했다(364페이지).

47. Levi, 『Lilit e altri racconti』, 176.

48. 같은 책, 139.

49. Levi, 『I sommersi e i salvati』, 216.

50. 같은 책, 112-13.

에필로그

　프리모 레비는 욥과 율리시스라는 두 인물이 대비 관계에 서도록 장치
했다. 그럼으로써 절망으로 이끌리는 마음과 삶에 대한 헌신이라는 두
가지 상반되는 유혹 사이에서 갈등하는 인간의 현실을 떠올리게 만든다.
레비의 글 속에서 욥은 차라리 죽기를 원하는 마음으로 괴로워하는 반
면, 그의 재해석을 거친 율리시스는 생존 본능과 회복력을 지닌 인물, 그
리고 절망을 거부하는 데서 삶의 동력을 찾는 인물이다. 레비의 율리시
스는 물론 바보가 아니다. 그 역시 비껴갈 수 없는 진리가 있음을 알고 있
다. 자신의 운명 또한 인간은 언젠가 죽는다는 유한의 영역에 속해 있다
는 사실 말이다. 게다가 여신 칼립소의 제안처럼 그녀의 남편이 되어 영
생을 얻을 수 있었는데도 그 조건을 거절함으로써 율리시스는 자신의 유
한함을 온전하게 끌어안았다.
　하지만 '인간은 언젠가 죽게 마련이다'라는 사실을 죽음 자체와 동일
시해서는 안 된다. 인간의 유한함은 특히나 인간적인 생의 조건이며 그
렇기 때문에 바로 자부심의 문제가 될 수 있다. 언젠가 죽는다는 사실에
대한 고찰을 죽음에 대한 묵상이나 암흑의 세계에 대한 집착과 혼동해서
는 안 된다. 언젠가 죽는다는 사실에 맞닥뜨린다는 건 모순적으로 들릴

지 모르지만 여전히 살아 있음을 의미한다. 나아가 인간의 유한한 생을 어떻게 살 것인가에 대한 의문을 갖게 하고 도덕적인 고민을 한다는 뜻이 되는 것이다.

톨스토이에서 프리모 레비에 이르기까지 여기 소개된 작가들 사이에는 시공간적으로 상당한 거리가 있고, 이들이 고민하는 주제들 또한 상이하다. 이반 일리치는 허세를 부리며 살았지만 죽을병에 걸리고 나서 깨달은 바가 있었고, 그의 이야기는 구원의 과정을 담고 있다. 이 글은 이반 일리치가 지극히 사적으로 겪는 과정을 서술하지만 보편적인 교훈을 남긴다. 반면 프리모 레비의 세계에서 개인의 구원은 일어나지 않는다고 보아야 한다. 토마스 만이나 프란츠 카프카의 세계에서도 마찬가지다. 그들이 만들어 낸 세계에는 집단의 비극이라는 위협이 도사리고 있다. 이렇게 공동체 단위에서 공유하는 암울한 운명에 대한 인식은 여기 소개된 나머지 작가들의 작품 속에서 더욱 확연히 드러난다. 알베르 카뮈의 글 속에서도 그렇고, J. M. 쿳시의 폭력성으로 가득한 작품들이 그러하다. 또 전쟁의 기억과 파괴에 대한 두려움이 드러나는 버지니아 울프의 소설이라든지, 한 공동체의 소멸을 기록한 조르지오 바사니의 작품 세계가 이런 인식을 분명히 공유한다. 이들 작가들은 어떤 집단이나 문화가 통째로 사라진다는 사실을 소름끼칠 정도로 비극적인 역사상의 사건으로 간주한다.

역사가들은 여러 사회 속에서 죽음에 대한 자각이 어떤 역할을 해왔는지 그 변천사를 연구해왔다. 프랑스의 중세 역사가인 필립 아리에스는 광범위한 조사를 통해 서구인들이 죽음을 대하는 태도가 어떻게 변했는지를 연구했다. 그의 1977년도 저서 『죽음의 시간(The Hour of death)』은 영웅적인 혹은 종교적 이유로 인한 죽음이라는 개념, 제대로 죽는 법과 관련된 예식절차, 그리고 매장 장소가 지니는 사회적 중요성 등을 망라했다. 이 작품은 중세부터 시작하여 지난 천 년이라는 시간 동안 서구인들의 인식 변화를 되짚고 있다. 중세에는 잘, 그리고 예식을 갖추어 죽음을 맞이하는 일을 중요시해서 '죽음의 예술(아르테스 모리엔디, artes moriendi)'이라는 개념이 있었다. 그러나 근대에 오면 죽음이나 장례와 관련된 모든 일이 성스러움의 영역을 벗어나 위생 관리의 영역으로 들어오게 된다.

시인들은 전반적으로 인간의 유한성이 불변의 진실임을 강조해왔다. '영웅들이 존재하던 과거'에 일어난 상징적인 죽음의 장면에다 지극히도 평범한 현대의 사건을 대비해서 설정한 시들도 있었다. 이러한 도발적인 방식을 이용하는 경우 시인의 의도는 인간은 결국 누구나 죽는다는 걸 강조하기 위함이라고 할 수 있다. 예를 들어 T. S. 엘리엇은 〈나이팅게일 새들 사이의 스위니〉라는 시 중에, 우중충한 펍에서 살해당한 평범한 남자 스위니의 모습과 아가멤논 왕의 살인을 병행하여 설정해 두었다. 그렇게 함으로써 어울리지 않는 두 사건이 연결되었다는 아이러니를 강조했는가 하면, 너무나도 다른 두 사건의 이면에 자리 잡은 보편적인 메시지를 상기시킨다. 다시 말해 인간은 죽음을 맞을 수밖에 없는 존재라는 메시지 말이다. 엘리엇의 시에서 나이팅게일 새들은 현재의 죽음이 벌어진, 그렇게 타락해 버린 순간에도 노래를 계속 한다고 묘사되어 있다. 아가멤논의 단말마의 외침이 들려온 '피투성이 숲'에서도 이 새들은 여전히 노래하고 있었던 것과 같이 말이다.[1]

과거의 시인들은 인간은 언젠가 죽는다는 이러한 보편성에 대해 분명한 태도를 보였다. 미켈란젤로는 잘 알려진 소네트에서 우리 인간이 조만간 향해야만 하는 '공동의 항구'가 있다고 노래했다.[2] 다른 르네상스 시인들, 예를 들자면 피에르 드 롱사르 같은 경우에도 이와 비슷하게 죽음을 '공동의 항구'라고 표현했다. 심지어는 초창기 오페라에서도 이렇듯 죽음이라는 인간의 공통점을 노래했다. 장-바티스트 륄리의 1673년 작 오페라 《알세스트》에는 극작가 필립 키노의 대사를 실은 낭랑한 바리톤의 아리아가 나온다. 이 곡을 부르는 사람은 험악한 인물 샤롱으로, 모두가 자기가 이끄는 배를 타고 스틱스와 아슈롱 강을 건너가야만 한다는 내용이다. 여기 스틱스와 아슈롱이란 그리스 신화에서 산 자의 세상과 죽은 자의 세계를 가르는 경계로 등장하는 두 강의 이름이다.

> 조만간 당신도 건너와야 할 거요,
>
> 당신도 내 배를 타고 건너야 할 거요.

조만간, 그리고 모든 이들이 예외 없이 저 건너편으로 건너가야 한다. 목동이든 왕이든 말이다. [3]

줄리언 반스는 2008년에 위트가 넘치면서도 번민에 가득 찬 『무서워할 일 하나 없다』라는 자서전을 내놓았다. 이 책에서 그는 언젠가 죽는다는 사실을 새삼스레 깨닫는 자신의 모습을 이야기한다. 그는 이 깨달음을 논할 때 '레베이 모르텔'(réveil mortel, 직역하면 '치명적인 깨어남' 혹은 '죽음의 알람'이라고 할 수 있음-역주)이라는 프랑스어 표현을 사용했다. 이 표현을 통해 반스는 예로부터 인간이 간직해 온 죽음에 대한 공포, 즉 티모르 모르티스(timor mortis)라는 개념을 상기시킨다. 레베이 모르텔이라는 말은 또한 우리가 '빌린 세상'에 살고 있으며 어느 속담에서 말하듯 시간을 빌려서 살고 있을 뿐이라는 것을 갑자기 깨달을 때 느끼는 공황상태를 묘사하는 표현인 것이다. 파스칼의 표현대로 자신의 형 집행일을 모른 채 쇠사슬에 묶여 있는 사형수들처럼, 우리 인간은 언제 그리고 어떻게 죽음이라는 테러리스트가 찾아올지 전혀 알지 못한다.

나는 인생이 유한하다는 사실을 어렸을 때 이미 깨달았다. 그 이후로도 여러 차례 그러한 '죽음의 알람'이 반복되었다. 가장 최근에 그러한 느낌을 받은 건 나와 함께 노르망디 해안에 상륙했다가 나중에는 벌지 전투(Battle of the Bulge, 1944년 말부터 1945초 사이 2차 세계대전 중 독일군의 최후의 반격이라 여겨지는 전투. 프랑스, 프랑스어권 벨기에, 룩셈부르크 국경 근처에서 연합군과 독일군의 격돌로 미국군의 경우 2차 세계대전 중 가장 많은 사상자를 냈음—역주)에서도 함께 살아남았던 '리치 보이즈(Ritchie Boys, 2차 세계대전당시 정보 및 심문 임무를 주로 맡았던 독일어를 구사하는 병사들을 일컫는 말이다. 주로 독일과 오스트리아에서 미국으로 이민 혹은 피난을 온 유대인 계열의 병사들로 구성되어 있었다. 메릴랜드 주의 캠프 리치에서 훈련을 받아서 이런 별명이 붙었음—역주)' 두 팀의 일원들이 나만 빼고 모두, 그러니까 열한 명 모두가 이제 세상을 등졌다는 소식을 들었을 때였다. 이는 이제 한 세대가 완전히 사라져버렸다는 걸 상기시켜 준 사건이었다. 줄리언 반스는 이런 인간의 운명을 알면서도 일말의 위안을 얻고자 이런저런 시도를 했던 사실을 그의 자서전에서 언급하고 있다. 하지만 그가 비꼬듯이 표현한 대로 '죽음은 절대 당신을 실망시키지 않는다.' 죽음은 하루 24시간, 일주일 내내 대기 중이다. 그 어떤 것도 도와줄 수가 없다. 심지어는 죽음에 대해 글을 쓰는 행위조차 죽음에 대한 공포감을 줄여주지 못한다.

　일이 정말로 안 풀릴 때나 세상의 타락에 대해 체념했음을 표현하고 싶을 때 인용하는 "죽는 걸 쉽게 해 준다"라는 이탈리아 속담이 있다. 문자 그대로 번역하면, "죽는 걸 도와주는구나"가 되겠다. 일부 진짜 철학자들은 죽음에 대해 조금 더 고고한 태도를 보였다. 죽어감의 과정 그리고 죽음 그 자체를 인생의 의미, 사물의 본질 그리고 철학 자체와 연결시켜 고찰하는 이들이 있다는 말이다. 실존의 유동성이 아니라 본질과 존재 자체를 죽음과 연결한 발언 중에서 가장 강렬하면서도 간결하고 함축적인 예는 게오르크 빌헬름 프리드리히 헤겔에게서 찾을 수 있다. 『대논리학』에 나오는 말장난 같은 문장에서 그는 존재 혹은 본질이라는 단어 '베젠'(Wesen)을 '있었다'라는 이미 사후의 의미를 담은 과거시제 동사 '게베젠'(gewesen)과 동일시했다. 본질이란 이미 있었던 것, 다시 말해 이 자리에 있었으나 이제는 지나가버린 것을 의미한다는 뜻이다. 천재의 본성과 예술의 영원함에 대한 논고에서 빅토르 위고가 위대한 예술가란 오직 죽음을 통해서만이 온전히 자기 자신이 된다며 "존재했었기에 그들은 존재한다"[4]고 선언한 것도 바로 이런 의미에서다.

　한편 몽테뉴를 비롯한 일부 사상가들은 흐름과 변조에 조금 더 주의를 기울였다. 몽테뉴는 자신이 언젠가 죽는다는 사실을 한시도 잊지 않았다. 그런 몽테뉴도 "내가 녹아내려 나 자신으로부터 조금씩 사라져감"에도 불구하고, 다시 말해 자신의 쇠퇴를 인지하면서도 삶의 과정과 매일매일의 변화에 대해 아주 강렬한 호기심을 유지했다. 그의 관심사는 본질이나 존재가 아니라 오히려 '이행'이었던 것이다. 몽테뉴는 또한 자신을 "나는 본질을 그려내지 않는다. 나는 지나감을 그리는 사람이다"[5]라고 정의했다. 그의 작품 『수상록』 전체를 관통하는 핵심 주제가 있다면, 그건 생을 최대한 충실하게 살아야만 한다는 점이다. 하지만 더 깊은 의미에서 보면 그가 이 점을 강조한 이유는 우리 인생이 덧없으며 사멸할 수밖에 없다는 생각이 계속해서 들었기 때문인 듯하다.

아마도 모든 사상과 모든 예술이 궁극적으로는 인간이 언젠가 죽는다는 위협감에서 비롯된 것인지 모르겠다. 신탁이라도 받은 것같이 들렸던 앙드레 말로(André Malraux)의 발언들이 다시 떠오른다. 앙드레 말로는 게다가 사실인지 확인할 방법은 없지만 아주 고무적인 생각을 한 가지 제시한 적이 있다. 한 혈거인이 자신이 사는 동굴의 돌 벽에 물소를 그려야겠다는 생각을 처음으로 했을 때, 그는 자신과 물소 모두 언젠가 죽으리란 걸 알고 있었을 것이다. 하지만 여기서 말로가 주장하는 바는 이렇다. 이 최초의 예술가는 소멸해버릴 운명을 지닌 동물을 그림으로 표현하는 행위가 왠지 모르게 '우리의 무존재를 부정해줄' 방법이라고 직감했다는 것이다.[6]

•••••

1 T. S. Eliot, 『The Complete Poems and Plays, 1909-1950』 (New York: Harcourt, Brace, 1950), 35-36.

2 이 소네트는 첫 행에서 나오는 "내 삶의 항해가 드디어 목적지에 이르렀네(Giunto e gia 'l corso della vita mia)"라는 문장이 제목을 대신해 알려져 있다.

3 Philippe Quinault, 『Alceste』 (Geneva: Librairie Droz, 1994), 57.

4 Georg Wilhelm Friedrich Hegel, 『Wissenschaft der Logik, die Lehre vom Wesen』, in 『Werke』, 20 vols. (1969: Frankfurt: Suhrkamp, 1972), 6:13 (bk. 2); Victor Hugo, "William Shakespeare," in 『Oeuvres complètes』, ed. Jean Massin, 18 vols. (Paris: Le club francais du livre, 1967-70), 12:294-95.

5 Michel de Montaigne, 『Essais』, 3 vols. (Paris: Garnier, 1942), 3:356, 18.

6 '무존재를 부정한다'는 표현은 인간에게는 강렬한 작품이나 개념을 창조할 능력이 있다는 의의에서 나온 발언으로서, 앙드레 말로의 1948년 작 소설 『알텐버그의 호두나무』에 나오는 표현에서 인용된 것이다.

Andre Malraux, 『Les noyers de l'Altenburg』 (Paris: Gallimard, 1948), 99페이지.

옮김이의 말

이 책의 작가인 미국 프린스턴 대학의 빅터 브룸버트 교수는 서문에서 이미 자신이 원어로 읽을 수 있는 저자만을 선정하였다고 말한 바 있다. 장마다 주석에서도 그는 원작을 인용할 때는 대부분 영어 번역서가 아니라 자신이 직접 인용문을 번역한 경우가 대부분이라고 명기해두었다. 이렇게 '원어'로 책을 읽고 비평의 글을 작성했다는 것은 당연히 글의 이해가 더욱 직접적이고 일차적이라는 뜻이 된다. 그가 영어로 이렇게 글을 작성할 때는 그가 이해한 바를 영어로 풀어내는 작업을 거치게 되니, 이미 머릿속에서 혹은 감정적으로 이해한 원작들에서 한 단계 멀어져 있는 셈이다.

책에서 다루는 원작들의 세계는 문학 비평의 딱딱한 성격과 글 자체가 결코 쉽지 않음에도 불구하고, 그의 글을 흥미롭게 읽어나갈 수 있는 이유는 작은 부분이나마 이렇게 그가 이해한 원작이 한 단계를 덜 거친, 작가가 자신의 모국어로 표현한 느낌을 그가 직접 받아 풀어냈기 때문이 아닐까 한다. 물론, 원서로 문학작품을 읽을 수 있다는 것만으로 이해를 더 잘할 수 있다거나 그에 대한 비평이 잘 읽힌다는 뜻은 아니다.

번역자인 나도 대학에서 외국어 문학을 전공했고 비교적 관심을 기울인 편에 속했기에 학부 재학 당시 언어 이해도나 구사력이 나쁘지 않았다.

하지만 일부 전공 서적은 한국어로 번역된 작품을 읽었을 때 더욱 쉽고 즉각적인 감동을 얻을 수 있었다. 대학교 3~4학년 정도 되자 원서를 찾아 읽는 일이 훨씬 의미 있다 느끼게 되었고, 심지어는 한국어 번역본을 읽는 일이 원서를 읽는 것보다 더 어렵게 느껴졌다. 말, 아니 의미의 옮김에 노력을 기울이지 않은 번역 때문이었다. 한 언어에서 다른 언어로 의미를 전달하는 데는 창작 이상의 고민이 필요하다는 건 진부하지만 절실한 진리다. 오히려 그 작가의 의중을 짚어보아야 하는 이중의 어려움이 있기도 하다. 글을 쓴다는 건 의미를 전달하는 거라는 프리모 레비의 말을 독자 입장에서 곱씹어보자. 글을 쓴 사람이 의미를 명료하게 전달하고자 하는 의지를 가지고 쓴 글인지(혹은 그런 의지로 번역한 글인지), 아니면 그저 '써내려'갔을 뿐인지에 따라 레비가 말한 '의미 전달'이 비로소 독자에 이르러 달성되느냐가 달린 것이다.

저자의 언어 구사력에 대해 언급하는 이유는, 그가 이렇게 다양한 언어를 구사하게 된 배경에는 개인사가 자리하고 있기 때문이다. 아니 개인사뿐 아니라, 그가 이 책에서 여러 차례 언급하는 개인과 사회의 역사가 얽히는 일, 그건 바로 자기 자신 삶의 체험이었다. 브롬버트 교수의 부모는 유대인 계열로 러시아어를 구사했다. 그러니 그의 어린 시절 애칭이 러시아어로 빅토르를 애정 어리게 부르는 말인 비챠였던 것이 당연하다. 그는 학창시절을 프랑스에서 보냈기에, 이 책의 전반에 계속 언급되는 몽테뉴나 파스칼 등의 작가들을 가장 감수성이 풍부한 사춘기 시절 프랑스어로 직접 접했던 경험이 있다.

그는 또한 1차와 2차 세계대전 사이에 태어난 세대다. 1차 세계대전에 대한 기억이 생생했던 시기에 유년기와 사춘기를 보내고, 청년이 되자 2차 세계대전에 직접 참전하기도 했다. 저자는 독일군 점령 당시 프랑스를 떠나 미국으로 망명했다가 곧이어 미군에 합류해 노르망디 상륙에 참여했던 것이다. 그러니 그의 언어 구사력은 그의 개인사와도 깊숙한 관계가 있다고 보아야 하며, 그의 개인사에는 20세기 역사의 가장 중요하면서도 치명적인 사건들의 흔적이 깊이 새겨져 있다.

그런데 그가 말하는 죽음, 인간의 유한성에는 언젠가 죽는다는 보편적인 진리 뒤에 고통에 대한 두려움이 숨어 있다. 전쟁을 통한 육체적, 정신적 고통이든, 폭력으로 점철된 사회상으로 인한 고통이나 질병을 얻고 나서 겪는 고통이든, 비관적인 인생관에서 오는 일상의 고통이든 간에, 그가 논하는 여덟 명의 작가들이 이야기하는 죽음의 배후에는 고통을 겪는 데 대한 두려움이 있다. 죽음 자체, 생명이 끝나는 것이 두려운 것인가. 물론 그럴지 모른다. 하지만 죽음에 이르는 길이 더욱 두렵다.

저자가 죽음이라는 단어를 직접적으로 언급할 때 단순히 'death'만을 논하지 않고 거의 매번 'death and dying'을 병렬적으로 사용한 것은 암묵적으로 그러한 의미가 내포된 것이 아닐까? 버지니아 울프가 죽음의 순간을 상상할 때도 그녀의 상상은 평화로운 안식이라는 의미에서의 죽음이 아니었다. 전쟁 중 폭격을 당해 과격한 죽음을 맞는 것에 대한 상상이었던 것이다. 이반 일리치의 죽음과 아셴바흐의 죽음은 질병의 끝 자락에 만나는 죽음이요, 카프카와 쿳시의 작품 속의 죽음은 이보다 더 과격할 순 없는, 종종 고문 끝에 맞이하는 죽음이다. 프리모 레비를 일생 동안 괴롭힌 것은 인류 역사의 최대 오점 중 하나인 나치의 학살이라는, 상상하기도 어려운 대규모의 죽음이 지속된 사건이었다. 우리나라에서 호상과 악상을 이야기하는 데에 이와 같은 인생의 지혜가 담겨 있는 건지도 모르겠다. 여기 여덟 명의 작가들이 글에서 다루는 죽음이나, 그들 자신의 죽음과의 관계에서 '호상'은 보이지 않는다.

저자가 언급한 대로, 여덟 작가는 시대와 나라, 언어적 배경도 다르고 관심사도 달랐다. 겉보기에는 모두 죽음에 사로잡혀 있는 듯 작품 속에서 과격함과 죽음에 대한 집착이 드러났던 카프카는 실제로 꽤 유쾌한 성격이었다고 한다. 그런데도 그의 글 자체가 난해할 뿐 아니라 카프카를 논하는 글조차 상상 이상으로 어렵다. 프리모 레비의 경우도 저자는 보통 정론을 따라 오랜 기간 시달리다 결국 자살했다고 이야기하지만, 최근 들어 학계 일각에서는 신경 쇠약증세 때문에 실수로 추락사했다는 논리에도 무게가 실리고 있다. 물론 내면의 죽음에 대한 충동과 일생 싸웠던 버지니아 울프도 있고, 타인에 의해 가해지는 죽음의 모든 형태와 맞서 싸웠던 알베르 카뮈의 경우도 있다. 전체 작품세계에서 거의 동일한 테마로 페라라의 유대인 공동체의 운명을 다뤘던 조르지오 바사니의 경우도 특이하다. 토마스 만은 질병의 침입과 심미적인 요소, 고통과 쾌락이 공존하는 금지된 사랑이라는 주제를 통해 개인과 집단의 죽음을 유려하게 풀어내었다.

결국, 예술, 글쓰기를 통해 죽음에 대한 공포를 승화시키고, 혹은 극복하려고 했던 이들의 노력은 일부는 실패로 돌아갔다. 작가 자신의 삶이 비극적으로 끝났거나(버지니아 울프), 작품 속의 주인공들이 죽어간다.

그러나 삶에 대한 인간의 애착, 혹은 집착은 너무나 강렬하다. 어차피 다가올 죽음을 뻔히 알면서도, 언제가 되었든 숨을 멈추게 될 것을 알면서도 말이다. 저자는 앙드레 말로의 표현을 빌려 구석기 시대 동굴 속 벽화를 그린 이에게까지 거슬러 올라간다. "나도, 물소 너도 언젠가는 이 자리에 없게 될 거다. 하지만 이렇게 그 모습을 남김으로써 나와 너의 존재가 영원히 남게 될 것이다."

조르지오 바사니의 표현처럼, 기억의 통로는 점점 길어져만 가더라도 기록자로서의 예술가가 생존해 있는 한, 아니 시인이 그 기억을 글로 남겨 놓는 한, 과거는 결코 완전한 소멸을 맞지 않는다는 것이다. 이렇게 죽음과 죽어감의 과정 그리고 유한한 인생이라는 고통스러운 주제와 이 '시인'들은 평생 씨름했다. 결국 죽음의 길을 스스로 택한 이들도, 끝까지 삶과 맞섰던 이들도, 모두 치열하게 고민했던 사람이다. 삶은 주어졌기에 그냥 살아지는 수동적인 행위의 대상이 아니었다. 그렇기에 이들 여덟 명의 작가는, 그리고 저자 자신도 우리 독자가 사는 삶에 울림을 남겨 줄 수 있는 게 아닐까. 암울함의 그늘을 드리우든, '자루 밑바닥'의 한 줄기 빛처럼 희망의 자락을 잡게 해주든 간에 말이다.

유한성에 관한 사유들
Musings on Mortality

1판 1쇄 인쇄 2015년 1월 25일
1판 1쇄 발행 2015년 2월 9일

지은이_빅터 브롬버트
옮긴이_이민주
펴낸이_정규상
펴낸곳_성균관대학교 출판부
출판부장_안대회
편집_신철호 · 현상철 · 구남희
외주디자인_디자인창
마케팅_박인봉 · 박정수
관리_박종상 · 김지현
등록_1975년 5월 21일 제1975-9호
주소_110-745 서울특별시 종로구 성균관로 25-2
전화_02)760-1252~4
팩스_02)760-7452
홈페이지_press.skku.edu

ISBN 979-11-5550-092-7(03800)